网络文学研究

第三辑

安徽大学网络文学研究中心 ◎ 编　　周志雄 ◎ 主编

WANGLUO　WENXUE　YANJIU

北京师范大学出版集团
BEIJING NORMAL UNIVERSITY PUBLISHING GROUP
安徽大学出版社

图书在版编目(CIP)数据

网络文学研究.第三辑/安徽大学网络文学研究中心编;周志雄主编.—合肥:安徽大学出版社,2021.12
 ISBN 978-7-5664-2355-9

Ⅰ.①网… Ⅱ.①安… ②周… Ⅲ.①网络文学—文学研究—中国 Ⅳ.①I206.7

中国版本图书馆CIP数据核字(2021)第279566号

网络文学研究(第三辑)
Wangluo Wenxue Yanjiu

安徽大学网络文学研究中心 编
周志雄 主编

出版发行:	北京师范大学出版集团 安徽大学出版社 (安徽省合肥市肥西路3号 邮编230039) www.bnupg.com.cn www.ahupress.com.cn
印　　刷:	合肥远东印务有限责任公司
经　　销:	全国新华书店
开　　本:	185mm×260mm
印　　张:	16.75
字　　数:	257千字
版　　次:	2021年12月第1版
印　　次:	2021年12月第1次印刷
定　　价:	49.00元

ISBN 978-7-5664-2355-9

策划编辑:李加凯　宋执勇	装帧设计:李　军
责任编辑:李加凯　龚婧瑶	美术编辑:李　军
责任校对:宋执勇	责任印制:陈　如　孟献辉

版权所有　侵权必究
反盗版、侵权举报电话:0551—65106311
外埠邮购电话:0551—65107716
本书如有印装质量问题,请与印制管理部联系调换。
印制管理部电话:0551—65106311

《网络文学研究》编委会

编　　委（按姓氏音序排列）

　　　　　陈定家　何　弘　黄发有　黄鸣奋
　　　　　黎杨全　李　玮　马　季　欧阳友权
　　　　　单小曦　邵燕君　苏晓芳　杪　椤
　　　　　谭旭东　汤哲声　王　祥　王泽庆
　　　　　吴长青　夏　烈　许苗苗　禹建湘
　　　　　周　冰　周兴杰　周志强

主　　编　周志雄

执行主编　江秀廷

主办单位　安徽大学网络文学研究中心

目　录

学者立场
网络文学价值观评判之门外谈　　　　　　　　　　　　　张志忠　(1)

宏观视野
位置叙事视野下的创意取向
　　——第三届两岸青年网络文学大赛作品类型分析　　黄鸣奋　(11)
生态优化语境下网络文学的主流化趋势　　　　禹建湘　梁馨月　(29)
网络诗歌、先锋派与文学制度的重构　　　　　　　　　　黎杨全　(44)

技术研究
虚构叙事中被偏移的要素
　　——技术结构加速中的网络文学叙事　　　　　　　　张学谦　(62)

跨界研究
跨界距离:网络文学IP生长规律再思考
　　——以论坛小说《赵赶驴电梯奇遇记》的没落为例　　王小英　(74)

类型探析
玄幻文中的灵宠叙事及其文化镜像　　　　　　张春梅　郭丹薇　(90)
赘婿文的类型语法与情感结构　　　　　　　　张永禄　华安婕　(105)
耽美小说及其审美特质探析　　　　　　　　　　　　　　李玉萍　(117)
从"虐恋"到"甜宠":网络女频文多样主题发展与女性成长　王婉波　(136)

作品解读

历史"爽感"与现实"逃逸"
　　——评知白小说《长宁帝军》　　　　　　　　江秀廷（155）
玄幻小说的新变：宅猪《临渊行》评析　　　聂庆璞　袁昊森（168）
论《人皇纪》的快感叙事　　　　　　　　　　　　杨志君（177）

名作细读

"九州世界"与精英奇幻写作的尾声
　　——网络文学名作《九州缥缈录》细评
　　　　单小曦　盛龄娴　朱臻晖　周越妮　高艺丹　黎杨全（191）

名家访谈

网络小说的文化传承
　　——阿菩访谈录　　　　　　　　　　　　阿　菩　周志雄等（228）

新作评介

打开网络文学现实面的一种方式
　　——评黎杨全的《中国网络文学与虚拟生存体验》　　王小英（258）

征稿启事　　　　　　　　　　　　　　　　　　　　　　（260）

学者立场

网络文学价值观评判之门外谈

张志忠

〔摘 要〕 本文从文学的常态与变体关系之辨析入手,描述五四新文学与中外数千年文学之异同,为包括网络文学在内的中国通俗文学之价值观作出独到评判;结合网络文学现状及其海外传播的基本特征,高度肯定其娱乐与游戏功能,对邵燕君等提出的"爽"文学观予以积极支持。

〔关键词〕 严肃文学;通俗文学;常态;变体;价值评判;"爽"文学观

网络文学走过20余年,从野蛮生长到蔚为大观,其成长速度令人叹为观止。在中国大陆这样的文化语境中,人们再也不能对它视而不见,但如何面对它,却颇费猜详。自认为与网络文学没有多少缘分、与网络文学作家和读者几乎是来自两个世界的我,也要对此做一些简略的评说,做一次门外谈。直言之,以我的阅读兴趣和专业训练,距离网络文学远不止一门之隔,我的一些心得也不是来自网络文学研究,而是我对中国现代通俗文学定位之积年思考的延伸。

不必忧心忡忡

许多人对于网络文学的状况忧心忡忡。这当然是基于对文学价值取向的严肃思考。许多人作出各种努力要去引导网络文学,使其走上正轨,提高层

---

* 基金项目:本文系山东大学人文社会科学重大项目"新中国'红色经典'文学史料整理与研究"(21RWZD06)的阶段性成果。

** 作者简介:张志忠,男,山东大学荣聘教授,山东大学莫言与国际文学艺术研究中心名誉主任。

次。这更是自觉的责任感使然。这样的思考和努力,都令人尊敬,值得点赞。但是,也不必过于焦虑担忧。一时代有一时代的文学,焉知网络文学不是当下的文学正相呢?

这让我想起1970—1980年代之交的文坛。改革开放的时代大潮,催生出一茬又一茬的文坛弄潮儿,在许多人为之拍手叫好的同时,也经常听到种种担忧与警觉的叹息。北岛、顾城等的"朦胧诗",王蒙、李陀等的仿"意识流"小说,都曾经被认为是文学的异端,北岛诗歌《回答》中一连五个"我不相信"更是被贴上存在主义或虚无主义的标签,遭受挞伐。时光远逝,往日的阴影散去,那些担心社会主义的文学会被西方现代派瓦解、腐蚀的焦虑,谁还会再去关注呢?

再说到现实生活。独生子女政策的严厉实行,始自1980年代,一个孩子得到父母及双方亲友的宠爱,1+2+4,当然会被格外关心和溺爱,被称为"小太阳",娇生惯养到连吃鸡蛋都不知道怎样剥壳的这一代长大以后还怎么担当社会建设的重任,一时成为热点话题。时隔40年,现实消除了人们的忧思,当年的"小太阳",如今不只是"如日中天",更是日月经天,他们在各方面都不比其父母一代差;正在进行的抗疫斗争,最大数量的参与者就是这些独生子女一代。网络文学的读者恰恰与"80后""90后"和"00后"等独生子女相重合。阅读网文,可能影响过少数自控能力较弱的中学生,影响他们考入理想的大学,但是,从大概率来看,无论什么时候,沉迷于某种游戏者都大有人在。在数学课堂上读小说,是很多少年都会有的淘气之举。梁实秋在清华读书时对梁启超的一句名言念念不忘:只有读书可以忘记打牌,只有打牌可以忘记读书。这也是文人轶事。

文学也罢,生活也罢,从古代走到今天,它自身蕴含的伟大力量,它的自选择机制,已经在网络文学20年的成长中充分地显现出来。

为中国通俗文学续命还债

网络文学问世之初的自发与无序,野蔓丛生,野蛮生长,还有一个重要的原因,是历史在补课,为中国现代通俗文学续命。

中国现代通俗文学,有着强大的生命力和市场需求,有其自身造就的广泛读者群。鲁迅先生是新文学的骁将,他的母亲却是喜欢读张恨水作品的。在革命与斗争的时代,负有意识形态传播使命的作家作品被大力倡导,被视作"旧文学"的包天笑、张恨水们淡出文坛,但大众对于通俗易懂兼具娱乐性的文学读物的需求仍顽强存在。《林海雪原》《烈火金刚》《铁道游击队》等富有传奇色彩和强烈动作性的作品填补了这一空白,"文革"时期的手抄本文学则以探案、情色等题材为主体。1980年代以降,主流的"改革文学""寻根文学""新写实文学"等一路行过,刘兰芳、袁阔成、田连元等在电台播讲的岳飞、杨家将、瓦岗寨等英雄故事逆袭于纯文学全盛的1980年代,台港流行文学金庸、古龙、温瑞安、琼瑶等为通俗文学的读者另辟蹊径。网络文学的兴起,按照邵燕君等的描述,起自金庸客栈和台湾网络文学写手罗森的《风姿物语》,但大陆的网络文学创作很快就风生水起,后来居上,与市场化和商业模式相得益彰,形成"风景这边独好"的文学奇观,不但在大陆拥有众多读者,而且影响远及海外,发展的势头大好。

网络文学的快乐原则,爽文本位,自成格局,和既有的文坛之间有密切关联,但是其间的差别更为醒目。有论者用大数据统计,总结网络文学的特征说:

> 通过解读读者评论高频词表与主题分布表,我们可以看出网络小说突出的吸引力在于:其一,虚拟化的设定带来新鲜刺激的感受,有"穿越"、有"法力"、有"游戏",天马行空的内容设定充满着脱离现实世界的奇思异想;其二,情节设定引人入胜,成功的网络小说情节诡异绮丽、节奏感极强,叙述的故事内容跌宕起伏、曲折离奇、充满想象力,为了吸引读者不惜天马行空、严重脱离实际,不合常理却也是成功之道;其三,网络小说脱离不了对现实生活的映射,书评的高频词可以看出,读者乐于讨论与自身心理和情感产生共鸣的内容,不能让人产生相通的悲欢的内容会被读者无情抛弃;其四,娱乐性极强,充满狂欢化畅想,这也是网络小说被称为"爽文"的原因之一:读者在小说中代入主角,或备受拥戴,或身怀绝技,或主宰世界,小说的情节设定以近乎完美的方式满足了读者内心对爱情、个人

能力、权力和社会地位的渴望。①

与严峻现实拉开距离的虚拟世界之狂欢化,神奇乃至离奇的想象,精心经营的情节与叙事节奏(出于每日一更的规定性),读者的代入感与虚幻的满足感,共同构成网络文学的内在特征。它不失中国古代小说传统的"好奇"本色,奇幻、传奇、出奇制胜、离奇荒诞、无奇不传,皆得到标榜。如论者所言,冯梦龙和李渔都认《三国演义》《水浒传》《西游记》《金瓶梅》为四大奇书。中国古代小说,无论是六朝的志怪体,还是唐代以来的传奇体,以及明代诞生的神魔小说,几乎都有一种刻意求奇的倾向。除了怪异题材小说,世情小说也以奇为美。与此相应,中国小说理论贯穿着对"奇"这一本质属性的探讨。且不说古老的神话、仙话会给小说注入"奇异"因素,就是小说赖以脱胎的史传文学也把"奇"这一基因传了下来。汉代扬雄就曾指出:"仲尼多爱,爱义也;子长多爱,爱奇也。"此虽以指瑕的口气批评司马迁所具有爱奇的毛病,但道出了《史记》尚奇的叙事特质。②

网络文学与通俗文学有多种多样的关联。为了吸引眼球的每日一更,和张恨水、金庸们在报纸上每日连载的长篇小说,刘兰芳、袁阔成等每日连播长篇评书的方式如出一辙。张恨水和金庸的小说都有巨大的体量,动辄上百万字,这在纸媒出版的时代已经是超巨型的小说。王少堂把《水浒传》中的武松故事扩展为上下两卷共80万字的长篇评书,当下的网络文学作品更是巨无霸多多,几百万字、上千万字的作品不为少见。这其中有着洪子诚老师所说小说经济学的考量:一部小说需要交代的人物设置,情节脉络,冲突主线,都是颇费心力的,中短篇小说需要不停地另起炉灶,作家要一次次地推倒重来,刚写到热闹处就要打住了;读者阅读起来也需要不断地更换不同作品,一次次地从头开始去熟悉那些陌生的人物、情节、环境与情感走向。细水长流,积微成巨,在情节的铺排与堆砌中,迅速进入作品的情境,超级长篇小说的流行就成为作者与读者的默契。网络的无限空间赋予网络文学多重意蕴,使它在内容上可以

---

① 刘鸣筝、付娆:《网络小说内容类型特征与读者偏好关系初探》,《文艺争鸣》2021年第8期。
② 虞初:《寻意觅趣:中国古代小说理论的历史演变》,https://www.sohu.com/a/284527395_776572。

上天入地、穿越古今,囊括海外仙山、幽冥灵界,从而获得远远超过写实小说所规定的有限空间,获得独有的表达自由。

文学的常态与变体

五四新文学自产生时起,一直对通俗文学形成极大的挤压。

自五四新文学运动以来,我们的文学是一定要"为"什么的。"为人生""为革命""为救亡""为人民",反对的是对文学的"游戏消遣态度"。文学研究会主张"为人生"和反对"游戏态度","将文艺当作高兴时的游戏或失意时的消遣的时候,现在已经过去了。我们相信文学是一种工作,而且又是于人生很切要的一种工作"。这是旗帜鲜明地针对"鸳鸯蝴蝶派"通俗文学的。创造社曾经标榜"为艺术而艺术",独尊灵感为时不久,创造社的郭沫若就投身革命参加北伐,后期创造社成员阿英、成仿吾等倡导"革命文学",此后再没有唯美主义的文学主张大举问世。同时,通俗文学在数十年间隐匿不彰,也是众所周知的事实。

直到 20 世纪末,前辈学者范伯群等力倡重评"鸳鸯蝴蝶派"、礼拜六派,并且将其视线延伸到《海上花列传》,以之为中国现代文学源头,提出严肃文学和通俗文学是文学发展的两只翅膀,举荐之功,不遗余力。范伯群先生还看到了网络文学与通俗文学传统的内在关联。在传播方式上,从农耕文明时代市民文学的代表冯梦龙们到工商资本时代的张恨水们,再到信息网络时代的唐家三少们是有着血缘关联的。冯梦龙们→鸳鸯蝴蝶派→网络类型小说是有承传关系的中国古今市民大众文学链。冯梦龙们是木刻雕版时代的传媒,鸳鸯蝴蝶派是机械印刷时代的传媒,而网络小说是去纸张、去油墨化时代的传媒。它们与科学技术的发展是相适应相呼应的。更主要的是,网络文学的诸多类型,不仅具有通俗文学特有的类型化特征,而且可以在清末以来通俗小说中找到渊源:"如今的网络小说,纯正的武侠类型小说虽已少见,但还珠楼主、金庸、古龙等武侠大家创造的传统以及侠义精神,依旧流淌在网络类型小说的血脉中……再如社会言情小说,执牛耳的是张恨水、刘云若,后继者如琼瑶、亦舒等也成了新言情小说的新星。如今的网络言情小说有很多继承了这一脉的精华，如都市青春、古代言情、民国旧影等，同时又结合科幻魔幻等题材发展出了穿越时空、随身空间、末世异能、系统文等多种题材分支。将侦探小说中国化的是程小青，历史演义小说的成就最宏富的是蔡东藩。可以说，网络类型小说品种在所谓鸳蝴派的作品中都有他们的代表作，至少已形成了雏形"，"言情小说中也有像《品花宝鉴》那样描写同性恋的'耽美小说'，而当年的宫闱小说与现在的宫斗小说为同类，在通俗小说中也不乏科幻小说"。① 这样的描述是否会得到网络文学作者的认同姑且不论，就通俗文学的发展脉络而言，这样的判断自有其逻辑性。

相应的问题在于用什么样的尺度评说包括网络文学在内的通俗文学。范伯群煞费苦心，尽力要证明其具有的现代性、启蒙精神和爱国情怀不比严肃文学或者纯文学差劲，尽力要提升其现代品格。这就有些"徒劳恨费声"了。

依我之见，五四新文学是非常态的，是积极地介入现实生活，以文学方式负启蒙、救亡、革命等使命，改造社会，改造国民性，极而言之，被视作团结人民、教育人民、打击敌人、消灭敌人的有力武器。这是中国作家应对"三千年未有之大变局"的特殊方式，是超常规、非常态，不是三千年文学的通例。我们通常所言，文学艺术有认识功能、教育功能、审美功能、娱乐功能，消遣和游戏都可以包罗在内。应对"三千年未有之大变局"，"中华民族到了最危险的时候"，文学的认识功能、教育功能得到超常规的发挥，转化为凝聚人心、社会动员的强大功能，其功至伟。但这种状态不可能持续永久，也不是可以一统文坛的唯一尺度。

我认为这并不矛盾。我自己的阅读兴趣和研究方向，都是纯文学，我非常推崇那些关注时代变迁、建造宏伟史诗的作品，对世界文坛上的巴尔扎克、狄更斯、雨果、司汤达、托尔斯泰和陀思妥耶夫斯基等充满敬仰，也推重中国本土的茅盾、柳青、莫言、路遥、陈忠实，喜欢作品的宏大叙事和深刻的人物形象塑

---

① 范伯群、刘小源：《通俗文学的传统与网络类型小说的历史参照系》，《中国现代文学研究丛刊》2015年第8期。

造。但我觉得,包括网络文学在内的通俗文学,有自己的生产机制和运作规律,有自己的庞大阅读群落(远胜过纯文学的读者群),它将娱乐性置于首选,又何尝不可?

这样的考量还在于对当下社会态势和国际语境的基本判断。1990年代中期,我撰写《1993:世纪末的喧哗》(这是谢冕先生等主编的《百年中国文学总系》中的一卷),其中提出两个判断,随着市场经济兴起与国际环境转换,中国文学出现了两个新的特征:其一,它由五四新文化运动以来向世界寻求精神资源,转为向本土文化传统汲取创新的源泉,《白鹿原》为其标识;其二,它逐渐从百年忧患、救亡图存的紧迫感中摆脱出来,休闲文化开始兴起,周作人散文备受关注即为一例。当时,我对这种转变所持的态度是谨慎而有所质疑的。时隔10余年,随着社会语境和民众生活的日渐丰裕与宽松,文化产品的日渐多样化休闲化,我终于认识到,百年忧患推涌下的文学思潮,是特定时代的产物,是为了"随机应变",是一种特例,是一种变体,数千年中外文学的长河,文学的休闲娱乐、拍案惊奇、面向大众、赢得读者,才是其常态。这也恰好是中国大陆网络文学兴起的宏大背景。

席勒说过,人只有在游戏时才是自由的。鲁迅说,诗歌起源于劳动,小说则起源于休息:众人抬木头,需要协调一致,有人率先喊出"吭哟吭哟"调整众人的步调节奏,就有了最早的诗歌;人们劳作累了需要休息,要寻一件事情消遣闲暇,就想听他人说点什么有趣的故事,增趣味,长见闻。班固修《汉书·艺文志》,将小说家列入其中,"小说家者流,盖出于稗官。街谈巷语,道听涂说者之所造也"。清代修《四库全书》,纪晓岚把小说分为三类:"迹其流别,凡有三派,其一叙述杂事,其一记录异闻,其一缀辑琐语。"杂事,异闻,琐语,都是不登大雅之堂的消闲碎屑。鲁迅在《中国小说史略》中,对古代小说的流传演变多有梳理,他对于《世说新语》的评价是"为赏心而作","远实用而近娱乐":

> 盖其时释教广被,颇扬脱俗之风,而老庄之说亦大盛,其因佛而崇老为反动,而厌离于世间则一致,相拒而实相扇,终乃汗漫而为清谈。渡江以后,此风弥甚,有违言者,惟一二枭雄而已。世之所尚,因有撰集,或者掇拾旧闻,或者记述近事,虽不过丛残小语,而俱为人间言动,遂脱志怪

牢笼也。

> 记人间事者已甚古,列御寇韩非皆有录载,惟其所以录载者,列在用以喻道,韩在储以论政。若为赏心而作,则实萌芽于魏而盛大于晋,虽不免追随俗尚,或供揣摩,然要为远实用而近娱乐矣。①

这样的例子还可以铺展开去。学习马列文论,马克思标举的是莎士比亚、巴尔扎克,提出"莎士比亚化"的命题,称赞巴尔扎克以其非凡的艺术才华,"用诗情画意的镜子反映了整整一个时代"。但他也将大仲马和司各特的作品作为紧张工作之余的休闲读物。朱德元帅戎马生涯,从早年投身行伍,到任人民解放军总司令,一生征战何止以百计,但他不喜欢看战争题材的电影,个中原因不难理解,战场实战经历太多太沉重,看电影何不换一换轻松的题材呢?孔子修《春秋》而乱臣贼子惧,这是因为他把历史编纂视为其伦理原则的体现,笔力千钧,到他老人家删定《诗经》的时候,他就非常理解诗歌的作用,"关关雎鸠,在河之洲,窈窕淑女,君子好逑",不就是编个痴心汉子娶仙妻的美妙白日梦吗?

网络文学:海内与海外的"双标"困惑

现在有一批学者,总想将网络文学的快乐原则和爽文学观(我采用了邵燕君的术语)扭转到现实性、时代性上来,要求网络文学"建构现实主义",甚至号召其要"主流化"。② 这让我想到《庄子》中为人所熟悉的一则寓言:南海之帝为儵,北海之帝为忽,中央之帝为浑沌。儵与忽时相与遇于浑沌之地,浑沌待之甚善。儵与忽谋报浑沌之德,曰:"人皆有七窍以视听食息,此独无有,尝试凿之。"日凿一窍,七日而浑沌死。如前所言,对于现实感与时代性的追求,是纯文学作家的职责,也是其强项。在网络文学中一般性地号召作家们关注社会现实、描摹时代风云,并且从中发掘出一些现实题材作品,都是可行的,但让网

---

① 鲁迅:《中国小说史略》,《鲁迅全集》,1991年版,第9卷第60页。
② 庄庸、王秀庭:《中国网络文学进入现实题材新时代》,《中国出版传媒商报》2018年4月27日。

络文学作家与莫言、路遥、毕飞宇、徐则臣们争一日之长,恐非一日之功,甚至是遥遥无期。那些写现实题材的网络小说因为特定机缘得到褒奖,这仅仅是在网络文学的圈子里"拔将军",就像当年"80后"作家韩寒、郭敬明们出道时一样,人们关注"80后"作家,是因为他们比同代人早慧,但他们并没有足够的实力真正跻身文坛。就此而言,网络文学创作,是需要扬长避短,还是弃长取短,不难断定哪一条路子更为切实可行。"央广网"转发的一则讯息,通篇没有要把网络文学规训到现实主义道路上的一厢情愿的臆想,它讲作者与读者的互动,讲尊重网络文学与大众文学的创作规律,甚合我意:

> 尊重大众文艺规律,创造性发展新类型流派
> 艺术创新不是凭空而来,既要求创作者体察读者需求,又要求其熟知艺术传统。古往今来的大众文艺大多是类型文艺,其发展规律即始终围绕人类个体基本愿望和社会时代要求,在艺术传统的基础上创造出新的艺术类型,分门别类满足受众精神需求。每种类型文艺,如武侠、言情、科幻等,各有其广泛使用的世界架构、角色原型、故事模式等创作元素。中国网络文学扎根中华优秀传统文化,吸收世界优秀文化资源,借鉴影响广泛的电影、动漫、剧集等大众文艺创作经验,一方面对传统类型文艺进行符合时代要求的转化,一方面创新性发展出诸多新的文体以及类型流派,如玄幻、仙侠等。①

除了要肯定网络文学自身的创作规律,还有一个网络文学在海内和海外的"双标"困惑。艾瑞咨询发布的《2020年中国网络文学出海研究报告》显示,中国网络文学的海外用户数量已达到3193.5万,海外市场规模也达到4.6亿元。网络文学走向海外,与它最初在国内的自发生长相同,同样是富有民间色彩,没有政府力量推动及资金资助,没有各种动员、联络和沟通,以中外文学网站的自发行为、良性互动以及读者响应为基本模式,短短几年在海外赢得很大反响。如研究者所言,在一定程度上,中国网络文学商业机制领先于世界其他国家。即便欧美这样畅销书体制极为成熟的发达国家,网络文学写作与阅读

---

① 王祥:《中国网络文学:借力良性互动 促进文学创新》,http://ent.cnr.cn/zx/20200828/t20200828_525230692.shtml。

都只局限于数字技术精英等小众范围,畅销书作家仍然只能通过实体书出版吸引读者。这种差异无疑为网络文学海外走红提供了机遇。"浅显易读的网络文学,似乎无意间承载了叩开中外大众娱乐文化交流之门的历史使命,这种乍听上去令人瞠目结舌的事情,细细想来倒也在情理之中。"①

根据邵燕君等的爬梳统计,在海外读者喜欢的网络文学作品中,早在2006年,天下霸唱的《鬼吹灯》就被翻译成越南语、韩语在亚洲多国发售,萧鼎的《诛仙》在越南也颇受欢迎。进入2013年后,伴随着网络小说改编热潮的兴起,言情类的网络小说和由网络小说改编的影视剧在东南亚相互助推,得到广泛传播。晋江文学城近5年在东南亚平均每年输出百部左右的小说。在北美,最早引爆中国网络小说在英语世界传播的是武侠世界(Wuxiaworld)上的奇幻小说《盘龙》。游戏文代表作者发飙的蜗牛的《妖神记》创下了中国网络小说在海外的最高阅读量之一的纪录,在巅峰时期有约20万读者追更这部小说。"2017年,玄幻、仙侠和游戏题材继续受到追捧,同时也有不少新类型得到海外读者的青睐,如都市小说《我真是大明星》和中式奇幻《放开那个女巫》。截至2018年1月,起点国际上最火的三部小说是《我的影子会挂机》(云梦大领主)、《天道图书馆》(横扫天涯)、《放开那个女巫》(二目)。"②

以是观之,海外读者的趣味和本土网络文学读者的眼光相去不远,难以想象,要是将网络文学的奇幻色彩和自由时空中的魔怪憧憧,矫正为"主流化"和"现实主义化",它还有这么大的吸引力吗?

---

① 陈定家:《网络文学海外传播的思考》,《中国文化报》2019年6月19日。
② 邵燕君等:《媒介革命视野下的中国网络文学海外传播》,《文艺理论与批评》2018年第2期。

宏观视野

位置叙事视野下的创意取向
——第三届两岸青年网络文学大赛作品类型分析

黄鸣奋[*]

〔摘　要〕　位置叙事学为网络文学创意研究提供了依据。从位置确定、位置移动和位置重合的角度出发,我们可以将网络文学叙事区分为九大类,即分别定向于自然位置、社会位置和心理位置的创世、拟史、萦怀,分别着眼于迈向自然秘境、交换社会角色、摆脱心理定势的探险、换位、超越,分别着眼于拥有多重定位、基于对立目标、基于共同目标的叠加、冲突与协作。上述范畴既可用于概括网络文学的创意,也可用于拓展艺术想象的理论。

〔关键词〕　网络文学;位置叙事;创意;文学评论

位置叙事既是关于位置的叙事,又是依托所在位置的叙事,同时还是指向目标位置的叙事。它在历史上源远流长,在现实中应用广阔,当前因移动互联网络的扩张而备受瞩目。[①] 位置叙事学将由自然位置、社会位置、心理位置这三个坐标构成的参照系作为文学叙事的定位依据,将主体迈向自然秘境、交换社会角色、摆脱心理定势的位置移动作为文学叙事的想象取向,将围绕主客体目标所形成的矛盾冲突作为文学叙事的阐释指南。上述分析方法不仅可以用来分析单一作品的内在意义和创作技巧,而且可以用来分析众多作品的内在联系和具体构成。第三届两岸青年网络文学大赛(2020—2021)为研究位置叙事视野下的创意取向提供了丰富的例证。本文一方面应用位置叙事学的方法概括这次大赛进入终评的34部中、长篇小说的创意类型,另一方面应用这些

---

[*]　作者简介:黄鸣奋,男,福建南安人,厦门大学电影学院教授,博士生导师。
[①]　黄鸣奋:《位置叙事学:移动互联时代的艺术创意》,北京:中国文联出版社,2017年版,第1页。

小说作为例证阐发位置叙事学的要旨,在理论与实践的互动中推进网络文学评论。

一、网络文学叙事中的定位

任何事件都发生于一定的环境中,任何叙述也都是以环境为依托而进行的。正因为如此,叙事定位将环境当成重要参照系。所谓"环境"包括自然环境、社会环境和心理环境。因此,叙事定位可以相应从三个不同角度进行。与新闻叙事不同,文学叙事允许虚构。若与传统文学相比,网络文学在叙事虚构方面更为自由,更为大胆。从上述认识出发,我们可以在网络文学叙事中区分出三种不同类型的定位,即基于自然位置的创世、基于社会位置的拟史、基于心理位置的萦怀。

(一)创世:叙事自然位置的定向

自然环境是社会环境的物质基础,并与社会环境一起构成心理环境的基础。"创世"就本原而言是指自然环境的创造,在发生学的意义上是神话的内容,在信仰论的意义上是宗教的内容,在艺术学的意义上是幻想的内容。文学涉及的创世,真正像神话那样去幻想自然环境诞生过程的其实少见,更多是通过设定不同于现实自然环境的新世界来编故事。我们可以称之为叙事自然环境的"变造"。如果根据已知规律或科学原理设定新世界,那就是科幻;如果无须依傍自然规律或科学原理就设定新世界,那就是其他类型的幻想作品,如从神话传说汲取灵感的玄幻、从现实异化截取素材的魔幻、从思绪翻空寻找亮点的奇幻等。下文各举一例予以说明。

捌贰零期的长篇小说《尘幻传说:星徽锋起》属于科幻。它以浩瀚宇宙为背景,描写此起彼伏的星际战争。想象如果整个时空是个巨大圆球,那么,处在无数个时空圆球之上的是勒克莱尔时空议会——针对时空间各种问题而设立的事态管理与解决机构。它在宏时空中的绝对统辖权由三个派系维护:作为始初,荚派负责监管能够生成微观宇宙的"孵星器";作为存续,蝉派负责操作能够折叠相位空间的"时流引擎";作为终焉,鹭派负责能够覆盖小范围事相、修正发生地因果关系的"时空探针"。时空议会虽然极其强大，但仍有探知不了的存在，如处于宏时空区域之外的撒巴莱亚等。撒巴莱亚人作为智慧生命对同化宏时空全境的智识文明有着超乎常理的狂热，不惜破坏当地原有的历史与文明，建立傀儡尚武的统治，意图将所有被侵占的对象化为其在群星间为非作歹的同僚。于是，星际战争就不可避免地展开。

陈胖我的中篇小说《乘桴游》属于玄幻。作者不仅从传统玄学汲取资源，而且从对玄学的否定中构建了非常理所可揣度的世界。在这一作品中，有学问的僧人戒觉和同样有学问的文人邱思玄经常一起探讨问题。他们虽然都善于思辨，但无法区分事实、传闻和幻术。他们的学问来自书本，而曾在手边的《庄子》被借者掉到水里，捞上晾干却没有字了。他们听说万柳山庄可能有个藏书阁，想去看看，这时它却被火烧光了。真是匪夷所思。

胡清雅的长篇小说《法奈》(FINITE)属于魔幻。作者构思了魔法世界"幻之大陆"，设想杀人如麻的魔王居然是个只有十三四岁的男孩法奈（FINITE，意为有限），而他大肆杀戮的动机只是认为有限的大陆已经应付不了人类无限膨胀的欲望，有必要将多余的人除去。芳龄十五的歌琳公主反对他大开杀戒，建议他设法打入四大王国的权力内部，进行和平改革，实行计划生育以及出台一系列限制资源开发的政策。年长的大魔剑士伊森指出他杀人只是加速了人类的灭亡，提醒他切勿浪费作为大陆生命之本的魔法能量，建议从阳光汲取能量作为补充。原来这个大陆（包括活动于其间的人物）只是与歌琳同龄的张美所开发的魔幻类电子游戏。她忍不住用传递文本的方式提醒魔王："你所以为的真实，其实只是一场我用以逃避现实的游戏。"

笔名为Winx的作者所著的长篇小说《白光》(*The Bright*)则属于奇幻。作者杜撰出涅雷姆大陆，设想那儿的雅浦帝国由于将新能源用于内战而灭亡。战火中诞生了怪物奇卡（Grand Devour，意为狂噬），以及吞下奇卡的英雄艾德蓝。当下雅浦部落负责战斗、狩猎等任务的"战选者"就是艾德蓝的传承人。波丹斯皇室赞助的探险队（代表外来者）男爵萧德尔发现这个大陆有奇异的酶水晶，它可以实现性质（如柔软、坚硬等）在特定对象与环境之间的传导，这被称为"镀魔"。两种不同的镀魔效果碰撞所产生的力量称作"碎震"(Shatter

Blast)。男爵将自建的城市格拉巴斯特和原有的克洛威萨小镇作为开采基地。当前者的产量下降时,男爵想接管后者的矿坑,未果后,计划朝雅滽森林进军。此时,作为雅滽天然屏障的动物席拉部落聚居地发生爆炸,雅滽人再也无法躲在它们后面。爆炸可能和掌握了雷管技术(利用碎震射出钢球)的男爵有关。

上述作品的构思表明:网络小说完全可以利用创世幻想为其叙事设定新颖的自然环境,进而在虚构的前提下表达自己的现实关怀,如资源危机、殖民扩张等。在科技理性占主导地位的当下时代,艺术幻想虽然未必遵从已知的自然规律,但必须吻合所设定的虚拟前提下的自然逻辑。作品成功与否,在很大程度上取决于所变造的自然环境的可信性、所派生的社会环境和心理环境的合理性。

(二)拟史:叙事社会位置的定向

"历史"在不同的语境中有不同的含义,可能是指自然史、人类史或特定智慧生命的历史。进化是以群体而非个体为单位进行的。在这一意义上,没有动物种群、人类社会或智慧生命共同体,也就没有进化史。就此而言,"历史"首先是社会史。在艺术的意义上,所谓"拟史"是指锚定叙事的社会位置,创作有别于正史的野史,其做法至少有:

1. 编造有关人类特定家族、亲族、组织或机构的史话。梁侨轩的长篇小说《大阳记》就是这样的作品。据其构思,作为家族的大阳人以能够和位于中天的大辰神沟通的大巫师为始祖。传说大辰神感念该部族始祖的虔诚,在九州五方布下五件分别代表五行、只能由大阳人发现的宝物,即谶璞——"皓鹄珠,皓洁无瑕,创伤能够自愈;赤龙球,基业之始,揭示命运之地;赤鹿角,永不独行,遇险时会得神助"等,还有预示九州一统的辰珠。它们其实只不过是普通物品,但被赋予上述意义之后,成为人们争夺的对象,带来几多变乱,几多创伤。大阳人后来由于未能获得大辰神的庇佑而改宗太阳神,经历了中国历史上的王朝交替,辗转风尘,到清末只余最后一人。

2. 通过想象为地方史、王朝史、国家史或人类史补充新颖内容。风紫海若的长篇小说《汴京物语》就是如此。它从物产习俗写历史风情,以"上元节斗法""蛱蝶恋花图""魔合罗""螺舟的百年穿越""冷香""桧扇抄""霜凋红颜""雪公子"为题。远游的《春秋煞》亦可为例。根据这部长篇小说的构思,老聃后裔聚居李家村,白子(全身均白的人)若生其中则具天眼,可知未来,但每次运用天眼都会折寿。朱元璋得知此事后,为谋千秋大业,既给锦衣卫陈晓下达诛杀全村的密旨,又让太子朱标、孙子朱允炆去捉拿白子李秋雪。陈晓未及执行密旨就死于李家村密室发生的石崩,李秋雪被燕王朱棣幕府的道衍和尚抓住。道衍先前已经暗算太子致死,现要李秋雪用天眼看未来,知道所见为朱允炆登基后又要李秋雪谎称朱棣登大位。李秋雪为保妹妹李春阳等亲人平安,只好进入朱棣阵营。李秋雪堂妹李芳华假装是白子的亲妹,在皇帝面前说白子已死,以免秋雪与春阳遭追杀,未想到被朱元璋看中,被赐给朱允炆为妃。

3.杜撰子虚乌有的智慧生命的演变过程。竹马的长篇小说《日将暝》就是如此。它描写金玉完人这一族类(简称"金玉族")自太古时期就专注修行,绝情绝欲,身心至臻完美,终得脱离六道,升至无色界。岂料自远古时期起,金玉族不得已被卷入炎黄之争,破了圆满之德,重坠欲界。还好,上古十大神器之一、能炼化万物的崆峒鼎辗转到了金玉族手中。若经崆峒鼎转世,不同于普通六道轮回,能保留前世记忆,确保元神周全。金玉族祖师认为:"南贪北嗔,西痴东疑,中土慢,如今五洲业力齐聚,人间一场大乱势不可免。我们只待坐观各方混战,静候天启。"根据祖师安排,有四个金玉族成员通过崆峒鼎转世,介入世人纷争。其中,舜姑托生北地(指玄冥国,包括危女等分支),假作神女,伴着北地世子呼延光长大,救了北地公主斗冼,又救了南诏国国君贾昭,一路护送他到了地处三国交界的长垣(再往前就是中土太微)。最后北地灭了西奎,形成南北对峙。

上述作品的构思表明:网络文学利用拟史表达作者对社会现象的理解与思考。编造有关人类特定家族、亲族、组织或机构的史话,或者通过想象为地方史、王朝史、国家史或人类史补充新颖内容,或者杜撰子虚乌有的智慧生命的演变过程,都展示了社会发展不同于正史记载的可能性。这类创意是否成功,在很大程度上要看作者能否在虚构的前提下丰富读者的历史知识,在引发沧桑感的同时寓托一定的哲理性。例如,《大阳记》在描写谶璞被神化的同时揭示它们作为普通物品的本来面目,《春秋煞》在描写天眼可以预见王位更迭的同时揭示它无法使预见者自身摆脱强大社会势力的束缚,《日将暝》在描写金玉完人超乎世俗的优势的同时揭示这一族群仍然只能通过让其成员坠入轮回来进行集体拯救、重归无碍,这类思考是比较辩证的。

(三)萦怀:叙事心理位置的定向

心理环境是以自然环境(包括生理环境)、社会环境为基础而形成的,体现智慧生命(首先是人)有关外部世界的认知、体验和意动,对应于其认识过程、心理过程和意志过程。人的心理环境不仅有广度,而且有深度。广度主要体现为所积淀经验的覆盖范围,深度主要体现为意识、潜意识、无意识的分化程度。如果某种情感能够调动起相当广阔的经验、相当深层的意识,不仅念念不忘,而且不吐不快的话,那就构成了我们所说的"萦怀"。它可以在动机之意义上成为叙事之缘起,在题材之意义上成为叙事之内容,或者将二者结合起来。黄亚奇的长篇小说《艾弗雷特》有助于理解这一点。它以11个看似独立但互有联系的中篇小说组成。贯穿全书的线索是"绿女孩的秘密",牵涉到一起匿尸案。这个秘密不仅萦绕于小说相关人物的心中,成为他们独思、交流、写作时挥之不去的因素,而且成为"文中文"(更准确地说是"小说中的小说")的写作动机。

认识过程包括感觉、知觉、表象、记忆等内容。作为现象,它们都为网络文学作者所关注。和传统文学一样,网络文学强调以情动人,通常将认识过程置于情感(特别是萦怀)影响之下加以描写。例如,秋白白的《渣男渣女恋习册》叙述了一对恋人从相识到成家的故事。独孤岛主的中篇小说《故人巷》以怀旧为特色,献给已逝世的四位亲爱的祖辈,意绪绵绵。又如,潘菁楠的长篇小说《荔山的地洞》致力描写抑郁症患者所萦怀的幻觉。在这部长篇小说中,主角树妮经常对丈夫说家里客厅有个地洞,它居然有一米多深,虽然楼板才20厘米厚。她之所以这样想,是因为七岁那年在乡下寡居祖母荔山的老宅里度假时底楼储藏间下有个地洞,她躲进去后摆脱了公猪的追赶。如今她说:"听到我的苦苦召唤,地洞从乡下飞到这里来给我做伴。"荔山一辈子不幸,在那个小小的地洞住了很长时间,其丈夫荀之鹤靠这个地洞瞒过民政人员的核查得以重婚。在丈夫的鼓励下,树妮将奶奶的遭遇写成书,她的抑郁症分明痊愈了许多,客厅的那个地洞也就不见了。这一情节表明写作有利于摆脱萦怀的负面影响。

情感过程可以根据强度划分为心境、激情、应激等,根据价值划分为正面情感、负面情感等,根据稳定性划分为情绪、情怀和情操等。它们都基于对事物作为刺激和自身需要之关系的认识,反过来对认识过程产生影响。基于条件刺激之影响的情感以巴甫洛夫所发现的经典条件反射为机制,基于行为反馈之影响的情感以斯金纳等行为主义者所说的操作条件反射为机制。关于前者,季思迷中篇小说《三梦》(Three dreams)从病理的角度提供了个案。据其构思,2019 年命名的 S 病毒(作为条件刺激)抑制患者内侧前额叶的杏仁核运作,为他们提供如其所愿的幻象。患者因此受困于梦境,类似于植物人。2030 年,永恒生物科技公司研发出对应治疗方式,显示患者的梦境意识,进行个案介入,使之苏醒,这就是名为"意识入侵"的技术。治疗者设置三道门,让患者在梦境中做出选择。如果其意识体在三道门前分别经历自己最不想遇见的绝境,因了悟而寻求赎罪,而且愿意活下来,就可以穿越到下一道门。如果穿越完三道门,就可以像重生那样醒来。主人公中学生洛初 19 岁那年出了车祸,在病床上躺了 9 年。该公司治疗失败,洛初被永远困在梦境里。关于后者,海德薇的中篇童话《小红与小绿》从行为反馈的角度提供了个案。它描写长白山小红偶遇棒槌精小绿,彼此成为朋友。小绿陪她找灵芝,以救活她母亲四月早产的弟弟,有恩于她(在情感意义上属于肯定性外部刺激)。由于家道贫寒,小红的父亲大石想捉拿棒槌精去卖,骗小红将红绳拴在小绿身上。村里遇到干旱,萨满带村民要抓拿小红的弟弟去献祭。小红自告奋勇去天池找解决办法,历尽艰险,得到守护天池的小白龙谅解。可是,此时大石刨走了小绿……小红终生为自己拴红绳的行为给小绿造成的伤害后悔,苦苦等待,但小绿再也没有出现。这种以追悔莫及为特征的萦怀源于自身行为引发负面结果之后的反思,在情感的意义上属于否定性内部刺激。上述两个例子从不同角度说明了萦怀的持续性。

意志过程包含设置目标、制订计划、克服困难、战胜挫折、调整方向等心理活动,是人的意识能动性的体现。按自己的意志去做,构成了自由;将自己的意志强加于人,构成了控制;按别人的意志去做,构成了受控。人们用"施虐狂""受虐狂"等术语来描绘控制与受控的萦怀化、病态化、极端化。它们都是网络小说的重要题材。海生馆的中篇小说《造神运动》可以为例。在这部作品中,陨石带来的"默思"(Mores)病毒流行,感染者存活不过一个月。只有基因血液属于"泉"型的人才能有效防疫,但他们总数不超过十万。这些人因此成为稀缺资源。楠橙市的尤叡杉通过财团操纵边昕医学中心,宣称自己有无尽泉血,创立真泉教,将自己塑造为神。他用暴力强迫泉血者为自己服务,不顾泉血者每次抽血都会降低本身的生命力。他主推一种可以抗默思的药"木星"(Jupiter),却隐瞒了它实际上是仿冒品以及停药就加倍反噬等问题。作为对比,穗青市央禾医学中心的华宇观院长没有尤叡杉那样强烈的控制欲。他建立泉血者伦理制度,因保障其权益而被视为"神"。但是,华院长也有自身问题,比如,一度替挚友"我"(小说的第一人称叙事者穆烨)隐瞒了泉血者身份,以便保证自己有泉血来源。在问题暴露后,他只好离职。当初故意使华院长染病的刘芯是与尤叡杉串通的内奸,被揭露后进了监狱,尤叡杉自杀。仅存的100%纯度泉血者赵玕成为众人之所赖,甚至有希望成为"神",倘若他以生命为代价奉献骨髓以拯救多数人。但是,人类应当怎样对待他?小说将问题留给读者去思索。

上述作品的构思表明:网络文学利用萦怀来表现情感所具备的动机作用。成功的作品不仅要显示情感对人的存在和发展所具备的价值,而且得考虑到脱离理性约束的情感发展为难以解脱的执念的危险。对于人类而言,情感既是人类探索真理的动力,又是形成蒙蔽的缘由。正如上引作品所表明的,抑郁成疾产生幻觉,欣快沉溺久梦不醒,危世恐慌驱动造神,对这类现象必须保持警惕。

上述创世、拟史与萦怀虽然有基于自然位置、社会位置或心理位置之区别,但都具备虚构性的特点。创世之"世"显然不同于现实世界,拟史之"史"也明显不同于公认历史,"萦怀"之"怀"则应理解为艺术人物而非作者本人的心理状态。

二、网络文学叙事中的移位

在人的观念中,"位置"与"运动"是相互定义的。无论主体还是客体,都只有历经不同位置才构成运动,都只有通过运动才能历经不同位置。在叙事学视野中,"位置"与"运动"的关系是艺术构思的重要切入点。由此至少可以定义三种不同的移位:一是作为迈向自然秘境之叙事的探险,二是作为交换社会角色之叙事的换位,三是摆脱心理定势之叙事的超越。

(一)探险:迈向未知空间的叙事

探险是智慧生命(首先是人)从已知世界出发探索未知世界的运动,在狭义上指自然环境探险(如外星科考),在广义上还包括社会环境探险(如打入匪巢)、心理环境探险(如深入潜意识)等。山隐有鹤的中篇小说《冰原月》正是围绕广义探险而构思的。它描写还是中学生的金文博渡海到了极冰大陆(自然环境探险),卷入当地巨熊族斯佩勒斯、特格特、兰吉尔三个部落的纷争(社会环境探险)。他救了特格特首领、少女塔格利尔(意为月亮),并协助她对付本部落野心家、阴谋家大祭司瓦尔瑞斯,为此负重伤。塔格利尔背着受伤的金文博朝海边奔跑,为的是让他回去医治。以上经历原来是金文博的梦境(心理环境探险),但他对梦中情景耿耿于怀,将地理作为自己的专业,终于有机会到北地看极光,遗憾的是未能找到所萦怀的极冰大陆。

由作者设定的特殊情境所决定,《冰原月》中金文博所进行的是只身探险,他与塔格利尔人生轨迹的汇合局限于梦境中。崔文钦的长篇小说《黑水》采用了另一种写法。这部作品所描写的是集体探险,人物运动轨迹汇合于西夏边防要塞黑水城(蒙古语"哈拉浩特")遗址。出现在那儿的社会势力至少有三类五股:(1)相距百年的两个科考队。1907年俄国皇家地理学会"蒙古-四川"探险队在西夏黑水城发现宝藏。队长科兹洛夫回国后,听情报人员巴德马扎波夫说起黑水城还藏有对了解党项人早期历史有重要价值的文献《夏圣根之歌》,决意返回寻找,为此参加红军,在苏联成立后再次带队来黑水城挖掘,但没找到它。21世纪初,中俄组成联合科考队到黑水城考察。(2)来自高校的两个"双人对"。一是西北文化大学佟新生教授及其助手牛顺利。他们是研究西夏文的学者。佟教授父亲佟继业、祖父佟复廷与著名考古学家、金石学家罗振玉有交往,对破译西夏文字做出过贡献。二是中央文明大学俄罗斯留学生安娜和所雇北京司机段小勇。安娜为完成关于西夏学的论文而进行田野调查,因此到了黑水。(3)一伙来自京城的盗窃团伙瞄准了黑水城。经过一番博弈,最终是牛顺利在黑水城新发现文物中找到十分宝贵的《夏圣根之歌》残卷。

探险对于当事人的知识经验、行动能力、意志强度、技术装备、组织程度等都是严峻的考验。成功作品并非将好奇心、逐利欲、好胜心等纯粹个人心理作为探险的动机,而是力图赋予探险一定的社会历史内容。就此而言,《冰原月》写的主要是异域的阴谋与爱情,《黑水》具备比较丰富的本土文化内涵。

(二)换位:交换社会角色的叙事

"换位"在狭义上专指交换社会角色(即社会意义上的位置),在广义上还包括交换所在场所(即自然意义上的位置)、交换认同倾向(即心理意义上的位置)。

拂衣谍战的长篇小说《蝶变》是根据广义换位进行构思的。它描写扶桑国天领军以药物"绛灵"加上摄魂师训练死士,并称之为"蝶"。与之交战的中原敬安军屡败,少帅曲应麟被俘(所在场所换位)。此前少帅曾试图在其恋人、药剂师阮琳的帮助下改造所俘一"蝶",为之起名苏芒。阮琳和经过改造的苏芒前往天领军军部,试图营救曲应麟,不料获悉他已叛变(社会角色换位)。阮琳将计就计,通过他将一份药方送给天领军头目楚成(即伊藤浩矢),让楚成相信这药方可以提高自己军队的战斗力,避免"蝶"太过机械、没有人指挥便不会打仗。楚成和摄魂师几经研究,觉得此药方是合理的,于是据此对军队加以改造。没想到在两军重新交战时,阮琳通过风将一种药粉吹过来,使蝶士因人性人情苏醒而纷纷自杀。楚成在被擒后自尽。曲应麟原来一度投敌,但在阮琳去敌营找他后转变,协助阮琳完成这次用计。他们庆幸团圆。但是,苏芒在决战前作为俘虏被楚成施加绝密控灵之术(心理认同换位),正在变为楚成重生的载体。因此,战斗正未有穷期。

十字菱的长篇小说《都城:the ILLUSORY》主要是根据狭义换位构思的。

作者将本真人与虚幻人当成两种不同的社会角色，描写本真人进入虚幻人所主导的世界之后遇到的矛盾。虚幻人的世界是由拥有半透明躯体的第三任"母亲"统治的皇城。皇宫能源大殿正中央是反应炉，即由七圈大铁环镶嵌而成的镂空球体。黑色铁环的空隙涌出强光，令人无法逼视。反应炉将能量提供给四座剑塔，剑塔再将能量转化，射向天之圆顶。"母亲"厌恶声色，不允许异性之间的结合，牢牢地控制都城的社会秩序。四座剑塔驻有本领高强的守护者，整个皇城密布着治安官。本真人、流浪女秦琴进入这个世界，被当成救世主，领导虚拟人反抗。尽管她落入"母亲"手中并被改造，但虚幻人群起反抗"母亲"，就连曾为"母亲"做过粉饰宣传的报社记者悠音都倒戈。第三任"母亲"倒台了，但虚幻人所希望的只是新任母亲能够引导皇城迈向光明。

换位不只是一对一地进行。笔名为 A.Z. 的作者所著的长篇小说《转角的换书商店》告诉读者：从台北到知本去泡温泉，可以发现那儿有一家让读者以换书来交换人生的商店。换书规则如下：（1）请用一本书交换另一本书。（2）一旦交换便无法换回。（3）交换后发生任何事一概不负责，答案都在书本中。如违反以上规则，后果自负。在小说中，四个人物由于彼此交换书籍《雨季不会来》《花甲男孩》《迷园》《以爱为名》，互相交换了人生。

换位在社会交往的意义上被视为加深理解、达成共识的重要途径，在艺术构思的意义上有助于形成峰回路转的效果。在现实生活中，角色的配置、分化、获得等都受制于一定的社会规范，并非可以完全自由地转换。在艺术作品中，这方面的自由度要大得多。尽管如此，作为伦理原则的正义仍然是起作用的。它是决定有关换位的描写是否成功的标准。正因为如此，《蝶变》中敌我对峙意义上的换位要有政治立场，《都城：the ILLUSORY》中虚实反转意义上的换位仍流露出道义倾向，《转角的换书商店》中人生体验意义上的换位仍归结于未来理想。

（三）超越：摆脱心理定势的叙事

心理定势是由于智慧生命（首先是人）先前经历的事件所塑造的。以时间为例。人类在多次目睹日月升降、经历寒暑交替之后，可能形成与循环发展观相适应的心理定势；在悟出逝者如水、时不复来的道理之后，可能形成与线性发展观相适应的心理定势；在不了解事情真相的条件下，可能形成与先入之见相适应的心理定势。文学创作的常见意图之一是打破诸如此类的心理定势，为读者呈现事物发展的多重可能性。

叶童耀的中篇小说《如果在夏夜，四个旅人》启发观众思考时间乱序所产生的影响。它主要描写夏夜四个旅人的生活因为流星短暂划过天际而彼此纠缠。电排站新入职的孟哲喜欢上了前来寻找学生吴辉的徐朝露老师，但徐老师已是站长看好的儿媳人选。吴辉透过江面看到对岸有亡父（死难矿工）的身影，划船去找他，结果落水，虽然被救，但多呓语。中学生杨晓诗见到神秘女孩落霞。落霞自称"朝露"，又说不会再让杨晓诗过以前的生活，其实落霞是杨晓诗未来的女儿，救过孟哲。这些事情的非线性因果关系只能在陨石划过天空导致的时间乱序中获得解释，无法从线性发展观或循环发展观去理解。

醉梦挑灯的长篇小说《我的魔心价值连城》启发读者思考刻板印象的消极影响。人族视魔族为敌手，始于"踏魔之役"。年青一代不了解这场人魔大战的前因后果，只是从老一辈的教育中获悉魔族之可恶。直到人魔混血的姜颂在修远门出现，事情才有了转机。她为自己因血统不纯遭到武林歧视所困扰，在探索身世之谜的过程中查清了当年那场血腥战争的真相，揭露了如今身居高位的责任者的丑恶面目，为促进人族与魔族签订血誓盟约创造了条件。

沐谦的长篇小说《夺心疫》启发读者思考消除因受害而滋长的戾气的可能性。主人公云妞因自幼遭受家庭虐待，又在跟贰过道人修仙过程中被三师兄强暴等不幸而心怀怨恨，按禁书《季孙神丹》的提示将药下在川魏河中，使下游百姓都染上紫皮症，使恶人眉心现出桃花斑，再用隔空取物术剜百颗恶人之心助自己成仙，连杀数十人。常乐门翟千光受县令葛培献之托破案，发现是云妞所为后予以开导，使之放弃杀父母全家的念头；贰过道人也要云妞带上自己在闭关时制订的紫皮症药方，跟翟千光去救人。云妞因此走上了自新之路。

心理定势是在既往认识经验的基础上形成的，有助于提高对熟悉性刺激的反应速度，但存在因为过度类化而导致误解、误判的可能性，同时也限制了当事人的自我提升。正因为如此，文学作品中有关超越的想象具备积极作用。

当然,若想取得成功,相关叙事必须坚持向善的精神。上述作品程度不等地注意到了这一点。《如果在夏夜,四个旅人》主要是通过描写救与被救体现向善,《我的魔心价值连城》主要通过批判唯血统论体现向善,《夺心疫》主要通过收敛法外复仇体现向善。

在位置叙事学的视野中,以上所说的"探险""换位""超越"都属于运动,不同之处在于迈向自然秘境、交换社会角色或摆脱心理定势。在具体作品中,它们完全可能相互交叉或融合。

三、网络文学叙事中的重位

运动是主体或客体的运动。如果说任何主体或客体都占有一定位置,那么,运动有可能使不同主体或客体的轨迹在一定条件下交叉或重合。若从上述认识出发进行艺术构思,那就有条件形成位置重合叙事。根据不同运动轨迹之间的关系,至少可以定位如下三种不同的叙事类型:叠加叙事,通常讲述若干客体拥有多重定位的故事;冲突叙事,通常讲述若干拥有对立目标的主体如何发生不可调和矛盾的故事;协作叙事,通常讲述若干主体如何相互配合实现共同目标的故事。

(一)叠加:拥有多重定位的叙事

现实生活中的客体都可能拥有多种不同意义上的位置(如物理位置、社会位置、心理位置等),它们自身的运动(特别是分化与融合)又可能产生新的位置。上述认识为艺术构思开拓了思路。

纺织意义上的"经纬"、数学意义上的"矩阵"都昭示了用纵横交错的方法为客体定位的可能性。这种方法也适用于艺术构思。例如,余音的中篇小说《爱情美食家》采用博客体,以各种美食作为各节的内容(横),脉络是主人公方缓缓情感生活的变故(纵)。又如,微读的中篇小说《晚安信》设定每天23:00可以通过寄信进行交流。每天23:00每个人都可以寄出一封信,日复一日(纵)。在漫长的黑夜里,写信者给自己关爱的人,送出最温暖的祝福(横)。

着眼于客体本身的分分合合,也是艺术构思的一种方法。例如,李春风的长篇小说《蒹葭苍苍》通过将完整的玉佩一分为二创造出两条不同的情节线索。21世纪初,余小雅接替已故母亲的工作,到某矿业公司上班。她想弄清母亲临终前交给她的半块玉佩(凤纹)是何物,因此和当地从事陇南民俗研究的袁溪交往。袁溪通过他的研究生导师获悉这半块玉佩源于先秦,余小雅也以它为线索找到了自己的亲戚,并获悉活跃于20世纪上半叶的土匪马润昌的故事。另半块玉珏(龙纹)在盗墓贼吴仪手里,他将它卖给外国文物贩子乔治。袁溪因为收了乔治一点钱,在替导师出席鉴宝节目时做假证,说玉佩是赝品,导致它可能被走私出国(尽管它后来由于走私贩子怀疑其为赝品而扔入海里),因此被判刑。不过,袁溪之前已经写出了有价值的论文并发表。最后,余小雅将凤纹玉佩捐献给国家。

用"套娃"的方式设计作品的结构,同样代表了叠合构思的一种可能性。初墨不姓熊的长篇小说《杀死游戏》正是如此。主人公方小柔是个因车祸成了植物人(主体成了客体)的送花女工,目前正在病房接受治疗。她的意识化身为"作者梦"(客体又变成主体),专门写预言小说,然后让幻想出来的人柳折、叶小荷(似为主体,实是客体)去实现这些预言。因此,作品形成了具有三重定位的叠加叙事,一是关于病人方小柔的叙事,涉及与其父母、妹妹等的关系;二是关于预言小说作者的叙事,涉及"作者梦"的神秘身份;三是关于花店店主叶小荷、帮工方小柔、客户蓝灯小姐等人物的叙事。这三重叙事的叠加既显示出初墨不姓熊驾驭小说写作的能力,又增加了读者把握情节奥妙的难度。

以上所说的纵横交错、分分合合与"套娃"方式都是就叙事文本的内在结构而言的。若将这些叙事文本放在网络上发表,那么,还必须考虑相应网站的外在结构。如果这些网站以万维网为依托,那么,所发表的文学作品是在超文本传输协议(HTTP)的支持下,通过各种超链来建构的。若是通过下载来阅读上述叙事文本,所使用的阅读软件同样从外部决定了叙事文本的呈现结构。

(二)冲突:基于对立目标的叙事

所谓"目标"在客体的意义上是指射击、攻击或寻求的对象,在主体的意义上是指希望达到的境地或标准,在主客体结合的意义上是指所预计的活动结果。下文主要就后者而言。基于对立目标的叙事至少包括如下类型:

1. 围绕特定客体的纷争。如果同一客体(例如特定权利、特定职务、特定财富等)被不同主体同时设为肯定性目标,这些主体的利益关系存在排他性,就可能由此引发冲突。文艺作品的著作权属于这样的客体。在袁霄彤的中篇小说《雪花坠落深海》中,高中生顾澜先是冒用同学、好友雪玲的名义与城里来的袁眠交往(她爱上了他),后来私自拷贝雪玲写的半自传体小说《雪花坠落深海》给了袁眠,说成是自己写的。这相当于剽窃了雪玲的著作权。当小说发表出来之后,雪玲获悉此事,她与顾澜之间的友谊毁了,悲剧随之发生。卢毓星的中篇小说《小说而已》设想了与此相反的情节:写手阿生与某出版社签约、成名,但意外发现以自己名义出版的小说实际上几乎都是"已故"大作家冯楚写的,因为只有后者才能保证市场所要求的质量。阿生为自己居然占有了冯楚的著作权而感到惊诧,与人合作调查真相,结果发现:冯楚之所以不得不隐姓埋名,原来是中了出版社高管周冬生下的套。

2. 旨在惩恶扬善的斗争。如果不同社会成员、社会角色、社会势力在基本立场上相互对立,那么,他们之间的矛盾可能发展为尖锐冲突。所谓"惩恶扬善",指的是以维护公认的社会规范(在伦理的意义上主要指正义原则,在法律的意义上主要指法治要求)为目标,同违背上述社会规范的社会成员、社会角色或社会势力做斗争。网络文学中有不少以此为题旨的作品。例如,曹伟的中篇小说《武装特警:缉毒之刃》描写中国边陲昆宁市公安边防云豹突击队A中队(队长雷龙)以保卫人民群众安全为己任,与M国毒贩冉风的私人武装和雇佣兵展开生死搏斗。又如,李布衣的长篇小说《边境风云:孤狼》描写西南战区特种兵大队班长金焕即赫赫有名的"老Z"提前退役,因为他妹妹金灵去境外打工失踪,警方无能为力。金焕为救妹妹,混迹于毒贩之中前往D国。神秘组织"魔眼"所操控的YBC矿业集团在D国北部为所欲为,翡翠矿难导致不少中国人丧命,电信诈骗对中国构成威胁,生化武器实验正在秘密进行。金焕查清金灵是被吸毒男友骗到矿上、已被害死,并逐步弄清该集团的黑幕。我国西川公安部门、特种兵大队协调力量作战,终于在D国曼德城警方的配合下消灭了YBC矿业集团的非法武装,打败了为之提供服务的雇佣兵组织黑焰安保公司。

3. 重在反躬自省的悖争。冲突不仅发生在当事人的外部，而且可能发生在当事人的内心，如果他们意识到自己必须在彼此对立的原则、利益或目标之间做出选择。钱幸的中篇小说《无风之城》就出现了这种情况。主人公是律政卓越律师事务所的律师潘婷。潘婷由庄主任招聘入职，在事业上主推弱者正义联盟，在情感上与晚报政法线记者季踊谈恋爱。季踊给她提供个案，说庄主任与未成年少女胡圆发生关系。潘婷为伸张正义而曝光此事，庄主任被迫投案，但他喊冤，说自己看过胡圆身份证，她已经18岁。在没有充分证据链的情况下，潘婷利用自己的辩才，将胡圆论证成为14岁的清纯少女。后来，她发现季踊原来是出于报复庄主任的动机有意误导自己，内心发生严重冲突（"悖"）。经过反省，她在法庭上忏悔，为庄主任辩白（"争"）。结果，季踊被判入狱，庄主任无罪。

以上所说围绕特定客体的纷争、旨在惩恶扬善的斗争、重在反躬自省的悖争虽然涉及的具体矛盾不同，但都属于因目标对立而引发的冲突。冲突越激烈、尖锐，相关叙事就越扣人心弦。成功作品往往表现为擅长驾驭外在冲突与内心冲突，将在大是大非问题上的爱憎分明和悖论情境中的明智抉择有机结合起来，通过给予不同主体合乎情理的伦理归宿来激浊扬清。

(三) 协作：关于共同目标的叙事

与出发点相比，目标是一种符合心愿或需要、经过努力或奋斗才能达到的位置。如果这类位置是排他性的，那么，目标可能成为竞争、竞胜或竞赛的对象。如果这类位置不是排他性的，那就有望成为分工协作的条件。人类社会正是由于分工协作而形成与发展。文艺领域的协作至少有三重含义：一是创作者和欣赏者之间作为角色伴侣的协作，为文艺作品顺利实现其价值所必需；二是文艺作品所描写的各种人物之间的协作，为有目的性的情节演变所必需；三是上述二者的彼此渗透，互为题材，相辅相成。网络文学当中有不少这样的作品。下文以有关共同写作、共同表演、共同复仇的描写为例加以说明。

共同写作以生产合作性稿件为目标。例如，根据椋汐的中篇小说《千载不谙·失落的秋声》的构思，因为机缘巧合，已有三千岁的金睛子真君（道号）段子矜通过梦境将所写的文稿传给时下凡人世界的高中生陈书修，提议合写修仙小说，于是有了这部参赛作品。陈书修不仅将段子矜的参与当成篇首的噱头，而且让此人不时地跳出来打断正文的叙述，甚至在结尾还为段子矜的续作做广告。

共同表演以提供群体性节目为目标。莫斌的长篇小说《摇滚进行式》可以为例。根据其创意，在很有势力又挺热心的酒吧老板高铭玮的撮合下，吉他手叶蔷加盟台北地下摇滚乐队"天罚"。乐队改名"赫密斯之翼"（灵感来自古希腊神话中的信使，即赫尔墨斯），演唱新创作的歌曲，并与环宇娱乐公司签约。李杰曾因先前的吉他手离去而伤心地出走美国三年，叶蔷四岁时作为孤儿即将被领养时被人猥亵，他们由于心理创伤的影响在互动时遇到不少障碍（另有歌迷莉莉佳介入导致的横生波折），但终于走到一起，乐团的事业也蒸蒸日上。环宇娱乐的负责人周亦因投资失败而策划绑架乐手，但其企图被高铭玮挫败。

共同复仇以打击一致性的敌人为目标。例如，俞勇的长篇小说《杀局——刺猬法则》以昆城为背景，描写原先素不相识的房地产公司女职员徐思邈、第一医院麻醉科男医生羽皓为报复共同仇人而走到一起，先是无意间合作，后是精心合谋，消灭了两个敌人。羽皓先前已经患上喉癌，知道自己活不长了，自愿担全责，被判死刑，掩护徐思邈洗脱干系。

作为基于共同目标的叙事，文学家笔下的共同写作、共同表演和共同复仇都只是协作的特例。上述小说所描写的主要是微观情境中的协作。成功的作品完全可以将视野扩大到宏观情境中的协作，如全球性气候问题的解决、人类命运共同体的建设等。"微协作"的长处是吸引观众设身处地关注具体人物的境况，"宏协作"的长处是让具体人物的行为动机源于历史潮流。将上述二者有机结合起来，可以增强作品的思想性和感染力。

以上所说的叠加、冲突和协作可以在一定条件下统一起来。网络文学有关叙事可以被视为整体网络背景的隐喻。互联网提供了各种信息资源相互叠加的可能性（例如，万维网就是"网中之网"）。它既是网络用户彼此冲突的舞台，又是网络用户相互协作的纽带，既为网络文学提供了海量素材，又作为网络文学的传播平台起作用。

本文以第三届两岸青年网络文学大赛(2020—2021)进入终评的34部作品(约580万字)为对象,在位置叙事视野下对艺术创意取向加以研究。上述分析表明:艺术创意虽然以作者所处的自然位置、社会位置和心理位置为出发点,但通过创世、拟史和萦怀展开想象的翅膀,通过探险、换位和超越构思丰富的情节,通过叠加、冲突与协作展示复杂的矛盾,以寓托人们对于自然规律、社会规律和心理规律的思考。从"异想天开"到"暗与理合"的过程,凸显了"反常合道"的艺术规律。

(第三届两岸青年网络文学大赛由浙江省作家协会、浙江出版联合集团、台湾旺旺中时媒体集团等主办,浙江文艺出版社、爱奇艺文学、浙江省网络作协等承办。投稿作品题材不限,以小说为主,需要有一定的文学性、故事性、艺术性和市场,篇幅3万字以上。根据惯例,本文将长度为3万~10万字的叙事作品称为"中篇小说",将10万字以上的叙事作品称为"长篇小说"。)

生态优化语境下网络文学的主流化趋势

禹建湘　梁馨月**

〔摘　要〕　经过近30年的发展,网络文学的生态不断优化,政府出台多项政策规范网文行业秩序,引领行业健康发展,网文平台与网文作家在磨合中探索新型关系,网文企业创新版权衍生业务谋求新破局,各界合力打通版权保护"最后一公里"。与此同时,网络文学百家争鸣,作品类型大发展,现实题材佳作频出,现实题材"整体性崛起"。这表明,网文以内容为王,趋向主流化、经典化是其发展必然结果。

〔关键词〕　网络文学;现实题材;经典化

网络文学经过近30年的发展,已成为中国当代文学的重要组成部分。在野蛮生长期过后,网络文学整个生态必须得到规范,网络文学创作方向必须予以引导。在政府部门监管与引导双措并举下,网络文学行业发展更加规范化、体系化。网络文学创作在主流化趋势下多维联动,网文作品百家争鸣,各类型创作发展,现实题材佳作频出。

一、治理陈疾、倡立新规,网络文学行业生态逐步优化

(一)多项政策规范网文行业秩序,引领行业健康发展

自2020年起,网络文学进入自我调节与外部引导互相作用的理性发展阶

---

* 基金项目:国家社科基金重大项目"中国网络文学评价体系建构研究"(18ZDA283)的阶段性成果。

** 作者简介:禹建湘,男,1970年出生,湖南双峰县人,中南大学文学与新闻传播学院教授,博士生导师,主要研究方向为文艺美学。梁馨月,1998年出生,中南大学文化传播与文化产业学硕士研究生。

段。自我调节的机制在网络文学创作与市场运作层面均已初显端倪。国家新闻出版署和国家互联网信息办公室等部门"精准出击",直接将监管对象与范围明确到网络文学内容层面,监管与引导双措并举,坚持把网络文学的社会效益放在首要位置,坚持高质量发展,推动网络文学繁荣健康发展。国家新闻出版署2020年6月印发《关于进一步加强网络文学出版管理的通知》,要求网络文学出版单位严格落实平台主体责任,建立健全的网络文学内容审核机制,强化内容把关职责,支持优质创新内容;严格规范登载发布行为,实行网络文学创作者实名注册制度,在平台上明示登载规则和服务约定,对创作者登载发布行为提出明确要求;加强对作品排行榜、互动评论等作品相关发布信息的动态管理,正确引导用户阅读。该通知还提出对网络文学出版单位进行社会效益评价考核,加强评奖推选活动管理,对内容导向出现偏差的作品和单位进行综合处置等要求。

国家互联网信息办公室2019年12月发布《网络信息内容生态治理规定》,自2020年3月1日起正式施行。该规定以网络信息内容为主要治理对象,以建立健全网络综合治理体系、营造清朗的网络空间、建设良好的网络生态为目标,突出了"政府、企业、社会、网民"等多元主体参与网络生态治理的主观能动性,重点规范网络信息内容生产者、网络信息内容服务平台、网络信息内容服务使用者以及网络行业组织在网络生态治理中的权利与义务。

正是有关部门对网络文学实施更加严格的监管,使得网络文学必须以更高的标准来谋求未来的发展。作为网络信息内容的重要载体和我国文艺事业的重要组成部分,网络文学需要以更高的站位回应政府与市场的期待。对文学网站而言,网络文学的精品化与垂直化发展趋势愈发明显,打造网络文学的健康"橄榄球"模型(即顶部与底部均占一定比重,中腰部比重最大的模型)以及整体提升网络文学的文学品质成为今后发展的重要议题。对网文作者而言,要重视作品的社会责任,沉下心来以工匠精神打磨作品,这需要网文写手更好地解决"催更""月票""推荐数"等问题,做到要"口粮"更要质量,不去谄媚市场,坚持文学创作的情怀与追求。

在政府、网站、作者与读者逐渐形成的高质量发展共识中,网络文学正披荆斩棘,以文学"少年"的无畏勇气克服一个又一个困难与挑战。尽管网络文学的发展不会一帆风顺,但我们可以乐观地期待网络文学会依循螺旋式上升路径继续前进。

(二)网文平台与网文作家在磨合中探索新型关系

2020年4月,以吴文辉为首的阅文集团高管集体离职。管理层变动带来的焦虑蔓延至作者群体,网文行业积累已久的沉疴旧疾在此时集中爆发。5月,阅文旗下部分作者联合发起"五五断更节"以抗议阅文合同的"霸王"条款。阅文迅速采取行动,召开作家恳谈会,推出"单本可选新合同"制度,并升级其作家合作体系,确保各级作者的对等权益。9月,阅文发布"职业作家星计划"并提供爱心专项基金、作家写作指导培训和作家个人品牌运营等服务,全面升级作家的福利收入。11月,阅文宣布成立阅文起点大学,并发布了"青年作家扶持计划",其将在未来投入亿元资金与资源,扶持青年作家的创作与发展。阅文CEO程武表示,在网络文学"新常态"下,阅文决心构建自我成长、自我完善、自我激励的"作家生态2.0",全面打造作家服务型、连接型平台,持续升级作家的服务体验。

事实上,阅文的一系列举动折射出了网络文学领域的重要议题——网文平台与网文作家的关系,两者的关系随着网络文学的蓬勃发展经历了多个阶段:

从1998年网络文学诞生之时到2003年起点推出VIP付费模式,这5年间网文平台是作家们进行自由创作和自在交流的"桃花源",平台和作家们和谐相处。作家出于个人兴趣在线上发表作品,网文平台对作品和作家进行松散的管理,两者像是在"互联网"这一新生事物面前摸着石头过河的"亲密战友"。

2003年起点首创VIP付费模式后,网文平台与作家的关系发生了巨大变化。对于作家而言,付费模式的开启意味着作品不再只是心情的抒发和志趣的书写,它已经成为作家重要的经济来源,水涨船高的写作收入为网文作家提供基本的甚至非常优越的生活保障。因此,网文作品的市场属性在这个阶段十分突出,得到更多的"月票""打赏"和推荐数成为作家们梦寐以求的事情。

收入的增加吸引越来越多的人参与网文写作,网文平台的作家数量与日俱增。与此同时,付费模式使网文平台成功脱离了难以盈利的窘境,展现了网络文学巨大的市场潜力,资本和资源不断涌入网文行业。网文平台与作家的关系从共享文学爱好的战友变成了以经济利益为主的"甲方"与"乙方"的关系。然而,这种关系并不平衡,网文平台面对作家群体占据强势地位,享有绝对的议事权和解释权,网文作家属于弱势一方,只能依照平台的规则行事,两者在不平衡的关系中积累了许多矛盾,阅文"合同风波"便是两者矛盾的一次集中体现。

阅文事件表明,网文平台和网文作家的矛盾必须适度调整,因为网文行业的持续发展离不开健康的平台与作家关系。网文平台应以作家为基石,将作家放在工作首位,优化作家队伍结构,提供针对性的培训,保证底层作家的基本权益,扩大中腰部作家的比例,鼓励大神和白金作家的崛起。同时,网文平台应考虑到作家的多元需求,针对著作权、IP改编权、免费阅读的收益等作家最为关心的议题进行合理设计,接纳不同声音,以网络文学的高质量发展为目标,努力形成共赢局面。网文平台与网文作家健康良性的互动关系将为网络文学减少焦躁、沉淀质量。

(三)网文企业创新版权衍生业务谋求新破局

IP的改编和变现成为近年网络文学产业的关键词。网文企业八仙过海各显神通,创新网文版权衍生业务,变革网文商业模式,在产业增速放缓的背景下谋求新的增长机遇。

网文企业近年纷纷加强与影视平台的合作,深入开发网文作品的影视属性,在影视转化特别是IP短剧领域进行了大胆尝试。字节跳动入股掌阅,中文在线达成了与爱奇艺、蜻蜓FM和字节跳动的合作,这将为其影视化提供强大助力。而四月天小说网在IP短剧的打造上属于第一批"吃螃蟹的人",旗下小说《我不想再陪仙二代渡劫了》在刚刚发表了三万字后,微短剧就已开机,影视剧和动漫改编开发也在同步推进中,从而大大缩短了IP孵化的时间。另一部大热的网文改编短剧《权宠刁妃》顺应了用户时间碎片化的大趋势。《权宠刁妃》改编自米读APP的同名小说《权宠刁妃:王爷终于被翻牌了》,是米读与快手IP短剧孵化的成果之一,全平台播放量破4亿。此外,米读正就IP短剧积极尝试直播带货、剧集内容冠名与深度植入等商业模式。这种"以流量驱动流量"的产品逻辑效果显著,助力知名IP进阶为超级IP。分析投资师认为,网文改编成短剧可以更好地增加小说IP的曝光,为平台引流,也降低了影视投资的风险。

网络文学的衍生品开发也是产业发展的重点。中国音像与数字出版协会在《中国数字内容产业市场格局与投资观察(2019—2020)》中指出,中国数字内容产业的发展趋势是,产业链中上游内容企业受资本关注,下游衍生品市场待开发。在文化产业得到政府大力支持之时,在文化自信成为社会共识之际,网络文学作为衍生品市场的源头,具有广阔的市场想象空间。因此,我们需要在参照发达国家成功经验的基础上形成适合中国市场的衍生品开发思维和逻辑。衍生品开发必须以优秀的网文为基础,只有高质量的作品才能获得认可,形成口碑,奠定衍生品成功的基础。此外,衍生品的开发须找准产品与作品的结合点,不能滥用IP,追求快钱。衍生品的开发不是简单地贴上IP主角的照片或是直接挪用IP的名称,大量的市场调研和专业的市场判断在这个过程中必不可少,而这离不开成熟的行业运作和专业化的人才队伍。网络文学衍生品的开发仍然处在初级阶段,这也意味着这个领域具有广阔的发展空间。

(四)各界合力打通版权保护"最后一公里"

网络文学自诞生以来一直在与盗版侵权行为作斗争。然而,相比已经取得显著成效的网络音乐和网络视频,网络文学因盗版成本低、盗版方式简易、侵权主体复杂等原因仍然面临较为严重的版权问题。令人欣慰的是,版权保护已逐渐取得社会共识,监管层更加重视,企业更多投入,用户更加自觉,各界正合力打通版权保护"最后一公里"。

2020年11月11日,第十三届全国人大常委会通过《全国人民代表大会常务委员会关于修改〈中华人民共和国著作权法〉的决定》,新法完善了作品的定义和类型,引入了针对侵权行为的惩罚性赔偿,还完善了著作权集体管理制度。11月16日,最高人民法院印发《关于加强著作权和与著作权有关的权利保护的意见》,要求切实加强文学、艺术和科学领域的著作权保护,充分发挥著作权审判对文化建设的规范、引导、促进和保障作用。以上决定和意见为网络作家的创作权益保护提供了更多的法律依据,将进一步促进网络文学的发展和繁荣。2021年全国两会上,网络文学版权保护也吸引了代表委员的关注。浙江省网络作协副主席蒋胜男建议由政府监管部门介入,推出相对保障平台和创作者平等权益的制式合同(即格式合同)进行备案确权。

以阅文集团为代表的网文企业推出多项举措打击盗版侵权、维护各方权益。2020年6月,阅文发布关于进一步扩大网络文学整版联盟的公告,展现一系列打击盗版所取得的成果,并推五大实质举措打击盗版。8月,阅文联合文字版权工委、人民教育出版社及几大搜索引擎,发出"阅时代·文字版权保护在行动"联合倡议。该倡议提到"呼吁行业合作与社会共治,呼吁各大平台企业联合版权方,建立正版内容保护机制,将履行平台责任落到实处"以及"提高创新能力,加大研发投入,与相关平台企业合作探索建立更加良好有效的版权保护模式,维护行业发展良好秩序",引发行业广泛关注。

2020年6月,艾瑞咨询发布的《2020年中国网络文学版权保护研究报告》显示:"52.8%的用户观看正版网络小说越来越多,33.6%的用户观看盗版网络小说越来越少。"这意味着读者的版权意识越来越强,而如何对观看盗版小说的读者进行转化则是未来的版权保护工作重点之一。

二、网络文学百家争鸣,作品类型大发展,现实题材佳作频出

(一)作品类型发展,热门作品集中分布

根据橙瓜数据网统计,综合全网各大渠道平台,2020年,全网热门作品主要集中分布在都市、言情、玄幻这三大类型,历史和仙侠类型次之,游戏、二次元与科幻类型作品最少。

其中,很多老牌大神作者人气依旧如日中天。如天蚕土豆的《元尊》长期位于百度热搜小说榜首位,夺得2020年百度热搜小说榜年度冠军。烽火戏诸侯的《剑来》长期位于纵横中文网、书旗小说等多个榜单第一。爱潜水的乌贼的《诡秘之主》连载期间均订突破10万,打破起点均订纪录。此外,辰东、净无

痕、火星引力、我本疯狂、善良的蜜蜂、花幽山月、大红大紫、失落叶等大神们,在玄幻、仙侠、奇幻、都市、游戏等领域为广大读者持续奉献优秀作品,创造优异成绩[①]。

在2021年第一季度,各大网文平台相继推出春节假期活动,为读者提供了属于网络文学的春节盛宴。其中,最具代表性的是"书旗阅读狂欢节"。在2021年春节期间,书旗开启第二届阅读狂欢节,联合淘宝、UC、夸克等APP加入,为读者提供了海量免费优质内容,并邀请超人气大神作家天蚕土豆,著名演员黄晓明、黄宗泽,以及宋小宝、丁真等知名人物助阵,与大家分享阅读的快乐。

平台的活动往往是结合作者的作品进行的,因为作品与作者才是核心。根据橙瓜数据网统计,综合全网各大主流渠道平台,2021年第一季度全网热门作品主要集中分布在都市、言情、玄幻这三大类型,其次是历史和仙侠类型,现实题材作品的比例明显上升。

在网络作家创作方面,根据橙瓜码字的统计,网络作家创作的时间普遍集中在晚上,超过42%的作家主要码字时间为晚上。相比于平时,春节期间的平均码字时间要更长,37%的作家平均每日码字时间近6个小时。有超过85%的作者保持着日更的状态,76%的作者每天码字数不低于4000字。

在作品方面,第一季度,老牌大神们依然展现了其不俗的人气。跳舞、爱潜水的乌贼、花幽山月、烽火戏诸侯、善良的蜜蜂、大红大紫、净无痕、我吃西红柿、青鸾峰上、烈焰滔滔等大神作者的小说保持着其应有的人气热度,稳居各大榜单前列。

另一方面,超人气大神的作品相继完结,引发行业关注,频频登上话题热议榜。2021年1月30日,天蚕土豆的《元尊》正式完结,引起无数读者和行业人士的讨论,并登上贴吧、知乎、微博等多个平台的榜单前列。就在《元尊》完结后第二天,近两年最为引人关注的新晋超人气大神老鹰吃小鸡的《万族之

[①] 橙瓜网文:《2020橙瓜网络文学行业报告:行业大变局之下的新机遇》,https://mp.weixin.qq.com/s/r8uxbTTjBKp6oBUdfUhIFA。

劫》也正式完结。辰东的《圣墟》在连载五年之后也于 2 月 11 日宣告完结,因读者呼声太高,辰东于 3 月 19 日重写大结局,两度成为网文圈热门话题。

近一两年新晋人气大神,在第一季度人气令人瞩目的作者,则以卖报小郎君、言归正传、我最白、海胆王、燕北、诺小颖、盛不世等最有代表性,所创作的仙侠、都市、言情等类型作品在市场享有极高的欢迎度①。

(二)现实题材"整体性崛起",佳作频出

1. 政府、网站、作家多策并用,现实题材霸屏网络

如果说 2019 年现实题材迎来"爆发期",而 2020 至 2021 年则是现实题材迎来"整体性崛起"的年度。当前现实题材的创作发展势头强劲,近两年来以国庆 70 周年、脱贫攻坚、抗疫、建党 100 周年等为主题涌现了很多口碑精品,而随着现实题材社会关注度的提升,更多优秀的写手着力于现实题材创作,今后现实题材所占比重会越来越大。

现实题材的作品能够实现"整体性崛起",国家政策的引导起了关键作用。各大网站响应国家对现实题材的号召,鼓励作家推出现实题材的作品,从国家层面—企业层面—作者层面全力推动并促成了 2020－2021 年度现实题材的大爆发。

2020 年新冠肺炎疫情席卷全球,引发全民对现实生活的重新审视和思考,抗疫题材的网络作品因时制宜的创作也是顺应读者阅读趣向转变的必然结果。"生活的网络性和民间性"是网络作家在取材和创作中最温润的土壤,新冠肺炎疫情发生后,网络文学平台和作家的迅速反应也使得创作情感爆发。起点中文网发布"我们的力量"征文大赛公告,短短数日后台涌入 4000 多位作者报名参加,在抗疫期间涌现的网络原创作品达万余部。

2021 年第一季度,为庆祝中国共产党成立 100 周年,充分展示网络文学"建党百年"主题创作成果,由中国作家协会网络文学中心主办的"庆祝中国共产党成立 100 周年网络文学'百年百部'系列活动"启动,发布了 2021 年度网络

---

① 橙瓜网文:《2021 年第一季度橙瓜网络文学行业报告,微短剧成 IP 衍生开发新热点》,https://mp.weixin.qq.com/s/WkE-PNfz56kcUidbwB7Tng。

文学选题指南及"全国重点文学网站优秀网络文学作品联展"信息,共有564部优秀网络文学作品参与展出①。

2.现实题材佳作迭出,榜单助推成效明显

面临短视频、网络直播、免费阅读等多重冲击,以及对新技术的裂变式发展和新文艺形态的层出不穷,网络文学在近两年面临严峻的考验。文学作品同质化、套路化,章节质量粗糙注水、抄袭侵权,现实题材作品偏少,很大程度上制约了网络文学的发展。重视打造网络文学精品,是突破现有网络文学发展瓶颈的最佳办法。2020年在政府机构和大型平台的助推下,各大人气榜、平台守夜和专业网络文学榜单开始将注意力向现实题材的作品倾斜,挖掘了许多题材新颖、情节精彩的口碑精品。通过媒介的宣传和榜单的助推,现实题材的作品在完结后,又迎来了新一波的用户流量,绝大多数上榜作品在榜单推出伊始,点击率得到了极大提升。

2020年5月1日,第四届全国现实题材网络文学征文大赛公布获奖名单,聚焦中国工业发展史的《何日请长缨》获特等奖,反映金融业发展的《投行之路》获一等奖,根据疫情期间真实事件改编的《国家战疫》、聚焦医护工作者的《生活挺甜》获特别奖。此次获奖的很多优秀作品都着眼于各行各业的普通人,描绘出一幅幅真实且细腻的社会画卷。随着4届现实题材征文大赛的举办,现实题材在网络文学中的影响力持续扩大,都市、军事、体育等题材的比例日益提升。同时,创作结构也多样化,开始向生活化、趣味化、专业化转变,都市题材逐渐向现实职业、家庭生活转变。此次比赛的参赛作品超过14800部,比上届增长25.4%,参与作者超过13700名,同比增长33%。参与者所在地覆盖了全国所有的省市自治区,来自各行各业②。

上海网络文学周于2018年10月启动"天马文学奖",每三年一届,第一届评奖对象是2017年1月1日至2019年12月31日在全国各大文学网站发表

---

① 橙瓜网文:《2021年第一季度橙瓜网络文学行业报告,微短剧成IP衍生开发新热点》,https://mp.weixin.qq.com/s/WkE-PNfz56kcUidbwB7Tng。
② 宋浩:《第四届现实题材网络文学大赛获奖名单公布,抗疫、医护题材获瞩目》,《钱江晚报》2020年5月1日。

且已完本的华文网络文学作品,公开发表或出版的理论评论作品,以及已翻译成外文且在国外网站连载或出版的华文网络文学作品。这一奖项力图通过评选优质作品,反映当前网络文学水平,推动网络文学走出去和网络文学理论评论繁荣。其中,齐橙的《大国重工》、何常在的《浩荡》和吉祥夜的《写给鼹鼠先生的情书》是现实题材作品,表现了改革开放以来的社会变迁;血红的《巫神纪》和猫腻的《择天记》为玄幻作品,具有中国传统文化特质①。

2020年12月10日,由中国版权协会主办的2020年中国版权年会在珠海举行。大会首次公布了2020年度最具版权价值网络文学排行榜,榜单细分为现代、古代及幻想三个子榜单,分别评出10部作品。在现代题材排行榜上榜的10部作品中,有男频小说人气作家新作,如齐橙的《何日请长缨》、柳下挥的《猎赝》,也有女频小说,如叶非夜的《时光和你都很美》、囧囧有妖的《余生有你,甜又暖》、舞清影的《明月度关山》、荨秾泱泱的《我的消防员先生》②。

2020年11月15日,由羊城晚报社与深圳福田区委区政府联合主办的2020花地文学榜网络文学年度榜单推出了十部年度作品,其中现实题材占四部,分别是红娘子的《百年好合》、志鸟村的《大医凌然》、何常在的《浩荡》和骠骑的《花开花落》,这四部作品有的从女性视角表现城市人情百态,用网络文学的艺术手段表现医学题材,以几位大学毕业生创业的故事描绘改革开放给中国带来的巨大变化,还有从小人物的视角抒写家国至理情怀,皆以小人物大背景讲述了不同时代下的中国故事③。

第六届中国网络文学论坛以"新时代新机遇新发展"为主题,于2020年8月20日至24日在内蒙古自治区赤峰市举行,110余位网络作家、网络文学专家、网络文学组织工作者、文学网站负责人及相关产业代表齐聚一堂,围绕中国网络文学如何从"扩张式"向"内涵式"发展等议题展开讨论。会上,欧阳友

---

① 徐翌晟:《天马文学奖现实主义题材与玄幻各有千秋,网络文学的新路在哪里?》,《新民晚报》2020年12月25日。
② 宋浩:《2020年度最具版权价值网络文学排行榜公布,〈庆余年〉〈诡秘之主〉等上榜》,《钱江晚报》2020年12月11日。
③ 周运:《2020花地文学榜网络文学年度榜单揭晓》,腾讯网,https:// new.qq.com/omn/20201115/20201115A01ONG00.html。

权教授提出,经政府倡导、文学赛事推介和舆论的积极引导,网络文学业界大力倡导现实题材创作,近年来发掘和培养出一大批"有梦想、有情怀、有故事"的网络作家,这是现实题材创作呈现整体性崛起的原因。阅文集团副总裁、总编辑杨晨提出,网络文学平台对现实题材的发展起到了一定的推动作用。阅文集团连续举办了5年现实题材征文大赛,鼓励作者参与创作、记录时代,受到网络文学作家欢迎。此外,现实题材网络文学的影视改编频获佳绩,也助推作为内容源头的网文行业给予现实题材更多关注①。

2020年以来,现实题材佳作不断涌现,精品之作相比往年,在数量上有了进一步提升。夜神翼的《特别的归乡者》,陆月樱的《樱花依旧开》,陈酿的《传国功匠》,管平潮的《天下网安:缚苍龙》,林朴的《游戏的年代》,程青的《湖边》,郭羽、刘波的《网络英雄传之黑客诀》,还有纪念抗疫题材的作品,如王鹏骄的《共和国医者》,沐轶的《逆行者》等,皆是行业内有口皆碑的现实题材精品,获得了行业里多种权威的奖项荣誉。其中,点众科技在现实题材作品培育方面收获颇丰,有《北京背影》《甘霖》《芳杜花正发》《单亲妈妈是超人》等作品,多次获得省部级及以上奖励②。

2021年,在参与"全国重点文学网站优秀网络文学作品联展"的网络文学作品中,阅文、书旗、点众科技、中文在线、咪咕阅读、掌阅、爱奇艺文学、连尚文学、纵横文学、磨铁文学等各大平台皆有作品入选。有反映党领导人民建立建设新中国、进行改革开放、实现中国梦伟大历程的宏大题材作品,如《浩荡》《光荣之路》《大国重工》《大国航空》《复兴之路》《春雷1979》《铁骨铮铮》等,也有书写把个人梦想融入国家和民族复兴伟大事业中的"时代新人"和平凡劳动者的故事,如《写给鼹鼠先生的情书》《特别的归乡者》《朝阳警事》《你好消防员》《极道六十秒》《我的祖国我的生活》《大山里的青春》《传国功匠》等;还有《大院风云》《冲吧,丹娘》《血火流觞》《秋江梦忆》《沉默之觉醒》《津门女记者》《关河未

---

① 张鹏禹:《锻造现实题材网络文学精品》,《人民日报·海外版》2020年8月28日。
② 橙瓜网文:《2020橙瓜网络文学行业报告:行业大变局之下的新机遇》,https://mp.weixin.qq.com/s/r8uxbTTjBKp6oBUdfUhIFA。

冷》等优秀革命历史题材作品①。

3. 现实题材与现实主义文学"精神合榫"期待新突破

对于文学整体而言，现实题材创作由来已久。而对于网络文学而言，"现实"则是一个在不断建构的文学类型。而现实题材网络文学的读者，也大多从其他类型的网络文学读者转化而来。因此，在网络文学阅读中，我们不难发现现实题材读者反应与非现实题材读者反应的一致之处②。在网络文学中，书写现实题材强调"接地气"，目的是要写出鲜活生活的灵魂，而不仅仅是描摹世界的皮相，让现实沦为网络写作的"打卡地"③。

在文本阅读中，现实题材网络文学阅读往往产生了与经典现实主义文学鉴赏相疏离的阅读效果。尽管都被冠以"现实"之名，但二者表达和认知的"现实"内涵并不完全一致。经典现实主义文学鉴赏推崇的"现实"，是源于生活但必须高于生活的真实与对广阔社会背景的把握的有机融合。现实题材网络文学阅读则更关注已然性的"实际"和因专业而聚焦明确却也相对局限的社会领域，更强调读者的阅读共鸣和阅读体验。因此，现实题材与现实主义文学有交叠，也有差异。差异化的期待视野外化到读者的阅读行为上，就呈现了主体把握文本方式和欣赏趣味上的分化。网络文学现实题材与现实主义文学两类读者的视域相互映照，形成了一种"你中有我，我中有你"的涵盖关系。现实主义文学，应包含两个层面，即现实主义精神和现实主义创作方法。这是互相关联又有分别的两个层面。一部现实主义作品，必定是现实主义精神指引下以现实主义创作方法创造的。现实题材创作的误区，许多正是因为对真实性的误解。现实主义的真实不是表面的、片面的真实，而是本质的、完整的真实。现实主义对真实的现象要知其然还应探索其所以然④。

---

① 橙瓜网文:《2021年第一季度橙瓜网络文学行业报告，微短剧成IP衍生开发新热点》，https://mp.weixin.qq.com/s/WkE-PNfz56kcUidbwB7Tng。

② 周兴杰:《现实题材网络文学的读者反应——以〈大国重工〉的书友圈交流为例》，《中国文学批评》2020年第3期。

③ 欧阳友权、曾照智:《也谈网络文学现实题材创作——以〈网络英雄传Ⅱ:引力场〉为例》，《南方文坛》2020年第4期。

④ 石一宁:《现实主义与现实题材创作》，《民族文学》2018年第10期。

2020年抗疫主题网文作品为何受人追捧？是因为生活的网络性和民间性,让网络作家就生活在创作素材之中,现实生活与网上生活的互动、主流视野和民间的诉求表达、全景实况与碎片细节的全时空呈现,强化了抗疫和疫情期间生活的现场感及立体感。将小人物置身于特殊情境中,是网络作家创作抗疫主题作品的第一反应。流浪耶的《一起战疫》,讲述了新冠肺炎疫情暴发后,同是退役军人的陈松和杨晓倩夫妇积极参与抗击疫情的故事,展现"一方有难,八方支援"的中国力量。以普通人的亲身经历为视角,书写普通人的生活、精神质感,互动典型事件与日常生活,是网络文学向经典现实主义创作方法的一次合榫尝试[①]。

三、网文以内容为王,趋向主流化而终究要成为经典

(一)网文以内容为王,得作者则得天下

行业内部分人士曾有过"流量为王"的说法,该说法在渠道流量大兴的时候盛传过一段时间,但经过行业的快速发展,最后发现,依旧是"内容为王",好的内容才是网络文学发展的根本。而作为内容的生产者,网络作家的重要性不言而喻,他们成了各大平台竞争的首要目标之一。

2020年以来,各家网文平台争相推出新的合同或福利政策,开启了对作者资源的抢夺。如何留住更多作者,并且使作者们创作出更多优质内容,是各大平台竞争的核心。以培育作者成长、助力作者提升的各种进阶制度和福利体系,则成了各大平台吸引作者的重要策略。

在各家平台的竞争之下,作者的福利越来越好,个人权益得到了大幅提升。其中,代表性的有书旗小说年初发布的作者扶持计划,以及后来推出的"星神计划",总共投入上亿元资金聚焦作者培育,助力新人作者签约,为新进入行业的创作者的经费兜底,让其有基本的创作收益保障。同时,给作者们提供了阶梯式的培训和扶持机会,让所有作者都可以凭借努力创作的成绩得到晋升。

---

① 北乔:《抗疫主题网文作品为何受人追捧》,《中国青年作家报》2020年7月28日。

此外，中文在线发布全新福利计划与新人培养体系，加强网文大学培训，帮助作者不断提高创作水平、技巧。阅文集团发布新版合同，在保障作者的权益上前进了一步，得到很多作者支持，并且成立起点大学，投入亿元资金扶持青年作家，给更多作者提供了一种学习上升的机会①。

(二)网络文学趋主流化,经典化是其发展必然结果

近年来，网络文学呈现出明显的"趋主流化"和现实题材创作现象，"在保持网络文学特征与活力的同时，正日益向主流意识形态、主流文化传统、主流文学审美靠拢"②。网络文学是互联网时代的通俗文学，在不同文化背景的作家笔下，网络文学的文学价值和社会价值正在逐步呈现出来。尤其是网络文学在肩负中国文化海外市场的传播中有着得天独厚的优势，网络文学在海外市场的关注度越来越高，为中国进入西方主流文化市场打开了渠道，彰显了中国文化实力。

文学作为一种艺术形式，以文字的方式来回应时代。经典文学与其所处的时代密不可分，因此，经典文学是作者对当时所处的时代性的一种回答。经典之所以能成为经典，是经过时间的锤炼而被后人认可，因此，经典的序列是随着时代的变迁而变化的。因而在不久的将来，网络文学终将成为经典。编文学史或选本是文学经典化的重要方式。不少研究传统文学的学者已经在网络文学发展二十年的关口，在网络文学发展模式走向新的生态革命时，对网络文学的经典化做出讨论，如欧阳友权主编的《中国网络文学二十年》和《当代中国网络文学批评史》。这些成果在对网络文学进行整体性回望和分析的同时，对网络文学的经典化作了讨论和实践。重视读者的阅读体会，以及实时更新的门户网站的各类排行榜，这些都是网络文学生产机制自身携带的经典化方法，是有别于文学史叙事的评价机制。

网络文学是网络社群带有联动性的一种文化形式，是存在于互联网文化中的文化现象。网络文学可以说是互联网时代人们看待世界的一种新方式。

---

① 橙瓜网文:《2020橙瓜网络文学行业报告:行业大变局之下的新机遇》,https://mp.weixin.qq.com/s/r8uxbTTjBKp6oBUdfUhIFA。

② 王志艳:《网络文学"趋主流化"》,《人民日报·海外版》2019年3月1日。

这种特有的形式或功能,是网络文学的无可比拟的优势,也是网络文学走向经典的潜质。网络文学的经典化,主要倚靠网络文学的生产和评价机制①。网络文学作为当代最重要的一种文化现象,产生和发展的关键在"人",这其中既囊括文学创作者,也包括广泛的读者群和专业文学评论家。

---

① 刘奎:《网络文学的经典化问题》,《中国当代文学研究》2020 年第 6 期。

网络诗歌、先锋派与文学制度的重构

黎杨全*

〔摘　要〕　网络诗歌自兴起后一直扮演着先锋派的角色,在整个媒介革命中处于一个特别的位置。网络诗歌的先锋性并不在于"技术主义"的文本实验,而在于对文学制度的重构,它既借助于网络空间形成了对主流诗坛秩序与诗学惯例的抵抗,开辟了新的诗歌地理,也强化了网络文学内部的自我区分,以江湖姿态抵抗新生的网络文学制度。随着网络的日常化,大众与资本成为重构体制的重要力量,形成了一种后市场的艺术体制,网络诗歌由江湖姿态转变为日常生活审美化。在这一过程中,诗歌成为一种协商性的话语,不同的人们以不同的方式使用它。作为一个症候性事件,网络诗歌典型地呈现了文学制度在由纸媒向网络语境转换中的先锋派的命运。

〔关键词〕　网络诗歌;先锋派;文学制度

一

　　网络诗歌自兴起后一直扮演着先锋派的角色,各种口号、派系层出不穷,呈现为美学上的激进主义。诗人小引在梳理新世纪十年中国先锋诗歌的发展历程时认为:"纵观中国先锋文学的过去十年,每一件发生的事情,都和网络有着千丝万缕的关系。"[①]一直关注网络诗歌的学者张嘉谚有相似看法:"网络上激进的文学革命和文化运动倡导者与响应者,几乎全为诗人与爱诗者。"[②]诗歌

---

* 作者简介:黎杨全,重庆巫山人,文学博士,华中师范大学文学院教授,博士生导师。
① 小引:《江湖夜雨十年灯——新世纪十年中国先锋诗歌报告》,《诗歌月刊》2012年第5期。
② 张嘉谚:《中国低诗潮(上)》,引自http://blog.sina.com.cn/s/blog_4c53bc30010008y1.html。

在中国现当代思想解放与文化转型中一直扮演着晴雨表角色,而在网络来临后,它表现得同样活跃,这让它跟其他仍安于纸媒语境的传统文学不同,也跟大众性的网络文学区别开来,从而在整个媒介革命中处于一个特别的位置。

尽管扮演着先锋派角色,但"网络诗歌"这一概念的合法性一直饱受质疑。普遍的观点认为,网络只是诗歌发表的一种载体,并无特异之处:"没有'网络诗歌',有的只是诗与非诗。网络是个平台、媒体,就像报纸杂志一样。""新媒体只是传播手段,诗歌的本质不会改变。从古到今,传播手段不断变化,但诗歌还是诗歌。"①亲历网络诗歌发展的知名诗人伊沙也表示:"我以为对诗人而言,不该有'网络诗歌'这个概念,诗歌以任何载体存在都不能降低它的至高标准。"②

这些观点是可以理解的,因为并未有一种基于"网络"并改变文学定义的新诗歌类型出现。诗人杨晓民曾对网络时代的诗歌作过热情预言:"网络时代的诗歌观念是:在网络上不断制造、生成新的诗歌符号——超诗歌文本诞生了。"③但从实际情况来看,就"作品"而言,网络诗歌并没有出现不同于传统的重要变化。西方诗歌注重超文本、多媒体技术,中国诗歌却鲜有此类实验。

"网络诗歌"的提法遭到质疑,跟"网络文学"这一概念当时的处境相似。网络文学刚兴起时,余华、王朔等作家也都认为网络只是一种传播工具,"网络文学"是一个伪概念④,原因就在于他们发现网络文学与传统文学并无根本差异。张抗抗曾作为评委参与网络文学的评选,其经历和感受颇能说明问题,在阅读之前,她"曾作了充分的心理准备","打算去迎候并接受网上任何稀奇古怪的另类文学样式"。读完后却感到失望,发现并无质的区别,"若是打印成纸

---

① 参看《对话:新媒体与当代诗歌创作》(《诗潮》2004 年第 2 期)一文中众诗人、评论家与诗歌网站版主的讨论。
② 伊沙:《中国诗人的现场原声》,见马铃薯兄弟编选:《中国网络诗典》,南京:江苏文艺出版社,2002 年版,第 295 页。
③ 杨晓民:《网络时代的诗歌》,《中华工商日报》1997 年 12 月 16 日。
④ 可参看余华:《网络和文学》,《作家》2000 年第 5 期;刘韧、李戎:《王朔:不上网者无所谓》,《计算机世界》2000 年 3 月 27 日。

稿,'网上'的'网下'的,恐怕一时难以辨认"①。显然,对网络诗歌/文学来说,人们的潜在预设是,除非存在一种离不开网络,即需要借助于链接、超文本、超媒体技术才能打开与欣赏的文学类型,才能算"真正的"网络诗歌/文学,否则,它就只不过是印刷文学搬到了网上而已。

认为网络只是载体,文学/诗歌的本质、标准不会改变,这种观点显然带有本质主义倾向。麦克卢汉曾言"媒介即信息",这并不是技术决定论,而是强调媒介并不只是一种载体,还会深刻影响媒介使用者的精神结构、改造媒介对象的属性。在媒介革命较长的时空中,关于诗歌的定义与评判标准,也会有深层的位移。毕竟,我们现在理解的自主意义上的文学,也才不过两百余年②。

不过,这是从一个较长时段来看,就目前而言,并未出现一种"本质性"的新类型诗歌。那么,网络诗歌有没有合法性?它的先锋性在哪里?

这里涉及对网络诗歌先锋性的想象"方式"。试图找出网络诗歌内容或形式上的质变,显然是基于艺术品角度来分析的,如前所述,这是一种落空性的预设,不仅不存在一种带来本质变革的新诗歌类型,网络诗人们也明确拒斥以技术方式改变艺术品的做法。沈浩波在总结当代诗歌发展时,专门谈到了"技术虚荣心":"技术虚荣心则是诗人在对技术的高度迷恋过程中,逐渐失去控制,形成歧途。"③表面看来,网络诗歌似乎充分利用了网络带来的实验自由,但与其说这是技术上的文本实验,不如说是口号式的革命,而这些口号很大程度上都是为了反对写作的炼金术与修辞学(技术主义),指向的是他们一直反对的知识分子写作。

这也暗示我们,对网络诗歌先锋性的理解,或许应该摆脱艺术品分析的角度,否则只会南辕北辙。丹托的论文《艺术界》(The Artworld)强调了从"艺术是什么"到"某物为何是艺术品"的转向④,即由艺术品走向艺术品资格的分析,

---

① 张抗抗:《网络文学杂感》,《中华读书报》2000年3月1日。
② 乔森纳·卡勒:《文学理论》,李平译,沈阳:辽宁教育出版社,1998年版,第22页。
③ 沈浩波:《当代中国诗歌中的四种虚荣心》,《诗探索》2013年第6期。
④ Arthur Danto, "The Artworld", *Journal of Philosophy*, Vol. 61, Issue 19(Oct. 15, 1964), pp. 571-584.

也就是说,应该侧重考察艺术与制度的关系。文学制度(literary institution)"关注的并不是特定的文学作品,而是文学的地位"①。杰弗里·J. 威廉斯(Jeffrey J. Williams)套用布迪厄的话说:"哲学家喜欢追问:'什么是思维?'可他们从来不问从事思维活动的具体方式需要哪些必要的社会条件。"②这种盲视,显然与我们将网络理解成载体、只是从作品本身来理解网络诗歌有关,正是这种对艺术品的信念制约了人们的理解,将自己定位于与文学制度无关的自存的创造者,或者说,这种倾向也正是制度本身给予的,这是我们难以在制度框架中进行自我思考的原因之一。

从网络诗歌的实际情况来看,它的先锋性正在于对文学制度的重构。这与诗歌这一文体的特殊性有关。在不同历史时期,诗歌民刊承担着新的社会文化想象与变革文学秩序的作用。诗歌的这种地下状态,显然与网络非常契合:"在中国,就像先锋派诗歌首先从民间刊物开始那样,诗人群体再次敏感地意识网络的自由本性,诗歌在场立即向网络上转移。"③网络诗歌不仅重构了传统文学制度,也以自我区分的方式抵抗着新生的网络文学制度,这同样体现了诗歌文体在网络中的特殊性,它的先锋姿态呈现了真正的网络文学革命。与此同时,诗人上网,也表现了传统知识分子在网络时代身份认同与自我塑造的诸多征候。

"文学体制在一个完整的社会系统中具有一些特殊的目标;它发展形成了一种审美的符号,起到反对其他文学实践的边界功能。"这种规范化要求必然会带来论争:"文学论争是相当重要的,它们被视为确立文学体制的规范的斗争。这些论争也揭示了力图确立一种对抗体制(counter-institution)的努力。"④网络并不只是载体,它引起了文学体制内含的各种组织机构、诗学惯例、体制力量的移位、调整与重组,与此同时,它也引入了新的行动者与制度因素,在此消彼长的力量整合中,各种行为主体为争夺象征资本或经济资本展开了

---

① 彼得·比格尔:《文学体制与现代化》,周宪译,《国外社会科学》1998 年第 4 期。
② 杰弗里·J. 威廉斯:《文学制度》,李佳畅、穆雷译,南京:南京大学出版社,2014 年版,第 15 页。
③ 于坚:《"后现代"可以休矣——谈最近十年网络对汉语诗歌的影响》,《文学报》2012 年 9 月 6 日。
④ 彼得·比格尔:《文学体制与现代化》,周宪译,《国外社会科学》1998 年第 4 期。

合作与竞争。作为先锋派,网络诗歌的意义在于,它以边缘姿态呈现了这场制度重构中的全部复杂性。

二

福柯曾在一次演讲中,对人类沉湎历史的偏向性进行了反思,强调空间视角的重要性①。张清华教授开展"中国当代民间诗歌地理"的研究,试图摆脱在文学现象间建立时间关系的单一文学史叙述,将文学构成理解成空间的、共生性的关系②。考虑到中国当代诗歌的民间传统,这种空间考察显然非常重要。网络诗歌延伸与重构了这种诗歌地貌。按照列斐伏尔对空间的理解,空间并非中性的,而是意识形态的。显然我们不能仅从"平台""场所"等"传统"空间意义上去理解网络诗歌,还应从空间本身的"生产"意义上去理解。这也表现了网络诗歌在这种空间视野中的独特性与重要性,呈现了新媒介与文学地理学之间的关系。

回顾网络空间对诗歌地貌的影响,用"诗江湖"来概括其时的状况是比较合适的,这不仅指当时生成了有影响力的"诗江湖"诗歌论坛,还指整个网络诗坛对文学制度的重构正可用"诗江湖"来形容③。

诗江湖隐喻了江湖与庙堂的对立。这种对立首先表现在网络诗歌延续与强化了民刊与主流诗坛之间的空间划分。空间观念一直是先锋作家的自我意识,在某次访谈中,韩东提到"时间流程之外的空间概念"④,他反对从"时间位置"来划分文学,主张在现有秩序及其象征符号中坚持"空间划分"。空间的对立代表着相对文学制度而言不同的写作模式。一种是迎合文学秩序的"平庸

---

① 米歇尔·福柯:《不同空间的正文与上下文》,见包亚明编:《后现代性与地理学的政治》,上海:上海教育出版社,2001年版,第18~28页。
② 参看张清华:《中国当代民间诗歌地理》,北京:东方出版社,2015年版。
③ 笔者在后文中提到的"诗江湖"概念,若非特别说明,都是就整个网络诗歌相对文学制度的意义而言,而非专指"诗江湖"诗歌论坛。
④ 韩东:《时间流程之外的空间概念——韩东访谈录》,见张均:《小说的立场——新生代作家访谈录》,桂林:广西师范大学出版社,2002年版,第44页。

的写作",而另一种则"对现有的文学秩序和写作环境抱有天然的不信任和警惕的态度,它认为真实、艺术和创造是最为紧迫的事,远远大于个人的功利和永垂不朽"①。于坚同样表达了从时间中退出的空间观念:"诗歌乃是一种特殊的非历史的语言活动,它的方向就是要从文学史退出。"②对诗歌来说,先锋的选择也是在场的选择:"先锋,首先还不是形式或者内容上的革命性,而是文学在场的选择。"于坚在小说与诗歌之间进行严格区分,在他看来,两种文体面对网络做出了不同的选择:"就像当代小说的复兴是从官方刊物开始那样,这一次,小说家又拒绝了网络,他们依然满足在传统媒介上被权威刊物发表。诗歌再次先锋,最近十年,当代诗歌的主要在场已经从纸媒转移到网络上。"③

诗江湖也提供了在主流文学秩序之外重建诗歌体制的可能。绕开公开刊物"严明的编辑、选拔,严明的单一发表标准",以及"森森有秩、固若金汤"的等级划定④,网络诗歌构成一个自成体系的诗歌江湖。名目繁多的诗歌流派与江湖帮派类似,江湖的暗战与以诗会友,各种诗歌秘笈("藏经阁""精华区")的设置,诗歌刊物、诗会、诗选、诗歌奖的网络化,诗歌资料的汇聚和传播,诗歌翻译和评论"热火朝天"的开展:"一个极有利于诗歌发展的准公共领域在虚拟的江湖上开始出现了。"⑤不仅如此,它也生成了文学体制最重要的象征资本,"成名于江湖"在很大程度上取代了公开刊物在诗歌界的权威。这种声名的累积,显然不同于大众性的网络文学,后者常因媚俗写作而声名狼藉,其合法性有赖于线下出版与纸媒体制的确认,而网络诗歌则形成了一种逆反的认证逻辑:"现在的诗歌新人要想'出名'并获得'真正的认同',其首要的渠道恐怕已不是原来的权威诗刊,而首先是民刊和网络。在这上面叫得响了,很快也就会得到前

---

① 韩东:《备忘:有关"断裂"行为的问题——回答》,《北京文学》1998年第10期。
② 于坚、谢有顺:《真正的写作都是后退的》,《南方文坛》2001年第3期。
③ 于坚:《"后现代"可以休矣——谈最近十年网络对汉语诗歌的影响》,《文学报》2012年9月6日。
④ 徐敬亚:《历史将收割一切》,见徐敬亚等编:《中国现代主义诗群大观1986—1988》,上海:同济大学出版社,1988年版,第4页。
⑤ 千帆:《有多少目光还在暗处——江湖、大锅饭和网络诗歌》,《诗歌月刊》2002年第6期。

者的青睐。"①

诗江湖也带来了草莽气、匪气,这体现在网络诗歌的频繁论争上。网络开启了诗歌的论坛时代:"不同审美趣味的诗人,活跃于不同的论坛,时而交锋,成为一大景象。"②在网络空间中,不断遭到反噬是必然的命运,这些此起彼伏的流派与争论,实际上体现的就是场域斗争中"区分的辩证法"③。相对于传统场域斗争来说,网络空间合法性的争夺因短兵相接而变得十分频繁。这些论争虽不乏诗学建设的意义,但也有很多都沦为意气之争,甚至无聊的骂战,但在诗人们看来,充满江湖气的论争也不乏对抗秩序的意义。韩东曾指斥传统文学秩序中虚假的一团和气:"在他们那里文坛是一个利益共荣圈,名人间相互利用,彼此为盟,你敬我一尺,我敬你一丈。"④回避面对面的争论被视为一种秩序策略,而保持争论、推动争论则成为触犯秩序的方式,或者说,诗歌江湖不断论争的方式本身就是为了反江湖(世俗的、整一的诗坛)。伊沙认为:"用传统思路来总结这次发生在网上的争论无疑会相当失望,性质不明,意义全无。那么我们就换个思路来理解它吧:那么多有名有姓的诗人在网上性情外见、峥嵘毕露、言语狂欢——这不是比性质、意义这些鸟玩意更有意思的吗?"⑤也就是说,论争也是进一步以世俗化的方式消解他们反对的"崇高"诗学,在此意义上,诗人的网络生活本身变成了诗歌体制之争。

江湖与庙堂的对立还包括诗学惯例与趣味的不同,这是文学制度重构中更根本的差异。"'艺术体制'概念既指生产性和分配性的机制,也指流行于一个特定的时期,决定着作品接受的关于艺术的思想。"⑥也就是说,文学制度既包括"具体含义",即显性的社会组织、文化机构、艺术行为主体及其结构机制,

---

① 张清华:《2003年诗歌阅读札记》,《理论与创作》2004年第2期。
② 沈浩波:《手中仍有屠刀,依然立地成佛——回答〈南方周末〉石岩》,《新文学评论》2016年第3期。
③ 皮埃尔·布迪厄:《艺术的法则:文学场的生成和结构》,刘晖译,北京:中央编译出版社,2001年版,第191页。
④ 韩东:《备忘:有关"断裂"行为的问题——回答》,《北京文学》1998年第10期。
⑤ 伊沙:《中国诗人的原声现场——2001网上论争回视》,引自 https://www.poemlife.com/index.php?mod=showart&id=13973&str=1268。
⑥ 彼德·比格尔:《先锋派理论》,高建平译,北京:商务印书馆,2002年版,第88页。

也包括"抽象"方面,即组织机构与行动主体遵循的"惯例或传统"①。在制度的规范意义上,前者是"强规范"(strong norms),后者是"弱规范"(weak norms),但后者往往更深刻地融入了个人行为模式之中。网络诗歌对文学制度的重构,也表现在对传统诗学惯例的反抗,并延伸至对整个现代文学、现代文化的重审。

在文学趣味上,网络诗歌虽然派系林立,但呈现出共同的趋向,即提倡一种"崇低"的诗歌运动。不管是"下半身写作""垃圾派",还是"废话写作""空房子主义""反饰时代""中国平民诗歌""俗世此在主义""民间说唱"……都表现出此种追求。网络诗歌延续了第三代诗人"诗到语言为止"的谱系,意图打破社会审美习性及精神结构的基础,具体而言,就是反对传统诗歌的矫情做作、对英雄人格的自我戏剧化塑造,以及抽象化、大词癖的诗歌语言,以恢复被形式主义所谋杀的日常世界。怎么写(语言)的问题,指向的是写什么(思维、世界)的问题,或者说,"崇低"只是表象,其背后也是(另一种)"崇高"。网络诗歌这种诗学主张不只是针对中国当代诗坛,指向的也是整个"现代派诗体制"及其诗学趣味,甚至是人类抽象化与伪饰化的意义系统。不难看出,虽然网络诗歌带有很强的解构性,但其"跌到高处"(韩东语)的独特追求,以及试图以诗歌写作促成社会话语方式转换的抱负,让我们不能将其简单等同于拉平一切的西方式后现代。

网络诗歌相对于文学制度的意义还在于它试图以江湖姿态抵抗新生的网络文学制度。诗人们有意识地强化网络文学内部的自我区分。杨黎谈到自己跟韩东等人合办橡皮先锋文学网时表示:"我为什么要叫先锋?因为那时候刚开始,那时候网站很多,都是那种所谓文青型的、通俗型的,我们可能是作为连续文学里面的一派,比较早的,不是说第一,也是第二,所以我们区别于当时流行网上的那种文学形式,就特别刻意地强调了先锋,就表示我们和'橄榄树'、

---

① 杰弗里·J.威廉斯:《文学制度》,李佳畅、穆雷译,南京:南京大学出版社,2014年版,第2~3页。

'榕树下'有着本质上的区别。"①这种区分首先就表现在江湖气与小资趣味的对立。沈浩波将网络文学称为"小资"文学:"在今天,文学的标准似乎越来越含糊了,很多专业性的纯文学杂志和一些大名鼎鼎的所谓文学评论家竟纷纷在为一种叫做'网络文学'的东西正名,还有人据说在为'网络文学'的日渐功利性而忧心忡忡。……大多数的所谓的网络文学,只不过是白领小资们在茶余饭后,挥舞着白手绢,掉着眼泪,在风花雪月中自我感动的东西。比如那个著名的'榕树下',就是一个小资者们的天堂。""我反对把这样一些小资的东西当作'文学'来贩卖和标榜,……它是非文学的,是文学的天敌。"②与小资趣味相对,网络诗歌坚持的是江湖气,既不见容于传统秩序,也难以被资本收容,也有意地触犯大众。其次,这种区分也体现在它们与传统秩序的关系。大众性的网络文学,在这种关系中奉行投机主义,网络写手常常急于摆脱自己出自网络的边缘身份,以"进入"秩序为荣。以安妮宝贝为例,她在网上成名后,迅速转为线下作家,并拒绝承认自己网络写手的身份。但对网络诗人来说,他们不少是已经成名于传统诗坛的诗人,在与秩序的关系上,他们是"主动退出",乐于以边缘与江湖姿态自居。这也说明,与通常意义上的网络文学相比,网络诗歌完全是另一种意义上的网络文学,其中的差异甚至远大于江湖与庙堂的差异。

显然,在网络带来的文学制度的重建中,网络诗歌试图扮演左冲右突的堂吉诃德式的角色,既反对传统文学秩序的权力与一团和气、凌空蹈虚的诗学趣味,也反对正在席卷网络的资本与大众趣味。新的媒介语境与场域斗争的复杂性,让它显然不同于诗歌民刊在纸媒语境中的文学制度之争。我们既不能笼统地将其视为一种新类型的"网络文学"作品(技术主义),也不能将其简单地视为民刊传统的延续,否则我们无法看到它在媒介革命、体制转换中独特的文学史意义。

---

① 《"废话诗人"杨黎对话凤凰网〈年代访〉文字实录》,引自 http://culture.ifeng.com/niandaifang/special/yangli/detail_2012_08/22/17011522_0.shtml。
② 沈浩波:《文学的小资和小资的文学》,引自 http://wenxue.com/gb/200201/shb/shb_wx.htm。

三

网络空间带来的诗歌江湖,在持续了十年左右的热度后走向衰落:"从1995年开张的第一家中文诗歌网站'橄榄树'算起,……2006年虽然可以算是汉语诗歌在网络上中场亮相的巅峰时刻,但残酷的事实是,在汉语诗歌接触网络的十年进程中,尤其是以论坛为主要代表形式的潮流里,此刻的繁华已经开始逐渐走下坡路了,盛极而衰的迹象已经渐渐浮出水面。"①

论坛时代的终结有多方面原因。相对诗歌民刊而言,网络语境中的制度之争已不仅仅局限于江湖与庙堂的对立,大众与资本等多种新元素涌入了场域,成为重构体制的重要力量,网络诗歌再难以保持其"江湖"本性,对体制的抵抗遭到了(新)体制本身的重构。

在论坛刚兴起的时候,话题主要局限于诗人群体之间的交流,这保证了讨论的相对有效性。而随着网络的泛化,更多的人涌进了论坛,诗歌江湖赖以立身的交流方式面临着危机,这在沈浩波的回忆中可以看出来:"'诗江湖'大概存在了10年,……2008年之后,'诗江湖'论坛越来越公共,很多不入流的写诗的人充斥其中,诗歌交流的性质发生了变化,低级的东西越来越多,我觉得很厌倦,不再在'诗江湖'流连,又过了两年,随着互联网媒体的变化,论坛开始式微,诗人们开始将诗歌发表于自己的博客,再接着,论坛就关闭了。那种论坛时代的诗歌交流方式,群体的、集中的、针锋相对的、即时的、现场、天真、透明的方式,再也没有了。"②

大众在文学制度中的重要性,在"梨花体"事件中可以进一步看出来。虽然作为先锋派的网络诗歌与20世纪的达达主义、超现实主义等"历史先锋派"有诸多不同,但我们还是可以看出其中一些重要的相似点。历史先锋派反对自律艺术的传统文学体制,试图将艺术与生活重新衔接起来,他们相信"对艺

---

① 小引:《江湖夜雨十年灯——新世纪十年中国先锋诗歌报告》,《诗歌月刊》2012年第5期。
② 沈浩波:《手中仍有屠刀,依然立地成佛——回答〈南方周末〉石岩》,《新文学评论》2016年第3期。

术进行革命与对生活进行革命并无二致"①。网络诗歌并非像历史先锋派那样去反对自律艺术,但它同样试图弥合诗歌与日常生活的关系。在此基础上,两者的艺术实验都不是某种技巧的创新,而指向的是对整个文学制度的反思:"它(先锋派)所否定的不是一种早期的艺术形式(一种风格),而是艺术作为一种与人的生活实践无关的体制。……对艺术的要求不是在单个作品的层次提出来的。相反,它所指的是艺术在社会中起作用的方式。"②

为了实现这一目标,历史先锋派有意识地让艺术变得制作化,提倡自动写作、现成品艺术,对"个人创造范畴"进行了"彻底否定",断然拒绝"艺术方面的等级原则"③。网络诗歌与此相似,"崇低"诗学要解构的正是20世纪70年代以来诗人的圣化形象与炼金术的写诗方式。"诗人不过是一台语言文字处理器,一个固守在日常现实当中的匠人"④。艺术并不只是艺术,而是自由的生活实践的一部分。

反对悲剧性天才与技术主义,采取口语写作,还原日常生活,这种写作倾向的偏重,显然客观上改变了诗歌与大众的关系。"超现实主义的信条:诗歌不应该由一个人来写,而应该由所有人来写。"⑤网络诗歌的口语写作客观上也有这种倾向。于坚曾对伊沙有一番评价,"他(伊沙)属于波普时代的诗人,恶作剧般的写作速度取消了诗歌王国的尊卑等级,天才的民主化(丹尼尔·贝尔语)令每个人看到他的作品在诗歌建树上跃跃欲试。这种么,我也可以来一首"⑥。这一方面表明诗歌的口语写作拉近了诗歌与大众、日常生活的关系,另一方面也预示了当这种诗歌进入一个更为大众化的场域时,会引发怎样的后果,或者说,它预言了2006年的"梨花体"事件中的群体性反应。在"梨花体"事件中,网民正是有感于赵丽华的大白话诗,而产生了"这种么,我也可以来一首"的全网戏仿与恶搞狂潮。这种口水事件本身是不重要的,重要的是其中折

---

① 卡林内斯库:《现代性的五副面孔》,顾爱彬、李瑞华译,北京:商务印书馆,2002年版,第121页。
② 彼德·比格尔:《先锋派理论》,高建平译,北京:商务印书馆,2002年版,第120页。
③ 卡林内斯库:《现代性的五副面孔》,顾爱彬、李瑞华译,北京:商务印书馆,2002年版,第155页。
④ 柯雷:《当代中国的先锋诗歌与诗人形象》,梁建东、张晓红译,《当代文坛》2009年第4期。
⑤ 卡林内斯库:《现代性的五副面孔》,顾爱彬、李瑞华译,北京:商务印书馆,2002年版,第113页。
⑥ 于坚:《为自己创造传统——话说伊沙》,引自 https://www.sohu.com/a/220428842_99904973。

射出来的先锋诗歌、传统体制与大众之间的关系。

对网络诗人来说,他们是矛盾的。一方面,他们对诗歌的传奇效应与时代赋予诗人的英雄主义形象表示警惕,主张拉低艺术的贵族气息。针对诗歌是文学桂冠上的珍珠的说法,伊沙表示:"这个观念跟不上诗歌的发展了,诗歌早就从殿堂走进了民间。现代诗日趋平民化,描写世俗生活场景,带着人间烟火,越有平民质感的诗越有力量。"① 杨黎宣称:"互联网时代人人皆诗人,分行即是诗。"② 对赵丽华在"梨花体"事件中遭受的铺天盖地的恶搞与戏仿,先锋诗人虽然感到愤怒,却也反讽式地将其视为诗歌革命的契机。针对网友声称自己也会写这样的诗时,杨黎认为这正是他们诗歌主张的初衷:"我们废话写作不就是要解放人的写作性吗?……传统文化最可恶的地方,是把人的写作性特殊化:它依靠技术、假设和修辞,反对、剥夺了人的这一基本权力,并将之视为特有阶层的玩物。"③ 而诗人赵思运则夸张地将赵丽华比喻为当下诗坛的耶稣,在这场肉身能指的受难中,"诗歌以如此悲壮的境遇在大众中出场了,被看到了"④。这正类似于伊沙所说的"在娱乐中去完成严肃的使命"⑤,表现了一种曲线救"诗"的策略。

但另一方面,网络诗人对诗歌的理解又普遍抱有精英主义态度:"诗人,他不简单的是写诗的人,他是人群中特殊的人。他身上有天生的诗意。上帝创造了一部分人,他们更能感受到这个世界的诗意,他们在语言上能驾驭诗,在行为上也能驾驭诗。"⑥ 对网络诗人来说,纯粹的无难度的口语写作显然是一种

---

① 《伊沙:中国现代诗出现回暖现象》,引自 https://www.poemlife.com/index.php?mod=newshow&id=7372。
② 杨黎:《互联网时代人人皆诗人,分行即是诗》,引自 http://www.zgshige.com/c/2018-09-27/7248115.shtml。
③ 杨黎:《给赵丽华的一封公开信》,引自 http://blog.sina.com.cn/s/blog_477e9b940100056a.html。
④ 赵思运:《赵丽华,当下诗坛的"耶稣"!》,引自 http://blog.hi.mop.com/blog/32793763/4262030.html。
⑤ 《专访多位诗人评赵丽华事件令新诗遭恶搞》,引自 http://news.sina.com.cn/c/2006-11-13/181811502271.shtml。
⑥ 《专访多位诗人评赵丽华事件令新诗遭恶搞》,引自 http://news.sina.com.cn/c/2006-11-13/181811502271.shtml。

误解,他们真正否定的不是个人的创造性,而是加于其上的神圣权力及符号资本,在骨子里,他们仍然坚持诗人卓然超群的品质与诗歌非比寻常的社会相关性。诗歌的天才论让网络诗人与自己急于摆脱的诗人先知形象产生了根本的矛盾,而这也是先锋派的常见悖论:一种"基本的精英主义—反精英主义态度"①,——这也让他们的诗学理想在新的媒介语境(人人可以写作)中似乎轻而易举就可以实现时反而变得困难重重,或者说,在一种巨大的"成功"中走向失败。

"梨花体"事件也表明,借助于网络空间,大众开始成为文学体制中具有重要话语权的行动者。诗歌论争不再局限于精英的江湖与庙堂之间,而置身于传统体制、内部斗争、大众、资本的复杂缠绕中。赵丽华在这一事件中被刻意渲染的作家身份,以及这种身份与"分行大白话"之间的讽刺性对比,是网友大规模恶搞的直接起因,但与此同时,恶搞也是因为这种大白话诗歌触犯了他们的诗歌共识(以前读过的让他们"肃然起敬"的诗歌),这表明了他们身上潜在的符号暴力(symbolic power),这种"无意识的性情倾向行动的附属品",事实上让他们成了文学秩序、"决定机制"打压先锋派的同谋②。

在大众介入并改变文学体制的情况下,网络诗歌呈现了先锋派的命运:"它的唐突冒犯和出言不逊现在只是被认为有趣,它启示般的呼号则变成了惬意而无害的陈词滥调。"③这意味着网络空间开辟的诗歌地形学具有二重性,一方面,没有这种诗歌地理,网络诗歌难以获得"江湖"的区分性空间;另一方面,日渐大众化的"江湖"又会威胁这种空间,"区分"行为本身可以被转化成为令人欢欣的娱乐,这让网络时代的先锋诗人在与文学秩序的对立中多了一种"历史中间物"式的无奈。与此同时,这也呈现了先锋派自身发展的困境。网络诗歌延续的是韩东等第三代诗人的口语写作立场,从文学史的角度来看,它在

---

① 卡林内斯库:《现代性的五副面孔》,顾爱彬、李瑞华译,北京:商务印书馆,2002年版,第112页。
② 皮埃尔·布迪厄、华康德:《实践与反思:反思社会学导引》,李猛、李康译,北京:中央编译出版社,1998年版,第182页。
③ 卡林内斯库:《现代性的五副面孔》,顾爱彬、李瑞华译,北京:商务印书馆,2002年版,第130页。

"已获承认"的先锋派的基础上并未提供新的诗歌理念,口号虽多但限于单一的重复,呈现出先锋的乏力感。杜尚对艺术体制的挑战确实是先锋的,然而模仿先锋的先锋就不再先锋:"一旦签了名的干燥剂被接受并在博物馆中占据了一席位置,挑战就不再具有挑战性;它转变为其对立面。"①网络诗人并没有像他们所宣扬的那样"先锋到死",在此意义上,新先锋派的抗议姿态就不再显得"真实"。

更重要的是,网络诗歌所反对的资本,日渐成为文学制度中规范性的力量。2009年,杨四平主编的《中产阶级诗选》问世,提倡"中产阶级立场写作",把"反对伪先锋""干预周边事态""直接叙写""重塑现代汉语"作为中产阶级立场写作的四项原则。这些口号与原则显然表明他们试图对先锋诗歌做出某种反思与调整。学者蓝棣之在"序言"中对这种诗歌主张的背景做了说明,认为"中产阶级立场写作"让诗坛来到一个重要的"引爆点"上。在他看来,"中国诗坛关于民间与官方的二元对立过于简单了,应当让位于多元化的框架;文学、诗歌与意识形态的简单对抗……已经因历史现实的巨大变化而显得不合时宜"。"在文化、文学已经成为产业或消费品的时代,(诗歌)如果不想随波逐流和被无限地边缘化……都应该适当调整自己的身份认同……就应该了解公众的利益与愿望,并且感同身受。"②从美学的角度来看,这折射的其实就是新世纪以来日渐突出的日常生活审美化的风潮,文艺理论界从2002年起已提前捕捉到了此种风尚,并展开了争论,其中涉及什么是"真正的"日常生活审美化、"谁的"日常生活审美化等诸多话题③。与之相应,"中产阶级立场写作"正是这种风潮在诗歌上的反映,可以说敏感地把握了这一趋势。2009年,微博开始流行,掀起微博诗热,2011年诗人高世现发起"首届微博中国诗歌节"。2011年微信崛起,"为你读诗""读首诗再睡觉"等公众号产生了很大影响。"为你读

---

① 彼德·比格尔:《先锋派理论》,高建平译,北京:商务印书馆,2002年版,第124页。
② 蓝棣之:《序言:诗坛正来在一个"引爆点"上》,引自http://blog.sina.com.cn/s/blog_49c185d00100cmcv.html。
③ 争论缘起于陶东风的论文《日常生活的审美化与文化研究的兴起:兼论文艺学的学科反思》(《浙江社会科学》2002年第1期),陶东风、王德胜、金元浦、童庆炳、赵勇、鲁枢元等知名学者悉数卷入了这场论争。

诗"的口号是希望为更加广泛的用户带去兼有"知识、审美和情感"的诗歌生活,"读首诗再睡觉"声称"诗意的生活,与我们只有一个枕头的距离"。显然,从隐喻的层面来看,原来与"诗江湖"并存的"诗生活"论坛,其代表的文化精神开始占据上风。如果说"诗江湖"论坛呈现了江湖气、对立与"不宽容"姿态,"诗生活"论坛则追求文雅气与兼容并包的气质,这种气质,可以说正是一种"中产阶级气质"。

江克平(John Crespi)发现,21世纪中国城市公共生活从传统的"运动"转变为一种"到处可见的""活动"文化,其中,诗歌朗诵活动呈现出规模的多样性,体现了一种"民主消费主义",并且往往与房地产相联系。诗歌一贯强调自己反市场的天性,并因经济上的边缘化而获得象征资本,然而也正是这种象征资本,反讽地被市场用来为它的投资增值服务。两者的共谋关系表现了一个正在崛起的中产阶级对品位、精英化生活方式的追求。在此意义上,诗歌并没有它所宣称的那样独立[①]。显然,这暗示了诗江湖与诗生活之间的联系,越是以反商业面目出现的先锋诗歌,越可能以这种反商业性达成商业性。论坛时代的诗歌如同卡拉OK,针对的是"圈内观众",然而"成功的卡拉OK表演可以挣钱"[②],诗歌与消费可以结盟。以"为你读诗"这个公众号为例,这个公众号联合发起人包括于丹、李彦宏、杨元庆、郎朗、姜昆、黄怒波等,在这种人员构成中,学术"鸡汤"、网络、资本与艺术等元素结合在一起而毫无违和感。

在诗生活的环境下,一些先锋诗人也开始转型。伊沙2011年在网易微博开设专栏"新世纪诗典",每天推出一首诗歌,并作点评。与论坛时代的先锋姿态不同,伊沙主张的是与"诗生活"相似的兼容并包原则,用他自己的话来说:"我写的是一种诗,选的是另外一种诗。"[③]从市场销售来看,它也获得了大众的喜爱。《新世纪诗典》"一上市就狂销三万余册,直接引爆了人们对诗歌的狂热

[①] 江克平:《从"运动"到"活动":诗朗诵在当代中国的价值》,吴弘毅译,《新诗评论》2007年第2辑,北京:北京大学出版社,第3~19页。

[②] Maghiel van Crevel, *Chinese Poetry in Times of Mind, Mayhem and Money*, Leiden-Boston: Brill. 2008, p36.

[③] 朱剑:《我看〈新世纪诗典〉》,引自 https://www.poemlife.com/index.php?mod=libshow&id=2751。

喜爱,成为中国诗歌界的一大奇迹"。对此,伊沙表示:"作为诗人,有责任推广诗歌。"①为做大《新世纪诗典》,伊沙可谓花样百出,"名目繁多的做法基本相当于一个公司的运作":"设立评论榜、转发榜、省区排名 TOP 10、一周回顾展、年度诗歌奖、第500首隆重发布、第1000首隆重发布等各种交流激励机制。"在为《南方都市报》纸本《新世纪诗典》第一期策划时,伊沙选择了沈浩波、严力、食指等代表性的诗歌名人打头阵②。对诗人形象的注意,特别是挑选沈浩波这个打通了"业内"与"业外"的人(商人兼诗人)打头阵,显然颇具隐喻意味,暗示希望诗歌由江湖时代的精英圈走向更广大的人群与场域,与此同时,这也是塑造诗人形象的策略性做法,类似于一种"名流话语",为的是维系读者群或者实际上的观众群,而这正与社交媒体带来的关注度、粉丝向与景观化一致。

从文学制度的层面来看,这正是雷蒙·威廉斯所说的后市场体制。雷蒙·威廉斯区分了庇护体制、市场体制与后市场体制三种形态。在后市场体制中,艺术的社会批判功能弱化了,原因在于,"公司和政府把形式美的符号整合到市场、销售与广告的商业化机制之中了"③。戴安娜·克兰认为,现代艺术成为一种"谋幸福"的职业。从艺术功能来看,"艺术被错误地选择为财团公共关系的恰当媒介,即有助于和资产阶级的交流"④。

不难看出,在这种后市场体制中,网络诗歌与大众性的网络文学的对立态势已趋于缓和,前述沈浩波所反对的小资式的网络文学,占了上风,安妮宝贝,这个来自上海都市的作家,其"精巧雅致"的写作预示了这种日常生活审美化潮流。网络诗歌与文学体制的关系经历了从诗江湖到诗生活的历程。诗江湖主宰了论坛时代,而诗生活才显出了真正的后劲,这表现的正是当代文化的转型:

---

① 《〈新世纪诗典〉给说诗已死的人一记响亮耳光》,《生活新报》2013年5月14日。
② 师力斌:《网络诗歌与生活》,《中华读书报》2015年7月2日。
③ Aleš Debeljak, *Reluctant Modernity: The Institution of Art and Its Historical Forms*, Lanham: Rowman & Littlefield, 1998, p. 158.
④ Aleš Debeljak, *Reluctant Modernity: The Institution of Art and Its Historical Forms*, Lanham: Rowman & Littlefield, 1998, p. 157.

> 当代文化的情形类似于一个敌人埋下地雷后弃之而逃的城市的情形。兵临城下的胜利者怎么办呢？派攻击部队去征服一个已经被征服的城市吗？如果他这么做，就将造成混乱，引发新的无谓破坏和死亡。相反，他将派后卫部队的专门分队进城，他们进城时带的不是机关枪而是盖格计数器。①

诗歌秩序中江湖与庙堂的对立仍然存在，但不再是"矛盾的主要方面"，焦点已经转移，一方面似乎"无敌可战"，另一方面各种行动者自身也在转化，攻击部队与战士显得不合时宜，取而代之的是各色专家："它所使用的将不是喧闹、残忍且毫无必要的机关枪，而是更为和平与精良的探测装置，它们典型地属于我们这个电子时代。战士及其英雄式的自我夸耀被专家取代，面对变化了的形势，老先锋派的整个策略已颇为可笑地过时了。"②

从深层来看，这与网络文化本身的发展趋向也是一致的。挪威学者苏仁森（Bjorn Sorenssen）曾对此有精彩分析。他分析了与网络相关的两种空间隐喻，早期是表征外向运动的空间，电脑空间往往模仿西部原始、质朴的平原与山岳，网络牛仔们在新的让人激动的大陆上冲浪漫游，随着网络由精英活动转向日常消费，早期的精英、先锋与拓荒者让位给信息平原的自耕农，此时电脑空间开始从方向隐喻转向容器隐喻，电脑空间成为家园，大众被网络的家园诺言所引诱，正在占有与书写万维网的空间③。网络由早期的乌托邦观念转向日常实践工具的表征，表现的正是不断扩张、超越的现代性精神向后现代消费文化的转向。

由争取艺术解放的先锋、叛逆者，到转变为引领日常生活的文化媒介人与专家，诗人的形象发生了深刻的变化。从与商业的关系来看，诗人的形象，不再是"饿死诗人"的形象，而是沈浩波这样一面是商人、一面是诗人的形象。沈浩波刻意强调这两重身份之间的区别："在商人和诗人的身份中，我永远只能

---

① 卡林内斯库：《现代性的五副面孔》，顾爱彬、李瑞华译，北京：商务印书馆，2002年版，第133页。
② 卡林内斯库：《现代性的五副面孔》，顾爱彬、李瑞华译，北京：商务印书馆，2002年版，第133页。
③ Bjorn Sorenssen, "Let Your Finger Do the Walking: the Space/Place Metaphor in Online Computer Communication", http://dpub36.pub.sbg.ac.al/ectp/SORENS-P.HTM.

认同我的诗人身份,因为这才是我最后的骄傲和尊严。"①但我们也可以说,这既是一种区分,也可能是一种打通,并以表面的分裂加重自我身份的符号化。从与大众的关系来看,诗人的形象不再是"立法者"的形象,而是微博时代伊沙式的形象,他借用网络平台对诗歌的推广、点评与阐释,扮演的是鲍曼所说的"阐释者"的形象,在普遍主义的太阳陨落之后,人们转而可以"被家里桌上的烛光所吸引"②。

"导致一个场形成的过程是一个社会混乱的制度化过程,其中任何人都不能以主宰和规则、观念和合法区分原则的绝对把持者自居。"③网络冲击了文学制度,除了传统的组织机构与行动者,资本的交换逻辑,大众话语、文学网站、文化媒介人等也开始参与文学制度的重构。在此情况下,"诗"不是一个本体论范畴,也不是一个可以牢牢把握其存在和性质的"物",而是一种日常实践,一种协商性的话语,不同的人们以不同的方式使用它。在这一过程中,网络诗歌,作为一个症候性事件,最典型地呈现了文学制度在由纸媒向网络传媒语境转换中的先锋派的命运。

---

① 《磨铁图书:超越出版》,《新经济导刊》2009年第10期。
② 齐格蒙·鲍曼:《立法者与阐释者》,洪涛译,上海:上海人民出版社,2000年版,第191~192页。
③ 皮埃尔·布迪厄:《艺术的法则:文学场的生成和结构》,刘晖译,北京:中央编译出版社,2001年版,第163页。

技术研究

虚构叙事中被偏移的要素
——技术结构加速中的网络文学叙事

张学谦[*]

〔摘 要〕 中国网络文学在与欧美通俗文学的接触过程中对于欧美通俗文学形成的虚构叙事的要素有着很强的借鉴能力,但是在叙事要素借鉴的过程中,固定的文化内涵或者叙事逻辑被中国网络文学的虚构叙事消解或祛魅。这种消解或祛魅,不能仅从文化选择层面来理解,还应注意到这是在当代技术结构加速环境中,中国网络文学为了适应环境及其带来的主体外在化的叙事选择。这种选择呈现了当代网络文学与当代网络技术之间的复杂关系。

〔关键词〕 网络文学;叙事要素;技术结构加速

2018年,爱潜水的乌贼开始在起点中文网连载小说《诡秘之主》,2019年便获得橙瓜网络文学奖(网文之王)的年度十大作品奖。一时间,《诡秘之主》中具有的克苏鲁风格叙事要素成为贴吧、NGA等读者交流社区的热点话题,甚至同期上线或开发的很多游戏也以所谓"克氏"风格来吸引文学读者与游戏玩家。在网络文学创作界,在小说创作添加克苏鲁的叙事要素亦有蔚然成风的趋势。

《诡秘之主》作为具备克苏鲁风格小说的代表,始终与克苏鲁神话体系这一外来奇幻文学的叙事要素构成一种独特的文化阐释。以《诡秘之主》为代表的同类网络小说,不论出于何种原因,几乎全部都重构了克苏鲁体系本身的文化逻辑,将其构造成一种纯粹形式的叙事风格。从这种叙事要素的偏移现象中,回顾中国网络文学叙事的流变,令人在意的是,在网络文学中,尤其在玄幻文学中很多被认为理所当然的纯粹形式的叙事组成或风格,其实或多或少都

---

[*] 作者简介:张学谦,苏州大学文学院讲师,北京大学文学博士,主要研究方向为中国现代文学与中国现当代通俗文学。

是来自某种外来叙事要素的偏移,并且在偏移过程中往往都重构其内在的文化逻辑。

一、被反抗诸神:作为现象的叙事要素偏移

所谓"克苏鲁神话",并非古典意义上的神话概念,它来自美国作家洛夫克拉夫特创作的一系列"怪奇"小说。洛氏成熟期的小说作品,大都基于同一种宇宙观与世界观,因此这些在情节上毫无关联的小说便组成了一个庞大驳杂的体系。实际上,在洛夫克拉夫特的有生之年,其"怪奇"小说创作影响是十分有限的。之所以能够成为当代奇幻小说中相对重要的一个分支,是因为美国通俗小说作家对洛夫克拉夫特的重新发现。美国小说家 R. W. 钱伯斯、斯蒂芬金等作家都从洛氏的小说世界观获得了大量的创作灵感,并且在文化逻辑与叙事风格上延续了其小说构筑的世界。由此,洛氏的克苏鲁神话体系被建构成一种具有一贯的文化逻辑与统一的叙述风格的叙事要素。

对于克苏鲁神话体系的创始者洛夫克拉夫特而言,"未知"是理解其整体文化逻辑的关键。洛氏在《文学中超自然恐怖》陈述了其所理解的"怪奇"小说:"关于一篇文章是否属于真正意义上的怪奇故事,所需的判定只有一个——它能否涉及无法推测的空间与力量的同时,使读者感受到源于未知的强烈恐惧。"[①]然而,不同于其他同时代的怪奇小说家,洛夫克拉夫特将人类对于"未知"的恐惧,建立在一种机械唯物主义的基础上。洛夫克拉夫特的唯理性主义式的机械唯物论,使洛氏在创作中"抛弃了 19 世纪前辈们惯用恶魔、鬼魂和吸血鬼,取而代之的是受到达尔文进化论和爱因斯坦物理学启发的现代恐怖"[②]。他在致法恩斯沃斯·莱特的信件中提出:"现在起我所有的故事都基于一个基本前提:人类的一切法则、利益和情感在浩瀚的宇宙中都毫无意义。"[③]洛氏将这种

[①] 洛夫克拉夫特:《死灵之书:H. P. 洛夫克拉夫特小说全集》,北京:北京时代华文书局,2018 年版,第 968 页。

[②] "The Man Who Can Scare Stephen King", *American Heritage*, December 1995, Volume 46. Issue 8. https://www.americanheritage.com/man-who-can-scare-stephen-king? page=show.

[③] "The Man Who Can Scare Stephen King", *American Heritage*, December 1995, Volume 46. Issue 8. https://www.americanheritage.com/man-who-can-scare-stephen-king? page=show.

态度熔铸在他成熟期的小说中,不但形成了小说独特的恐惧氛围,也成了小说自成一体的隐喻方式,在洛氏的知名小说《克苏鲁的呼唤》中,他这样写道:

> 我觉得,这世上最仁慈的事,莫过于人类的头脑无法将自己所知的信息统统联系起来。世界是一片无边无际的黑色海洋,我们生活在其中一个名为"无知"的平静小岛上,而且不应该去远方游荡。既存的种种科学,都只是向各自的方向发展着,目前为止还没怎么给我们造成损害;可总有一天,当知识的碎片都被拼凑在一起时,通往恐怖的现实窗口就会打开,让我们看清自己的处境是何等可怕。届时,我们要么被真相吓疯,要么会逃离真相的光芒、躲进一个平静而安全的黑暗的新世纪。①

深受爱伦坡小说影响的洛氏,将他的小说中唯理性的机械唯物主义推向某种极端。洛夫克拉夫特将他唯物的可知论与爱伦坡浪漫主义唯心的不可知论做了独特的调和。在洛氏看来,人类因无知而享受平静,知识的尽头是令人类无法接受的现实。因此,对于洛氏创作的碎片式克苏鲁小说,被他自己称为"未知"恐惧的叙事,倒不如称为对"已知"或对"知识"的恐惧——当一个人知道得越多,他就越被恐惧所包围,这种恐惧使洛氏小说中的主人公在了解到事情的真相后无一例外都发疯或者死亡。因此,被洛氏推至极端的理性机械唯物主义就转化成为某种具有"虚无"倾向的知识无意义论,也正是因为这种"虚无"的倾向,人在洛氏小说中也仅仅是无意义的一种存在。

系统化的克苏鲁神话,是在洛氏去世之后,由他的好友奥古斯特·德雷斯完成的。德雷斯在整理了以洛夫克拉夫特为首的许多作者,诸如 C. A. 史密斯、R. W. 钱伯斯等的创作设定之后,将这些克苏鲁小说中涉及的诸神进行了神话体系化。虽然这一广为人知的系统化,使洛氏小说弥漫的那种碎片化的对可知的不可知恐惧转变成一个完整的公开的神祇体系,但是在欧美的小说、电影、游戏等通俗文化序列中,对这一体系的使用,大都始终延续着洛氏奠定的叙事风格以及他冷冰冰的理性机械唯物主义宇宙观,即人对真相的不可接

---

① 洛夫克拉夫特:《死灵之书:H. P. 洛夫克拉夫特小说全集》,北京:北京时代华文书局,2018年版,第366页。

受性,人的无意义性以及灾难性或者莫可名状的结局①。

洛夫克拉夫特的小说以及整个克苏鲁神话大概于 2002 年前后开始逐渐传入国内,到了 2005 年除了奇幻文学圈中一小部分人之外,根本无人问津,也无人知道,国内能够看到的作品主要来自 BBS 以及百度贴吧网友的自主翻译。2006 年,由于知名网络游戏魔兽世界中安琪拉副本中的 BOSS 克苏恩的形象近似克苏鲁神话中的旧日神祇,因此曾一度引发过关于克苏鲁话题的讨论,2010 年 6 月《科幻世界(译文版)》刊登竹子翻译的洛氏小说《疯狂山脉》,不过,这些影响均十分有限。此后,模仿洛夫克拉夫特小说的创作开始在互联网出现,诸如 oobmab 创作的《巴虺的牧群》《古塔》《黑太岁》,修百川的《飞升》《笼中之物》《白雪王子与七个活尸》,Raywood 的《泽天记》等。2015 年 FromSoftware 开发了 ARPG 游戏《血源诅咒》(*Bloodborne*),这款游戏在中国游戏界以及各视频网站得到广泛传播,并产生了大量粉丝,其所采用的具有克苏鲁神话氛围与体系要素的叙事模式亦随着游戏的传播与粉丝的扩大,使克苏鲁神话体系在国内奇幻文化圈、游戏圈等领域迅速获得大量关注。2017 年在刺猬猫网站上 F 君开始连载克苏鲁风格小说《马恩的日常》,2018 年则诞生了《诡秘之主》,2019 年机器人瓦力创作了《瘟疫医生》,此后克苏鲁日益成为奇幻文学圈、游戏圈乃至二次元文化圈中一种重要的风格与话题。不过,无论是早期短篇的模仿性创作,还是当下的独立创作,中国网络文学在借鉴洛氏小说与克苏鲁神话的同时,产生了一种具有特定倾向的偏移。

在早期的模仿性创作中,小说大都属于中短篇,往往采用中国传统民俗或者萨满教信仰中的神祇来代替克苏鲁神话中的诸神。比如《巴虺的牧群》这篇完全模仿洛氏《克苏鲁的呼唤》的小说,就是将发生在克苏鲁神祇上的事情,移植到了中国川渝地区民俗中的图腾崇拜上②,而《铁鹤书》(作者永恒的夏亚)则干脆把故事放到了唐代的传统武侠小说叙事中,并在"四大异客"和"伪神摩

---

① 比如小说《黄衣之王》《迷雾》,电影《蒙上你的眼睛》《撕裂地平线》,游戏《沉没之城》《血缘》等,由于作品过多,不再举隅。
② https://trow.cc/board/index.php?showtopic=26114。

奴"等神祇之外,塑造了被称为"白魔"之人"白牡丹"的形象①。总体而言,上述早期的中短篇小说创作,与其说是借鉴了克苏鲁神话,倒不如说是借鉴了洛氏怪奇小说的叙事风格与叙事技巧。这些小说尽管延续了洛氏小说中繁冗而怪诞的恐怖风格,然而并未将洛氏一贯坚持的唯理性主义的机械唯物主义带入其中,相反,其大都具有非理性的神秘主义倾向。因此,洛氏小说中对真相探询所引发的莫可名状之灾难与人处境之卑微,在这些小说中得到了极大缓解,甚至出现了人与神祇的对抗,尽管这种对抗以失败告终②。

随着克苏鲁神话在国内传播的扩大,商业网站的长篇小说开始替代 BBS 中以爱好为主的中短篇创作,而叙事上也开始发生更为复杂的变化。以《诡秘之主》为当下创作的克苏鲁神话体系的典型网络小说,诸如《泽天记》《瘟疫医生》《不可名状的赛博朋克》,以及女性向小说《群星活蹦乱跳之时》《不可名状的城镇》等,直接将组成克苏鲁神话体系诸要素——旧神、外神、远古种族——等作为小说世界观设定的基本支柱,在此基础上,将善恶二元斗争的道德因素带入洛氏原本无善无恶的机械唯物论的神祇世界中去。道德因素的加入,使克苏鲁神话体系那些视人类为蝼蚁的无善无恶的神祇有了更加具体的区分,也就是小说在叙事时更加具备对抗性,从卑微而曲折的反抗发展到直接的冲突对抗,旧日的支配者在这些小说中要么成为爱情与悬疑故事中无足轻重的背景③,要么成为小说主人公终将虐杀的对象④。

在怪奇小说与克苏鲁神话体系中,旧日的神祇是人类无法对抗的对象,知识彼岸只有疯狂与恐惧,探询真相的道路是人类走向毁灭的路径。然而,这种整体性的风格与要素在中国网络小说中发生令人意外的偏移。尽管小说的创作者大都十分偏爱这种恐怖叙事的风格,但是对他们的创作而言,那些无法反抗的神祇才是小说应该指向的目标,换言之,唯有将这些不可名状的神祇与怪诞纳入主人公的对抗体系中,将反抗神祇视作小说中最为重要的叙事要素,也

---

① https://www.xbiquge.la/19/17781/。
② https://www.jjwxc.net/onebook.php?novelid=4364587。
③ https://www.jjwxc.net/onebook.php?novelid=4975995。
④ https://book.qidian.com/info/1013329981。

因此彻底抛弃了洛氏那种理性的机械唯物论。从中国网络小说在借鉴克苏鲁神话体系时发生的"留形去质"叙事偏移现象中可以观察到,中国网络文学在接受西方叙事要素时,会对这些要素中的西方观念进行彻底重构。这并非克苏鲁神话在网络小说创作中独有的现象,当下中国网络小说有很多常用的叙事要素其实都是通过借鉴欧美通俗小说而形成的,但是这种借鉴往往拔除了原要素独具的观念渊源。大家耳熟能详的"穿越"叙事要素正如相对小众化的克苏鲁神话一般,正是这种发生在虚构叙事中要素偏移现象的典型。从穿越叙事的角度,我们能更加深入理解中国网络文学创作中广泛出现的叙事要素偏移现象。

二、穿越叙事何以可能:祛魅理性主义的过程

在中国现当代通俗小说中,最早使用穿越结构的小说当是1994年黄易创作的《寻秦记》。尽管有人将80年代李碧华的《秦俑》也视作穿越小说,但实际上其本身采用的是基于宗教轮回观念转世的叙事要素,而非现在意义上的穿越结构,因此不宜将其视为现代穿越小说的鼻祖。在如此区分穿越结构的基础上,可以进一步说,在中国传统虚构叙事文学中,从唐传奇到明清小说,再到现代通俗小说,都不存在当代网络小说惯于使用的穿越叙事要素。对中国传统虚构叙事的文学作品而言,其遵循的是传统宗族社会文化中的轮回转世观念。诸如,唐传奇的梦境故事、明清传奇的游魂上身以及明清小说的星魁转世,还有《蜀山剑仙传》所创的兵解、转世的修仙体系,也是传统文化中灵魂现世轮回观的再书写。因此,可以说《寻秦记》采用主人公以肉身真实地完成时间与空间上的物理性质的穿越,其渊源并非中国传统的虚构叙事文学,而是西方的科幻文学。

在欧美科幻文学中,第一部涉及时间穿越的小说是1889年由马克·吐温撰写的《亚瑟王朝廷上的康涅狄格州美国人》,然而从严格意义上讲,这是一部讽刺小说,马克·吐温"更看重的是通过现在与过去之间的冲突来揭示冲突背

后的含义"①,而且小说中简单的穿越方式与暧昧的结局②,亦更容易让人认为这场穿越仅仅是汉克·摩根被人打晕后的一个荒诞梦境。在欧美通俗小说中,真正意义上的时间旅行小说(穿越)是英国科幻小说作家H. G. 威尔斯的《时间机器》。这部由时间旅行者穿越时空观察人类社会命运的小说"建立了全新的叙事技巧典范"③,威尔斯以缜密的理性逻辑与朴实的叙事,既表现了时间旅行的悖论,也透露出他一以贯之的小说主题"斗争就是人类发展的最根本动力"④。威尔斯将科学的理性主义叙事带入时空探究的小说中,并建立一种以理性主义科学态度为基础的时空穿越的历史演义小说⑤。毫无疑问,《寻秦记》时空穿越的叙事结构受到了欧美科幻历史演义小说叙事的影响。因此,项少龙的穿越过程被叙述为一个时间穿梭实验的意外。同时,理性的历史主义态度与时空悖论的存在,也决定了项少龙的穿越不可能改变历史,相反,他的穿越正促成了历史的发生。

尽管随着欧美科幻小说的发展,时空穿越的叙事要素已经不再囿于纯粹科技叙事策略,越来越倾向于快捷与方便的穿越形式,但是其依然遵守了两条基本的准则,一是真实时间线与穿越时间线之间必须能够使读者做出准确的区分,二是必须能够使小说在时间穿越的过程中不会产生无法理解的时间悖论⑥。H. B. 皮普的《他绕马而行》、海因莱因的《你们这些还魂尸》等,在这样的潜在准则下,这些时空穿越小说为了尽可能地扩大叙事的范围,便引入了平行空间、平行宇宙等概念,以保证小说中内在逻辑与理性叙事的自洽性。换言之,时至今日,欧美奇幻小说,尤其是科幻小说,在涉及时空穿越的叙事要素

---

① 盖伊·哈雷:《科幻编年史》,王佳音译,北京:中国画报出版社,2019年版,第35页。
② 在小说的开头,主角汉克·摩根在火器厂被人击晕,醒来后发现自己已经穿越;在小说的结尾中,汉克·摩根被梅林施法陷入沉睡,当他再次醒来时,发现自己又回到被人打晕的火器厂中。
③ 爱德华·詹姆斯、法拉·门德尔松编:《剑桥科幻文学史》,天津:百花文艺出版社,2018年版,第74页。
④ 盖伊·哈雷:《科幻编年史》,王佳音译,北京:中国画报出版社,2019年版,第36页。
⑤ 爱德华·詹姆斯、法拉·门德尔松编:《剑桥科幻文学史》,天津:百花文艺出版社,2018年版,第381页。
⑥ 爱德华·詹姆斯、法拉·门德尔松编:《剑桥科幻文学史》,天津:百花文艺出版社,2018年版,第386页。

时,绝大多数情况下都采用理性主义的叙事态度,从而实现小说文本逻辑的严密性与闭合性。即便在其他的奇幻文艺类型中,涉及时空穿越的叙事往往还需要将叙事置于一个"根植于现在法则同样也是未来的法则的假说"世界中[①],即虽天马行空,但在严密的科学虚构的叙事之中。

实际上,中国网络小说中所采用的穿越叙事要素,很快就抛弃了《寻秦记》所使用的那种详细解释穿越经过与原理的叙事结构。大量网络穿越小说,无论是言情题材还是幻想题材,主人公的肉身可以从迷路、车祸到睡觉、被雷劈等各种场合随意地完成穿越,甚至"无缘无故"也足以成为穿越行为触发的理由。同时在常规肉身穿越的基础上,逐渐发展出各种形式的灵魂穿越。尽管这种日趋简单化的穿越叙事看上去与欧美奇幻小说中被简化的穿越叙事不无相似之处,但是从这些小说的叙事中不难发现,与网络小说中日趋简单随意的穿越叙事一同产生的,是穿越后世界与现实世界之间联系变得日渐"浪漫"。在穿越的历史演义小说中,随意更改现实历史事件的叙事时有发生,然而这种历史的变动根本不需要丝毫说明;在跨时空穿越中,并行空间与现实空间之间也丝毫没有任何联系。甚至在魂穿的叙事中,穿越仅仅是用来描述主人公在各种场合随意变化的一个工具性词汇。可以说,在"浪漫"化的网络小说中,原本构成穿越的时间与空间内涵性要素在最大程度上被淡化,乃至被驱逐出穿越小说的释义中。

被广泛使用的"浪漫"化的穿越叙事要素与基于小众接受群体的克苏鲁神话体系的叙事偏移在某种程度上具备了一个共同点:两种差异如此之大的叙事要素,在它们进入中国网络小说的叙事中时,都毫无例外地发生"留形去质"的偏移。进一步说,这种偏移的实质是祛除了叙事要素中的观念性内涵。这些被祛除的观念性内涵亦同样具备某种共同特征,即它们都是西方理性主义在不同层面的展开。如果说,克苏鲁神话的偏移现象是将理性的机械唯物主义中无法抗拒的知识的原罪转化为浪漫化任意对抗,那么在更为普遍的穿越

[①] 甘丹·梅亚苏:《形而上学与科学外世界的虚构》,马莎译,开封:河南大学出版社,2017年版,第12页。

叙事中,这种要素的偏移就是对穿越叙事内涵中理性主义科学虚构的彻底祛魅。简而言之,在网络小说中作为叙事要素的穿越,在时间与空间上的科学跃迁无足轻重,它只是描述小说主角改变存在环境的一个共识性术语而已。同时,也可以说穿越已经同中国传统小说中使用的基于民俗宗教认知的轮回观念做了悄无声息的结合——魂穿,其本质无异于中国传统虚构文学叙事话语的现代表述。这也是当代网络小说分类中时常会把基于轮回观念的《秦俑》也视作穿越小说的重要原因之一。

因此,中国网络小说的穿越叙事可以如此广泛地被使用于各种题材的小说叙事中,并不是因为这种源自欧美科幻小说的科学概念天然具备广泛的适应性,而是网络小说在应用这一叙事要素时,彻底地对其内涵的西方理性主义叙事做了祛魅。

三、转换:从主体的观念接受到技术的结构加速

当小说创作从吟游诗人口耳相传转变为独立作家的闭门写作时,本雅明曾预言了这种转变对于作者与接受主体之间关系的变化与小说内容的转变:

> 长篇小说在现代初期的兴起是讲故事走向衰微的先兆。长篇小说与讲故事的区别(在更窄的意义上与史诗的区别)在于它对书本的依赖。小说广泛传播只有印刷术发明之后才有可能。史诗的财富,那可以口口相传的东西,与构成小说基本内容的材料在性质上判然有别。……讲故事的人取材于自己亲历或道听途说的经验,然后把这种经验转化为听故事人的经验。小说家则闭门独处,小说诞生于离群索居的个人。此人已不能通过列举自身最深切的关怀来表达自己,他缺乏指教,对人亦无以教诲。写小说意味着在人生的呈现中把不可言诠和交流之事推向极致。囿于生活之繁复丰盈而又要呈现这丰盈,小说显示了生命深刻的困惑。[①]

文本与接受者之间现实经验性的传递,在纸质小说时代,转化成了人生的

[①] 阿伦特编:《启迪:本雅明文选》,张旭东、王斑译,北京:生活·读书·新知三联书店,2014年版,第99页。

"不可言诠"之事,换言之,小说创作者具有的主体观念代替了过去吟游诗人与听众之间共同的经验与交流,在此小说成为非经验观念的独白。在这一层面上,纸质出版的欧美通俗小说创作在很多情况下,都验证了本雅明这个先知式的预言。在青年成人小说(young adult novel)中大量存在着乌托邦与反乌托邦小说,在黄金时代的科幻小说中海因莱茵与阿西莫夫等人对社会组织制度批判得流连忘返,在西蒙斯与赫伯特的小说中万事万物沉迷在宗教与哲学领域中难以脱身,而洛夫克拉夫特的怪奇小说也没能摆脱机械唯物主义带来的宇宙中心论。可以说,在欧美通俗小说的创作中,尽管奇幻小说、科幻小说、怪奇小说的叙事内容类型繁多,但是几代具有一定影响力的作家大都将自己的观念,尤其是主体对于理性主义的态度与思考都带进了叙事形式中,由此形成了时空穿越、乌托邦、低魔世界[①]等不同种类的叙事要素。

洛夫克拉夫特的克苏鲁要素在中国网络小说中被祛除了机械唯物观,而叙事要素偏移的表现是网络小说主人公的强大。从表面上看,这种能够与旧世诸神对抗,或者在时空中穿梭转世的主人公能够获得如此强大力量,其不过是当代网络文学作者可以刺激接受"爽点"的做法,或者说这是资本推动下作为商品的网络文学的某种趋势。不过,这依然无法有效地解释为什么在欧美可以形成广泛影响且被长期遵守的创作范式会在中国网络小说中被抛弃。我们不应忘记至今在奇幻小说中被追捧的《九州》系列仍是对欧美奇幻小说的模仿。当中国网络文学的创作者开始接受并使用欧美通俗文学中所诞生的叙事要素时,在网络介质高度发达的中国网络文学创作中,创作主体自身向技术结构加速让步,尽管这种让步可能并非自觉的。

网络小说作者主动祛除外来叙事要素观念内核与网络文学文本要素背景化、主人公强势化是在当代发达的网络创作介质下技术结构加速内在逻辑的一体两面。小说的创作者对叙事要素观念内核所做的祛魅,是其在创作中对

---

① 在奇幻小说中,乔治·马丁的《冰与火之歌》低魔世界的典型代表,并且很大程度地影响了国内网络奇幻类型小说的创作,国内也产生了一批以低魔世界为设定要素的玄幻网络小说,比如《剑来》《道君》《十州风云志》等。其实,严格来讲,江南的《九州》也应属于低魔世界的设定,但是影响《九州》的主要是托尔金的《魔戒》。

存在于叙事要素中的已经在此的拒斥,或者说对构成特定叙事要素内涵的此在①的拒斥。斯蒂格勒这样解释了在过去的时代主体与此在的关系:

> 此在是时间性的:它有一个过去,并在以过去为起点的超前中存在。作为遗产,这个过去是"历史性"的:我的过去并不属于我,它首先是我的前辈们的过去,而我的过去则形成于我和先于我已经在此的过去这份遗产的本质关系之中。所以自己没有经历的,历史的过去可以被不经证明地继承:历史性也就是一种实际性。②

主体能够存在是依靠对过去已经在此的历史性继承——主体对过去的观念的承认。然而,拒斥叙事要素中的历史性观念,则意味着对于概念中的此在的拒绝。这种拒绝的原因,一方面可以是文化交互,另一方面,即人与物质产生关系,或者说人与技术产生关系。文化对主体的存在而言,是经由此在所建立的内在环境,而技术,则在"内部环境内形成了一个同时作为意向之代表和衍射之调节因素的子环境"③。如果说,主体间观念的传递与接受,是主体间历史性与时间性的此在接受,那么当技术结构开始独立于主体,并按照其发展规律实现"有机化"④时,主体间观念的接受意向很容易被技术结构的"制造意向"替代,其结果就是主体无法在旧的技术环境中接受过去的社会记忆与精神传统。因为它已经不再符合技术环境的调节方向。⑤

当代网络介质的不断加速,导致了主体间非经验观念交互的障碍。⑥ 因此,中国网络文学的"穿越"对于时空的理性主义原则祛魅,诞生了不受历史束缚,或者说不必依靠此在的存在,主人公处于这样一种状态中:我的存在或者

---

① 海德格尔的"此在"概念是指,这个"过去"是我没有经历过的,但是它却属于我的过去,没有这一段过去,我就不可能有任何自己的过去,这种继承和传播的结构就是实际性的基础。
② 贝尔纳·斯蒂格勒:《技术与时间》,裴程译,南京:译林出版社,2019年版,第6页。
③ 贝尔纳·斯蒂格勒:《技术与时间》,裴程译,南京:译林出版社,2019年版,第67页。
④ 贝尔纳·斯蒂格勒:《技术与时间》,裴程译,南京:译林出版社,2019年版,第82页。
⑤ 加速发展的技术结构对于主体内在环境、主体经验、观念的接受,更详细的解释,可以参见:贝尔纳·斯蒂格勒:《技术与时间》,裴程译,南京:译林出版社,2019年版。哈尔特穆特·罗萨:《加速:现代社会中时间结构的改变》,董璐译,北京:北京大学出版社,2015年版。
⑥ 参见拙文《媒介化、模块化与视图化:移动媒介下网络玄幻小说的叙事与接受》,《华语网络文学研究》第六辑,山海经杂志社,2020年12月。

"要存在"没有任何先前决定性。没有严格意义上的属于自身的起源,它只能依赖恰恰不属于自己的过去而存在。正是由于缺乏此在所带来的"历史性",穿越后主人公才能实现无限的强势化。同样,那些像克苏鲁神话一样被背景化的叙事要素,当其机械唯物主义的宇宙中心观被祛魅之后,所有的怪诞、恐惧与灾祸也随着内涵文化的消逝而消失了,成为没有此在的存在。由此,原本不可触碰的旧神成了同样没有此在的主人公的对抗物。

对于中国网络文学而言,文本与创作者共同构成了缺乏此在的存在,一个是文本中诞生的不确定性的存在,另一个则是由于技术结构加速的影响而导致对主体间内在环境接受的困难。文本创作者在技术环境的调解下,将先验与后验的主体观念,让渡给了技术环境的"代具性"。在中国网络文学对外来叙事要素接受与偏移的过程中,可以窥探到主体的存在由文化、经验与记忆的内在环境构建的过程,转变为由技术、工具与系统所主导的外在化过程。[①]

对本雅明而言,在丧失经验的现代,城市的生活丧失了意义,此在只能来自过去的拖鞋、怀表、温度计等纪念性碎片事物之中[②]。那么对于当代技术结构加速中的网络文学及其创作者而言,无论是经验,还是非经验性的主体观念,一切似乎都不再重要,重要的是,哪怕需要祛魅一切不必要之物,也要使自身及文本能够更加适应技术环境无止境的加速结构。

---

① 贝尔纳·斯蒂格勒:《技术与时间》,裴程译,南京:译林出版社,2019年版,第143、157、160页。
② 本雅明:《发达资本主义时代的抒情诗人》,张旭东、魏文生译,北京:生活·读书·新知三联书店,1989年版,第65页。

跨界研究

跨界距离：网络文学IP生长规律再思考
——以论坛小说《赵赶驴电梯奇遇记》的没落为例

王小英[*]

〔摘　要〕　2006年点击率最高的小说《赵赶驴电梯奇遇记》是在猫扑大杂烩上按照论坛方式连载而成，具有很强的网络性。小说遵循了实主角、虚配角的网文写作套路，在YY和现实之间进行切换。小说从内容到风格上都嵌入了论坛的互动仪式链，获得网民的狂热追捧，并因此进一步在实体书、网剧改编渠道的占有上，抢占了先机，然未能赢得口碑，后继乏力。究其原因，《赵赶驴电梯奇遇记》作为男性YY小说，娴熟地使用了网络用语，但只表达了"本我"层面隐秘的共同私欲，缺乏更高的情感表达和文化内涵，这是其最为致命的短板。小说在进行实体书和网剧跨界时，原先的优势丧失殆尽，不仅单薄之处尽显，且不合逻辑和不可言说的欲望也被放大化，在更为直观的网剧中，变得十分难堪。其命运在相当大程度上代表了大部分网络爽文的命运——深度嵌入网络文脉中的小说，在向实体书和视频跨界时因为缺乏更高的愿望表达和社会观照，难以得到更广泛的认可。

〔关键词〕　网络文学；IP；论坛小说；赵赶驴电梯奇遇记；大众传播；媒介

如果时光可以倒流至2006年，我们会发现，当时最火的网络小说《赵赶驴电梯奇遇记》是一部点击率"神话"式的作品，自2006年4月在猫扑贴出以来，点击量便迅速飙升，到2006年9月初，点击率已达2亿。实体书《赵赶驴电梯奇遇记》在2006年9月由中信出版社出版。小说以调侃、幽默的笔调讲述了赵赶驴和三位漂亮女性之间的交往，搞笑中带着淡淡的哀愁。2009年该小说被改编成了网剧，共21集。对于该剧，腾讯视频的评分为7.5，豆瓣电影为6.0，豆瓣上只有47人评价。该小说的命运可以说是高开低走，2006年是其高光时

---

[*]　作者简介：王小英，暨南大学文学院教授，博士生导师，主要研究领域为网络文学符号学、文化符号学。

段,此后一路滑坡,及至今天的湮没无闻。

目前,学界对这部作品及其IP①衍生品的评论和研究有四篇文章,发表时间集中在2007—2010年间,分别是:1.姚晓雷的《莫让"猪气"成为一种文学时尚——从当前流行的一部网络小说谈起》(《当代文坛》2007年第3期);2.郭新洁的《试论网络小说的叙事语言特色——从〈赵赶驴电梯奇遇记〉说起》(《理论学刊》2007年第6期);3.王正斌的《论〈赵赶驴电梯奇遇记〉之得失》(《襄樊职业技术学院》2008年第1期);4.新浪原创DV的《贺岁网剧,互动为先——记〈赵赶驴电梯奇遇记〉》(《DV@时代》2010年第2期)。此后再无相关研究,在历届文学评奖活动中也无此作的影子。

三篇针对《赵赶驴电梯奇遇记》(以下简称《赵赶驴》)网文的文章提出的肯定之处有:其一,作品有严肃写实的一面,在由传统体制向新的市场体制转变之时,社会的道德基础变更为在规则体系内最大化地追求自身利益和欲望,《赵赶驴》既写出了现实的辛酸无奈,也为芸芸众生造了一个梦(王正斌、姚晓雷);小说为草根阶层造了一个梦,"以回雅向俗的手法,反映了现代社会里具有民间性和草根性的芸芸众生心里的某种浪漫渴望"②。其二,《赵赶驴》采用了平视的写作视角,语言直白鲜活,便于读者和作者的平等对话(郭新洁),风趣幽默(王正斌)。其三,《赵赶驴》塑造的主角人物个性鲜明、心理描写有特色(王正斌)。

批评意见有:第一,价值态度上出现了严重问题——精神认同上平庸化,有利益而无原则(姚晓雷称之为"猪气"),有悖文学应有的社会担当。第二,女上司和男主角"我"的上床是为了报复别的男人,这一故事情节设计不合生活逻辑,不合常情,女性人物的立体性和丰满度不够(王正斌)。第三,网络语言符号使用过量、不规范(郭新洁、王正斌)。

一篇针对《赵赶驴》网剧的文章指出,该剧是一部与网络深度融合、边拍边播、根据观众意见对剧本进行改写的连续剧,形式新颖。但令人遗憾的是这也

---

① IP,即intellectual property,知识产权。
② 姚晓雷:《莫让"猪气"成为一种文学时尚——从当前流行的一部网络小说谈起》,《当代文坛》2007年第3期。

是一部迅速被人遗忘的网剧。

这些评价都有相当的道理,《赵赶驴》的确有现实主义的一面,特别是对底层人物而言,从网文到网剧都有很强的网络性,但是无法回答为什么网文《赵赶驴》会没落,其没落是一种必然还是一种偶然。本文将从小说本身和文化的角度来分析这个问题。

一、《赵赶驴》的人设与故事程式

任何故事中的人物都需要有一个身份,浪漫主义文学中的人物身份经常被构造得充满传奇色彩,而现实主义文学中的人物通常与现实生活中的人物有更多的相通之处。"人设"一词虽然是在网络上兴起的,但其在文学创作中一直发挥着作用。《赵赶驴》的基本人物构成为:一男三女,男主女配。故事安排的模式为:现实—YY①—现实,从现实到 YY 的转换靠的是巧合产生的强力,从 YY 到现实则是故事逻辑使然。这种人物设定和故事安排的特点是简单明晰,很容易被把握,这是其能迅速抓住读者的初始原因,但也是其迅速被类似作品替代的主要缘由。具体而言,其在人物方面的主要贡献在于设置了接地气的草根男主人公,并精准地刻画出了其身上精于计算的市井气息,故事的 YY 逻辑最后让位于现实逻辑,缺憾在于对女性人物的塑造过于刻板,故事的厚度不够。

(一)人设:实主角与虚配角

《赵赶驴》在主要人物赵赶驴的塑造上是相当成功的,草根性是他的典型特征,精于计算是其典型气质。草根性首先表现在人生起点上。赵赶驴从农村出来,名字极其土气,大学毕业刚一年,在公司里也只不过是跑腿的小角色,住在租来的房子里,日复一日地繁忙工作,无钱无权。这种极为平凡的小职员身份,奠定了赵赶驴各个方面的普通:家境一般,能力一般,财富一般,长相一般,事业一般。

---

① YY,网络用语,指不切实际的幻想、妄想。

普通男人赵赶驴虽事业无成,但不妨碍其"有色心没色胆"——对女性的渴望。在这种情况下,赵赶驴自然而然地会具有"精于计算"的都市人性格。这是现代社会人们普遍的性格特征,也是之后遍布各种类型的网络文学的人物特质。西美尔在《大都会与精神生活》中指出,紧张而复杂的都市生活与货币经济、理性性格一同强加给人们精于算计的特征,这一特征排斥了从内在决定生活模式的冲动①。恣意率性与精于算计相冲突。《赵赶驴》中情感也成了被算计的对象,贯穿于其行为的始终。他想让白琳爱上自己,但白琳经常一副冷漠不可入侵的态度,使得他极为苦恼,于是他的心思一直都用在如何赢得白琳的喜爱上。他反复思量白琳对自己的感觉,以及自己以前采取的措施是否正确,以后应该采取什么样的措施来俘获她,等等。如第4章中赵赶驴对白琳心态的分析:

> 其实白琳对我还是很有些好感的。因为那次在电梯里,我给她的感觉还是比较靠得住的一个男人。虽然她一直装作不认识我,但那只是她的一种自我保护,她心里应该对我还是比较亲近的。要不然,她也不会托我帮她给妹妹带东东。而且这一次,我又救了她妹妹,她对我肯定会心存感激,这样一来,好感就更加大了。当然了,这种好感还远谈不上喜欢或是爱呀什么的,但这种好感是绝对存在的!!
>
> ············
>
> 她生我的气则是因为我电话里说的那句话,那摆明了是把她放在很次要的位置上,她当然会不忿了。而且我刚才的那种语气,她不气才怪!②

情感本身是极为直觉的事情,但在赵赶驴这里,成了一场"没有硝烟的战争"。他要时刻对以前之事做出判断,重新考虑自己在白琳心中的地位,白琳对自己的好恶以及成因。在赵赶驴看来,有因必有果,有果必有因,感觉是可以像化学元素那样解析出来的。这是典型的理性思维方式。长篇累牍地以男

---

① 格奥尔格·西美尔:《大都会与精神生活》,见《城市文化读本》,汪民安等主编,北京:北京大学出版社,2008年版,第132~134页。

② 赵赶驴:《赵赶驴电梯奇遇记》,https://www.518xs.com/Info/List/14384/0.html。本文中所节选的小说文本均出自该网站,不再一一注明。

性视角分析女性的心理在《赵赶驴》中经常出现。分析之后,赵赶驴通常还会做出下一步的计划,或者对自己既有的"作战计划"做出调整。如他在强抱白琳成功之后所做的一段分析:

> 其实我这一下抱白琳还是冒了一点儿风险的,我很怕白琳会十分强烈地反抗,推开我,给我两耳光然后骂我无聊。如果那样的话,可能我这一抱就彻底把白琳抱没有了。但事情逼到这份上,我不得不主动了。NND①,看来白琳对偶的好感有限,偶刚才打的那几下悲情牌并不足以让白琳丧失矜持。迫不得已,我只有兵行险着,主动回身去抱白琳。
> 她或许会想,就让他抱一分钟吧,就当这是我对他的一点儿补偿——嘿——她哪里想得到,这一切都是我精确计算之后的行动!! 直到现在,这幕戏一直都在按照偶的脚本进行!!!

按理来说,情人之间的初次拥抱,应该是在情不自禁的状态下发生的,但是从上文我们可以看出情感活动并非真情流露,而是精确计算的结果。好色之心在小说中反复出现,还原了年轻男性身上普遍存在的"好色"现象。这一特征使得赵赶驴摆脱了道德上的崇高感,极具世俗感,但也使得他从精神气质上彻底俗化。这一点,若与司汤达的《红与黑》中的类似描写比较会变得更加突出:

> "将来我第一次参加决斗时,也会这样发抖,也会这样感到不幸吗?"于连对自己说;他对自己对别人都太不信任,因此不可能不看到自己的精神状态。
> 在极度的苦恼中,任何别的危险在他看来都更为可取了。他不是一次又一次地希望看见德·雷纳尔夫人突然有什么事,不得不回到屋子里去,不得不离开花园! 于连不得不克制自己,他克制自己用的力量太猛,甚至连说话的声音都完全改变了。很快地德·雷纳尔夫人的嗓音也颤抖起来,不过于连没有发觉。职责在和胆怯进行的这场可怕的斗争太痛苦,他不可能注意到自身以外的任何事。城堡的时钟刚敲过九点三刻,他还什么也不敢做。于连对自己的怯懦感到气愤,他对自己说:"在十点的钟

---

① NND,网络用语,是"奶奶的"三字的拼音缩写。

声敲响的时候,我要做我在整个白天一直向自己保证在今天晚上做的事,否则我就上楼回到自己屋里去开枪自杀。"①

赵赶驴和于连都在算计,但于连要征服的是自己的恐惧心理,锤炼自己,而赵赶驴则是要征服对象,所以需要反复揣测对方心理。心理描写的重点不同,前者放在了成功后的喜悦和得意上,后者却放在了男主人公行动之前剧烈的自我心理斗争——特别是勇敢的目标设定和怯懦恐惧的本能冲突上。前者的重点是在成功后的"爽",后者则是在男主人公坚毅勇敢气质的塑造上。赵赶驴是胸无大志的浊骨凡胎,于连则是有强迫症的激进青年。赵赶驴精神气质上是既不高又不低的平庸,使得小说精神气质也较为平庸。

与赵赶驴这一较为出色的形象相比,《赵赶驴》中出现的女性形象就非常类型化,有比较强的道具人的嫌疑。也可以说,《赵赶驴》延续了以往男性作家笔下常见的"天使""妖妇"女性描写套路。小说中有三位女主人公:白琳白璐姐妹和女上司蒋楠。女大学生白璐是小说中的"天使"型女性,白琳是颇有姿色的俏寡妇,而女上司蒋楠则是AV②女优的化身。三位女性形象都是作为"他者"来塑造的,体现的是男性对女性的想象和认知。女性是"在场的不在场"。小说着力描绘的是三人"看上去是什么",而不是她们"是什么"。女性的利益在小说中被边缘化和浅薄化。从这点来看,小说中女性是被"象征性的歼灭"了的。这是小说的庸俗浅薄之处。但对三位女性身份的设定,尤其是对天使型女性的设定,又体现出隐指作者对女性"象征性的歼灭"之后的"象征性的复活"。

男主人公和女人们的关系模式又反映的是男人对世界的认知及基于此的性别关系塑造。三个女人代表着男人们的三种恋情,和白琳的是夫妻之爱——斗争中的关怀,和白璐的是初恋——清纯美好,和蒋楠的是情人之爱——刺激且能获得高升的机会。三种女人都对赵赶驴青睐有加,虽不符合生活逻辑,但满足了男性的女性幻想,是典型的男性小说。

---

① 司汤达:《红与黑》,郝运译,上海:上海译文出版社,1995年版,第69~70页。节选的是关于于连为了报复市长,而在餐桌下去握市长夫人的手,同时又害怕被反抗、被市长发现的心理描写。

② AV,成人电影。

以感情为主题的男性小说,女性形象的塑造非常单薄,这可以说是人物形象塑造上的一个致命弱点。而这个弱点也直接影响着其跨界衍生能力。

(二)故事的可替代性:以巧合来进行"现实"与 YY 的转换

《赵赶驴》前半部分巧合设置非常多,有起笔振题之意,造成小说 YY 色彩强烈。巧合以意外事件来强行改变故事的进程,巧合带来的改变在前半部分频繁向利于男主人公的方向发展,推动了故事向好的一面发展。后半部分巧合较少,因而现实感又随之增强。

巧合事件主要发生在偶遇美女并与之有机会接触上。《赵赶驴》前半部分出现的巧合主要有:电梯故障,巧遇俏寡妇白琳;短信发错,被女上司蒋楠挑中出差;帮人捎东西,结识美女大学生白璐,白璐碰巧有心脏病晕倒,于是英雄救美。这些巧合,把三种欲望类型的女人拉进赵赶驴的生活。这样,在日常生活中本来很难出现的事件,在小说中都与赵赶驴扯上了关系。

赵赶驴美妙人生中的每一步都充满了巧合意味,如单与上司蒋楠的"英雄救美"情节就出现了两次:一次是为了蒋楠挨打,另一次是把蒋楠从老板们的纠缠中解救出来。而这两次救美,又都为赵赶驴的晋升提供了机会。这显然是 YY。虽然小说离不开想象,但传统文学中的想象一般符合生活逻辑,是"可能发生之事",《赵赶驴》却超越了这一点,聚集了无数巧合,它所讲的故事是生活中"不可能发生之事",因而 YY 味道浓厚。

不过,小说的后半部分并不像前半部分那样过度 YY,而遵从了现实逻辑,这削弱了其爽感,但也使得它没有流于普通的 YY 小说之流。在小说中,每位美女旁边也都环绕着其他追求者或与其有感情纠葛的人,白琳的追求者是大学教师刑建业和公司老总,白璐的追求者是男同学杨峰,蒋楠则既有与她势不两立的前夫,也有其念念不忘的死去的小男友,更有不断纠缠她的台湾老板。在钱财、事业、才华方面,这些男人都优于赵赶驴。正是由于这些基础,赵赶驴在众美女心中的感情优势显得极其单薄,其赢得的每一步好感和亲近都是精心算计的结果,但即便如此,按照小说的自然逻辑,也必然走向失败。世俗化社会产生的精于算计的小人物,不能摆脱社会精于算计的法则。所以《赵赶驴》的现实之处在于,设置了一个带有悲凉色彩的开放性结尾:白琳拒绝了赵赶驴,白璐远赴日本治病,蒋楠离开。

赵赶驴的桃花运因巧合而开始,因现实而结束,南柯一梦,男主人公又回到了一无所有的起点。故事结构比较简单,很容易模仿。整个小说戳中了普通男性共同的感情欲望,但也仅仅如此,这使得其广泛传播的共同基础被放置在了成本较低的网络浏览互动上。

二、《赵赶驴》崛起的文脉:论坛的互动仪式链

英文 context 一词,中文有时也译为语境,但笔者认为李思屈"文脉"的译法和阐释更为准确,故采用文脉来阐释《赵赶驴》崛起的际遇。李思屈认为文脉(context)关系有三层:"一是符号关系,指文本内特定符号与其他符号之间的关系,如特定语词的前后文关系;二是互文关系,指特定符号集合体作为一个文本与其他文本之间的关系;三是特定符号与其社会历史语境之间的关系。"[①]从小说《赵赶驴》中人物的命名系统来看,"赵赶驴""高潮"这样的重要男性人物名字在小说文脉系统中的出现,即意味着其所奠定的风格是搞笑、低俗的。各方面都很一般的赵赶驴,只有在名字上与众不同。小说所铺排的故事也是沿着搞怪、幽默这一方向来发展,与严肃无关。小说的论坛跟帖激发的也是欢乐、调侃、搞怪的情绪氛围,以轻松娱乐取胜。这么一种小说在 2006 年的网络语境中,与恶搞视频《一个馒头引发的血案》有情绪上的呼应关系。也就是说,2006 年的《赵赶驴》从语言风格上融进了论坛的文脉关系,内容上切中了论坛网友的私欲,其在狂欢的恶搞浪潮中冒出便有了时势造"英雄"的味道。但也正因此,其与论坛语境和彼时的网络语境都存在强依赖关系。而这种强依赖关系被剥离开特定时空之后,就很难坚挺。

《赵赶驴》最初是在猫扑大杂烩上火起来的,猫扑大杂烩的活跃人群以 18~32 岁间的青年为主。《赵赶驴》作者的前几本书都寂寂无名,后面的书也甚少被人所知,只有这一本书创造了点击率神话。小说原名《和美女同事的电

---

① 李思屈:《大数据条件下的符号学应用》,《南京邮电大学学报》2021 年第 4 期。

梯一夜》,后更名为《赵赶驴电梯奇遇记》,在论坛上边写边发。在发表的过程中,作者还一度断更,引得众多网友愤愤不满,甚至有人越俎代庖,代写结尾,逼得作者出正版结尾。笔者认为此时的猫扑大杂烩已经具备了互动仪式形成所需的四种因素:一些匿名的人聚集在论坛上,通过发言彼此影响;通过论坛规则和带有暗语色彩的网络用语来对局外人设定界限;人们的注意力集中在了《赵赶驴》连载上,并就这个关注焦点互相交流,进一步促进该关注焦点成为更多人的关注焦点;人们分享共同的情绪/情感体验①。轻松搞怪的《赵赶驴》连载,可被视为一桩论坛事件,当人们将其作为关注焦点,并分享对其的情感体验时,会更加强烈地体验到这种情感的共同性。而随着互动的加强和引人入胜,参与者就被这种节奏和气氛吸引,形成了某种程度上的狂热——一起看《赵赶驴》给人一种群体身份的感觉和体验。也就是说,以这部小说为关注点,形成了柯林斯所说的互动仪式链。互动仪式链中个体是后于情境的,情境才是互动仪式的出发点,"事件塑造它们的参与者,尽管可能是瞬间的;际遇制造了其际遇者"②。际遇制造了小说的点击率神话,这也是《赵赶驴》进入人们视野的主要原因。然而,论坛上那么多作品,为什么只是《赵赶驴》获得成功?这与小说的特点相关。猫扑大杂烩属于早期与天涯论坛并列的顶流论坛,是一个非常活跃的网络空间,也一度成为流行文化的发源地。《赵赶驴》的内容和气质与这个论坛高度吻合,成功地进入了论坛的互动仪式中,这是其能成为共同关注焦点的核心所在。

首先,《赵赶驴》使用第一人称叙述,小说的作者-叙述者-主要人物都是"赵赶驴"。虽然我们知道上网的人大部分会有网名,但我们会将其与现实世界的人相对应,网民"赵赶驴"不同于虚构人物,是一个血肉之躯。"赵赶驴"与"莫言"一样,都可以视为笔名。如此一来,小说《赵赶驴》就构成了一个假

---

① 柯林斯提出的互动仪式的四种组成要素中,强调第一项要素需要身体在场。笔者以为在网络虚拟空间中,即便身体不在场也可通过发言的方式互相影响,故认为在猫扑论坛上已经构成了互动仪式成立的基础。参见兰德尔·柯林斯:《互动仪式链》,林聚任、王鹏、宋丽君译,北京:商务印书馆,2009年版,第79~80页。

② 兰德尔·柯林斯:《互动仪式链》,林聚任、王鹏、宋丽君译,北京:商务印书馆,2009年版,第34页。

象——一个现实世界中存在的人在讲"自己"经历的事,模糊了其虚构色彩,而将其纳入了作者的经历中[①]。这带来的好处在于,网友们讨论小说就如同在围观作者的私人生活一般,相当过瘾。小说叙述属于个人经验叙述,"我"同时担任叙述者和主要人物,故事以"顺叙"为主,情节时间的先后线索非常清晰。此时的叙述者"我"讲过去的人物"我"的事,故事中有两个"我"。两个"我"时而重叠,时而交错。此时的"我"对过去的"我"的心理和行为经常进行评头论足,因为二"我"存在一定的距离,所以时有不同。赵赶驴的身份年龄和论坛活跃人群的身份年龄完全一致,为频繁互动创造了充分的内容基础。

其次,小说的叙述用语是论坛风,随意且口语化,情节设计上有意趋俗。这种语言风格与跟帖风格是一致的,由此使得小说成为高语境的际遇文学,小说文本内外水乳交融。小说中对大量网络语的运用,如东东、巨、偶、挂掉、BS、TNN、TM等,也是论坛灌水常用语,这些常用语起到两种作用:聚集懂这些话的网友;排斥那些网外之人。小说用语与论坛一样,生动活泼。语言风格和情节设计上的搞笑环节相应,构成了小说的幽默诙谐,引人发笑。譬如第1章,当两人被困电梯的时候,故意让白琳憋尿憋得难受,并且不得不说出来,然后由叙述者就此进行一番调侃:

> 呀呀呸的,现在偶们孤男寡女的,你总是提这种事情是什么意思?而且,这里摆明了没有用具,你这样说是什么意思?算了算了,不想这些没用的。就算她真的在我旁边那个了,我也看不到什么。而且,电梯里这样封闭,她真那个了,味道岂不是要坏?如此一来,她在我心中的完美形象岂不是就没了?不行!我得阻止她才行!

本来和美女共处一室,相当美妙,这时偏要安排美女内急这一不登大雅之堂的情节,进行解构、调侃,制造滑稽效果。这与其说是小说发展的需要,倒不如说是在情节制造上故意吸睛,为故事增加笑料,在论坛上积蓄欢乐情绪,尤其是积蓄男性网友的欢乐情绪。

---

① 有意混淆自传和虚构的第一人称叙述,这种做法在小说发展史上屡见不鲜,作家和出版商都经常利用这一本体论上的模糊来争取最大利益,譬如笛福反复强调《鲁宾逊漂流记》的真实性,汤婷婷的《女勇士》被出版商当作自传来营销。

再次,小说表达的是男性不登大雅之堂的共同情欲,属于平时可想而不可言的欲望,无关家国情怀,也与人间正义无关,谈不上崇高,甚至有些猥琐。譬如,赵赶驴与美女困在电梯里时,他屡次想占便宜:

> 我手机上的光正映在她的脸上,隐约能看出她弄了个大红脸,红富士一样,异常娇艳,直让人想咬上一口。
> 我心里暗暗好笑,同时,也有一种偷着乐的感觉:以她的智商,我岂不是很容易就能把她给忽悠到床上去?不会真如我所想的吧?你说呀,快说呀,说想和我那个……

这些隐秘的男性欲望出现在男主人公身上,通过内视角披露,但在大部分情况下又并没有实际的行为发生。在现实生活中,这些念头无足轻重,读者也只是会心一笑。《赵赶驴》却让男性本我层面的这种共同私欲以文字的形式浮出了水面,由此容易引发共鸣,但也因此埋下了小说跨界时的最大危机。

三、跨媒介的失败:难以填平的文化鸿沟

猫扑大杂烩上《赵赶驴》的火爆与论坛彼时形成的互动仪式链密切相关,对女性的隐秘欲望通过赵赶驴的文字搅动了年轻网民心中的一池春水。但这从一开始也藏下了深刻的危机:其一,靠论坛的互动仪式链激发的网民关注点在小说完结之后是否还可以继续存在?其二,以欲望共同体为表达核心的小说过于单薄,套路单一,是否容易被其他类似的小说取代?其三,当小说脱离网络文字,转换成实体书或影视时是否还可以得到认同?这三个问题,从《赵赶驴》作者的后继之作《手机奇遇记》《极品女同事》及其实体书和网剧改编来看,答案都是否定的,且这种否定之中蕴藏着一种必然性。正因此,《赵赶驴》的跨界失败可以为后来者提供一些教训,为正确的IP挖掘提供一些启示。

(一)实体书与网络小说:不同的阅读逻辑

网文IP的跨界,可以视为"翻译",译者的这种翻译要受制于三个要素:"网

文作品、目标域中的符号逻辑和目标域中的解释者"①。买书的人与上网浏览帖子的人存在很大差异，前者付出的经济成本更高，对书的要求也更高。且与论坛连载不同，实体书更多的是个人化的行为，很难形成互动仪式。《赵赶驴》行文充满了网络特色的语言符号，由于拼音输入法的流行，"在网络语言符号的形成理据中，除表情符号外，声音理据占据了大半壁江山……在汉语拼音输入法中，我们输入的是拼音，也即实际上我们录入的是声音的符号形式，也就是说我们录入的是靠近汉语而非汉字的符号，这就使得网络语言更接近于口语而非书面语（汉字系统）"②。《赵赶驴》一书在文本内容和传播上都是带有强网络性的作品。语言风格上的口语化，在从网络小说到实体书的转变中，需要进行处理。这一点可以从金宇澄的《繁华》从弄堂网到实体书的成功转变中看到其中所需要花费的功夫。实体书中的符号逻辑是印刷文化的理性逻辑，这种理性逻辑是精炼准确的，需要考虑单位篇幅内的最大信息量。尽管随着人类生产力的大幅提升，纸张不再成为一个大的障碍，但实体书需要印刷逻辑所强调的精炼还是一如既往的。《赵赶驴》下网之后，其网络口水化的风格印刷在纸面上显得尤为刺目，废话连篇。

与之相应，当实体书的读者和网络上的读者出现较大的差异时，内容上的单薄也被放大。上网看小说的人并未转化为买实体书的人，而买实体书的人对《赵赶驴》的期许不会因为其是网络小说就有所降低，反而会更加要求其有出色的表现。而根据上文对《赵赶驴》内容的分析，我们可以看到，小说除了写男人的情欲 YY 之外，确实没有太高的追求，语言文字的优美、思想内容的深厚、见识的高远、艺术手法的高超在实体书中都很难看到。在这种情况下，很难想象《赵赶驴》的实体书会赢得口碑。这并非说，网络小说的实体书就会扑街，相反，《明朝那些事儿》实体书的多年畅销则从另一个方面说明网络小说也

---

① 王小英：《超级符号的建构：网络文学 IP 跨界生长的机制》，《中州学刊》2020 年第 7 期。
② 王小英：《网络媒介、输入法与文化表征——文字符号学视野下的网络语言透视》，《广西师范学院学报》2015 年第 1 期。

需要更高的思想水准①。可以说,《赵赶驴》的长处——与论坛风格的浑然天成、与网民身份群体的高度吻合,在下网之后就消失殆尽,其短板反而凸显了出来。所以,虽然小说被做成实体书出版,进行了向实体书领域的跨界实践,但这种实践是非常不成功的。而这种不成功也是很多网络小说下网变成实体书之后的普遍命运。印刷文化的符号逻辑并没有贯彻到网络小说的实体书中,实体书《赵赶驴》并未能冲破网络暗语的圈子,也未能承载更多的文化内涵。"小说轻松幽默,打发时间再好不过。"②"很久以前在书店看过的一本网络小说,情节很套路,文笔也很拙劣,远没有《和空姐同居的日子》那本书有看头。当然作者最后没火起来,没有像唐家三少、我吃西红柿这些网络作家大神那样名利双收。网络爽文虽然可以火一时,终究不能成为经典畅销书。"③类似这样的评价成为对《赵赶驴》一书为数不多的评价中的主流。这在一则关于实体书的评价上已显露出各种由头:

> 赵赶驴够 YY,偶喜欢,^_^不过总感觉这样的书不用出版吧,到网上看一下,或者就像我一样,下个 TXT 直接用手机搞定,不过总要有些人不能的或者不会的去买书,也为作者带些收入吧,这年头赚点不容易,哈哈,还不错的网络小说,精神支持一下。④

《赵赶驴》实体书的命运,也是以爽为主的网文的实体翻译后的普遍命运,《斗破苍穹》的豆瓣最高评分未能超过 7.4,占据了各种优势渠道和资源的《斗罗大陆》的最高评分 7.0,评价数也未能达到 2 万+。我们由此可见爽文的实

---

① 当年明月的《明朝那些事儿》实体书,在豆瓣检索一共有四家出版社:分别为中国友谊出版公司 2006 年版、中国海关出版社 2009 年版、浙江人民出版社 2011 年版、北京联合出版公司 2017 年版。其中,中国友谊出版公司的豆瓣评价数超过 18.5 万,中国海关出版社的评价数也超过了 12 万,北京联合出版公司的版本位居当当网历史畅销榜第 7 名,评论数超过了 41 万。各种版本的评分最低为 8.7 分,最高为 9.2 分。《赵赶驴电梯奇遇记》只有中信出版社 2006 年版本,且评价数只有 800 多,评分也只有 6.6 分。
② 垃圾侠:https://book.douban.com/subject/1887264/comments/?sort=time&status=P, 2021 年 8 月 17 日。
③ 兕:https://book.douban.com/subject/1887264/comments/?sort=time&status=P,2020 年 2 月 26 日。
④ Wayne:https://book.douban.com/subject/1887264/comments/?start=80&limit=20&status=P&sort=new_score,2007 年 4 月 12 日。

体书出版虽然容易,但要想在实体书出版中变成"畅销书"和"长销书"却很难。

(二)从网文到网剧:性幻想具象化展示的尴尬

如果说实体书转换的不足大部分是由于小说本身的局限造成的,那么网剧的改编难度增大,且改编效果的不足则是进一步放大缺点的结果。网文《赵赶驴》和网剧《赵赶驴》虽然都在网上,但在符号表现形式上有了很大区别:前者是文字,后者是视频。文字抽象、表意精准,视频具体形象、容易出现歧义。由于主要符号使用的巨大差别,网文到网剧的距离远高于网剧到电视剧的距离。与网文相比,网剧和电视剧存在更多的相似性。从实践上看,网剧和电视剧的转换和互动频率也要高很多。网剧《赵赶驴》的口碑一般,点击量也不可观,虽然网剧竭力做成互动剧的形式,但并没有像小说那样构成一个互动仪式链。

《赵赶驴》中有大量关于性幻想的心理描写,这些在实体书转换中并没有难度,可以照样保存,但在网剧改编中就成了一个难题。《蜗居》《斗罗大陆》类的电视剧的做法是将这些心理描写变成旁白的形式来展示。《赵赶驴》展示的主要是男性的情欲和性欲,这也是很多年轻男性的共同欲望,但这种欲望主要属于生理层面的,是压抑的"本我"的蠢蠢欲动,是可以被理解的偶一显现的白日梦。除此之外,《赵赶驴》之个人志向、社会关怀和人生百态等均缺乏广角观照,这就导致了其格局较小,分量较轻。因此,从网络小说的接受开始,所能赢得的时间也是不重要时段,譬如茶余饭后,所能赢得的屏幕也是更具私人性的电脑和手机屏幕。但即便如此,在网剧之列,《赵赶驴》的成绩也惨不忍睹。或许会有人把原因归结于小制作,认为是演职群体的不合适造成的。但我们在类似的电视剧《和空姐在一起的日子》[①]中也看到了类似的情况,其中缘由值得深思。

在网剧中,身为草根的男主角的确容易代入。但当网剧按照小说的逻辑进展下去时,我们赫然发现,剧中的男主角除了满脑子淫欲之外,居然什么都

[①] 电视剧《和空姐在一起的日子》由网络小说《和空姐同居的日子》改编而成,凌潇肃和姚晨主演,2010年上映。

不会——陪蒋总出差,还得蒋总为其开车,随时照顾他。男主角在剧中没什么才华,却整日想入非非,女人居然也买账,很不合逻辑。而这种状况也是男性向的感情小说影视剧化后面临的比较普遍的尴尬。男性化的"纯爱"小说在视频中具象化展现时,人物的容貌和言行是直接可观的,但其心理是不容易被展示的,尤其是男人的性幻想被人物演出来后,就变得无可遁形、十分猥琐。文字表达的私欲因为抽象而留有想象的余地,人物图像展示的私欲因为太过直观而很容易变得难堪,人物会被视为流氓。网文固然展现的是人的"愿望—情感"共同体,但这个共同体可以浮现的层面是不同的,如康德所言,头顶的星空和内心的道德律是人们内心所真正敬畏的。这也就是说,虽然YY有理,但当YY只是YY时,抛弃了道德律时,他所能唤起的也仅仅是登不了台面的私下调侃。反之,拥有更大志向和社会关怀的YY反而容易被人忽略其YY性质,被严肃对待。譬如但丁的《神曲》也可被视作一部YY作品,但因为其要引领人们达到幸福境地的伟大抱负和设计,使得作品能够超越单纯的个人欲望,而在作品中创立了一套审判的标准规则,在广泛反映社会生活的同时又宣扬了新的思想,从而成为经典。

网文IP的视频跨界必然需要随物赋形,文字表达的空白之处会被可视的人物图像直观化,这时意义就摆脱了语言的牢笼,获得了多义性。当私欲被图像直观化时,私欲就被推向了意识的前景,此时那些平时隐秘不言的共同私欲就要接受超我的严格审判。性幻想的个人展示虽然可以理解,可以有一席之地,但若只有这些,就难以被人接受。简言之,个体欲望可以有地位,但携有更高的情感和抱负的视频更容易得到认同。

四、结　语

本文回望并分析了网络小说《赵赶驴》高开低走的深层原因,特别是结合网络文学IP跨界生长的传播机制对其跨媒介传播失败的原因进行了探析。通过研究我们可以看出,当年网文《赵赶驴》的火爆,暗合了当时论坛互动仪式链的驱动,当这一优势失去后,其本身的弱点就暴露得愈发明显。任何网络小说都不可能是完美的,表达共同欲望、愿望和情感是其优势所在,但若只以私欲和爽取胜,那么其跨界所能达到的高度将十分有限。但这并不意味着《赵赶驴》们在网络上销声匿迹,实际上其各种"易装"形态——种马文、马甲文、掉马文等因为能在个人情感方面满足大众的欲望,必定在网络上层出不穷,千姿百态而又如出一辙。

类型探析

玄幻文中的灵宠叙事及其文化镜像*

张春梅　郭丹薇**

〔摘　要〕　伴随新媒介的兴起,网络玄幻文成为跨越代际的共同性文化资源,并在影响力日增的媒介衍生机制中占据着多数份额。在这种类型文里,常常出现一个标志性的形象:灵宠。灵宠叙事在玄幻叙事中扮演何种角色,发挥何种功能,为何在类型文本中成为众多叙事的选择,反映出怎样的社会文化心态和社会状况?以上问题构成讨论的主要内容。经由"灵宠"这一富含多重意义的文化表征,网文与大众心理、中西文化传统、跨媒介和虚拟世界的关系得以显影。

〔关键词〕　玄幻文;灵宠;独一代;文化记忆;媒介联合

本尼迪克·安德森曾这样描述:民族主义提供了一种强有力的、想象的共同体与认同性,但如今流行的媒体产品既为个人也为群众提供替代物。人们能够通过融入文化时尚和消费等方式参与想象的共同体,并且通过对"形象"的占有,创造出个人和群体的认同。[①]也就是说,以全球化和网络化为背景的当下,随着新媒介革命的不断深入,先前占据主体地位的传播方式及其意义已悄然发生质变,在新媒介的土壤中生发的新流行文化样式正在并置原本作为认同性资源的民族主义、家庭教育。其中,网络玄幻小说因其强烈的幻想性和包罗万象的内容,成了流行文化产品的重镇。在一定程度上,玄幻小说充当了

---

* 基金项目:本研究成果得到2019年中央高校基本科研业务费专项资金资助,项目名"新世纪网络文学与传统文学的冲突和反哺研究"(JUSRP1909ZD)。

** 作者简介:张春梅,江南大学人文学院中文系教授;郭丹薇,江南大学中文系硕士,主修比较文学与世界文学。

① 转引自〔美〕道格拉斯·凯尔纳:《媒体文化:介于现代与后现代之间的文化研究、认同性与政治》,丁宁译,北京:商务印书馆,2004年版,第277页。

现代青年人的一种"认同性资源"并远播海外,成为读解今日中国的文化表征之一。在众多玄幻文里,常出现一个标识性的形象:灵宠。围绕这一形象,我的问题是,这一形象与前面所说的"认同性资源"有何联系,它(们)在玄幻叙事中扮演何种角色,发挥何种想象与替代功能,为何在类型文本中成为众多叙事的选择,灵宠叙事反映出怎样的社会文化心态和社会状况?以上问题构成本文讨论的主体。

一、"独一代"的情感投射与身份认同

网络玄幻小说编织出的或仙侠、或奇幻的世界光怪陆离,人与仙、神、鬼、魔、畜、精灵等组成庞大的世界体系,这一世界设定决定了文本的人设和复杂的角色关联,降妖除魔只是男女主人公在实现自己对最高"境界"追求之路上的考验,以成就其大业。无论男女主人公与人之外的各界发生何等复杂联系,"人"都是叙事和世界结构的中心,仙佛反倒经历从膜拜对象到"诛灭"(如作品《诛仙》《斗破苍穹》《吞噬星空》)的巨大反转。从这个角度讲,玄幻文的精神主旨在于此种文本的世俗性和人间性,或者说,这正是写手和读者之间的共谋。其相对现实而言的文化镜像功能是不言而喻的。

这类文本中一个很有趣的现象,是主人公身边经常跟着一些灵宠:如《诛仙》中一直陪着男主人公张小凡修仙的三眼灵猴小灰,《扶摇皇后》里长孙无极身边的天机神鼠——元宝大人,《九鼎记》中腾青山的六足刀、青鸾,《花千骨》里和女主人公情同姐妹的糖宝,等等,不一而足。而像唐家三少打造的"唐门"世界,几乎每个修道者身边都有个武力值强大的灵宠。这些宠物大多由非人物种幻化而来,对主人忠心耿耿、身怀绝技,在主人遭遇危难时总是挺身而出,助其渡过难关。这些灵宠犹如游戏中的金手指,能逢凶化吉。上述作品目前都是圈粉无数的大 IP,考察其如何联通起当下的阅读、观看并折射出此时代的社会文化心态和文化状况,显然是有意义的。

《花千骨》是一个关于责任、爱情、友情的纯爱虐恋故事,无论是在网络平台还是电视媒介都拥有不小的点击量和较高的收视率,被评为 2015 年国剧盛

典年度十大影响力电视剧。在这部作品中,就有个与主人公形影不离的灵宠,名曰糖宝。但与其他小说那些神通广大、武艺非凡的宠物不同,糖宝的武力值近乎零,最大的优势不过博闻强识,在花千骨刚上长留山时为她普及仙界知识,却在花千骨面临危险时没多大帮助。既然如此,作者为何还要在糖宝身上耗费这么多笔墨,甚至还给它(她)精心安排了一场和十一师兄的"人妖奇缘"?

在一个完全以人类为中心视角的故事中,写手乐此不疲地塑造着一个个古灵精怪的"非人"形象,并且还用大量篇幅铺排描写,如果单纯认为这只是写手们在设计小说情节时信手拈来推动情节发展的附属角色,恐怕是不够的。网文与传统小说相比,读者对文本的生成已不能用"影响"来概括,读者已经成为与写手共在的文本生产者,他们对所粉之文的"打赏"在拉动排行榜上意义重大。若没有这些粉丝的"宠爱"和共建"世界",IP的形成几乎是不可能的。这是传统文本与网文的质的不同。因此,要了解这群宠物为何在玄幻文中出现频率如此之高,将关注点移向文本以外的读者群,或许我们能找到一点蛛丝马迹。

"使用与满足"模式是强调受众主动性的一种大众传播研究取向,该理论认为在大众传播过程中,重点不是媒介做了什么,而是受众根据自己的需要对媒介与内容选择了什么。施拉姆等人在研究"使用与满足"理论时指出,如果人们在现实世界中的一些"欲求"无法满足,就会"逃向"虚拟世界期待获得"代替的满足",网络的兴起就使这样一个世界真的出现了。① 从这一视角出发重新审视玄幻文,我们需要知道对读者而言,他们是如何被故事吸引并得到满足。

得到满足的原因之一是寻找共鸣或者归属感。从玄幻文的人设看,这种"共鸣"表现在其中的身份认同。无论是《诛仙》中幼年惨遭不幸,之后因资质平庸而不得不独自苦练的张小凡,还是《择天记》里的少年孤儿陈长生,或《牧神记》中的弃婴秦牧,这些网络小说的主人公大多以"孤独少年"的形象出现。《花千骨》也是如此,正如文中所言:"她的八字太轻,阴气太重,天煞孤星,百年

---

① 转引自王珂:《网络玄幻小说受众分析》,湘潭大学2011年硕士学位论文。

难遇。出生时即伴随着母亲的难产而死,满城异香,明明盛春时景,却瞬间百花凋残,于是取名为花千骨。……父亲是个屡次落第的秀才,因为命硬,倒也一直抚养她到如今。但是因为花千骨体质太易招惹鬼怪,给村里惹下了不少麻烦,只好单独领她住在村郊小河边随意搭建的木屋里。"①"天煞孤星""母亲病死""独居木屋"等字眼反复强调着她的"孤独"人设。且不说"无牵无挂"的设定能否更好地促进玄幻小说情节的发展,毕竟若是"拖家带口",那还如何"升级打怪"？著名的东方主义学者爱德华·赛义德指出:"每一种文化的发展和维护都需要一张与其相异质并且与其竞争的另一个自我的存在。自我身份的建构——牵涉到自己相反的'他者'身份的建构。每一时代和社会都重新创造自己的'他者'。"②如果说,读者和写手的关系是互为他者的位置转换,那么,文本中有意设定的"形象"必然在读者以及作者认知和创造"自我"中发挥重要作用。

网络小说的读者和写手集中在80后和90后,这批青年还被冠上另一个头衔——"独生子女一代"。而00后正在这样一个庞大队伍中成长为另一时代标识的主体群落。《穿越郭敬明:独一代的想象森林》③所关注的就是这样一群80后、90后,不再有兄弟姐妹,不再有复杂的亲属关系,"独"的特征决定了他们的社交关系、生活方式,不同于他们的前代,自然也不同于"二胎"一代。他们内在地构成中国特殊的文化镜像。无独有偶,在"欲与天公试比高"的玄幻文男女主人公身上也常贴着类似"独来独往""无亲无故"这类标签,在读者和写者之间发生的"情感共享"就有了"群落"性质,大家都心照不宣。这就好像在小说世界中看到另一个"自己"——因为和主人公一样,他们也是孤身一人在社会大流中独自拼搏,独自奋斗,独自"升级打怪"。2018年"旅行青蛙"的火爆流行可为佐证,有文则直接指出"游戏中的小青蛙就像是90后的化身,他们

---

① Fresh果果:《花千骨》卷一《万福血冷沉野孚,临危受命上华巅》1. 水鬼拦路,https://www.biquge.info/17_17498/6348130.html。
② 爱德华·赛义德:《东方学》,王宇根译,北京:生活·读书·新知三联书店,2006年版,第426页。
③ 诸子:《穿越郭敬明:独一代的想象森林》,上海:上海人民出版社,2004年版。

愿意玩这种简单到无法互动的游戏,体现了他们内心的孤独感,随着玩家越来越多,足以说明这种孤独感让更多的人产生共鸣,成为一种孤独效能感"①。如《扶摇皇后》中的孟扶摇是国家考古队的一员,干的是"挖坟掘墓的事"②,以一句"兄弟!别忘了打报告追认我为烈士……"穿越到天煞皇朝,没有任何亲族拖泥带水,孤身一人开始了闯荡江湖的生涯。在新大陆甫一出场,女主人公的"独孤"位置便和盘托出,"我们五洲大陆,实力为尊,一个学武永无进境的人,将来行走天下会举步维艰,到处受人冷眼"③,之后遭爱人鄙弃、师门决裂等不幸都是此处境生发的结果。显然,这仍然是一部"屌丝逆袭"的故事,又是一个只能靠自己在艰难时世打拼的不屈者的故事。她与长孙无极的灵宠元宝之间的逗弄,不仅将这只自命为"元宝大人"的神鼠摆在了与人无异的可沟通位置,同时在她与长孙无极的交往中起到重要的中介作用。一个从5岁起便独自一人被抛至陌生之地的小姑娘,被以师门为代表的社会集团排除在外,于她,最安稳的交流对象很自然便落到了"兽"的身上。

同孟扶摇和元宝大人的关系相似,花千骨这个天煞孤星,倘没有糖宝的陪伴,在情节上没有了烘托的力量,在人物塑造上又少了可以表露心迹的对位关系,更重要的是,糖宝的存在,从侧面再一次证明花千骨的"人世孤独"。这与"独一代"的生存境遇却有几分相似,如今,"宅"生活越来越成为常态,虚拟世界成为现实的一部分,或许还会占比更多,花千骨这样一个独自战斗的形象的确可以获得更多认同,而她与糖宝的关系无论在情节还是情感的安置上都自然而然。网文的读者群无疑拥有现实生活和网络生活,"在网的生活"之影响是伴随着网文的发展史的,就像吴伯凡所说:"个人电脑造就的是一种崇尚少年精神、鼓励越轨、强调创造性的个人文化,它使中年期和更年期的文化返老还童,社会成员将像汤姆索亚那样在不断地历险和寻宝中体会到一种'孤独的

---

① 刘体凤:《从旅行青蛙透视佛系青年的社会心态》,《视听》2018年第7期。
② 天下归元:《扶摇皇后》,第一节《墓室吹灯》,https://www.fpzw.com/xiaoshuo/4/4974/1581767.html。
③ 天下归元:《扶摇皇后》,第三节《贵宾名犬》,https://www.fpzw.com/xiaoshuo/4/4974/1581767.html。

狂欢'。"①而实现"狂欢"的途径之一,就是在虚拟的世界里设置各种各样的角色和关系,无论是现实的撸猫、撸狗一族,还是文本中的灵宠,都在角色意义上有其"陪伴和共同经历"的功能。这是"获得满足"的一方面。这就像美国"虚拟现实"概念的创立者杰伦·拉尼尔所指出的:"新媒体和旧媒体的不同,这是理所当然的。但是最主要不同的地方,不仅在于内容,更在于思考方式的成形过程……以计算机为主的多媒体让世界最耳目一新的地方,便是它将抽象化为现实的能力。"②

二、人化自然与情感安置

玄幻文的男女主人公大都有个共同梦想:在困境中奋起并最终站在大陆的顶端。他们不像初出茅庐的郭靖之未来设定那样把师傅教的一招一式学会,"成为最强"是他们的呼声,也像这个时代的回响。无论如何,必须逆流而上,这是文本内外所面对的现实境遇。

投射到文本中的独孤少年,既要独自面对困难,又要不失潇洒和有趣地实现强者梦想,谁能没有风险地陪伴自己走这一遭呢?少年身边的宠物,满足了这群独居青年们的情感需求和安全感。花千骨与糖宝(《花千骨》)、张小凡与小灰(《诛仙》)、元宝大人与长孙无极(《扶摇皇后》)……这些成对出现的男主人公或女主人公与他们身边不离不弃的灵宠们,清楚地展现出这种特殊的情感链条。

就像这群"城市浮萍"面对现实生活的重重打压时需要证明自身存在的价值一样,糖宝的出生对于花千骨正是一次自证。小说中写到花千骨的血是一种会导致生灵涂炭的毒液,任何生物只要碰到花千骨的血,便会立即受伤凋零:"她从小爱花成痴,无奈过手的花儿都瞬间凋残,化作飞灰。所以她只能看不能碰,郁闷得不得了。……锋利的锯齿形草边在手上划开了一道道口子,鲜

---

① 吴伯凡:《孤独的狂欢》,北京:中国人民大学出版社,1998年版。
② 约翰·布洛克曼:《未来英雄》,汪仲等译,海口:海南出版社,1998年版,第155～157页。

血滴进土里,四周的一大片花瞬间全部焦黑。花千骨看着自己做的坏事一阵心堵。"①但恰恰是这样的"毒液"孕育出糖宝这一灵宠,糖宝的出世对被认为"生来就是灾星"的花千骨来说,恰是一个强有力的正向证明:自己不是一个只会带来灾祸的"天煞孤星"。这对不断遭遇否定的花千骨来说是黑暗中的光明,是暖阳,也是肯定。

花千骨为了改变自己的"暗黑"诅咒,以"出走"的方式寻求改变命运的契机。这类似于当下中国无数的"空巢青年"②,他们为了梦想背井离乡只身在异地奋斗,现实生活打击不断,所有的孤独必须由自身承受,"故乡"已在空间巨变的中国变成一个遥远的梦幻,而恒久的"时间"被压缩到一个个具体的暂时的情境。小说中那些时刻在主人公身边的灵宠,便成了在现实世界中处于"空巢"的独居青年心中最想得到的慰藉:就如糖宝一直陪伴在花千骨身边一样——在独行路上还有"可靠的人"能陪她说话:"花千骨一直向西,速度比往常快了两倍不止。一路上因为有糖宝的陪伴也有趣了许多,无聊的时候有人陪她说话,休息的时候有人陪她玩。走在大街上别人总觉得她有病一样总是喃喃自语,其实她是在和耳朵里的糖宝说话。"③其后虽然遇到了不少朋友,如轻水、朔风,但从小孤身长大的花千骨,"几乎不知道如何和陌生人相处,只觉得人家对我好,我便对人家好就是了。也不用和别人太亲密"④。后来她也受到白子画、东方彧卿、杀阡陌等人的爱护,但东方彧卿、杀阡陌各有自己的"领域",而白子画就算住在绝情殿也是"过惯了一个人的生活",这些牛人都神龙见首不见尾,大把时间必须由花千骨自己打发。因此,也只有糖宝一直陪在花千骨身边不离不弃,给了她旁人给不了的关心和安慰——小说中写到花千骨偷下山遇到霓

---

① Fresh果果:《花千骨》卷一《万福血冷沉野孚,临危受命上华巅》2. 萝卜排队,https://www.biquge.info/17_17498/6348131.html。
② 转引自中青网:《走进"空巢青年"的孤独世界》,2017年3月5日,http://news.youth.cn/jsxw/201703/t20170305_9224887.htm。
③ Fresh果果:《花千骨》卷一《万福血冷沉野孚,临危受命上华巅》10. 昆仑瑶池,https://www.biquge.info/17_17498/6348139.html。
④ Fresh果果:《花千骨》卷一《万福血冷沉野孚,临危受命上华巅》5. 当时年少,https://www.biquge.info/17_17498/6348134.html。

漫天的挑衅后上山的情形：回到绝情殿中，糖宝正在院子里哭得好不伤心。一看到花千骨就飞扑过来，泪水洒了她一身，而落十一居然也在。糖宝在花千骨衣襟上使劲地擦鼻涕："我用知微寻遍了整个长留山都找不到你……也半点察觉不到你的气息，还以为你被坏人抓走了，你到底到哪儿去了？……骨头妈妈，你以后不要丢下我一个人乱跑了！"①"骨头妈妈"一语，道破了糖宝对花千骨的依赖和亲密关系。这无疑也是"获得满足"的一个理由。

  在玄幻文的人物与灵宠之间，灵宠之所以重要，是因为其"灵"，而"灵"的指向则在"通灵人性"。这一特征加上其或可变身为人的神力，或武力加持的强大，使其不同于现实生活中的"宠物"。尽管宠物在其主人的生活中起到陪伴的作用，是对情感的另类补充，其"主与非主"的关系是确定的。由此，网文玄幻作品中的灵宠便具有了另一重意义，类似于"人化自然"，是大众对理想生活的虚拟和想象。如《诛仙》中三眼灵猴的出场是这样的：张小凡冲着那猴子做了个鬼脸，不去理它，走开去，心想这猴子居然以砸人为乐，倒也少见，真是无知畜生。② 可很快，这猴子便从"无知畜生"界进入了人的生活圈子，"那灰猴在他肩头左顾右盼，'吱'的叫了一声，似是知道到了家，从他肩头跳下，三步两下窜到床上，扑腾跳跃，又抓起枕头乱甩，大是欢喜"③。短短几句，与这只"通灵猴子"带领张小凡至隐秘之地和神秘的魔力相和，两相呼应，给其前面的种种奇特表现做了注脚：原来这是只罕见的三眼灵猴。但让读者对这只猴子充满喜爱之情恐怕还是下面这句简单的叙述："当初他从幽谷中带回来的那只灰猴与他同住了半年，人猴之间已经很是亲密，张小凡还给它取了个名字——小灰。这名字便与他自己的名字一样，平平淡淡，毫不起眼。"④有灵性且有法力的灵宠，却又与主人情感相通，共同生活，在人与兽之间建立起了既立足现实又超乎寻常的连心桥。

---

 ① Fresh果果：《花千骨》卷二《瀚海难御折千骨，经年约满斗群仙》36. 我欲成仙，https：//www.biquge.info/17_17498/6348165.html.
 ② 萧鼎：《诛仙》，第11章《异变》，http：//www.xbiquge.la/1/1693/.
 ③ 萧鼎：《诛仙》，第11章《异变》，http：//www.xbiquge.la/1/1693/.
 ④ 萧鼎：《诛仙》，第12章《重逢》，http：//www.xbiquge.la/1/1693/.

除了情感的安置,因文本角色而产生的代入感,为文本内外的"境中人"提供了角色扮演的可能,写手和读者之间的共同"创作",加大了这一角色的意义。汪民安曾指出:"这是一个笼罩全球的事实:身体取代了树林和山水,成为崭新而巨大的自然风景。"①此语指出了玄幻以及穿越背后的强大现实需求。

三、前行路上的共同体和文化记忆

在网文的穿越类小说中,穿越者往往会突破所到达地域的血缘和地缘限制,以一个现世灵魂占据"新现实"的身体,从而既适应又改造被穿越的世界,并对其进行阐释。假如穿越文描述了一种现世人在逃离中想创造、对时光和人生的追索之情,玄幻文中的灵宠则给我们提供了一个新的理解人与人、人与物、人与自然关系的新视角。灵宠与其主人,互相陪伴,同时还是前行路上的共同体。他们彼此为镜,互为参照,塑造着"完整"形象。

比如花千骨和糖宝。他们有共同的"血缘"——糖宝受花千骨之血孕育成形,正如花千骨自己所说,"糖宝也是我,我也是糖宝"②。和花千骨相比,糖宝却明显幸运得多:虽然只是一只灵虫,但一出生就有"爸爸"(东方彧卿)和"妈妈"(花千骨),有自己选择性别的权利,也能肆无忌惮地和自己喜欢的人(落十一)在一起,每天躲在花千骨的背后吃吃喝喝,玩玩睡睡。而这部小说的人物大都有自己无法面对和放下的执念,花千骨爱上了自己的师傅被认为是"离经叛道",东方彧卿执着于向白子画复仇,杀阡陌因为妹妹的死而疯癫成魔。但只有糖宝一个"人"可以无忧无虑,每天都开心快活。对于在现实生活中那些"上有老下有小"、每天都身负重压的青年人来说,糖宝的生活也正是他们可望不可即的。在这个意义上,糖宝已经超越灵宠的功能,与太多文本中传达出的"执子之手,岁月静好"一起具有展示现实生活观的文化意义。

作为古风玄幻经典的《昭奚旧草》,其中也有这样两个物种血肉相连的叙

---

① 汪民安:《身体、空间与后现代性》,南京:江苏人民出版社,2006年版,第47页。
② Fresh果果:《花千骨》卷四《墟鼎乾坤藏子画,百转萦回不解缘》53. 再赴瑶池,https://www.biquge.info/17_17498/6348182.html。

事。此作不乏奇幻色彩,且以古言出之,古代志怪小说元素在《昭奚旧草》中比比皆是,这既是借鬼狐而喻现实,也是对古典文化记忆中鬼神志怪形象的一种跨时代致敬。书海沧生曾在访谈中表示:"就是对怪力乱神的东西感兴趣,在一次探亲途中闲读《聊斋志异》,觉得太有趣了,何不自己也写些这样的小故事。"①可以说,《聊斋志异》是其小说创作的灵感来源之一。而我感兴趣的是,这些"怪力乱神"之物与男女主人公的血脉关联,从审视现实文化状况角度看,《聊斋志异》与网文经由这些意象,又展现出怎样的传统和文化景观。这是承接上文灵宠角色意义和共情功能之后的研究重点。

就一个民族来说,文化记忆通常潜伏在每个成员的意识深处,潜移默化地成为其日常生活中的常见要素,表现为一种集体性的认知方式和价值观念的总和。它是一个民族血脉相连和休戚与共关系的链条,承载着一个整体的民族自我意识。② 如花千骨和糖宝的关系是现实生活中的"独一代"在"独"的现实中"被需要"情感的反映。从文本与社会的关系看,文化记忆和对传统的重构也是透过灵宠折射出的另一情感空间,它与整体社会的情感结构相连。

"从媒介上来说,文化记忆需要有固定的附着物、需要一套自己的符号系统或者演示方式,如文字、图片和仪式等。"③在文学中,典型意象可以负载传统的文化记忆。鬼狐精怪的意象贯穿《昭奚旧草》全篇,这与《聊斋志异》等记述鬼神异事的文言小说有诸多相通之处。其一,《聊斋志异》中塑造了许多以动植物或其他无生命之物为本体的精怪,《昭奚旧草》中也存在这样的精怪类型,人与自然彼此并无挂碍。女主人公乔植转世后,寄魂于千年树龄的望岁木,成为奚山之主。奚山君座下首席臣子翠元是山中翠色石修炼成的石头精,其妻乔三娘是滴有乔植血泪的玉灵,善言的小侍童精灵阿箸是乔植被割掉的舌头。这些精灵妖怪在书中都承担着一定功能,在吸取自然"灵性"时也被赋予人的特征。其二,狐妖是《聊斋志异》中最常见的女性形象之一,蒲松龄将"人性"与"狐性"统一,一定程度上寄托了他关乎"人"的审美理想和冲破封建礼教束缚

---

① 端子:《藏身郑州的"书海沧生"只想做个安静的写作者》,《大河报》2015 年 5 月 20 日。
② 张德明:《多元文化杂交时代的民族文化记忆问题》,《外国文学评论》2001 年第 3 期。
③ 黄晓晨:《文化记忆》,《国外理论动态》2006 年第 6 期。

的期望。狐妻是聊斋爱情故事中的典型，而这类女性形象往往美貌出众，兼具天真娇憨、纯洁善良的人性美。《昭奚旧草》嫁狐篇的女主人公秋梨正是一只小狐妖。她心地善良，不谙世事。初来人间游历，遇见从不相识却因红发被视为异类的季荇，毫无顾虑地将狐族特有的能化美貌人形的香赠出，助其改变发色重回王宫，结果自己变胖变丑再难化形。她重情重义，对爱情至死不渝。当夫君季裔被诬陷为叛臣，身陷死局时也不离不弃，更做出"君当乱臣，妾做贼子"之誓。秋梨的形象与《聊斋志异》中的善良狐女高度重合，这也是书海沧生心目中女性理想形象的化身。其三，《聊斋志异》中的鬼魂形象及人鬼相恋故事倾注了蒲公的颇多笔力，在《昭奚旧草》第十章《大昭卷·谢侯》中，女主人公也以游魂的形态与男主人公重逢。全卷以鬼魂讲述的三个故事构成：丧夫农妇艰辛抚养儿子的自叙，落难小姐入青楼复仇的经历以及小郡主女扮男装追求爱人的闹剧。而每个故事的主人公其实都执念未消，如化为游魂游荡于谢侯府中的成泠郡主。小说中的"讲故事"近似于《聊斋志异》中"民间口承文学"[1]的讲述方式，但不同于《聊斋志异》中女子为故事客体的设置，女鬼成泠是故事的绝对中心。以上种种鬼狐形象，体现了书海沧生的"聊斋"情结，虽在角色功能上有所变化，但从网文中大量类似形象的存在情况看，网文中的古典文化记忆遍布在不同类别的文本中。

萧鼎的《诛仙》是网文初期市场化阶段的代表作品，从其人物形象设置、道德空间的正邪主题、天下江湖门派架构，均可看出与传统武侠的关联谱系。没有三眼灵猴，张小凡能否脱离"小凡"的地位而步入"杰青"的行列就很难说。以一个有灵性的动物来充当人物武力值增加的金手指，在武侠小说中早已有之，尤其金庸小说有很多这样的关系设置，其"神雕"系列已铭刻为传统武侠中的光辉篇章。《射雕英雄传》和《神雕侠侣》中均有"雕儿"出现。在前者，雕的意义是与蒙古民族的游猎生活相关联，带有鲜明的北方民族生活印记。建立在郭靖与成吉思汗、哲别、忽必烈之间的感情，与由"雕"所中介的游牧与中原

---

[1] 汪玢玲：《鬼狐风情：〈聊斋志异〉与民俗文化》，哈尔滨：黑龙江人民出版社，2003年版，第312页。

生活的相通分不开,因此,可以说,"雕"发挥了文化沟通的功能。

而对于萧鼎的《诛仙》而言,意义却更加丰富。这部作品的故事群约等于《射雕英雄传》《神雕侠侣》《倚天屠龙记》等几部金庸武侠经典的集合,而又能以统一的情节连缀成完整的故事。自从20世纪80年代黄易以《破碎虚空》等系列作品开创"新武侠"开始,"新旧武侠"便随着读者和社会现实变动,有了努力的不同方向。创作于2003年的《诛仙》是新武侠的典范之作,而其"典范"在于集玄幻、武侠、武力值于一体的特点。此时还是网文类型化的聚力期。连接起新旧武侠、新老读者的阅读期待就显得十分重要。《诛仙》中的三眼灵猴发挥了这一功能。杨过的"雕兄"是他武力值增加的领路人,没它可能就与独孤求败失之交臂,而江湖上的"独臂神侠"就没了出现的机会。杨过在与此神雕交流时曾说:"雕兄,你神力惊人,佩服佩服。"听了此言,"丑雕低声鸣叫,缓步走到杨过身边,伸出翅膀在他肩头轻轻拍了几下。杨过见这雕如此通灵,心中大喜,也伸手抚抚它的背脊"[1]。这样在一隐世山洞发现大贤大能留下的武林秘籍或者神兵利器的套路基本成为武侠小说中的关键要素,就像叙事中的"卫星",虽一闪而过,却不可缺。《诛仙》里小灰和日后能够"诛仙"的张小凡之间便是这样的逻辑关系,一条文本发展史上的文化记忆轨迹就草蛇灰线地展现出来。之后在唐家三少、我吃西红柿、天蚕土豆等玄幻大IP手下继续发扬光大。这是文化的传承,也是发展,是在新现实下的重生,也是在现实中发展传统的有益之功。

这种与文化传统的精神联系,有如《诛仙》中通天峰上卧池的灵兽"水麒麟",不仅与最终的正邪秩序相关,同时以其中华传统的象征性与人物的成长一路相随。

四、网络力:跨媒介与虚拟世界

《诛仙》不单因其与武侠小说的传统相连被誉为"后金庸时代的武侠圣

---

[1] 金庸:《神雕侠侣》,第23回,北京:生活·读书·新知三联书店,1980年版。

经"①,它更是网文20年里衍生效应最大的文本之一,从2003年开始连载,时隔十余载,于2018年入选"网络文学发展历程中的20部优质IP"②。这么长的时间段足以说明《诛仙》作为一个历久弥新的独立IP,拥有足够庞大的受众基础,从小说发表以来,除了漫画、电视剧以及已经登录各大视频网站的同名电影,由"完美时空"改编开发的RPG(角色扮演类)网络游戏在小说文本的基础上进行了改进,系列周边、手游不断问世。这些都说明《诛仙》拥有被改编的无限可能。

尼葛洛·庞帝在《数字化生存》中表示:"多媒体隐含了互动的功能。多媒体领域真正的前进方向,是能随心所欲地从一种媒体转换到另一种媒体。"③正如此言,发生于网络的网文与游戏、动漫的关系已经不是一个新话题。从最初网文自台湾开始转战大陆的旅行路线来看,欧美玄幻之作、日韩动漫,尤其是日本动漫对中国网文的影响可谓深远。时至今日,"中二""耽美""小白""ACG"文化、御宅文化、二次元、N次元,这些可以拉出一长串的词语标识着一条文化的传播、影响和改造之路。最初的玄幻文在人物形态、武力值的表述上有很强的西方特色,比如人物穿戴盔甲、臂力惊人、武器先进,这些特点聚焦于外,充分体现出西方玄幻的特征。但在随后的发展中,尤其江南的九州系列作品的登临市场和网络,其想要打造一个联合开创世界的梦想成为21世纪之初中国科幻世界的重点。江南在接受《羊城晚报》采访时曾说:"'九州'这两个字是我起的,因为我想写一个以中国文化为核心的故事。"他还说:"其实,在十五年前,九州的出现就是因为作者们看了《指环王》(《魔戒》)后心潮澎湃,想要做一个中国架空幻想世界。九州的灵感源于《指环王》(《魔戒》),所以各种西方奇幻的元素曾经被尝试性地植入这个世界……非常带感的设计,但它的文化土壤值得怀疑。"④《诛仙》也是这一中国叙述建立过程中的一个例子。甚至可

---

① 欧阳友权主编:《网络文学词典》,广州:世界图书出版广东有限公司,2014年版,第175页。
② 《"+"时代的网络文学》,http://www.xinhuanet.com/book/2018-09/21/c_129957617.html。
③ 尼葛洛·庞帝:《数字化生存》,胡泳、范海燕译,海口:海南出版社,1997年版,第89~148页。
④ 朱绍杰:《江南:我预先写了结尾然后逆推整个故事》,http://www.chinawriter.com.cn/GB/n1/2018/1112/c405057-30394130.html。

以说,游戏远在玄幻文开创"世界"之前已经开始借助于中国文化传统和传统中国形象打造自己的想象集合。1995年开始风行的游戏《仙剑奇侠传》是其中的佼佼者,时至今日,这款游戏所开创的修仙传统仍在继续,而在此游戏基础上,不仅推出了相应的电视剧,后续的文学创作也跟风而来。因此,如果说《诛仙》是因文而开发游戏,那么,《仙剑奇侠传》就是因游戏而创生的中国想象的开端。像《诛仙》这样因网文而火爆中国,进而进军漫画、游戏等多个领域的大IP还有很多,或者说,处在这一产业链上游的文本只是一个母体,之后衍生出的各种文本和可能性才是文本的价值所在。

而由游戏至文学文本,或从文学文本到游戏的改编,以及中国网文的多种文化基因的影响,都说明网文与动漫、游戏之间存在密切的关系链。而我想要考察的是,玄幻文中的灵宠与游戏中的"灵宠坐骑"以及法宝装备,在功能和形象意义上有何相似之处,又有何不同。《诛仙Online》游戏中的三眼灵猴小灰仍然是主人公张小凡的灵兽,而其他更多的兽类被化为玩家坐骑,以此制造出奇观化的效果,同时满足其猎奇和增强战力的心理。在游戏里,小灰不再像在小说中那样与张小凡不离不弃,是他情感的重要依托,而更多的是游戏装备,其功能是渲染,是外挂,也就不是不可替代的。仅从《诛仙》这个文本看,似乎在情感丰沛程度和爽点上有所不同,但聚焦更多玄幻文的文本,灵宠与游戏中的宠物外挂功能更相似。或者说,设置这样一个形象,既能让文本和游戏好看,同时又能引出更多叙事上的可能性。这反映出在网络时代虚拟现实的多重面相,也在提醒文学研究者不能仅将视野聚焦于小说或其他形式的文学文本,而要看到如今的文学书写受到多种媒介的影响,媒介对文学的作用丝毫不逊色于现实生活,因为"现实生活"已经有太多的虚拟空间侵入,"在网的生活"既是虚拟世界的一部分,也是当下现实的有效表述。

与灵宠在游戏中的功能一样,关于地域的想象、民族的形象、文明的差异在游戏与网文中成为塑造"中国性"的标识物,但在游戏中更多的是"为游戏而游戏"的标签,而网文中的九州世界、蛮地与中原或者六界的分野却因为文字的书写、情感的铺排和复杂的人物关系具有了浓厚的中国传统性质。由此提示我们,游戏与网文既是媒介时代的两种信息传播方式,也见证着新时代新型书写形式的人文价值和现实意义。

　　经由灵宠这样一个简单的意象,现实、传统、文化、想象的世界和媒介连缀起来,这让我想起科学家拉尼尔的梦想:"我喜欢虚拟现实的地方在于它提供人类一个新的,与他人分享内心世界的方式。我并没有兴趣以虚拟世界代替物理世界,或创造一个物理世界的代替品。但是我非常兴奋,我们能够穿越真实与虚拟世界的屏障。……我期待虚拟现实提供一个让我们走出这困境的工具,提供一个和真实世界一样的客观环境,但是又有梦幻世界般的流动感。"[①]网络、赛博格、AI[②],还有可衍生的小冰[③]们,身处虚拟技术裹挟的"我们"所希求的"完美世界"是否也有如拉尼尔一般的想象?无论如何,当下的世界已经走在实践的路上。

[①] 约翰·布洛克曼:《未来英雄》,汪仲等译,海口:海南出版社,1998年版,第155～157页。
[②] AI,Artificial Intelligence 的缩写,指人工智能。
[③] 小冰,指面向新交互形式的人工智能技术框架。

赘婿文的类型语法与情感结构[*]

张永禄　华安婕[**]

〔摘　要〕　赘婿文是网络男频小说中最流行的类型之一。作为新旧杂呈的审美文类，赘婿文一方面借重并彰显中国文化婚姻体制中独特的上门女婿文化和习俗，另一方面因时而变地融合言情、玄幻等热门网络叙事呈现新的美学风姿而逐步形成类特征。赘婿文在世界观设置、人物塑造和叙事方式上初步具有了独立的类型特征，以反向合成的男性权利时代隐喻强大的男性中心主义世界观；塑造"废柴赘婿"主人公折射分层社会中失败者"躺平"的时代情绪；叙事上由"半虐半爽"走向"高爽"的技术设计可能暗示着免费阅读时代阅读"舒适区"的形成。因而，赘婿文既是一种半新半旧的审美文类，也是隐喻时代症候的社会性文本。

〔关键词〕　赘婿文；审美类型；情感结构；小说类型学

　　自2019年起，赘婿文在都市文的多种流派中脱颖而出，一举成为网络男频小说中最流行的类型之一。赘婿文的开山作品一般认为是愤怒的香蕉的历史架空小说《赘婿》，该文于2011年首发起点中文网并连载至今。赘婿文借重并彰显的是中国社会传统婚姻体制中独特的上门女婿的习俗，而它的发展及后续影响却并没有囿于历史叙事的范畴。目前网络上流行的赘婿文，广泛将"赘婿"的身份设定与网络文学中热门的言情、玄幻等现代叙事结合，从而呈现出新的美学风姿，吸引了大批读者。在起点中文网搜索关键词"赘婿"（2021年10月5日统计），可以看到两部推荐票超过百万的作品，一部是愤怒的香蕉的

---

[*] 基金项目：本文是国家社科基金项目"网络小说的类型学批评方法研究"（20BZW041）的阶段性成果。

[**] 作者简介：张永禄，男，上海大学中国创意写作中心教授，博士生导师，主要从事网络文学和创意写作研究；华安婕，女，上海大学中国创意写作中心研究生，主要从事网络文学研究。

《赘婿》,推荐票数超过1000万;另一部是沉默的糕点的《史上最强赘婿》,推荐票数达290万。在纵横中文网搜索关键词"赘婿"(2021年10月5日统计),点击量在千万以上的赘婿文有两部,分别是李闲鱼的《赘婿出山》和凡然的《千亿赘婿》,点击量在百万以上的则共有八部,剩余六部分别为雾岚山岳的《乘龙赘婿》、千级的《赘婿为王》、三尺妖刀的《超品狂婿》、一根麦芽糖的《赘婿神医》、木有下限的《狂婿》、古城上有月亮的《混沌龙婿》。17K小说网的赘婿文数量也颇多,点击量超千万的主要是两部作品:老施的《霸婿崛起》和肥茄子的《近身狂婿》,更有许多超百万点击量的作品,如琅琊一号的《重生之修罗归来》、隽清的《极品赘婿》等。赘婿文在其他阅读平台上的表现也非常抢眼:书旗小说2020年度十大热门男频作品中便有两部赘婿文,分别是八月初八的《战神狼婿》和无尘子的《豪门废婿》,分别排名第六和第八;爱奇艺文学2020年度原创男频最受欢迎榜第一名是会说话的香烟的《最豪赘婿-龙王殿》;还有曾斩获掌阅与咪咕阅读畅销榜双TOP 1的吻天的狼的《赘婿当道》;橙瓜数据统计中表现亮眼的陪你倒数的《最佳赘婿》等。

赘婿文借重中国家庭婚俗中的入赘婚姻传统,在网络文学世界中以历史文发端,又在都市文中找到了蓬勃发展的新天地,并逐步形成特色。在作品热度与作品数量的共同加持之下,对赘婿文进行类型学考量已具有必要性与合理性。我们认为,目前赘婿文在世界观设置、人物塑造和叙事方式上已初步具有了独立的类型特征,并蕴含着一定的社会心理倾向和情感结构,充实了网络男频小说的阅读趣味。

一、反向隐喻男性中心主义世界观

赘婿文选取在中国婚俗传统中处于非主流地位的赘婿为主人公身份设定,看似背离男性中心主义传统,实际上却隐喻着强大的男性中心主义世界观。

赘婿身份的选取在表面看来是对男性中心主义世界观的冲击与叛逆,这与从古至今赘婿男性在家庭中与社会中身份的边缘性有关。入赘婚姻作为中国传统家庭婚俗形式中的独特一种,有学者认为是母系社会向父系社会转变过程中的遗风①,雏形是母系社会中"从妻居"形式的对偶婚②。自进入父系社会以来,"男娶女嫁"成为中国主流婚姻模式并在观念上逐渐固化,婚俗传统由"从妻居"变为"从夫居",男性入赘带上一种"以身为质"③的意味,这与长久以来的男性中心主义观是格格不入的,因此赘婿在家庭关系中的位置也变得微妙起来。男性中心主义世界观崇尚男性"独立、征服和实践意义上的线性进步"④,反观赘婿,在婚姻中缺乏独立性,从"征服者"角色变为"被征服者"角色,且因缺少支持而很难有自我发展的空间,愤怒的香蕉在《赘婿》中对此有相当生动的描写:

> ……这年头赘婿的身份比一般人家正妻的身份都要低,妻子进门,过世后灵位可以摆进祠堂,赘婿连进祠堂的资格都没有,与小妾无异,真是做什么都要被人低看几眼,基本已经断了一切追名逐利的道路,只能作为苏家的附属品打拼。⑤

虽然愤怒的香蕉的《赘婿》故事背景是思想更为守旧的古代社会,但是显然,赘婿人设的选取并不符合男性中心主义世界观的传统,甚至有损该世界观下的男性尊严。如此,赘婿文开篇的情节安排便显得极为重要,因为其中流露出的是小说文本世界对于赘婿身份的态度,并由此奠定了整部作品的世界观基调。赘婿文开篇通常是赘婿主角受压迫、受欺凌的桥段。如吻天的狼的《赘婿当道》第一章写了男主人公岳风低声下气地给妻子及其闺蜜倒洗脚水反被嘲笑取乐的场景,同时在男主人公的回忆中列举了曾经因摔碎碗被教训、因起夜吵醒妻子而被打的事件;会说话的香烟的《最豪赘婿-龙王殿》第一章中,男主人公陆枫因买菜时间过长而受到丈母娘的羞辱和责骂,透露出此种苛责早已

---

① 盛义:《略论赘婚》,《西南民族学院学报(哲学社会科学版)》1991 年第 6 期。
② 盛义:《略论赘婚》,《西南民族学院学报(哲学社会科学版)》1991 年第 6 期。
③ 陈顾远:《中国婚姻史》,上海:上海文艺出版社,1987 年版,第 108 页。
④ 周铭:《从男性个人主义到女性环境主义的嬗变——威拉·凯瑟小说〈啊,拓荒者!〉的生态女性主义解读》,《外国文学》2006 年第 3 期。
⑤ 愤怒的香蕉:《赘婿》,起点中文网,2011 年 5 月 24 日上架,第三章,https://www.qidian.com/。

是生活常态；凡然的《千亿赘婿》第一章中，男主人公许安世被妻子的家族忽视、鄙夷的情况以旁白的方式道出；肥茄子的《近身狂婿》第一章中，男主人公楚云便被妻子的妹妹恶言相对，话语极尽尖酸刻薄，光是"窝囊废""饭桶""废物"等同义词便出现了十余次。

可以看到，在流行的赘婿文中，赘婿身份并未被作为一种正面形象加以描写，反而是作为主人公设定中的负面部分而存在，这反映出的是赘婿文虽然选取赘婿作为主人公身份的核心设定，看似对男性中心主义的背离，但实际上采用了反向合成男性权利时代的方式，构建传统男性中心主义的世界观。在男性中心主义世界观中，男性在家庭关系与家族关系中享有决定与继承权，同时也需要承担起赚钱养家的责任义务，才担得起所谓"一家之主"的称呼。而赘婿文中的主人公，既无钱也无势，不仅无法保护妻子，还靠着妻子与妻子家族的救济生活，这是为男性中心主义世界观的社会伦理所不容的，因此赘婿受压迫、受欺凌的桥段在开篇大量出现。如此的开篇情节设置，显示出在小说世界中将赘婿身份与"无男性权利""地位低下"等特征直接挂钩，许多作品还会辅之以男主角与有钱有势的男配角对比的桥段来凸显男性权利的重要性。如八月初八的《战神狼婿》中，男主人公叶新是一个搬砖工人，而妻子的追求者是一个富二代；无尘子的《豪门废婿》中，男主人公木子云遭到妻子爱慕者的抢婚羞辱。

因在家庭地位、经济地位，尤其是性别地位方面的卑下，赘婿的身份设定自带一种压抑属性，其"压抑"指向的是鲜明的男性尊严，"一种亢奋的、原始的雄性意识"①。哪里有压迫，哪里就会有反抗，而赘婿文的反抗方式，自然也符合小说文本世界观的运行法则，即让赘婿在身份、财富、能力上逆袭，以顺应男性中心主义世界观传统的方式，重新拾起赘婿在婚姻与家庭中丢失的"男性权利"。于是可以看到，赘婿文主人公的"金手指"②也都是为此服务，看似窝囊无能、无力反抗的赘婿，实际上或有着特殊身份，如八月初八的《战神狼婿》、肥茄

---

① 贾想：《2020年网络小说管窥》，《文艺报》2021年2月19日。
② "金手指"在网络小说中指"正常规则之外的特殊规则"，详见邵燕君主编：《破壁书：网络文化关键词》，北京：生活·读书·新知三联书店，北京：生活书店出版有限公司，2018年版，第256页。

子的《近身狂婿》、无尘子的《豪门废婿》；或坐拥万贯家财，如会说话的香烟的《最豪赘婿-龙王殿》、吻天的狼的《赘婿当道》、凡然的《千亿赘婿》、老施的《霸婿崛起》；或有着极强能力，如陪你倒数的《最佳赘婿》、沉默的糕点的《史上最强赘婿》、李闲鱼的《赘婿出山》。不论要素如何变化，赘婿的逆袭之路基本都通向"地位""财富""权势"等男性中心主义世界观中衡量成功的主流尺度，这再次证明了赘婿文对男性中心主义世界观的构建。

二、"废柴赘婿"人物折射"躺平"时代情绪

赘婿文的类型以小说故事中主人公的身份设定命名。从人物形象上看，赘婿主角具有废柴流小说中废柴主角的特征，但写实色彩更强。赘婿文火热的重要原因正是在于这种写实性，"废柴赘婿"主角的形象塑造折射出了当前分层社会中失败者"躺平"的时代情绪，引起读者强烈的共鸣。

赘婿文中的主人公形象具有废柴流小说中废柴主角的大部分特征，后者人物类型由天蚕土豆在《斗破苍穹》中开创，并在之后于网络玄幻小说中广泛应用。根据邵燕君主编的《破壁书：网络文化关键词》，网络玄幻小说中的废柴主角主要有以下几个特点：第一，出场时资质非常差，因此受尽欺辱和白眼；第二，出场不久后必然会获得极强的外挂，不需要付出太多努力，便能够通过外挂达成远超常人的成就；第三，在结局中实力强大，成功实现自己的各种欲望。[①] 除去网络玄幻小说与赘婿文在故事背景上的差异，赘婿主角实际上拥有许多废柴主角的特质。首先，赘婿主角在出场时地位非常低下，既无事业，也无钱财，更无能力，只能作为女方家族的附属和累赘而存在，因此受尽以妻子的亲戚、朋友、爱慕者为主的人物的欺辱和白眼。其次，赘婿主角在出场不久后便能通过"金手指"，即外挂，获得常人遥不可及的地位、财富、能力等，还有一种情况是主角在出场时其实已经实力强劲，却为了某些原因需要隐藏自己

---

① 邵燕君主编：《破壁书：网络文化关键词》，北京：生活·读书·新知三联书店，北京：生活书店出版有限公司，2018年版，第292页。

的实力,如贾想所说,"赘婿的窝囊是假窝囊,他其实是一个披着废柴皮的男儿,是一头潜伏的战狼"①。最后,赘婿主角的结局常常是高调的,不仅在性别地位与家庭地位上获得了提升,还获得了极强的实力与极高的社会地位,甚至有可能成为某个组织以至整个世界的主宰。因此,用核心的两大要素来概括赘婿文中的主人公形象,可以说是"废柴赘婿"。

"废柴赘婿"主角的形象能够引起读者的代入感,并通过成长与逆袭的过程满足读者的欲望,赘婿文的火热与"废柴赘婿"主角的形象塑造脱不开关系。赘婿主角在前期就像是现实世界中的一个普通人,其处境真实可感,所面对的家庭问题与婚姻困境也是普遍存在于现实世界的,这种对现实的呼应与关照有利于读者产生移情的作用,读者"进入外物或他人,并从中见到自我"②,从而想要继续阅读。尤其是赘婿主角前期受压迫和欺辱的桥段,能够轻易唤起读者对主人公的共情,与移情不同,共情指的是"他人进入自我,进而体察他人"③。移情和共情的心理机制共同促成了读者对赘婿主角的代入感。而随着剧情发展,赘婿主角得到"金手指",之后开始不断逆袭、打脸反派的过程,这是网络文学中常见的爽感制造套路。赘婿文通过这种方式持续进行爽感制造,满足读者的"YY"④欲望,发挥了网络文学的重要作用。

除了读者代入感以外,赘婿文火热的另一个原因是"废柴赘婿"主角形象折射着分层社会中失败者的"躺平"时代情绪,并由此拥有一批忠实的读者群体。一方面,赘婿文的受众以"小白"读者为主,特指那些对网络文学的各种类型涉猎不广泛,尤其偏爱"小白文"的读者,这些读者对于网络文学的审美要求不高,只需要低级的爽感制造就能够引起他们的阅读欲望。在网络玄幻小说

---

① 贾想:《2020 年网络小说管窥》,《文艺报》2021 年 2 月 19 日。
② 周兴杰:《网络小说阅读的"代入感":心机机制、配置系统》,《湖南科技大学学报(社会科学版)》2019 年第 2 期。
③ 周兴杰:《网络小说阅读的"代入感":心机机制、配置系统》,《湖南科技大学学报(社会科学版)》2019 年第 2 期。
④ 邵燕君:《从乌托邦到异托邦——网络文学"爽文学观"对精英文学观的他者化》,《中国现代文学研究丛刊》2016 年第 8 期,第 16~31 页。"YY"是"意淫"的汉语拼音首字母,最早源自《红楼梦》。在网络语境中,YY 并非特指与性有关的幻象,而是泛指人们(多数是底层青年)超越现实的幻想,即白日梦。

最初兴起的时候,许多很火的作品就被称为"小白文",如唐家三少的《斗罗大陆》、天蚕土豆的《斗破苍穹》等,因为这些作品的主要内容是"废柴"主角的成长,基本路线是借助于"金手指"不断打怪升级,爽感制造方式单一,缺少对作品深度的重视。而赘婿文与这些网络玄幻小说十分相似,同样是"屌丝逆袭"式的故事书写,同样是"废柴"类主角形象的塑造,爽感制造也主要依赖于升级与打脸,思想程度不深,会吸引"小白"读者并不奇怪。但这并不表示赘婿文与网络玄幻小白文的读者群体完全一致,相反,两种类型虽然同样吸引拥有"小白"特质的读者,但读者群差异很大。不同于玄幻小说强烈的幻象色彩,赘婿文的现实色彩更强,与现实生活的联结更为紧密,因此其吸引的也是有一定生活经历的读者,且主要是生活在三四线城市的中青年男性。这些小城市的中青年男性群体,往往面临着如赘婿文中主人公一般的现实问题,在事业上没有大成就,在家庭中也无高地位,日复一日地过着单调的生活,面对社会阶层逐渐固化的现状无能为力,没有实力也没有信心跨越阶层,只好选择"躺平"来消解内心的不甘,被庸碌感包裹着继续生活。而赘婿文为这些分层社会中的"失败者"打开了一个幻想世界,在赘婿文中,主人公运用"金手指"便能轻松地扭转局势,不费力气便能成为社会与家庭中的强者。赘婿文正中这些中青年男性的痛点,使他们可以在其中做着白日梦"而不必自我责备或感到羞愧"[①],满足他们的心理和情感需求。这些读者在赘婿文高调的英雄式的叙事方式中体会人生努力的幻灭感和绝望感,赘婿文无疑能够反映这个时代部分群体的情感结构。

三、走向"高爽"的叙事暗示阅读"舒适区"形成

作为爽文的一种类型,赘婿文深谙爽感制造套路,在叙事上遵循"先虐后爽"的规律,同时呈现出"高爽"叙事的倾向,这是网络文学在新媒体时代表现

---

① 弗洛伊德:《弗洛伊德论美文选》,张唤民、陈伟奇译,上海:上海知识出版社,1987年版,第37页。

出的新变化,同时可能暗示着免费阅读时代阅读"舒适区"的形成。

邵燕君指出,网络文学具有"YY"特性,并由此促成网络文学与"精英文学观"相对的"爽文学观"的形成①,网络文学的"爽文学观"要求小说的叙事设计为"爽"服务,在这个方面,赘婿文采用"金手指"设定与"扮猪吃虎"叙事来共同打造"先虐后爽"的套路。"先虐"指的是主人公在获得"金手指"外挂之前,或是在隐藏实力的阶段,不断经历挫折和屈辱,此时的压抑是为后期爽点爆发做铺垫。"后爽"则是主人公在关键时刻展露出高贵身份碾压对手,或是展现惊人的财富和实力打击对手,一举抒发先前的压抑之感,达成爽感获得。"扮猪吃虎"是赘婿文中实现"先虐后爽"这一叙事策略的常见方式,其具体指的是"原本像猪一样处于食物链底层的屌丝角色,拥有了一个不为人知的外挂,暗中获得了远超食物链顶端的老虎的力量"②。这种情况常发生在主人公已经获得了强力外挂,但对手并不知情,于是在羞辱主人公的过程中自取其辱,制造"打脸"爽感。赘婿文中此类"打脸"情节非常多,比如在八月初八的《战神狼婿》中,主人公叶新被工地包工头拖欠工资并嘲讽,一个电话便使得包工头丢了工作,后者需要反过来哀求在前一刻还被自己看轻的主人公;在吻天的狼的《赘婿当道》中,主人公岳风及其妻子被家族羞辱,却在之后意外成为了家族意向合作公司的总裁,此时家族只能选择向曾经欺辱过的对象道歉;在会说话的香烟的《最豪赘婿-龙王殿》中,主人公陆枫因继承了家族财产,由被亲家看不起的"废物"摇身一变成为枫雨地产的总裁,曾经高高在上的亲家如今挤破头只想与陆枫搭上关系。

"先虐后爽"的叙事策略深谙网络小说爽感获得的辩证法,主人公在前期受到的挫折越多,受到的羞辱越大,在后期获得"金手指"之后得到的爽感便越足。在"先虐后爽"的爽感机制中,首次爽点出现以后,"爽—虐—爽—虐—爽"这样的重复叙事就会出现在文中,重复的次数根据整体情节安排而定,直到主

---

① 邵燕君:《从乌托邦到异托邦——网络文学"爽文学观"对精英文学观的他者化》,《中国现代文学研究丛刊》2016 年第 8 期。
② 邵燕君主编:《破壁书:网络文化关键词》,北京:生活·读书·新知三联书店,北京:生活书店出版有限公司,2018 年版,第 293 页。

人公的真实实力完全展露。在这样不断起伏的节奏之中,"读者的情感与主角紧相扭结、互相绑架"①,主人公每一次在故事中扬眉吐气、打脸反派,读者都能获得相应的快感。

从愤怒的香蕉的《赘婿》到如今火爆的赘婿文,赘婿文在叙事上呈现出"高爽"的倾向,即逐渐偏向于减少"虐"的笔墨,增加"爽"的戏份,从故事开篇不久就持续进行高强度、高频率的爽点制造。在愤怒的香蕉的《赘婿》中,故事早期的铺垫是较长的,描写赘婿主角宁毅在苏家地位低下的笔墨也较多,整体递进的脉络较为清晰,从宁毅刚刚入赘苏家时的存在感较低,到中秋诗会作《水调歌头》而小获名气,到在妻子苏檀儿面前初次展露商业头脑,到在苏檀儿病倒后主持大局,到帮助苏家成为江宁首富,再到后期金殿弑君领导革命,宁毅的身份地位在数百章的故事发展过程中逐渐提高,爽点是低频率、低强度的,程度逐渐递进。反观现在的赘婿文,前期铺垫往往较短,对主人公长久以来受欺的情况常常一笔带过,或在主人公的回忆之中展开,在前三章,主人公便已获得了"金手指",拥有常人无法想象的高贵身份与雄厚财力,之后便开始了"扮猪吃虎"和"打脸"的持续制造爽感进程。以凡然的《千亿赘婿》为例,有关主人公许安世受挫受辱的情节只写了短短的一章,第二章一开始,便有老管家找到主人公,告知他实为世界大家族的继承人,狠狠打脸了将许安世呼来喝去的众人,之后小说的重点便围绕着主人公在商界与情场之中的辗转展开,最终主人公顺利继承了大家族的财产,并一手建立了世界商业帝国,可以说爽感叙事从第二章便已开始。

赘婿文成为热点题材,有社会心理基础和文化历史脉络,更有文化热点的消费制造。赘婿文从"先虐后爽"走向"高爽"的叙事设计可能暗示着免费阅读时代网络文学新的阅读"舒适区"正在形成。首先,赘婿文是以下沉市场为主要读者群而火热的,下沉市场呼吁着免费阅读时代的来临。网络文学发展二十余年,其模式已趋成熟,类型读者群也基本固定,与此同时,"拼多多"等电商平台深耕下沉市场取得的商业成功充分说明了下沉市场的潜力,"近十年居民

---

① 黎杨全、李璐:《网络小说的快感生产:"爽感""代入感"与文学的新变》,《海南大学学报(人文社会科学版)》2016年第34卷第3期。

人均消费支出增长了一倍,其中,以城乡居民消费统计的农村人均消费支出增速明显快于城镇,说明下沉市场具有更加显著的边际消费倾向,蕴藏了巨大的消费动能"[1]。因此在网络小说旧有类型的读者群已基本固定的前提下,瞄准下沉市场的开拓便成了各个小说阅读平台盈利的突破口之一。下沉市场在开拓过程中呼吁着网文阅读体制的更新,最显著的是从"收费阅读"到"免费阅读"的趋势。其次,网络文学的传播模式变化,加上免费阅读时代的特点,要求新媒体时代的网文节奏更快、爽点制造更密集。在2005年阅文集团确立VIP收费模式时,读者只能在专门的网络文学网站上阅读网络小说,而从2012年开始,随着互联网的发展和智能手机的普及,各类手机软件和平台都成了网络小说的无线分销渠道,除了专门的阅读软件,微博、知乎、抖音、公众号等平台也承担起了网络小说的分销功能。如赘婿文早先便凭借着"歪嘴龙王"系列短视频在抖音平台大热。随后各大平台纷纷推出免费阅读软件,宣告着免费阅读时代的来临。在免费阅读时代,平台与作者的收入来源不再依赖读者的充值打赏,而更加依赖作品的点击率。要想读者在短短几秒的浏览时间内点进一部作品,网络小说需要有足够的吸睛能力,因此节奏快、打脸频繁的"高爽"小说大量出现并大受欢迎。最后,读者在长期的"高爽"小说的阅读过程中难免提升自我的爽感阈值,又在生活的快节奏中习惯了"高爽文"的快节奏,形成了免费阅读时代新的阅读"舒适区"。

四、结　语

从总体上来看,赘婿文符合网络文学以"爽"为核心的本质特点,在三方面初显类型特征,不论是强大的男性中心主义世界观的构建,还是"废柴赘婿"的塑造,或是由"半虐半爽"走向"高爽"的技术设计,都呈现出"爽"感至上的特点。同时,赘婿文注重与社会现实生活的联结,是一种隐喻时代症候、有益于

---

[1] 曹征、李润发、蓝雪:《电商巨头下沉市场的消费驱动及发展战略——以阿里巴巴、京东、拼多多为例》,《商业经济研究》2021年第8期。

引起思考的社会性文本,而且在新媒体分销网络文学的免费阅读时代创造了巨大的商业价值,是非常值得关注的网络文学类型。

首先,赘婿文借重中国家庭婚俗中的招赘婚姻传统,又引起了时代对于招赘婚姻的重视和新思考。在电视剧《赘婿》热播之时,网络上曾出现过许多有关现代赘婿婚姻的观点和文章,比如《新周刊》就曾发表文章《去萧山做赘婿,已经比考研上岸还难了》,讲述杭州萧山一直以来的赘婿传统,并指出招赘婚姻如今"已经不再是一种猎奇,而成为很多人认真考虑的婚恋模式"[①],显示出社会对于招赘婚姻的接受程度实际上已经有了相当大的提高,能够将其视为一种健康的婚姻策略。正如社会学家布迪厄将婚姻视为一种"可以利用的规则",招赘婚姻本是从婚姻交易性质出发的一种"利女方"的婚姻策略,而在时代新变的过程中拥有了"利双方"的特点。不论何种婚姻方式,只要适合自己的家庭情况,便是最优的。

其次,赘婿文的写实特点充实了网络男频小说的阅读趣味,使得"幻想"与"写实"并重。长久以来,网络男频小说中热度最高的类型是网络玄幻小说。网络玄幻小说兴起于作者和读者对现实性文学体裁的质疑,如蓝爱国的观点:"现实的问题自应有现实的各种实践手段加以解决,而文学如果过于拘泥现实的问题,它就不仅束缚了自己的手脚,而且忽视了另一个更为深刻的文学对象——心灵自身的存在和文化位置,于是满足人们心灵幻想的各种题材便开始大行其道。"[②]相比于现实生活,网络玄幻小说更关注心灵存在和文化位置,并试图通过建造"异托邦"式的想象性社会来打造文化幻觉。赘婿文与网络玄幻小说在故事讲述方式和策略上具有相当的相似性,不同的是赘婿文的描写总是涉及具体的现实问题,虽然仍然是"屌丝逆袭"的故事,但对手不再是浩瀚的"天道"和"命运",而是身边的家人朋友、社会观念。赘婿文的这些变化反映

---

① 《去萧山做赘婿,已经比考研上岸还难了》,今日头条《新周刊》2021年4月7日发布,https://m.toutiaocdn.com/i6948226871012180513/?app=news_article&timestamp=1617787356&use_new_style=1&req_id=202104071722350101351550222010003178&group_id=6948226871012180513&wxshare_count=1&tt_from=weixin&utm_source=weixin&utm_medium=toutiao_android&utm_campaign=client_share&share_token=7884f42b-fca2-4fc5-9577-3ce84b078dbc。

② 蓝爱国:《网络文学的题材类型》,《社会科学战线》2008年第6期。

出网络爽文对于"现实性"的重新重视,因此更加具有现实意义。

最后,从网络玄幻小说到赘婿文,网络男频小说中火爆题材的变化反映出如今网络文学界重视现实题材的趋势,展现的是网络小说对当下的某种集体经验的敏锐捕捉和表现能力,以及网络小说在社会文化参与方面的自觉性。如吉云飞所言,最为流行的网络小说"一定是把握住了不断流变的现象世界的某一侧面"[①],赘婿文把握的正是主体读者的现实痛点。通过文中主人公对"男性权利"的寻回,小说回应的正是部分中青年男性的焦虑与欲望:一类是正困于婚恋问题的青年人,"我命由我不由天"的幻想离他们过于遥远,现实婚恋状况才是他们亟待正视的问题,也是他们的情感需求点;还有一类是苦闷不得志的中年人,社会传统伦理目光中的"失败者",这些隐忍沉默的中年男人在社会和家庭中都缺乏存在感,他们也需要在赘婿文的主人公身上寻求共鸣,寻求被压抑欲望的释放。

不过,赘婿文也有着自身的困境。首先最严重的是作品同质化问题,中国作家协会在2021年5月26日发布的《2020中国网络文学蓝皮书》指出赘婿文题材已泛滥的现状,而作品同质化带来的直接后果便是导致"读者群的精神迷途与官能退化"[②],与文学本身的作用背道而驰。其次,赘婿文作为一种消费题材太过于重视娱乐性与噱头,对思想性的构建不够重视,难以出精品。愤怒的香蕉用十年时间搭建起《赘婿》的文学世界,才使《赘婿》成为长期在起点中文网霸榜的经典作品,而许多都市赘婿文,几个月时间便能写出上百上千的章节,作品深度可想而知。因此,赘婿文想出精品,要注重利用与现实的相关性,挖掘作品的社会价值与人文价值,在把握消费性的同时不忘文学的本真意义,才更加有利于赘婿文的持续发展。最后,从创作方面来看,网络小说的类型化写作因"容易导致对纷繁复杂的生活内涵作简单化处理"常被人诟病,这里呼吁的是小说的个性化、立体化,跳脱类型规约,创作出令人耳目一新的作品。笔者期待着赘婿文的深度化与丰富性表达。

---

① 吉云飞:《网络文学的"半部名著"——评愤怒的香蕉〈赘婿〉》,《中国当代文学研究》2019年第2期。
② 贺予飞、欧阳友权:《网络类型小说热的思考》,《时代文学》2015年3月上半月刊。

耽美小说及其审美特质探析

李玉萍

〔摘 要〕 本文从耽美小说的主要概念与话语体系的分析入手,通过对耽美小说的发展溯源与历时性考察分析,界定了耽美小说的内涵,并依此分析了耽美小说的梦幻气质、唯美风格与男色消费三个审美特质。

〔关键词〕 网络小说;耽美小说;审美特质

耽美小说是网络原创小说的新兴类型之一,也是最纯粹的女性向网络小说类型。伴随其生产、传播与消费,以其为核心的耽美文化被逐渐构建起来,在各个方面对大众文化产生了越来越大的影响,值得关注。因此,我们有必要厘清其相关的概念与话语体系,了解其发展与变化,界定其内涵与本质,探讨其审美特质。

一、耽美小说的相关概念与话语体系

提及耽美小说,首要的一个概念就是"耽美"。那么,耽美是什么?

耽美是日语汉字词,来源于它在日文中的发音"TANBI"(たんび)。耽美最初是日语对19世纪中后期流行于欧洲的唯美主义(aestheticism)的翻译,在日本最早指代的是受欧洲唯美主义思潮影响在日本兴盛起来的唯美主义文艺运动。

---

* 基金项目:本文系"中央高校基本科研业务费专项资金资助"的优秀教师基金项目"思想政治教育视域下的网络小说价值取向研究"(2-9-2018-334)的阶段性成果。

** 作者简介:李玉萍,女,中国地质大学(北京)马克思主义学院副教授,研究方向为网络文学、美学、思想政治教育。

耽美后来成为日本人酝酿出来的一种文化特质,主要经由漫画形式传入中国之后,被中国的网络耽美小说吸收改造,最终成为一种以女性向①为主的青年亚文化。

当今中国耽美文化中的"耽美",可以被普遍认可的内涵解读是:由女性自主建构的,以女性读者为预设接受群体的,以女性欲望为导向的,主要关于男性同性之间的各种情爱叙事模式、话语建构、亚文化逻辑及其各种媒介和类型的文本,一般在流行文化领域内流通。②

关于耽美小说,还有必要了解的概念是 BL 和同人。

中国的耽美小说主要是受日本二次元文化影响而逐渐生成的,因此,许多核心概念也都是承接自日本,BL 和同人的概念亦如是。

20 世纪 70 年代,日本漫画业从耽美派那里引入了"耽美"一词,专门用来指称描写美少年之间的情爱故事的少女漫画类型,具有梦幻般的浪漫唯美风格,而这类少女漫画在诞生之初也被称为"少年爱"(Boy's Love),简称"BL"。这一由女性创作和消费的漫画类型经过几十年的演变,其亚文化风格和受众偏好已经多元化并被大大扩展开来,但在日本至今仍被总称为"BL"③。于是,"BL"在中国也被用来指称此类文本及亚文化叙事话语。

"同人"一词来自日语"どうじん"(doujin),原指有着相同志向的人们、同好,在日本指业余创作和流通的作品,这种作品区别于正式的商业出版,由个人或小团体自主自费制作,这种业余创作出来的自制出版物被称为"同人志"

---

① "女性向"一词来自日语"女性向き",意为"面向女性的""针对女性的",原指以女性为受众群体和消费群体的文学和文艺作品的分类,是一种对消费主体的性别划分。后来与网络结合之后,开始与女权主义相结合,指女性在逃离了男性目光的独立空间里,以女性自身话语进行创作的一种趋向。20 世纪末,女性向一词伴随着日本 ACGN 文化进入中国大陆,保留了其中蕴含的消费文化指向。在中国的网络文学中,女性向指专门针对女性读者而创作的、致力满足或表达女性欲望投射和情感模式的网络小说,主要类型有言情、耽美、同人等,作者群体与传统的女性写作不同,除了女性作者群体,还有少量的男性作者。

② 主要参见郑熙青、肖映萱、林品:《"女性向·耽美"文化》,《天涯》2016 年第 3 期。宁可:《中国耽美小说中的男性同社会关系与男性气质》,南开大学 2014 年博士学位论文,第 2 页。

③ "BL"在日本仍然指称面向异性恋女性受众的以男性情/性关系为主题的文本;而面向男同性恋受众的描写男性爱情色情主题的漫画、小说等文本类型则被称为"ML",也就是 Man's Love,又称"蔷薇",耽美文本与蔷薇文本并不混同。

（どうじんし）。"同人志"原本并不是特指动漫作品，但基于日本动漫文化在世界范围内的巨大影响力，以及日本业余动漫领域的活跃，使得近些年来在日本以外的地区常用"同人志"特指日本动漫的业余创作作品，这类业余创作作品以漫画为主，包括小说和插画等，在各种"同人志即卖会"上发售交流。日本的这种业余出版活动规模最大的是东京同人志展会（コミックマーケット），在2009年夏季第76届上参会人数就超过56万人，售出同人志944万册。

青少年女性和成年女性是日本这种活动的主要参与者，"同人女"的概念因此而生，指参与创作和购买同人志的女性。自20世纪80年代以来，她们根据原作角色创作的衍生漫画逐渐以耽美类型为主流，这种耽美同人被称为"yaoi"，这个词曾被用来称呼日本整个耽美类文本，"同人女"的概念也随之变化为特指参与耽美同人活动的女性。

"同人女"一词传入中国后，被用来指称参与这种亚文化中的女性，但有时会专指喜欢阅读或创作耽美类型的根据原作角色进行再创作的女性。在中国，使用更广泛的应该是"腐女"，这一称呼也是源自日语"腐女子"（平假名写法为"ふじょし"），指热衷耽美文化的女性，她们甚至会把耽美逻辑挪用到其他领域来作为戏仿和消遣的方式，比如假想娱乐圈或流行影剧中的男性角色或男明星的配对关系和攻受身份等。"腐女"一词自21世纪初传入中国后，逐渐取代了"同人女"成为耽美群体性身份称呼。随着"腐女"一词的流行，"腐"成为"耽美"的近义词，衍生出许多派生词，譬如"腐向"（耽美向）、"腐文化"（耽美文化）、"卖腐"（描述的是一种在腐女文化、CP文化流行的现状背景下，利用耽美写作和配CP的常用惯例和俗套，故意用这些套路，表现同性之情以吸引腐女观众，创造关注度的行为[①]）。

需要明确的是，"同人"的概念在中国耽美文化的发展过程中出现了变化，失去了区别于商业出版的"业余创作"属性，转为特指围绕已有"原作"角色（包括真人）再创作的虚构叙事文本，且以文字类创作为主，与英语世界的粉丝小说（Fan fiction）基本等同。基于国内以耽美为主题的同人小说的影响力远远

---

① 主要参见郑熙青、肖映萱、林品：《"女性向·耽美"文化》，《天涯》2016年第3期。

超越了非耽美主题的同人小说影响力,"同人文"常常被用来指代耽美类的同人小说,相当于西方的斜线小说(Slash),"同人"有时甚至被用作"耽美"的代名词,同人文化也因此可以指代耽美文化。

基于此,"同人"在中国的耽美文化中就有了三种解读:其一,匹配同人女的概念,指称所有耽美文本;其二,专指根据已有的角色或真实人物而自我赋权再创作的衍生类耽美文本,以区别于原创类耽美文本;其三,区别于"原创文本",专门指称根据原作的角色或真实人物再创作的衍生文本,即粉丝创作的虚构文本,既有耽美同人,也有非耽美同人。

耽美小说有自己特定的话语体系,譬如耽美叙事和文化逻辑的基本概念"攻受"。"攻"和"受"的概念源于日本武术概念,本意为"攻击"和"承受",后来被中国耽美文化借鉴、继承而来,可以对应西方耽美叙事中的"top/bottom"概念,用以指称耽美叙事中的男性同性情爱关系模式中的两种角色特征,主要是指耽美叙事中性爱关系中的主动方和被动方。有意思的是,"攻受"这种二元概念主要还是对应异性恋关系中的两性概念和特质,也因此,耽美叙事中"攻"方一般具有更为明显的男性气质和文化角色身份,而"受"方则具有更明显的女性或中性气质和文化角色身份。更为重要的是,攻受角色划分意味着耽美叙事中双男主互动关系模式也会带有异性恋互动关系模式的逻辑,及其可能包含的权力关系的不平衡特质,而这种鲜明的角色划分与实际的同性性爱及相处模式的不相符,正说明了耽美叙事建构的男性同性情爱关系与现实中男性同性恋关系的根本差别。不过,耽美叙事的确与男性同性恋文化叙事有互文关系,但其女性向的特质决定了耽美叙事更为关注的是理想男性的塑造和纯美爱情的想象,服务于女性的男性审美和爱情向往,赋予了耽美的梦幻气质和浪漫色彩。近些年的耽美原创作品,更多的是"强强"(攻受都很强大,更具男性气质),或者是读者容易"逆"的CP[①],看似"受"的攻或看似"攻"的受,其原因一是创作领域推陈出新的需求,二是塑造女性视角的理想男性的需要,三是

[①] "CP"是coupling的简写,泛指读者将虚构故事中人物配对的行为,强调的是观众/读者将人物配对的行为和过程。CP本身描述的不一定是客观现实,且必然带有观众的主观观点和解读,在英语同人圈使用"shipping"指代CP的主要内涵。

女性对于传统异性恋关系中男性女性定位的反思与颠覆,但在本质上并没有改变耽美叙事与异性恋的对照关系。

文化研究领域普遍认为,这种女性主导创作及阅读的耽美亚文化及耽美文本有两个主要发源地——日本和美国,大约是在20世纪70年代同一时期但各自独立产生的。

西方的耽美亚文化叙事模式产生于粉丝小说(Fan fiction)亚文化,只是其中的一个亚类型。耽美小说被称为"Slash fiction",也就是斜线小说或斜线文,有时也被称为"Slash"或者"m/m Slash"。这类文本的题目一般都会用"A/B"来标明所描写的两位原作男性角色的关系,"/"表明这个粉丝小说是以男性角色间的情/性关系为故事主线的,一般而言,斜线前的角色为主动方,等同于"攻",斜线后的角色为被动方,等同于"受"①。另外,"A&B"表示粉丝小说主要描写两位男性角色的友情关系;"AXB"指两位异性角色的爱情关系为粉丝小说的主题。一般认为,斜线小说源于美国经典科幻电视剧《星际迷航》(*Star Trek*)②的女性粉丝创作。在这些女性粉丝的创作中,剧中的两位男性主人公——柯克(Kirk)和大副斯波克(Spock)的友情被发展为爱情关系,这些女性粉丝成为庞大的《星际迷航》粉丝文化中的一个新型亚文化小团体,第一批《星际迷航》斜线同人粉丝杂志出版于1976年或1977年,斜线小说自此成为粉丝小说的一个亚类型,逐渐发展壮大。也许是基于这样的源头,美国的耽美文本是以粉丝小说为主,类似于中国的耽美同人小说,也就是依托已有的人物形象来建构耽美叙事和男性同性情爱幻想,其人物原型从小说或影视剧的男性角色,到真实存在的影视男明星们、流行音乐明星甚至体育明星,无所不包。女

---

① 要注意的是,英语同人圈中的 Slash fiction 没有严格的攻受区分,很多中国腐女会误认为 slash 的斜线符号"/"前后代表攻受,但在英语同人圈的实际操作中并没有这个规定。而且,Slash fiction 中也会有女性角色配对,写成 fem-slash。
② 《星际迷航》,美国派拉蒙影视出品的科幻电视剧,自1966年至2005年断续播放5部电视剧及一部电视动画片,播映总计725集,且从1979年至2016年共发行13部电影片。这部剧集所倡导的不同文化及价值观平等共存的观念和对人文主义关怀的彰显,在冷战时期尤显其特殊价值。这也是美国第一部主流电视剧中的主要角色出现苏联人、亚裔(演员为性向公开的日裔同性恋者)、黑人女性。这部剧集及其倡导的价值观在美国影响巨大深远,培养了几代粉丝,至今仍拥有影响最大的粉丝群体,成为长盛不衰的亚文化现象。

性粉丝围绕着自己所喜欢的男性形象创作爱情故事,想象色情场景。普遍认为,西方世界的耽美文本也是以粉丝小说为主导和正宗,原创类耽美小说的发展不仅起步晚且影响力小,仅仅被视为斜线小说的一个亚类,这一点从其指称概念"original slash"也能看出。并且,日本的耽美文本和耽美文化也被引入西方,并引起了相当大的影响。许多经典的耽美漫画、小说和动画已经在美国和其他西方国家正式出版或者播映。截至20世纪90年代晚期,涉及"yaoi"的英文网站已达数百个。

而日本的耽美亚文化诞生于文化产业规模最大最成熟的漫画产业,从属于"少女漫画"。一般认为,日本耽美漫画最早出现的时间是1971年,而耽美漫画类型的起点是荻尾望都1974年的《托马的心脏》(也被翻译为《天使心》)和竹宫惠子1976年开始连载的《风与木之诗》。由于这些漫画的巨大成功和受欢迎程度,日本最早也是影响最大的耽美漫画双月刊 *June* 于1978年创刊,*June* 成为"读者类型"杂志(由读者制作并为读者而制作),后来发展为4种针对不同年龄段女性受众的小说或漫画杂志,主要通过邮购发售,每本售价750日元,这个价格相当于主流漫画杂志价格的两倍还多。考虑到这个因素,*June* 在1995年的发行量在8万至10万册,就意味着非常可观的市场影响力。因此,"June"一词在日本也曾泛化为耽美类型文本的别称①。

随着耽美漫画的兴起,日本很多女性漫画同人创作者就开始将著名的漫画原作中的男性角色改写为同性爱情关系,这种耽美同人就是"yaoi",并逐渐占据了"同人"漫画的主体,乃至成为同人漫画的类型标签。有些同人作者因其耽美同人创作获得极高人气而正式出道,继续创作耽美漫画。譬如尾崎南以创作著名热血少年漫画《足球小将翼》的耽美同人出名,正式出道后创作耽美漫画经典《绝爱(1989—1991)》。再如高河弓以创作《圣斗士星矢》的耽美同人出名而正式出道。在日本,耽美漫画和小说是与同人志发展和商业志发展同时并进的。耽美漫画和小说以及衍生产品动画和广播剧等已经成为日本大众文化产业体系中面向女性市场的一个稳定的亚类。

---

① Frederik L. Schldt, *Dreamland Japan: writings on modern manga*, P120-123.

中国的耽美文化则是在20世纪90年代受日本耽美文化的影响而发展起来的。有论者根据网站统计数据指出，耽美受众的年龄下限基本为刚进入青春期，约为12岁。耽美受众的年龄跨度也就从12岁直至约35岁。低龄人数比例在逐年增加，大学生受众占到了最大的比例。客观因素之一是大学生可自由支配的时间最有弹性，平均每日上网时间最长。这也与中国耽美模式以网络小说为最主要载体有直接关系。耽美类网络小说已经成为网络文学的一个稳定的亚类，也是网络文学大型商业网站的一个主要市场。以耽美小说为核心的耽美文化的影响力和受众范围的数据也主要从网络这个层面反映出来。①

二、耽美小说的缘起、本土化与内涵界定

中国耽美小说的诞生主要是受日本二次元文化的影响，而日本二次元文化中的"耽美"一词的主要来源是日本的耽美派，也就是日本唯美主义。

兴盛于20世纪初的日本唯美主义文艺运动，主要是受19世纪中后期兴盛于英法等欧洲国家的唯美主义文艺潮流的影响，主张唯美的属性是享乐主义，强调生活与艺术都在于玩味的绝对官能主义，主张"艺术第一，生活第二"，憧憬西方情调的同时又追求江户情调。在唯美主义作家艺术上的积极探索与自我抗争之下，一批很有价值的文学作品产生了，其最具代表性的作家一般被认为是永井荷风和谷崎润一郎。永井荷风主要是偏重于伦理倾向的对明治社会的反感与批判，而谷崎润一郎则以自我和人性的解放为基调，展现了对女性美和官能美的绝对忠实，其异常性与对妖异之美的追求，使得一段时间之内的日本文坛成为谷崎润一郎的"恶魔主义时代"。永井荷风和谷崎润一郎文学修养深厚，其作品自然意蕴深厚，但其追随者出现了流于肤浅的倾向和浮艳轻薄的风格，耽美派文学因此被批判为刻意以猥亵内容描写迎合读者，与色情小说无

---

① 主要参见宁可:《中国耽美小说中的男性同社会关系与男性气质》，南开大学2014年博士学位论文。

异,其主流位置很快就被取代了。但"耽美"一词就此流传开来,成为日本人酝酿而成的一种文化特质。

"耽美"一词在日本耽美派那里,其含义一方面是唯美浪漫,另一方面也包含将美推向绝路,在美的绝望中沉溺的意味。日本大和民族有轻生喜灭、以死为美的古典传统,像樱花那样热烈而短暂地盛开和急遽地飘落消逝,象征着以死亡为美的日本式的心理塑造。从某种意义而言,"耽美"作为日本人酝酿出来的一种文化精髓,一直有着亡命贵族的气质,就是要焚身于烁石烈焰中直到身心俱为灰烬的决绝与美丽。因此,耽美的普遍表现形式就是自杀、死亡。

20世纪70年代,"耽美"一词逐渐被用于日本少女漫画分支——"少年爱"作品。这类作品的题材全部是"非本土非当代"的设定,主人公都是15~18岁的少年,故事几乎毫无例外都是悲剧。纯粹、锋利、残酷、浪漫是整个"少年爱"时代的特征,也反映了当时日本女性面对低下的社会地位和头顶挥之不去的战争阴云而产生的难以言喻的"窒息感"——残酷、充满矛盾以及对现实的绝望。而"耽美"一词自此又引申为代指一切美型的男性,以及男性与男性之间不涉及繁殖的爱恋感情。

20世纪90年代之后,日本的耽美漫画经由台湾、香港地区流入大陆,最具代表性的当属CLAMP[①]的命运三部曲——《圣传》(*RG VEDA*)、《东京巴比伦》(*TOKYO BABYLON*)和《X战记》(*TB-X*)以及尾崎南的《绝爱》。热爱这些漫画作品的粉丝开始创作以这些漫画人物为原型的同人小说,耽美同人小说开始出现。

90年代末,大陆地区"耽美"的发展达到一个小高潮,出现了许多耽美网站、耽美原创作品和耽美同人作者。2003年,晋江原创网耽美同人站开启,这

---

① CLAMP是日本漫画家四人组合的笔名。CLAMP是一个全部由女性成员组成的漫画工作室,从1989年正式出道。当时只是一个漫友俱乐部。然而几经吐纳、锤炼,后来的CLAMP实际上只由四人组成:大川绯芭(原名大川七濑,后改为大川绯芭)(Nanase Ohkawa)、五十岚寒月(Satsuki Igarashi)、猫井椿(Mick Nekoi)、摩可那(Mokona Apapa)。其中摩可那负责分格和作画,接下来五十岚寒月负责画框线和贴网点纸。而画稿最终由猫井椿完成。大川绯芭小姐曾经在早稻田大学文学系研读(并非正式毕业于早稻田大学),在CLAMP中负责剧本创意,是CLAMP中的灵魂人物。资料来源网址:http://wenwen.soso.com/z/q179944949.html,2010年2月14日。

大大推动了中国耽美小说的创作。而 2005 年前后,耽美小说搭载上了穿越小说的快车,由小众走向大众,迅速成长为最纯粹的女性向网络小说的主要类型之一。

在中国耽美小说的发展过程中,耽美原创小说成为主流,中国耽美小说也逐渐形成了自己的风格和特质,而耽美的精神和气质也再次发生了变化。我们不妨将中国耽美小说与日本类似文本从时空设定、审美气质和故事元素三个方面做一个简单的比较。

从小说时空设定上而言,日本的耽美文本要么是"非本土非当代",要么大多是高中校园或者办公室恋情;而中国的耽美小说的时空设定,有近代现代中国时空的设定,更主要的是中国古代或者虚拟仿真中国古代,也因此更具有中国传统文学的韵味,更加符合中国人的审美情趣。

从小说审美气质上而言,日本的耽美文本,除了唯美浪漫之外,都蕴含"将美推向绝路,在美的绝望中沉溺"的意味,具有纯粹、锋锐、残酷、浪漫的悲剧气质,普遍表现形式是自杀、死亡。而中国的耽美小说,一样唯美浪漫,但在情节和人物的安排上,"在美的绝望中沉溺"被改造为男男爱情过程中的曲折、痛苦与磨难,网语称之为"虐",要表达的是纯粹爱情或极致关系获得过程中的艰辛。日本耽美文本中的同性悲剧色彩被淡化,取而代之的是异性恋色彩被强化。小说叙事的重点在于对理想男性、爱情本身、美好人性和美好情感的探讨,行文风格更偏重于中国古典文学意境的追求与中国传统的审美格调。审美的气质可以是锋锐残酷的悲剧气质,也可以是温馨浪漫的喜剧气质,甚或可以在虚拟的中国古代时空设定中,在架空的故事和人物的描述与塑造中,呈现儒的雄浑刚健,道的洒脱超越,屈(屈原的风格)的狂放深情,禅的冲淡悠远的审美气韵。

从小说故事元素的丰富性上而言,日本的耽美文本比较单调。而中国的耽美小说,不仅有架空的设定、青春校园、都市言情,还包含武侠仙侠、玄幻奇幻、穿越重生、悬疑推理、历史军事等极为丰富的故事元素,大大拓宽了耽美小说创作的广度与深度。

2010 年前后,中国耽美小说发生了一些新变。具体而言,可以从男性形象、女性形象与审美趣味三个方面的变化具体分析。

从男性形象而言,2010年前后,中国耽美小说中的男性形象由最初的传统男性气质的"攻"和传统女性气质的"受"转化为男性本体化的书写,在对传统男性气质的不断改写中实现了男性审美的多元化。耽美小说最初是"男男之爱"对传统"男女之爱"的改写,是女性言情书写的创新,因此,在初期的耽美小说男男爱情书写中,具有浓厚的异性恋移植色彩,最为典型的是"强攻弱受"模式,作为受方的男性形象的女性化色彩比较突出。随着耽美小说的发展,其中的男男情爱书写在不断地淡化异性恋色彩,逐渐发展为女性想象中的真男人之间的爱情或极致关系,最主要的模式也演变为强攻强受的"强强模式",譬如《魔道祖师》中的魏无羡与蓝忘机,男性形象逐渐摒弃了最初的女性化的男性形象而出现了男性本体化的书写与多元化的男性形象,故事焦点也由最初的一段男男之间的风花雪月、旷世深情转变为以攻受互动为中心的情节推进模式,由男男爱情故事转变为各类精彩故事中的男男互动。在最新的发展中,还出现了专注于双男主互动的主剧情模式,譬如梦溪石的《千秋》;还有淡化甚至摒弃爱情关系的无CP模式,譬如大风刮过的《张公案》。

从女性形象而言,2010年前后,中国耽美小说的女性形象也出现了从"无"到"有"、从女性角色的缺席或隐匿到理想化女性形象的建构的变化。耽美小说最初具有较强的女性主义色彩或追求,以女性观看、男性被看的策略来实现颠覆传统性别权力、凸显女性主体意识的目的,也因此,最初的耽美小说呈现出女性角色的缺席或隐匿的特质,故事中的女性角色存在感近乎于无,重要性等同于零。其后,又出现了女性角色的"工具人"特质,故事中的女性角色,要么是攻受情感的"绊脚石"(客观上造成耽美文的厌女情结),要么是攻受情感的"助推器"(热衷于移植男男基情的腐女形象)。后来,又发展为对女性气质的改写,故事中的女性角色是各类理想化的优秀女性形象,耽美文的女性角色成为不参与攻受情感、专心搞事业的女强人或女汉子。女性形象在耽美文发展中的变化,也体现出女性主体意识的深化与发展。

从审美趣味而言,2010年前后,中国耽美小说的审美趣味也呈现出从禁忌的异端到温馨治愈的萌化。基于日本耽美文化气质的影响和创作者女性主义的立场或追求,耽美小说最初主要凸显的是禁忌之恋的越轨色彩,是男男爱情的虐身虐心,偏重于暗黑化的审美风格。后来,基于耽美受众的心理变化和流行的"萌"文化的影响,耽美小说褪去了最初的锋锐越轨色彩,逐渐演变为女性想象中的真男人的极致关系,偏重于书写精彩故事中的男男互动,审美趣味也更偏向于甜宠暖萌的情爱模式和温馨治愈系的故事风格。①

中国耽美小说在发展过程中呈现出的三个方面的新变:最基本的男男恋情节设定模式,由初期的异性恋色彩浓厚的偏向"强攻弱受"模式转化为"真男人"之恋的偏向"强攻强受"模式甚至摒弃爱情关系的无CP的男性互动模式,耽美文本的男性形象更加趋于女性立场的男性本体化书写,更趋于多元化的男性审美;女性角色从初期的缺席或隐匿,到男男恋情的"绊脚石"或"助推器",再到"专心搞事业,无心风花雪月"的独立自强女汉子的女性气质的改写与转变,也进一步加强了耽美小说中的女性对女性理想形象的塑造,开辟了耽美小说中体现女性主体意识的另类途径;从审美风格而言,耽美小说的发展趋势从初期推崇"虐"的暗黑化审美风格逐渐转化为新近以来推崇"萌"的甜暖化审美风格。耽美小说审美风格上的萌化,使得耽美小说文本逐渐褪去自身的异端色彩,颠覆性与叛逆性逐渐削弱,取而代之的是温馨治愈的甜宠风格与萌系色彩,体现了一种柔软性对反抗性的消遣与磨蚀。这种审美风格的转化是耽美小说自身娱乐化与趣味性写作原则的结果,在很大程度上体现了主流文化对亚文化的收编与拉拢,商业运作与消费主义让耽美小说写作走向娱乐化,耽美小说创作初衷的颠覆性与抗争意义,都在趣味性与狂欢化的表达中消磨殆尽。这是大多数亚文化的发展规律,也是主流文化与亚文化结盟、互利共赢的结果。

基于中国耽美小说作者对耽美类型的广度和深度的不断拓宽,在当下中国网络小说类型中,耽美小说实质上成为一种以男性之间的爱情或极致关系为主要叙事设定的幻梦式女性言情类型。从这个角度而言,晋江文学城现在

---

① 主要参考赵倩:《论网络耽美小说的变化——以晋江文学城为主要研究平台》,天津师范大学2018年硕士学位论文。

将"耽美"类改成"纯爱"类是本质属性式命名。同志小说主要是描写现实主义的男性爱情,而耽美小说主要书写"男性+爱情(极致关系)",主要的创作意图是塑造和欣赏理想的男性形象,书写和想象纯粹美好的爱情或极致的情感关系。

实质上,耽美小说是将男性作为审美对象,书写和欣赏不同的男性,构建理想中男性世界的女性想象,这消解了男性中心话语。而消弭了性别文化差异的爱情书写,是以往的男性书写和女性书写都极渴望达到但由于各自性别文化身份的差异永远也不可能达到的对纯粹的人类爱情的理想表达。

耽美小说本质上是一种女性言情的另类叙事,是女性自我赋权建构而出的异托邦女性空间,构建了男性乌托邦和爱情乌托邦,也满足了青少年女性对男性世界的猎奇和想象的代偿心理。

由此,耽美小说,又称"纯爱小说",作为网络小说中最为纯粹的女性向小说类型,是女性基于女性的立场或视角,以男性(主要是美男)同性情爱的基本设定形式探讨女性最为关注的理想男性和爱情问题的小说。它本质上是女性立场的男性审美,主要关注男性之美与爱情之美及女性理想中的男性世界与情感世界的建构,探讨纯粹的爱情或极致的情感关系。

三、耽美小说的审美特质

耽美小说最突出的审美特质是梦幻气质、唯美风格和男色消费。

(一)梦幻气质

耽美小说的梦幻气质是由小说样式最基本的特质决定的。

耽美小说从本质而言,是女性立场的男性审美,是基于女性视角的对于理想男性和完美爱情的想象性言情书写。在由女性生产和消费的以想象中的男性同性恋情为题材的纯粹女性文本中,男性形象与男性之间的爱情必然是女性想象和构建的产物。存在于女性的虚构幻想之中的理想男性与完美爱情(或极致关系),将耽美小说与其他一切以男性恋情为题材的小说类型区别开来。

同志小说是很容易与耽美小说混淆甚至等同的类型,然而两者存在本质上的差异。耽美小说与同志小说的本质区别在于女性视角、浪漫主义气质与幻想性,耽美小说是女性制造出来的男性乌托邦与情感乌托邦。

同志小说的叙事重点是现实主义的同性恋情,侧重于表达不容于主流伦理的同性爱情中的人性、困境、问题与反思,具有现实主义的思考与关怀。而在耽美小说中,同性恋情只不过是一个基本设定,叙事的重点永远都是女性想象中的形态各异的男性、纯美爱情或各种极致的情感关系。

耽美小说虽然是男男之恋的主题叙事,但其关注的焦点从来都不是男性同性恋的现实困境,而是想象中的各款美男之间的各类爱情或极致关系。为了实现这种聚焦,耽美小说的生产者会采用去伦理化的方式或策略淡化甚至完全消除男性同性恋的边缘困境,比如采用环境置换的手段。小说故事的时空背景是一个完全虚构的没有同性恋禁忌的架空世界,以便于毫无顾忌地书写各类令人垂涎的美男和各种心向往之的男男风花雪月。这就造成了耽美的爱好者与现实中的男性同性恋群体互为"他者"的关系。现有的研究成果显示,耽美爱好者对于现实男性同性恋群体大多是逃避、漠视的,而现实男性同性恋者也不喜欢甚至讨厌腐女。

耽美小说的梦幻气质还体现在耽美经典文本的题材选择是以武侠仙侠、玄幻奇幻、架空古言等为主的。

中国耽美小说发展的早期以露西弗俱乐部(1999年)、鲜网(2000年)和晋江原创网的耽美同人站(2003年)等为主要平台。这一时期的经典耽美小说如风维的《凤非离》、风弄的《凤于九天》、卫风的《笑忘书》、樊落的《天师执位》、大风刮过的《又一春》等基本上都是架空的时空背景和武侠仙侠、奇幻古言的题材,叙事的重点是幻想时空中的美男之间的风花雪月、恩怨情仇。

2005年,耽美小说借由性转穿越题材的《青莲记事》和《凤霸天下》搭上了"穿越热"的快车,受众也逐渐由女性群体中的小众转为大众。此后,以晋江原创网的耽美同人站为大本营,耽美小说的创作进入繁盛期,各种类型的经典耽美文本也纷至沓来。但纵观历年晋江原创网这一领域点击量和收藏量排名靠前的耽美小说,绝大部分依然是幻想性的题材,譬如天籁纸鸢的《花容天下》

(武侠)，狸猫R的《出云七宗"罪"》(奇幻)，Erus的《束缚》(穿越古言)，吴沉水的《公子晋阳》(穿越古言)，楚寒衣青的《青溟界》(玄幻)，宫藤深秀的《离玉传》(奇幻)，我想吃肉的《伴君》(穿越历史)，吴沉水的《重生之扫墓》(都市穿越重生)，楚寒衣青的《凤翔九天》(架空奇幻武侠)，阿堵的《一生孤注掷温柔》(架空古言)，纳兰容若公子的《小楼传说》(奇幻古言)，简青远的《鉴花烟月》(武侠)，来自远方的《重生之苏晨的幸福生活》(都市重生)，青罗扇子的《重生之名流巨星》(重生明星文)，大叔无良的《史前男妻咸鱼翻身记》(远古穿越种田)，等等。其他网站的经典耽美小说作品如满座衣冠胜雪的《千山看斜阳》(武侠)、《银翼猎手》(科幻特工)亦如是。即使是现代背景的耽美小说，其叙事的重点从来都不是现实主义边缘爱情的困境与反思，而是女性想象中各种类型美男子和美男子之间的情感关系。

伴随着耽美小说的发展，题材选择愈发多元。近些年影响力比较大的耽美写手如墨香铜臭(《魔道祖师》)、Priest(《镇魂》)、淮上(《提灯看刺刀》)、非天夜翔(《天宝伏妖录》)、梦溪石(《千秋》)等，即使在叙事模式、男性形象、女性形象、情感模式等方面出现了很多新变，但她们生产的耽美文本中不变的元素依然是基于女性立场构筑起来的浪漫主义的故事与人物，依然是以幻想性题材为主的叙事，关注的重点也依然是基于女性立场的男性乌托邦与情感乌托邦的建构。

(二)唯美风格

耽美就是"沉溺于美"，沉溺于美好的情感，沉溺于美好的人性，沉溺于美型的各类男性，沉溺于纯粹的、超越其他一切关系的理想爱情或者极致关系……遣词行文倾向于华美的文字与绮丽的文风；塑造人物致力打造理想的男性形象——无论形象、气质、风度、性格；编织故事偏重在重重矛盾冲突下凸显出极致的情感与美好的人性；情节叙事的主旨集中在理想的男性与完美的爱情。这就是中国耽美小说贯穿始终的对唯美风格的追求。

耽美小说的唯美风格，突出体现于对理想男性、完美爱情和极致关系的审美和追求。

耽美小说吸引女性创作与阅读的魅力之一在于可以塑造和欣赏各类理想

的男性形象,从而开启了女性立场的男性美的塑造、欣赏与传播。

所谓"耽美",对于女性而言,当然是沉溺于各种在现实生活中可望而不可即的美好男性的美。耽美小说实质上是女性基于自己的性别立场,将男性作为审美对象,书写和欣赏不同的男性,构建自己理想中的男性世界的女性想象。

譬如,基于1994年台湾地区的电视剧《七侠五义》的猫鼠同人圈,因为对剧中人物御猫展昭和锦毛鼠白玉堂及其互动关系的喜爱,创造了国内同人圈最早也最为经典的猫鼠CP,其中对于展昭和白玉堂形象的审美与重塑,体现了耽美文本对于理想男性美的塑造与欣赏。

网友寂寞如雪对此做了极为精辟的总结,她列举了喜欢猫鼠同人中的展昭和白玉堂的原因,如下:

为什么喜欢展昭?其一是因为展昭的形象代表了人格理想。展昭胸怀天下、心系百姓(志向),坚守原则、守护公理正义(信念),恪尽职守、严于律己、任劳任怨(处事),仁义为本、宽厚仁善(为人),沉稳内敛、平和善良、温润如玉(性格),武功绝世、心细如发、机敏睿智(能力)。其二是因为展昭的形象符合了女性的审美趣味。外形的美:蓝衣温润,眉清目朗,眸正神清,修长俊雅,挺拔如松,静如处子,笑如春风;气质的美:温润如玉,皎如明月;人格的美:清濯如莲,温善若水。

为什么喜欢白玉堂?其一是因为白玉堂的形象,个性化色彩突出,代表了网络时代的个性化特质。具体而言就是:侠义为本,守护公理正义(信念);我行我素,狂放嚣张,狠辣霸道(为人处世);华美张扬,潇洒不羁,骄傲自负,外冷内热,至情至性(性格);武功绝世,聪慧机变(能力)。其二是符合了女性的审美趣味。外形的美:白衣华美,眉目如画,俊美华贵,白袍玉带,衣饰华贵,面带杀气,美若处子,狠如修罗;气质的美:嚣张华美,潇洒率性,灿如骄阳,洋洋得意,眉飞色舞;人格的美:光风霁月,爱憎分明。

从网友寂寞如雪的总结中可以看出,她所喜欢的猫鼠同人中展昭和白玉堂的男性形象,已经是耽美同人作者对于原著《三侠五义》和电视剧《七侠五义》中展昭和白玉堂形象的综合,更是基于女性立场的男性审美,对于展昭和白玉堂的理想化的男性形象重塑。重塑之后的展昭和白玉堂具备了美好的容貌，美好的人格，美好的气质，而且形象立体，辨识度极高。各种猫鼠同人故事勾勒刻画出的展昭和白玉堂之间的情感，也是人性和人类情感中最美好的一面。

耽美小说里存在着大量的由女性塑造出来的各种类型的美男子，一些名词和形容词也逐渐演变为一些美男类型的固定代称，例如"妖孽""冰山""腹黑""毒舌""闷骚""女王"等等，并最终形成了独特的基于女性主体意识的耽美小说语词结构和话语体系。这是一种光明正大地将男性形象摆出来加以甄别欣赏并毫不掩饰对美好男性的喜爱之情的话语体系，是对长期以来在人类书写历史中占据绝对主导地位的男性书写话语体系的挑战与颠覆，彰显着现代中国女性基于独立自主、两性平等理念的女性主体意识的张扬：女性不再是占据人类书写主导地位的男性书写中被书写、被创造、被欣赏的一方，而成为可以视男性为塑造、阅读与欣赏对象的书写者。

耽美小说的唯美风格，还表现在女性书写者对完美爱情或极致关系的向往与沉迷。

人类尤其是女性对于爱情的向往和追求是没有尽头的，而理想中完美爱情的前提就是相爱双方的绝对平等："爱情是人类所有情感中最具有互生性的，也就是说它是这样一种绝对平等的情感。"[①]但无论是现实中的爱情还是艺术中创造出来的爱情，其实都不可能满足"绝对平等"的前提。现实中是根深蒂固的男尊女卑的文化土壤，小说创作中是男性中心的男性书写。耽美小说的出现使得对完美爱情书写的不可能变为了可能。

耽美小说话语体系中的"攻/受"概念，让弥合性别差异实现爱情双方的平等成为可能。"攻"和"受"是耽美小说话语体系中最基本的两个词语，用于指代耽美小说男性恋人在性关系中的主动方和被动方，"攻""受"之别本质上是纯粹生理意义上的差异，在爱情关系中却不存在两性身份的文化意义上的差异。基于这个视角，耽美小说中爱情的双方，无论是"攻"，还是"受"，无意之中

---

① 参见林丹娅：《当代中国女性文学史论》，厦门：厦门大学出版社，2003年版，第181～182页。

成了能够体现欧美女权主义批评者弗吉尼亚·沃尔夫们所提出的"双性共同体"①，由此确保了爱情关系中的绝对平等，实现了一种纯粹的爱情关系。

在此意义上，耽美小说是一种消弭了性别身份差异、探讨纯粹爱情的女性书写，是女性基于自己对男性的想象与期待而创造出的乌托邦式的纯爱世界。

当爱情的关系不再存在性别身份差异的障碍时，真正的、理想的、绝对平等的爱情在虚拟的男性之恋中得以呈现。这就给予女性极大的心理满足与情感期待，这才是耽美小说风靡女性创作与阅读领域的最重要的原因。

而中国耽美小说在2010年前后的新变中，呈现出来的是一种对极致关系的审美倾向。这种极致关系是凌驾于一切之上的，是两个独立个体对彼此彻底的占有与信赖。这种被极度理想化的情感关系可以被称为爱情，甚至超越爱情，是两个独立个体之间的绝对忠诚、绝对信任、不离不弃的情感羁绊，是真正的死生契阔，与子成说。譬如《魔道祖师》中的双男主魏无羡与蓝忘机，气质和外在有极化差异，而内在三观高度契合，以这种灵魂契合为基，建构了忘羡之间的极致情感关系，永不背叛，不离不弃，携手并进，缔造了令人艳羡的"只羡忘羡不羡仙"的情感关系。而《千秋》中的沈峤与晏无师，内在三观有极化差异，因共同的目标或者追求建构出同道殊途的极致情感关系，这种情感关系依然是彼此之间的生死交付、忠诚与信任的情感关系。这种基于耽美文本男男恋情中呈现出来的超越一切的极致化的亲密关系，能够让耽美受众实现现实社会压力的释放和内心孤独感的心理代偿。对于极致情感关系的美的追求与欣赏，必然构成耽美小说打动人心的主要因素。

（三）男色消费

男色消费是耽美小说女性气质的体现，也是耽美小说不可忽视的审美特质。

---

① 参见朱立元主编：《当代西方文艺理论》，上海：华东师范大学出版社，2005年版，第344页。20世纪前半期，英国的女权主义批评者弗吉尼亚·沃尔夫明确提出"双性同体"的思想，认为："在我们之中每个人都有两个力量支配一切，一个男性的力量，一个女性的力量。……最正常，最适意的境况就是在这两个力量一起和谐地生活、精诚合作的时候……"词语"双性共同体"即从此思想而来，主要是指书写语境中能够体现两性平等、和谐的双主体意识的形象符号。（引者注）

耽美小说以一种女性主导的对男性角色和男性情感的特殊建构,尽可能悬置或遮蔽了两性欲望主流模式下的男性观看、女性被看的律法,创造并实现了女性观看、男性被看的模式。这在实质上颠覆了现实性别关系的机制和两性权力关系,在实现女性男性获得快感上,建构了一个新的路径和模式。

性别观看的权力和模式,一直是性别关系机制或性别/性态制度的核心元素之一。约翰·伯格在《观看之道》中指出,观看是男性性别的专属权,被观看是女性性别的专属属性和地位。"男人行动,女人表现。男人看女人。女人在男人的观看中端详自己。这不仅决定了大多数的男女关系,还决定了女人和她们自己的关系。女人自己的观看方是男性的(目光):女性就是被观看的。因此,她就把她自己变成了对象——而且尤其是视觉的对象:一个景观。"[①]主流性别观看的模式及文化符码的编码和解码的过程,就是主流文化符码限定女性为窥淫愉悦对象、物化女性,以及男性垄断观看主体的地位的过程。

耽美小说通过对"凝视"的引导和暗示,打破原本对男性气质和男性身体的观看和发生欲望的"限制",从而实现对主流性别关系机制的"越轨"。如此,女性在耽美小说中借用男性同性欲望途径来表达和满足对男性形象观看的欲望。[②] 而要获得女性的观看快感,就要修改男性形象所承载的主流异性恋男性气质。这是因为在现有的性别关系机制所建制的欲望结构中,在异性恋欲望结构内部,女性观看、男性被看,女性为欲望主体、男性为欲望客体的结构是很难存在和成立的;而使男性身体色情化,将男性身体建构为观看客体和性客体的现成可用的途径就是男性同性欲望。

在当前消费文化繁盛的背景下,商品文化的发达已经使男性形象作为男性同性欲望对象和观看对象的文化内涵得到开发,并将男性形象商品化价值最大化。这就为女性对这种男色消费的利用提供了良机。中国独生子女群体的出现让这一群体中的女性获得了前所未有的经济地位,也为推动男色消费提供了更大的力量。"颜值即是正义"的论调背后,就显示了对男色消费商品

---

① *Ways of seeing*, *The Feminism and Visual Culture Reader*, P50.
② 宁可:《中国耽美小说中的男性同社会关系与男性气质》,南开大学 2014 年博士论文,第 97 页。

更具忠诚度和市场潜力的女性群体的力量。

耽美小说的色情内容是女性消费者的重要吸引点。这已经在既有的受众调查研究中有了明确的结论,例如葛志远等人的论文《我国"耽美文化"的网络传播浅析》[①]通过网络问卷调查显示,耽美受众中47%被色情内容吸引;而王纬波的硕士论文《心理学视野下的新兴亚文化群体:中国"同人女"现状及其产生的社会心理根源探析》分析结果为对标题中注明H内容会加以关注的受众占82.2%。含有色情内容是世界各国耽美文本的一个共性特质。西方的斜线小说研究中就有斜线小说是女性为自身所创制的新型色情消费品的观点,西方学界也认为斜线文的属性及其主要研究价值也在于其女性受众建构的独特色情内容上。在中国的耽美小说中,也存在相当比例的含有色情内容的文本。从这一角度,我们可以把耽美小说分为"清水文"(不含色情内容的小说)和"H文"(含有色情内容的小说)。但基于文化特质和法律规定,中国耽美小说的色情程度要远远低于欧美的斜线小说和日本的类似文本。研究表明,中国耽美受众对耽美文本的色情需求及偏好存在巨大差异,不同于美国斜线文粉丝对自身的定位。

基于此,耽美小说的发展可能会出现更多的变化,但变中的不变是耽美小说的女性立场、梦幻气质、唯美风格和男色消费。

---

① 葛志远等:《我国"耽美文化"的网络传播浅析》,《经济视角》2009年第9期,第60页。

从"虐恋"到"甜宠":
网络女频文多样主题发展与女性成长

王婉波

〔摘 要〕 在二十年发展历程中,网络女频文的叙事风格与主题一直在不断变化,从琼瑶小说"爱情至上观"到"霸道总裁""甜宠风",从凸显"虐恋情深"的情感纠葛到"权力当道"的"丛林法则"。在经历声势浩大、"外强中干"的"女强文"的"虚假矫饰"及审美疲劳后,女性重新回归对"爱情"的追问中。而近两年"虐恋风"与"甜宠风"又卷土重来在网文圈与影视圈掀起一阵热潮。本文梳理从先前虐恋文到当下虐恋文、从先前甜宠文到当下甜宠文、当下甜宠风力压虐恋风的发展过程,以此分析爱情关系与性别观念的演变,从"总裁爱我"到"我即总裁",从困守"爱情桎梏"到走向"甜蜜双宠",从重构两性关系到建构"势均力敌、棋逢对手的爱情模式","情感核"的书写成了"虐恋"之后开启"甜宠模式"的关键环节。这也使得主题衍变从"老调重弹"转为"旧瓶装新酒",而这一变化背后所彰显的是女性思想意识的发展及两性相处模式新范式的探索。

〔关键词〕 虐恋;甜宠;网络女频文;女性成长;两性关系

"'爱情'是女性所特别看重的,作为通俗文学的言情小说的主要读者是女性,从事言情小说写作的作者也以女性为主,言情小说日渐成为一种微妙的女性形式"[①],"爱情"也成了言情小说与女性书写的重要主题。琼瑶将"爱情至上"的纯粹之恋表达到极致,为了爱情,女性个体可以忽略伦理、道德、家庭、阶级等一切因素。这一观点恰恰迎合了当下女性在情爱体验匮乏之外寻求慰藉

---

* 基金项目:本文系河南省高校人文社会科学研究一般项目"媒介视域下河南网络文学发展机制及问题研究"(2022-ZZJH-568)、河南工业大学高层次人才基金项目"网络女频文与女性话语构建"(2020SBS07)的阶段性成果。

** 作者简介:王婉波(1991—),女,汉族,河南郑州人,文学博士,河南工业大学新闻与传播学院讲师,美国圣母大学访问学者,主要从事网络文学研究。

① 詹秀敏、杜小烨:《试论网络言情小说的美学特征》,《暨南学报》2010年第4期。

的心理诉求。亦舒在作品中探索女性独立精神，轻视"爱情"，用淡淡口吻缓缓叙述故事，总是在言情之处加上几句冷语，一温一冷、一轻一重将"爱情"搁置和冷处理。女性最后往往能在现实面前做出符合"生存之道"的冷静选择，读者意难平，但也不得不感叹时局与现状。她笔下的女性从来都是有理性的自我认知，即使未能完全冲出牢笼与困境，也进退有度、宠辱不惊，在内心守住自己的一片自由独立之境。在网络女频文中，"爱情"依然是展现女性生活与生存的重要叙事话语。以晋江文学城为例，最初这些作品以对港台地区言情小说的模仿为主，如总裁文、高干文等，在经历过一段热潮后网络女频文便进入了对传统言情小说[①]的反叛与解构中。在网络类型文慢慢发展起来后，"四小天后"藤萍、桐华、匪我思存和寐语者分别以"侠情""燃情""浓情""悲情"对琼瑶、席绢等纯美言情的小说类型进行革新，并偕同"六小公主""八小玲珑""三十二小当家"[②]等一起带领网络女频文走进大言情小说时代[③]。随后网络女频文在情节设置、形象塑造、结局安排等方面不再以"完满"为标准，实现了对传统言情小说中"理想爱情关系"与"完美女性形象"的反叛，让读者在快感与痛感兼具的情绪中、缠绵与爽朗兼有的阅读体验中重新审视爱情与人性，并以此发现自我与他人、自我与生命的关系，寻求个体生命价值。

回顾网络女频文类型化发展的十多年，其在"爱情"书写方面出现了一些颇具代表性、经典性作品，这些作品以多样主题与风格将网络女频文内在意蕴

---

① 言情小说是中国旧体小说的一种，又称"狭邪小说"或"才子佳人小说"，文本以表现男女之间情感生活为主要内容，通过对人物在爱情中行动与心理的描写来构成完整爱情故事的一种文学体裁，以此抒发创作个体的情感诉求，表达主旨思想，慰藉读者的阅读心理。此处传统言情小说主要指20世纪七八十年代盛行于港台地区、区别于网络言情小说的作品，以台湾作家琼瑶、席绢，香港作家亦舒等为主。以琼瑶作品及其改编剧为代表，在大陆90年代末引起了大众的热爱，其作品风格主要表现为完美男女主人公之间的"理想爱情"，抒写了人物之间美好的情感，作品结局多呈现大团圆。

② "六小公主"包括辛夷坞、顾漫、缪娟、金子、李歆、姒姜，"八小玲珑"分别是沧月、木然千山、明晓溪、米兰lady、妖舟、唐七公子、媚媚猫、爱爬树的鱼，"三十二小当家"有念一、桩桩、倾冷月、三十明前雨后等。以上是2003年网络文学类型化发展起来之后网文圈针对女性创作者总结出的一些称谓。

③ 本研究把网络小说兴起之后出现的言情小说创作时代称为"大言情小说"时代，其表现为创作群体、阅读群体、文本数量与创作类型的丰富与庞大，及其在受众群体中的影响力之大。

的变化呈现了出来。如2004年《梦回大清》延续了一见钟情、生死相许的琼瑶模式,《何以笙箫默》《杉杉来吃》等顾漫的青春小说展现了甜蜜的爱情故事。2005年《步步惊心》开始突破传统言情小说主题表达的藩篱,爱情已不具备战胜一切的超能力,若曦在和八王爷相好后又转投四王爷怀抱,不能说没有择良而栖的倾向,女性在爱情和生存的抉择中开始倾向后者,掺杂了算计与功利之心,这不能不说是对"爱情至上观"的反叛;《致青春》中女性拥有了放下爱情、重新生活的勇气;《后宫·甄嬛传》中女性在对爱情的幻象破灭后开始步步为营、争夺权力,将"丛林法则"与"权力欲望"放置在与爱情对立的天平上,女性经历了由争宠、争爱、争地位逐渐过渡到争自我的阶段;《后宫·如懿传》又以一曲挽歌的形式给爱情神话的崩解画上了一个圆满句号,至此"爱情"不再,两性关系走向冰点;《庶女攻略》女主角把老公当老板,将两性对立推向了白热化,从此"爱情"被束之高阁;《知否知否应是绿肥红瘦》中作者在"让从痴心到疑心、从情冷到情枯的女性,在心如止水后获得自足安乐,又在自足安乐中积攒出了重新去爱人的能量,从封闭孤绝的皇宫到留有生机的后宅,网络言情走出了由'破'到'立'、触底反弹的转折"①。同时,女性也走下"神坛"走进日常生活的现实境遇中,大开"金手指"与"打怪升级"的爽式成长不再明显,女性个体在平凡生活中实现祛魅与回归,在平常化生活中寻求自我生命价值与个体发展;而网络文学中出现的女尊文、耽美文、百合文更是将女性的自觉意识推向了顶峰,且还开创了女性的另类选择,在"无CP"的"自爱"与"人间爱"中关照人性与女性的双向发展。另外,近几年重新"回流"的甜宠文也给男女两性关系提供了新的范式。网络女频文发展二十年间涌现出众多作家作品,她们共同为网络女频文的多元发展做出了贡献,且彼此间此消彼长、交错盛行,在历时性与共时性发展中相互影响,没有哪一种类型能完全代表网络女频文的形态与样貌,且它们也处于不断的自我演进与重生之中。

随着网络文学 IP 产业链的发展,网文改编剧的风向与势头一定程度上反映着网络文学近些年的发展趋势。继 2011 年匪我思存《天山暮雪》《来不及说

---

① 薛静:《网络文学:从霸道总裁到总裁即我》,《中国妇女报》2019年1月8日。

我爱你》、桐华《步步惊心》等"虐恋文"改编剧热潮来袭,2015年《花千骨》短暂回温后,2018年《香蜜沉沉烬如霜》、2019年《东宫》剧的热播将"虐恋情深"又重新推至观众面前。而近些年慢慢发展的小成本"甜宠剧",如2017年的《双世宠妃》《致我们单纯的小美好》、2018年的《芸汐传》《萌妻食神》、2019年的《奈何BOSS要娶我》《蜜汁炖鱿鱼》等在影视市场刮起了一阵"甜宠风",以上现象引起我们关注。"她经济"时代网络文学与影视改编圈中的"她内容"在继"大女主""耽美风"之后,又掀起了"虐恋"与"甜宠"风潮,而其背后是"老生常谈"还是"旧瓶装新酒",值得我们探究。虽然网络女性文学研究依然在"性别话语"与"个人话语"等问题上老调重弹,但网络女频文自身特征及其与网络平台之间的关系为写作研究提供了新的话题,但需要我们明确的是谈论网络时代的女性小说写作绝非一个轻松简单的话题。当下重新发展的"虐恋文"与"甜宠文"给我们提供和展现了什么崭新的元素与阅读体验?是否能为女性写作带来新的质素、为女性个体发展带来可能性美好前景?其为何能生生不息、卷土重来?且"甜宠风"为何能在当下市场力压"虐恋"一筹?等等,这些问题都值得我们反思。本研究主要针对以上论及的网络女频文主题发展与多样并存中出现的"虐恋风"生生不息和"甜宠文"重新回流现象进行分析,以此探究这些作品在语境与设定方面的变化,分析其在继承与革新基础上重新崛起背后的话语意蕴,挖掘这一变化过程中女性的自我成长与发展,以此了解女性自我意识与话语建构的发展问题。

一、"虐恋文"的发展与革新

首先,本文将带着以下几个问题去探究网络"虐恋文"这些年的发展与革新,即网络"虐恋文"中的"虐恋"与社会学、酷儿文化中的"虐恋"有何不同?网络"虐恋文"为何能够生生不息,且在卷土重来后有何创新之处?它又是如何迎合不同时期女性受众的审美趣味与精神诉求的?这些问题帮助我们深入了解网络"虐恋文"。

"虐恋"一词在词源学上是由萨德和马索克两人的名字演化组合而成的,

即 sadomasochism 由 sandism 和 masochism 组成,由潘光旦先生首译到国内。在精神分析的概念中,"虐恋(SM)是一种将快感与痛感联系在一起的性活动,或者说是一种痛感获得快感的性活动。所谓痛感有两个内涵,其一是肉体痛苦,如鞭打导致的快感;其二是精神的痛苦,如统治与服从关系中的羞辱所导致的痛苦感觉"①。而如今,网络女频"虐恋文"②的"虐恋"概念从酷儿文化中引申出来后意义变得更加丰富,主要用来指言情小说中虐身与虐心的情爱书写模式。从内容上来看,网络虐恋文一般包括两个方面:虐身与虐心。虐身文以《天山暮雪》为代表,它显示出"斯德哥尔摩综合征"和 SM 情节的叙事特征③。而一般网络虐恋文多是虐心文,即以男女主人公情感的互相折磨为主,即便出现"虐身"描写也主要是为了突出和烘托情感上的"虐"。女性人物常对爱情抱以幻想与期望,并甘愿为爱牺牲一切,这种情爱观念与人物塑造为小说埋下了"虐心"悲剧的结局走向。虐恋文中男女主人公往往以"相爱相杀""相互折磨"的情感状态对彼此造成直接或间接伤害,甚至会伤及生命,如《步步惊心》中若曦恐惧早逝,《花千骨》中女主甘愿死在男主剑下,《东宫》中女主自杀等。

李银河指出,"有受虐倾向者渴望经历疼痛,但一般来说,他渴望的疼痛是由爱施加给她的;有施虐倾向的人渴望施加疼痛……她渴望将这一行为当作爱的表达"④。因而,虐恋之中虽有着权力与屈从、施虐与受虐的关系,甚至像尼采所说"到女人那里去,但别忘了带上你的鞭子",但其发生的前提条件是"爱"的存在,"爱情在虐恋关系中占有极其重要的地位"⑤。绝大多数的虐恋文透露出男女主人公之间强烈的对爱的渴求,一般表现为男性对女性霸道的、压迫式的爱与占有欲,如《来不及说我爱你》中慕容沛对尹静琬、《东宫》中李承鄞

---

① 李银河:《虐恋亚文化》,呼和浩特:内蒙古大学出版社,2009 年版,第 1 页。
② 本节对"虐恋文""甜宠文"的考察仅以一般言情向小说作为研究对象,不涉及同性题材,故而本节谈论观点仅从"异性恋"出发。
③ 《天山暮雪》中男主人公莫绍谦以"强奸"的方式夺走了女主人公的"身体",这一行为并未受到读者与受众的指责。在"虐恋文"中常会出现一些"强奸"情节,这不乏女性将受虐经验投射到文本创作中,以此实现自己长久性压抑之下的情感宣泄,但也呈现出了女性在性别秩序面前的懦弱与妥协,展现了一定的集体无意识。
④ 李银河:《虐恋亚文化》,北京:中国社会科学出版社,1997 年版,第 258 页。
⑤ 李银河:《虐恋亚文化》,北京:中国社会科学出版社,1997 年版,第 258 页。

对九公主、《千山暮雪》中莫绍谦对童雪的"爱",而文本在对这种颇具欲望与占有欲的情爱关系书写中呈现出鲜明的"虐"特征。《东宫》是"悲情天后"匪我思存虐恋小说的集大成之作,"虐"到极致;其悲情在于无助的宿命感,九公主小枫兜兜转转即便喝了忘川之水也依然摆脱不了导致她家破人亡的爱人李承鄞,"爱情"本应成为人生美好的经历,却在命运之轮中成为她一生无法拥有和跨越的屏障,而小说女主人公最终选择以"死"来面对"爱情"带来的伤痛,这一方面是一种无奈之举,同时也是女性主体在"爱情"与"权力"争夺面前不作为、退缩的一种表现。爱情在权力之道与生存法则面前遭到解构,而女性也在两者的争斗中自我沉沦并成为牺牲品。男主人公在全书中的性格特征延续着匪我思存其他作品的一贯风格,"爱江山胜于爱美人",且工于心计、霸道腹黑。"虐恋的动机出于爱情……爱和惩罚相互渗透;被惩罚就是被爱……虐恋关系的重心就是与另一个人深刻强烈地联系在一起的方式"[①]。网络虐恋文大多指向的是男主人公对女主人公的虐,即男性对女性的占有,且由于男性往往拥有非凡能力、地位、财力等,因而这种爱的占有也暗示着一种权力的占有。"女性长期处于社会的'他者'处境,形成被动性、依赖性、顺从性的社会特征"[②],女性群体对虐恋的过度喜爱与投入,难免掺杂着对男性权利、男性权威统治的默认与支持;而这一认同倾向也展现出了女性在与男性的交往及情感关系中的从属地位。相对于女性而言,男性往往在爱情与事业的选择中偏向后者,如《来不及说我爱你》中的慕容沛放弃了爱情,选择了政治联姻,以此获得程家支持才得以夺取整片江山,成为割据北地九省、独揽一方大权的年轻军阀;《裂锦》中的易志雄也在商业利益面前放弃了爱情,并将自己的爱人一次次推入阴谋之中,成为驰骋商界的霸主。在他们的放弃中女性成了爱情的牺牲品,但所不同的是,这两部作品中的女主人公具有一定的自反精神,一个"宁为玉碎,不为瓦全",一个满腹心机实施报复,但越反抗,越陷入命运的悲剧与宿命之中。这些女性都有向命运抗争的勇气,但都无法走出命运之轮的安排。同时,匪我思

---

① 李银河:《虐恋亚文化》,北京:中国社会科学出版社,2009年版,第207~212页。
② 亓丽:《女性主义视野中的当下网络言情小说》,《文艺评论》2012年第1期。

存笔下的男性总是附带着"权利"身份特征,如"总裁""富二代""官二代"等,这些形象无一例外被贴上了"权利"的标签,而这些"权利"标签会内化为人物的个人魅力,成为男性实现人生目标、获得女性青睐与关注的特征,与男性人物的性格特征、行为处事风格紧密地联系在一起。如《来不及说我爱你》中慕容沛将女主人公从其已订婚的未婚夫手中抢夺过来不能不说没有"权利"的力量与作用,且慕容沛许以"天下"给女主人公,也不能将爱情与权利进行完全的隔离。

且在"虐恋文"中,女性对"爱情"的沉溺与忠贞透露出一种悲剧色彩,这与男性钟爱事业对立起来,展现出一种不对等的悲剧意味;同时,这些文本中女性对"爱情"与"婚姻"的依赖也是高于男性的,如《来不及说我爱你》中静琬安心生活在慕容沛为其缔造的婚姻殿堂之中,其对婚姻及家庭生活有着强烈的热情与期盼,并依赖和留恋"婚姻"带给自己的安全感与幸福感,但男性往往会选择事业牺牲爱情。然而当婚姻生活不复存在时,静琬毅然选择离开,这也是女性独立自强、保持尊严的一种表现。她们甘愿沉浸在"爱情"中,但在被爱情抛弃时又绝地反击的性格显示出了一定的独立意识;而当她们无法承担起时代与命运的安排,又不得不依附男性时,也展现出个体自身的妥协性与柔弱性。因而匪我思存作品中的女性富有层次感,她们在情感的沦陷与困境中一步步觉醒,从对纯美爱情的痴心到摆脱对男性依附的迷茫、失措与决绝,再到对自己命运的抗争与把握,她们渐渐从"爱情"的迷雾中清醒过来,开始试图反思生命、寻找自我价值。匪我思存的小说对女性在爱情的坚持与选择方面的描写呈现出一定的反思与辩证精神,"女性在情感与婚姻中总是兜兜转转,难以找到如意郎君。她们努力认真地寻找着自己的归宿,但无论她们如何纯真,如何善良,如何优秀,最后似乎也只能陷入绝境"[①]。这是女性从"爱情至上"中逃离出来后面临的困境,是女性在面临"爱情"与其他因素抗衡及博弈过程中的两难处境,彰显出女性自我蜕变与成长的阵痛与艰难,促使我们对"爱情"在生命中的价值与意义进行新的考量,深入了解女性群体在生存经验与情感经

---

① 刘婕:《中国当代女性文学中女性感情与婚姻困境的解读》,《文教资料》2009年。

历中确立的自我价值与个体追求。

虽然"虐恋文"中女性通过降低自我姿态、降服于男性占有欲的方式来获得对方的爱与关注,但女性以此获得的爱与关注也是一种对男性的占有、掌握与控制,获得男性的爱便意味着占有与掌控这份"爱",并意味着有机会在这份感情中获得主动权。女性通过男性对其自身的占有而反过来获得男性爱的叙事主题暗合了她们希望借助于男性权势与爱恋来证明自己、改变自我困境的心理,具有一定的能动性,女性以一种否定自我的方式来反抗男性权威、争取自我发展。对女性创作者与阅读者而言,对"成功"男性人物的控制和占有能为她们带来快感,她们渴望通过这种文本表达来享受"占有"与"被占有"的快感,实现自我情感的释放,这迎合了她们的虚荣心与自恋心理,也展现了女性对爱情与权力的双重向往。在这类文本中,"虐"是一种手段,"恋"是一种目的,它是多元社会思潮中人们追求爱情的方式之一。

虽然"虐恋文"中依旧存在一定的男权话语和奴性情结,且这一话语背后蕴涵的两性文化同接受群体的思想追求与审美意蕴有着脱轨、错位迹象,但为何"虐恋文"能在"大女主""耽美风""甜宠风"发展的当下又席卷而来,在IP影视化后重新占领市场、吸人眼球,其中携带着怎样的新元素,又如何契合女性阅读群体思想意识的发展,这都值得我们进一步探究。从近几年几部网文改编剧的内容调整以及对虐恋文背后隐藏着的读者阅读心理的解读可以了解一二,并以此探析出当下女性群体思想意识的变化。如2019年匪我思存早期虐恋小说《东宫》改编剧的热播,该剧播出后观众在追剧过程中对女主角小枫跳忘川、跳城楼直至自杀而死的期盼呼声很高,这一现象与当年《花千骨》中受众期望花千骨早日化成妖神与仙界作对、《三生三世十里桃花》中呼唤素素跳诛仙台、《香蜜沉沉烬如霜》中希望锦觅拿刀刺旭凤等有异曲同工之妙。《东宫》能够再次走红的内因并非多年前《千山暮雪》中童雪原谅莫绍谦并和他幸福生活下去的故事走向,而是满足了女性观众对男女主角结局的期盼,按现实逻辑来推演故事,即以女主角一次次坚决离开与毅然"自杀"为结局。《东宫》中女主角经历了被灭全族、跳忘川失忆、不得宠爱、好友悉数被杀、恢复记忆发现已独身一人、爱不得恨不得的艰难人生体验,而男主角却从一开始就抱着利用之心与女主角交往,从始至终对女主角的感情就不纯粹,因而对于这样的故事模式,观众希望女主角小枫身死情灭、永不原谅男主角,让男主角独居高位、坐拥天下,却孤独终老,以此来发泄心中积郁的不满,替女主角打抱不平。这一现象背后反映了虐恋文的创作机制与女性意识,一方面这是网络小说"爽式"阅读机制作用的结果,在时"甜"时"虐"中为读者带来一场"情感"盛宴,另一方面这也表现了女性群体对男权意识形态的反抗。《花千骨》热播时面对花千骨遭到白子画连续伤害的境遇,一波观众奋起直呼"花千骨成为妖神",因为花千骨成为妖神便能一改被仙界道貌岸然之人歧视与欺负的境遇,走向强大、腹黑之路,这对观众接受体验而言无疑是畅快的;同时,当白子画将悯生剑刺入花千骨身体时,花千骨对其下了一道诅咒:今生今世,永生永世,不老不死,不伤不灭。这对于失去挚爱的白子画来说是最狠毒的诅咒了,而这一情节设置满足了观众渴望女主角翻身、崛起的接受心理。同样在《三生三世十里桃花》中,观众渴望素素跳诛仙台也是对素素一直被素锦欺压,及夜华无法给予好的保护甚至让素素接连受委屈的境遇的一种反抗,跳诛仙台之后素素便飞升上神恢复白浅之身,白浅身份尊贵且自身实力雄厚,性格强势、独立,具有鲜明的自我意识,面对欺压奋起反抗,豪爽直接地惩戒坏人。且喝了忘情水后素素便再也不记得夜华此人,夜华独自一人承受痛苦,在为其没能保护好素素的时光中自责、后悔。而作为"虐文"改编的《香蜜沉沉烬如霜》之所以能够在"甜宠"当道与"现实主义题材持续发力"的2018年爆红,也是因其在对"爱情"的解读与阐释方面赢得了观众的认可,为年轻人提供"追求真挚爱情""破除枷锁找寻真正自我"的价值观。在权欲、利益、爱情面前,男女主角能始终坚持自我,守住初心,保持纯真、善良、正义与奉献的处事原则,在追求爱情中既渴求自由、平等,又试图平衡自我与他者关系,具有正能量情怀。锦觅展现了女性敢爱敢恨、勇于担当和自我独立的个体特征与精神内质,迎合了当下现实女性既渴望爱情又坚守自我的生存心理。而观众在追剧过程中一度希望"锦觅拿刀刺旭凤"也是因为原著小说中锦觅在用刀刺旭凤后身体内"灭情绝爱"的陨丹便会被吐出,从此便能感知世间情爱,做一个真正的"人"。从以上的观众呼声中能够感受到她们渴望女主角"翻身""崛起"后逆袭的心理倾向,从自我意识到主体建构都展现出一种独立、觉醒与反抗的姿态。

"虐恋文"在结尾或关键处对女性境遇"逆转"的情节设置,使其成为能够被当下女性读者再次认可和接受的主要原因,它一反先前琼瑶虐恋爱情的"无底线"顺从与包容,也不同于网文初期虐恋与甜宠风格中女性的一味忍让与全然被动,而是让女性在某一环节实现绝地反击来彰显个体独立,以此满足女性读者的阅读心理。正如李银河在其研究中所论述的:"虐恋给人们的最重要的启示就是自由感、快乐与狂喜的经验和人与人之间的亲密关系。"它"是性感的极致,是人类性活动及生活方式的一个新创造"。所不同之处在于,李银河所强调的是虐恋双方的性爱体验,而对网络虐恋文而言,其更看重这一情节设置给读者带来的自由、畅快与爽感,且虐恋爱情的书写不仅是表达一种不伤害他人的自由的、奢侈的快乐,也是男女间相互表达感情的一种游戏方式。它展现了一片新的对于人的生命形式与情感方式的丰富多彩、奇妙且充满诱惑力的审美世界。

二、从"虐恋"盛行到"甜宠"回流

21世纪初网络女频文甜宠风的出现是对传统女性"不敢表达爱"的一种突破,女性创作群体在文本中展现出情爱欲求,表达了女性敢于"爱"的勇气。而随后出现的虐恋文本质反映的也是人物对爱情的强烈需求,它通过虐心的、异化的甚至变态的书写方式展现了人物对爱情的渴求。一般虐恋文"虐"的发生是外力作用的结果,如家庭问题、父母干涉、天灾人祸、误会及命运的宿命与无奈等,并不是男女之间"爱情"本身作用的结果,故而在外力衬托下反而更能显示出爱情的纯真性与无目的性,而男女主人公在磨难面前依旧保持初心与忠心。这本就展现了爱情的美好与坚固,因而虐恋文存在的基础便是它不证自明的"爱情至上"感情观,无论男主角如何工于心计,女性如何决绝或退让,彼此间始终情深似海、相互痴心。这种既甜蜜又痛苦的情感表达让读者在爱与恨的体验中不断切换,不仅获得一种独特的阅读快感,同时也使现代女性暂时摆脱庸俗功利、焦虑压抑的现实生活,沉浸在惊心动魄、激情四射的爱情梦境中,满足女性的情感需求与幻想。

而在沉重、虐心的"虐恋"之后,女性逐渐从"爱情"的刺痛中清醒过来,在此背景下以"爽式""废柴逆袭""打怪升级"等叙事机制为主的"女强文"开始逐渐崛起,其中宫斗文、宅斗文将女性变强、成长、走向权力巅峰的成功之路展现得淋漓尽致。从金子的《梦回大清》到桐华的《步步惊心》,再到流潋紫的《后宫·甄嬛传》《后宫·如懿传》,女性在"后宫"一隅的生存之地挣扎与生活,作品对两性关系与女性主体的描写从"爱情至上""两情相悦"逐渐变为"爱情与权谋"的选择与角逐,最终女性在"权谋"中保全自我,但同时也丢失了"爱情",丧失了"爱"的能力,爱在两性关系中不复存在,女性在"权欲争夺"与"丛林法则"中寻求安身之法,在此"爱情"被放逐,也成为不可兼得的"遗憾"与"过往",至此"爱情落幕、权力当道"。女性在一段时间内呈现了"自强自嗨式"的集体狂欢,而在这种狂欢之后,女性并没有获得强烈的幸福感,反而是失落的、孤独的、缺乏爱的。在"爱情神话"遭到解构、在"丛林法则"冷酷的价值体系与生存逻辑走向极端时,新的两性关系与爱情模式从"权欲争斗""利益联盟"关系中重新滋生出来,女性在经历了从过于肯定爱情到完全否定爱情的过程后,又重新回到原来的位置进行反思与自我矫正,由此"甜宠文"[①]在女性既渴望独立自强又渴望拥有爱情的双重心理作用下实现复归,并以尊重生命和个体自由、重整世界生存法则的崭新面貌再度引发女性消费市场的热潮。

斗争之后女性仍旧不幸福,由此引起的反思与矫正是甜宠文复归的原因之一;同时,受众群体的流动与代际变化也是一部分原因。当下甜宠文市场,一部分受众群体在充满压力与不完美的生活经历之外渴望通过轻松、欢快、甜蜜的阅读体验来安慰自身疲乏、缺爱的灵魂;而当下甜宠文受众群中崛起了一

---

① 主要是指一部作品中有"极撩"的甜宠情节,以"甜宠"元素为主,描写男女主人公之间甜蜜的爱情互动与温馨的日常生活,且对女性产生一定的"治愈"效果。这是一个相对概念,因为一部作品并不一定充盈着百分之百的甜宠,也可能出现少虐多宠的情况,但我们以小说中对甜宠元素侧重的多寡为标准进行划分,而这个多寡的平衡是一个相对主观的判断。无论是以前的"霸道总裁",还是现在的"男女互宠",都具备这一特征。

大批"Z世代"①，这一群体深受ACGN文化影响，在阅读类型上更喜欢"轻""萌""宠""甜"风格的爱情故事。但这一时期崛起的"甜宠文"与21世纪初甜宠的"霸道总裁文"有所不同，新型甜宠文在女性人物塑造方面有很大变化，如以《杉杉来吃》与《天才小毒妃》对比来看，后者更侧重于用权谋、专业技能来烘托女主人公的成长、增添女性个人魅力；但相对而言，薛杉杉的人格魅力更多展现在"人美心善"的道德伦理层面，而非个体蜕变的成长层面。且文本在展现男性权威时也不再那么刻意，《天才小毒妃》中女主人公精灵古怪、活泼俏皮的性格特征也一定程度上消解了男主人公在与其相处过程中带来的权势压制力量，削弱了文本的男性权威与压迫色彩，但《杉杉来吃》中无处不在的霸道总裁梗与阶层反差不断强化着男女间的不平等。虽然文本依然保留了男性人物"有权有势"的典型特征，但女性个体的崛起与独立特征也更加突出，这是当下甜宠文的鲜明特色，爱情和事业、甜宠与成就，女性都想要也极力去平衡，由此渐渐在文本中发展出一种相对成熟的两性关系。这从《杉杉来吃》小说版与2014年影视版的对比中可以看出"甜宠文"在前后细节上的调整，由此也看出女性个体在近些年的成长与蜕变。电视剧将小说原著中的结尾进行了改编，将两人因疑似怀孕匆忙订婚的结尾改写为女主角因表姐遇人不淑，亏掉男主角资金，坚持延迟婚约，等还完债务再同男主角结婚，剧中女主角创业成功，不仅还清男主角债务，还摇身变成"女总裁"，在实现经济独立后才同男主角订婚。十年前"总裁爱我"的"王子爱上灰姑娘""玛丽苏""傻白甜"等情节已不足以适应当下社会女性的情感需求，而"我即总裁"的"大女主"情节成为了新时代女性的新期待。

---

① "据《腾讯2018年指数报告》显示，腾讯视频追剧用户中90后和00后分别占据54%和18%，24岁以下节目用户占比由2017年的51%上升至55%，品味多元的'Z世代'（95后和00后）逐渐成为各个维度的主力受众群，用户群体倾向年轻化。优酷与爱奇艺视频数据显示，截至2018年4月，也分别以30岁以下用户占比68.3%和68.1%，而呈现出用户群体年轻化的态势。而通过下图可以看出，年轻女性市场，成为各大视频平台抢占收视与流量的主要目标群体。"资料来自《甜宠剧：泱泱中华第一耐打网剧类型》, https://new.qq.com/omn/20190128/20190128A0BMDS.html。同时阅文集团发布的《2018网络文学发展报告》中提到2018年Z世代网文用户规模同比提升近20%，付费用户规模同比提升15%，曾被预测将成为全球最大消费群体的Z世代用户，正在加速"占领"网络文学领域。

作为描写"师徒恋"题材的作品,《花千骨》向《我家徒弟又挂了》的转变展现出了网络女频文从"虐恋文"到"甜宠文"的发展与变化,且这一转变过程呈现出女性意识觉醒的倾向。《我家徒弟又挂了》呈现出了相互尊重、坦诚相待的师徒之恋,探索了更加平等、自由的两性关系。师父玉言虽然地位尊贵、威严高冷,但实质上是个缺乏社会常识、双商不高、没有什么人生信念、会做家务、以徒弟为大的禁欲系男神;徒弟祝遥虽然修为能力不强,但是个十足的女汉子,有着相对成熟的世界观与现代意识,且在情商方面胜过师父一筹,两人之间虽是师徒关系,却不存在"养成"关系,两人相互扶持,如玉言会如"人妻"般照顾祝遥,帮她缝衣服做饭,而祝遥在"爱情"参悟方面是玉言的老师,因玉言"不知情为何物",故而祝遥在这一方面对师父进行引导,玉言在被引导明白自己心意之后也会坦然告白,而两人爱情的发展最终是徒弟"推倒"师父,且两人光明正大地相爱相守,天天互宠"秀恩爱"。而这一情节设置与《花千骨》截然不同,《花千骨》中师父白子画高冷强大,即便两人互生情愫,师父却碍于伦理道德否认爱意,并多次以师父的身份与权威对徒弟花千骨进行惩罚,致使两人最终走向决裂,而花千骨在白子画的频繁伤害下最终"黑化"。花千骨即便与师父为敌,却也始终没有放弃对师父的爱,并无法否定师父所坚持的"正义",这在一定程度上反映出了女性对男性霸权地位与权威的遵从及认同。相对于花千骨爱的辛苦、卑微、顺从,不计回报地付出一切,无条件地信任师父,毫无保留地奉献与牺牲自我而言,师父始终处于主导地位,他冷漠、高傲,一次次拒绝并利用着花千骨对他的爱,这种感情本身就是不平等的。而《我的徒弟又挂了》以一种幽默萌宠的方式展现出师徒之间彼此尊重又平等的相处模式,且在爱情表达方面,徒弟祝遥主动"推倒"师父的行为展现了女性的胜利与反攻,以此对"男性压倒女性"的"师徒虐恋"实现了彻底逆转。这段感情中没有背叛、压制和霸权,展现的是男女之间平等互爱的理想关系,而且祝遥身上体现着一种积极正面、自爱自重的正能量,读者可以在祝遥身上"照见一个更美好的自己",这是当前甜宠文的一种积极教育功能,"让读者在自我宠爱中,孕育出那个值得珍爱的自己"①。

陈旧的"玛丽苏"与"傻白甜"人设已经不受女性读者追捧,甜宠文开始不断探索与创新,在反套路与人设创新的同时尝试与不同题材、元素进行结合。艺恩榜单所公布的"甜宠网文IP好故事榜"中的题材元素分别有美食旅游、青春校园、体育竞技、都市现实、娱乐时尚、悬疑探案、宫廷谋略、玄幻言情等,且当下甜宠文主要集中在都市爱情、古代言情、青春校园三大领域,它有一套自己的叙事套路,通过"青春/都市/古装+校园/奇幻/喜剧等+甜宠"的组合模式,牢牢抓住女性读者的"少女心",故而甜宠文也被称为"少女向"作品。它在文体特征上具有鲜明的个性化风格,其中治愈基调、男女互宠与欢脱气氛是最重要的三个特征,也是其迎合读者阅读心理的重要因素。甜宠文在情节设置方面以"恋爱日常"为主,通过一些细节化的甜宠情节展现人物之间轻松浪漫的日常生活,而充斥其中的"红粉""霸宠"行为及对话极易满足年轻女性的"少女心",迎合了她们的少女幻想与情感需求,且以"治愈"为主基调的情节缓解了当下女性读者的生活压力与焦虑心理。男主人公形象也有了一定程度的转变,虽保持着高冷、强大、优秀的人设特征,但新型甜宠文中男主人公具有更鲜明的"忠犬""人妻""护妻狂魔"等特征,加强了文本的"撒糖"程度。另外,甜宠文还具备最基本的一个特征,即"一生一世一双人",如"红楼梦"系列的同人小说中不乏大量甜宠文,其在设定方面已完全抛开了古代严森的社会背景和严密的现实逻辑,男主人公没有小妾、侧妃,从始至终只爱女主人公一人,如《红楼之宠妃》中男主人公对林黛玉的专情,即便男主人公参与夺嫡也是为了以后不受权力控制,能够在权势的庇护之下保护林黛玉,夺权也是为林黛玉的"独宠之路"及"一生一世一双人"的目标做铺垫。男主人公的人生目标就是让女主人公幸福,整部小说洋溢着男女主人公之间爱情的甜蜜氛围。

《天才小毒妃》(改编剧《芸汐传》)中女主人公出身医学世家,天资聪颖,习得一手精妙毒术,虽面生毒疮却心地善良、乐观开朗;因面貌丑陋总被人嘲笑,但她不卑不亢,并在自己的勤奋中实现完美蜕变。后来在天徽帝的赐婚下嫁

---

① 王玉玊:《我家徒弟又挂了:逆转"霸道总裁模式"》,《文学报》2015年12月31日。

到秦王府成为秦王妃。虽出嫁是迫不得已,但在经历各种窘迫局面之后,她便开始积极生活,且凭借自己的医术救治他人,由此也赢得了秦王龙非夜的刮目相看,随后两人在同甘共苦的经历中互生情愫。其中,女主人公一改以往"大女主文"中女性坚韧、霸气、腹黑的女强形象,呈现出活泼开朗、古灵精怪、俏皮可爱的另类形象。虽然其故事情节与其他言情小说如出一辙,都是讲述遭遇生活磨难的女性在男主人公帮助下成长为自立自强的独立女性的励志故事,但所不同的是这部小说整体呈现出"甜爽""宠""温馨"的轻古风,女主人公性格活泼,在与男主人公相处过程中不时毒舌、偶尔娇羞、经常花痴的状态为两人的相处增添了甜蜜气息,且这种轻松、搞怪的氛围消解了朝堂争斗的严肃与沉重。整部小说虽仍涉及朝堂争斗,但书写重心展现的是男女主人公之间相互扶持、砥砺共进、双宠互爱的温馨、甜蜜气氛,在彰显女性独立自强的同时也呈现出了和谐的两性关系,让"老阿姨露出姨母笑"。"甜爽风"成为"大女主"新宠,开辟了"女强文"的另类表达路径,在消解男权意识叙事"圈套"影响时,也试着探索一种"双宠""双强"与"做最好的自己"两者兼顾的男女情感关系,正如弗吉尼亚·伍尔夫所言:"最正常、最适意的境况就是在这两种力量一起和谐地生活、精诚合作的时候。"①而女二欧阳宁静活泼可爱,虽脾气火爆但为人简单纯粹,勇敢逐爱,最终收获爱情;甜宠文中女二天然无公害,区别于一般言情小说"女二""蛇蝎心肠"的刻板书写。而《萌妻食神》《双世宠妃》等也一反古言宫斗、宅斗剑拔弩张的争宠风格,全文呈现出欢脱、幽默的喜剧色彩;人物设置上女配性格也出彩,各有各的可爱处,没有真正意义上的大反派,情节设置中没有复杂的误会和矛盾,且人物间没有鲜明的尊卑之分。整体而言,甜宠文轻松幽默、甜而不腻、欢乐搞怪的叙事风格在"她经济"浪潮中能够轻易俘获女性的"少女心","少女会长大,但少女心不会老",少女心衍生出的市场依旧大有可为,它击中了女性读者渴望理想爱情的心。

"行业文"中也出现了"甜宠"风,该类文近些年的叙事模式逐渐突破和颠覆了以往职业小说相对严肃的风格特征,如《杜拉拉升职记》《浮沉》《不得往

---

① 弗吉尼亚·伍尔夫:《一间自己的屋子》,合肥:安徽文艺出版社,1989年版,第120页。

生》等侧重职业及专业技能的描写,而是在描写女性事业的同时也对女性的感情线进行详细刻画,将现实主义与浪漫主义结合起来,人物在专业的职场竞技中也收获"红粉"的恋爱体验,呈现出男女"双强"的性别模式。近些年在"甜宠行业文"中成就最大的要数丁墨,丁墨以独特的甜宠悬爱风格自成一脉,被读者赞誉为"又甜又刺激,又萌又感动",其作品"开创了全新的言情小说模式"①。她的小说是披着各种行业外衣的言情文,如科幻类型的《乖宠》《君子好囚》《独家占有》《他与月光为邻》,探案系列的《如果蜗牛有爱情》《他来了,请闭眼》《美人为馅》,商战类型的《你和我的倾城时光》《莫负寒夏》等,小说拿"职业"来包装故事,其主题重心仍旧是男女主人公之间又甜又酥的"爱情",以此显示出男女主人公既收获爱情也成就事业的"双强"特征。丁墨小说中女主人公都具有一定的优秀品质,如《你和我的倾城时光》中聪明、独立的商人林浅,《他来了,请闭眼》中出色的犯罪心理侧写师简瑶,《如果蜗牛有爱情》中天赋极高的刑警许诩等,她们不再是等待被男性拯救的天真少女,而是成长为一个学会处理自己事情的独立个体、能与恋人并肩作战的爱人,甚至是保护他人的拯救者。如《你和我的倾城时光》中男女主人公日久生情,在并肩作战、相互扶持中积累感情,两人都相对成熟,小说没有狗血的玛丽苏情节,没有情敌小三、出轨堕胎、父辈恩怨、前世情仇,也没有天灾人祸,两人之间彼此珍惜,携手将企业办得越来越好,在清爽、甜蜜、不腻歪的感情互动中共同成长、相互成就。丁墨的文笔充满"萌""宠"气息,在作品的语言刻画与细节描写中展现出男女主人公之间"甜蜜"的相爱互动过程,且作品呈现出平等与尊重的相爱模式,在这里"爱情"是娇宠、是陪伴、是甜糖,也是尊重与独立,是自我发现与共同成长,是彼此成就,也是帮助我们成为最好的自己的利器。"'甜宠'的意义,不是创造一个自我蒙蔽的幻象,而是提供一份美好健康的想象,现实空间亏欠我们的宠爱,甜宠言情尽数补上,让我们在甜蜜中培养理想而完满的人格。"②这一类型文本为我们呈现出前所未有的温柔世界与甜美爱情,且在这一完美世界中展现和构

---

① 丁墨:见百度百科,https://baike.so.com/doc/5567055-8708472.htm。
② 薛静:《他与月光为邻:甜宠也要自我成长》,《文学报》2015年12月31日。

筑了爱、理想、正义、阳光的正能量氛围,同时也展现出一种颇具"网络女性主义"色彩的平等、独立、自由、尊重的爱情模式。甜宠文中的女性时刻享受着日常爱情的"互宠"与甜蜜,但爱情不再是女性生命价值的唯一证明,女性从价值危机与生存焦虑中走了出来,并试图建构个体主体性。

"甜宠回流"与"重新当道"不仅是网络女频文叙述主题在"虐恋—女强—甜宠"方面的"轮流坐庄",还是涉及女性小说在新时代女性"核心权益"、内在叙事逻辑、"情感核"驱动、两性关系模式及"人设变化"等方面的问题。根据以上分析,我们试图在潮流之上探究其内在变化的源流与本质。[①] 新型甜宠文的出现并不是推翻或逆转网络女频文关于"爱情"主题的书写。"爱情"没有问题,女性拥有"爱情"也没有问题,但不同阶段文本中"爱情"描写所掺杂与表现的女性自我处境、个体发展、精神独立及两性关系才是值得我们关注的重点,它对探究读者阅读趣味及其不断变化的心理诉求,对了解当下女性生存境遇都有很大帮助。这一变化的本质不是文本主题的简单重复与复归,而是文本内在意蕴与主旨精神的改变,并在其中展现出爱情关系、女性主体建构、两性相处模式的新型范式。

网络女频文类型文的发展与叙事主题的变化让我们捕捉到了"她时代"下"女性权力运动"的潜在发展,展现出女性在争权、分权、确权过程中的努力与尝试。这一过程可以被看作"女性力量整体崛起的'她时代'形成的重要标志",其通过不同类型文与叙事主题的讲述,"不停细分并重组"了"女性新领域、新业态、新阶层和新群体等精准画像",从中"挖掘切中时代脉动的女性自我意识觉醒、两性关系变革、家庭婚恋伦理重构等的危机与契机,特别是性别与家庭战争对整个社会关系'失序危机'的聚焦与缩影,以及秩序重建的渴求与行动"[②]。由此,对这一现象的关注是重要的,它不仅仅是女性文学风向标变化的关键所在,也是时代语境下女性个体生存与精神需求变化的文学写照,同

---

① 庄庸:《从"甜宠当道"到"3W 核心权益"》,《中国出版传媒商报》2019 年 3 月 8 日,http://www.ce.cn/culture/gd/201903/08/t20190308_31640395.shtml。
② 庄庸:《从"甜宠当道"到"3W 核心权益"》,《中国出版传媒商报》2019 年 3 月 8 日,http://www.ce.cn/culture/gd/201903/08/t20190308_31640395.shtml。

时还是女性意识渐渐觉醒后女性自觉争夺话语主导权的文学表征。网络空间创作领域与阅读领域的话语主题变化所指向的是一场"重塑'脑图'、争夺'制脑权'的软战争",它虽只是文学书写类型与风格的变化,却能展现其文学镜像与时代潮流发展的格局问题。新型"甜宠文"的崛起背后展现的是女性的情感内核与精神实质,是"女性苏醒与崛起"和"她时代的自我权益"的展现。

其实,无论是虐恋文、女强文,还是甜宠文,读者追求的都是同样的东西:爱情。爱情的表达方式、女性在爱情中的自我定位、爱情中的两性关系、爱情的价值与意义等,是这些类型文所呈现的且能够引起读者反思与探讨的问题根源,文本在多样主题及风格的变化中呈现出了"爱情"的不同样貌。"如果说爱情话语原是男性中心文化中女性寄存的方式,那么女作家们对这一话语的探索、发现,就是对女性自身存在真相的探索、发现。"①女性通过"爱情"来审视自己的来路与成长。女性从"一生都在寻找与憧憬的真爱理想"中慢慢体悟它的破灭与打击,并在梦醒之后以自虐式的方式或无路可走的焦虑与崩溃状态沉溺在"爱情"的漩涡中,在自我意识逐渐觉醒、个体精神日渐独立时开始开启"事业"的宏图,而"爱情"在女性生活中却很少缺席。

当下"甜宠文"的回潮不仅仅是类型文的一种简单重复,它体现了网络女频文在近二十年发展历程中对男女两性关系及女性主体发展等问题的重新想象与处理,这是与当下女性的思想解放及赋权行为同步发展的。网文初期的甜宠文及其塑造的女性主体将爱情神圣化,"用仰视的目光把相爱者看作上帝,把爱情当作《圣经》,当作神话,当作童话,都把幸福寄托在他人那里;这正是男性中心文化赋予并内化为女性的恒久的心灵期待,是女性人生的弱点与悲哀所在"②。因而,当爱情遭遇钱权威压,当女性逐渐觉醒,看清情感真相与自我处境时,女性便开始试图挣脱传统社会性别模式与两性角色的窠臼与藩篱,在对"爱情"的追问中走向自我成长。而甜宠文回归之后的"爱情"在理念与逻辑层面上已经褪去了之前"爱情至上"的神圣光环,其更多指向的是一种

---

① 任一鸣:《解构与建构:中国女性文学与美学衍论》,北京:九州出版社,2004年版,第154页。
② 任一鸣:《解构与建构:中国女性文学与美学衍论》,北京:九州出版社,2004年版,第155页。

平和温馨、甜蜜宠爱的日常生活情态,它是女性经历了爱情神话、丛林法则、虐恋情深等一系列挫折与困境、破灭与崩溃之后滋生出来的新的希望与渴望,是女性在遭遇现实生存境遇之后直面内心脆弱、需要爱、呼唤爱的心灵写照。此时的爱情已不再具备救赎的力量,也不再承担生命全部的意义与价值,而是女性在现实生存中遭遇价值、信仰打击之后的一种自我幻想、慰藉与渴望,是女性理性生活之外的一份温馨点缀。

爱、奋斗、信任、诚挚、理想、美好、纯真、包容、无私、热情……这都是"甜宠文"所追求的。它表达了"爱的不会消失",以及"女性对于爱情也就是对平等和谐美好的两性关系最为真诚坚执的希冀与追求"①。"什么都可以解构,唯有爱的希望不能解构,唯有真诚、信任不能解构,健康人格健康人性的希望不能解构,两性和谐的'绿色之思'不能解构"。"这是一种有'诚意'的女性主义"②,也是"甜宠文"之于女性话语表达与建构、女性主义文学实践与意义的探索。甜宠文以一种相对脱离现实的叙述逻辑展开,在屏蔽现实的基础上书写平等自由的爱情与婚姻,展现女性的独立与自尊,这也是现实生活中男权文化对女性生存挤压之后造成的结果,刺激女性在网络虚拟空间展开自我幻想、建构女权文化。在新型甜宠文的设置下,女主人公能够平衡爱情与事业、情感与生活的关系,且爱情不再是女主人公生活的唯一目标,她们以新的方式展现了除"沉溺爱情的小女人"与"不要爱情的女强人"之外的其他多样人生与自我发展。

---

① 任一鸣:《解构与建构:中国女性文学与美学衍论》,北京:九州出版社,2004年版,第196页。
② 任一鸣:《解构与建构:中国女性文学与美学衍论》,北京:九州出版社,2004年版,第196页。

作品解读

历史"爽感"与现实"逃逸"*
——评知白小说《长宁帝军》

江秀廷**

〔摘　要〕　《长宁帝军》是作家知白在纵横中文网连载的历史架空类网络小说,不仅长期占据推荐票榜首,还入选了2020年中国小说学会网络小说排行榜,"既叫好又叫座"。小说通过三个方面制造"爽感":在故事本体层面,作者不仅通过权谋和战争"架空"历史,还以"类型聚合"的方式借用武侠、侦探、言情小说的写作手法,讲述了一个精彩的故事;在语言表达层面,大量运用对话推进情节发展,并呈现出一种可称作"撩骚"的言语特征;在美学风格方面,小说有一种异质性的情感表述特征——情感是绝对的、纯粹的、炽热的,即为"偏执"倾向的美学风格。在"爽"文学观下,历史叙事由"真"转"假"成为一种客观必然,它源自大众对现实生活场域的逃逸。

〔关键词〕　爽感;"类型聚合";"撩骚叙事";"偏执美学";逃逸

在中国几千年文明历史长河中,史书是记录历史事件,保存政治制度、文化传统等意识形态的最重要载体。从《史记》到《清史稿》,中华文明的博大精深、兴衰荣辱都被镌刻在一片片竹简、一页页薄纸上。除了官方修史,一些流传民间的稗官野史通过口述、说唱等多种艺术形式流传至今。明清以降,小说作为一种艺术体裁展现出蓬勃的活力,史书里的帝王将相、世家列传成为绝好的叙事资源。《三国演义》《水浒传》等历史小说以其特有的精彩吸引大众,无意间完成了一次次民族国家的历史启蒙。历史小说不同于武侠、侦探等通俗小说类型,它极其考验写作者的知识素养和思想格局,每一次宫廷政变、军事

---

*　基金项目:本文系国家社科基金重大项目"中国网络文学评价体系建构研究"(18ZDA283)的阶段性成果。

**　作者简介:江秀廷,安徽大学中国现当代文学专业博士研究生,研究方向为网络文学。

冲突的细节往往不是简单的凭空想象,所以我们很难把姚雪垠的《李自成》和唐浩明的《曾国藩》简单地归类为通俗故事。网络文学的兴起为历史叙事提供了一种新的可能,它为严肃的历史记忆增添了一抹活泼自由、清新娱乐的亮色,历史既可以被重塑,也能够被解构,甚至在一些网络作家笔下它成为一个任人打扮的小姑娘。正因如此,网络历史小说成为众多网络类型小说中的"显学",《琅琊榜》《上品寒士》《孺子帝》等历史题材的小说代表了网络通俗写作的高度。网络历史小说《长宁帝军》连载于纵横中文网,作者知白在整整两年时间里写下了1600章、530余万字,是典型的网络超长篇写作。截至2021年2月,这部小说的推荐票数牢牢占据纵横中文网第一名的位置,并成为2020年中国小说学会网络小说排行榜十部作品中的一部。《长宁帝军》为什么"既叫好又叫座"呢?这源自作者对读者心理的准确把握,通过"类型聚合"的故事编排、令人浮想联翩的"撩骚"语言表达、纯粹而炽热的"偏执"情感,从海量的网络小说中突围而出,成为佳作。

一、故事:"类型聚合"

网络文学的主体是网络小说,网络小说以类型叙事的样态生存在赛博空间里。以起点中文网为例,作品首先被分为"男性向"和"女性向"两大类,男性作品的网页标签下存在着玄幻、奇幻、武侠、仙侠、都市、现实、军事、历史、游戏、体育、科幻、悬疑等十几种类型。[①] 不同类型以叙事套路、故事模式为标签。每一种类型有常见的套路或者模式,如玄幻小说的升级模式、历史小说的穿越模式、都市小说的重生模式等。无论是套路、模式,还是"赘婿流""废柴流"等叙事倾向,又常常处于衍变分化、重组聚合的过程中,所以有时一部小说到底属于玄幻类、仙侠类还是言情类不容易分清楚。除了起点中文网,纵横中文网、晋江文学城等其他网络文学商业网站也全部遵循这种划分逻辑。网络小说的类型划分,暗含着商业时代资本的逐利取向,文学不再服务普罗大众,而

---

① 起点中文网,https://www.qidian.com。

是在行业细分的基础上服务特定人群,粉丝及粉丝经济就是在这样的消费文化语境下产生的。除了线上文本,基于类型划分的粉丝经济横向拓展到贴吧、论坛、公众号、微博等不同的媒介空间,并在纵向的纸媒出版、漫画和游戏开发、影视改编等 IP 分发上发挥着巨大的影响力黏性。

就网络历史小说这一类型而言,同样有一批数量庞大的拥趸。从早期的爽文《回到明朝当王爷》,到《梦回大清》《步步惊心》《独步天下》这三部所谓"清穿三部曲",再到"文青"色彩浓郁的《上品寒士》《大清首富》,网络历史小说的写作范式、存在形态在不同的时空场域里有所变化,但基本的叙事方法显然是比较恒定的。普罗普在《故事形态学》一书中将故事情节分为"可变元素"和"不变元素","变换的是角色的名称(以及他们的物品),不变的是他们的行动或功能"[①],他认为"功能"对于特定的类型小说有着至关重要的影响,"角色的功能充当了故事的稳定不变因素,它们不依赖于由谁完成以及怎样完成。它们构成了故事的基本组成部分"[②]。类型学作为一种新人文学科研究方法,能够穿越形式与内容、历时与共时、文本与社会,通过类型指认、叙事语法归纳和价值观照,把握每一种类型的基本艺术特征。对于网络历史小说来说,其叙事方法就是历史空间里的人物经过一次次惊心动魄的事件,最终实现个体成长。

《长宁帝军》虚构了历史上一个强大的国家:宁国,主人公沈冷、孟长安并非历史上真实存在的人物,作者通过讲述一则精彩的故事,把小人物的个体成长与民族国家的命运紧密联系到一起。显然,《长宁帝军》属于"架空"类历史小说,而"架空"正是网络历史叙事突破传统历史小说叙事模式的关键,使得该类型小说在比特写作时代再一次焕发勃勃生机。架空即想象出一个虚拟的历史空间,塑造出历史上非实有的人物形象,虚构出戏剧冲突激烈的情节故事。其实质是"实"对"虚"的借用,两者整合后,终于虚实共生。这样做有什么好处呢?写作者可以脱掉历史真实人物、事件的沉重外衣,轻装上阵,驰骋千里。这种叙事方式也符合"日更——VIP 付费阅读"模式,毕竟想象的速度是超越

---

① 普罗普:《故事形态学》,北京:中华书局,2006 年版,第 17 页。
② 普罗普:《故事形态学》,北京:中华书局,2006 年版,第 18 页。

知识考据的。所谓"一切历史都是当代史",网络历史架空小说采用"六经注我"的创作理念、策略,立足当下的同时又把中华五千年的文化精神内核吸纳进来,一切为我所用,历史精神的真实取代了具体朝代背景和人物事件的真实。如果说《三国演义》是对《三国志》的叙事进化,那么当下的架空类历史小说就是对《李自成》《曾国藩》的又一次类型变革。但是,架空并不意味着小说是无源之水、无本之木,《长宁帝军》的众多叙事元素都是作者在历史抽象基础上的灵活移置。例如,宁国就是对盛唐的临摹,宁国最强大的对手黑武国与历史上的匈奴非常匹配,而桑国显然暗指丰臣秀吉时代的日本,大宁水师则让我们看到了明朝郑和时代水师的强盛。在人物设定方面,皇帝李承唐兼具李世民和朱棣的豪情与野心,主人公沈冷和孟长安的英雄气概、赫赫战功显然与历史上的霍去病对应起来。

架空完全解放了写作者的想象力,作者不仅可以借用历史真实内容,还能够充分利用不同类型小说的写作策略,这使得《长宁帝军》具有了典型的"类型聚合"特征。葛红兵在总结类型小说的演进和发展过程中,提出了跨类和兼类两个概念:"跨类小说是兼具两种甚至两种以上类型小说的特质,其中哪种遏制都不占主导地位而形成的一种类型小说变体,如武侠言情类型,武侠和言情并举,从而形成跨类特点;兼类是一种小说特征为主导,兼具另一种小说类型的部分特征,本质上还是属于该小说类型。"[①]显然,《长宁帝军》属于兼类写作。作者在稳固历史叙事这一"基本盘"的基础上,还充分借鉴了悬疑小说、武侠小说、言情小说的形式与内容。首先,作为一部历史小说,《长宁帝军》抓住了历史和历史演义的两个最重要元素:权谋和战争。内部的权力斗争,特别是皇权的斗争一直是该类型小说的焦点问题,在知白的笔下,皇权与后权、相权、太子继承权间的冲突都得到了充分的戏剧性呈现。战争不仅是小说的主题,更是作者结构故事的重要手段,主人公南征北战、东讨西伐构成了小说的内容主体:东疆消灭渤海国,西疆打败羌人和吐蕃,南征求立国、南越国、日朗国。在北伐宁国心腹大患黑武国时,一战息烽口,杀敌十万;二战普洛斯山三眼虎山

---

① 葛红兵:《小说类型学的基本理论问题》,上海:上海大学出版社,2012年版,第188页。

关,打通敌军南院大营的通道;三解别古城之围,利用火药击溃80万大军,终于平定天下。

其次,《长宁帝军》还是一部悬疑小说,沈冷究竟是不是皇帝的儿子? 这一悬念在小说开头就被提了出来,作者在最后一章才给我们答案,历史故事里常见的"换子疑云"成为这部小说存在的逻辑起点和终点。沈冷的身份问题一直吸引着读者的好奇心,作者借此创造戏剧冲突、推动情节发展。在某种程度上,作者有意将人物身份悬置,造成一种扑朔迷离的、暧昧的艺术效果,像诱饵一般引导读者走向故事最终的"真相大白"。读者粉丝在书评区讨论得热火朝天,他们借此深度参与小说的叙事,作家与读者之间的互动作为一种伴随文本,在很大程度上改变了故事的发展进程。作者显然是悬疑小说大师希区柯克的信徒,他把沈冷的身份装饰成一颗炸弹,"炸弹绝不能爆炸,炸弹不爆炸,观众就老在那儿惴惴不安"。

再次,该小说也可以被看作一部武侠小说,作者抓住了该类型的几个关键词,如武功、侠义、仇恨、江湖。具体表现在:小说里不仅有庙堂,还有流浪刀、流云会、红袖招这样的江湖组织,暗杀与反杀更是作者百试不爽的招式;沈冷从一个普通的码头渔民成长为武功卓绝的高手;沈冷、孟长安与大学士沐昭桐父子、北疆大将裴啸的刻骨仇恨,并由此引发了你死我活的斗争。作者借助于绝世神功,时常将主人公孤置在危险的情境中,经过一番你死我活的较量,或逃出生天,或击杀强敌,强烈的戏剧冲突极大丰富了阅读的情绪体验。此外,把《长宁帝军》看作一则言情故事也不为过,父子亲情、男女爱情、兄弟友情、师徒恩情大量存在并真切感人,这种写作方式极大提升了小说的情感浓度、人道关怀。类型聚合犹如沙拉拼盘,张恨水把武侠元素融入《啼笑姻缘》,古龙的《楚留香》《陆小凤》里不缺少谋杀、解谜的侦探叙事,作家知白同样将文学的沙拉酱倒入令人垂涎欲滴的各种水果、蔬菜上,引诱着各类阅读者分泌出更多的艺术多巴胺。

二、语言:"撩骚叙事"

在传统的文学创作观念里,语言表达的精准、凝练既体现了作家的写作水平,也代表着作家的叙事风格。在法国作家福楼拜那里,语言是反复锤炼过的符号结晶,《情感教育》《包法利夫人》真实流畅、客观冷静的言语风格显示了他作为语言大师的独一无二。另一位法国作家巴尔扎克则相反,他的语言复杂甚至琐碎。中国新文学的发展是通过西方文学的"拿来"和中国古代文言传统的"断裂"实现的,手口一致的白话表达逐渐从幼稚走向成熟。而随着数字媒介的兴起,文学借网而生,网络文学语言相对于传统文学有了极大的进化,正如周志雄所概括的那样:"网络语言是在网络环境中产生的,带有简洁、时尚、调侃的意味,多用谐音、曲解、组合、借用等修辞方式,或用符号、数字、英文字母代替一汉字表达……网络语言是一种调料,一种氛围,一种叙事的语调。汉语网络语言的母体是有深厚传统的中国文学语言库,网络语言常用戏谑、借用、化用的方式模仿经典语言,从而实现一种亦庄亦谐的表达。"①

《长宁帝军》的话语表达方式有着鲜明的网络叙事特征,小说里存在着大量的人物对话,甚至一些章节里全部由两个或三个人的说话交流组成,对话在推动叙事方面起到了极大作用。如果关注一下对话内容,一种普遍存在的甚至具有一定规律性的对话风格显得非常独特,笔者将其总结为"撩骚叙事"。所谓"撩",是指撩拨、引诱,是一种欲言又止、欲说还休的话语动作;所谓"骚",是骚气、风骚,指向行为后果及由此形成的总体性语言风格。这种表达方式有点像段子,只对那些能够"破解"作者意图的阅读者开放,并产生一种哑然失笑、会心一笑的情感体验效果。既然有"笑"的阅读感受,那么"撩骚"与同样能产生"笑"的幽默又有着怎样的区别呢?

幽默与古希腊喜剧有着非常紧密的关系,在阿里斯托芬等戏剧家的笔下,观众能够从滑稽之余看到讽刺,从诙谐之外体味到幽默。而在中国,林语堂首

---

① 周志雄:《网络叙事与文化建构》,《文学评论》2014年第4期。

次将 humor 翻译成幽默,并在《语丝》杂志上写下了大量幽默性灵、平和闲适的小品文。而在小说创作方面,老舍、张天翼、钱锺书的笔下具有风格各异的幽默表述。以《围城》为例,钱锺书时而用幽默揶揄,时而借幽默讽刺:

> 有人叫她"熟肉铺子",因为只有熟食店会把许多颜色暖热的肉公开陈列;又有人叫她"真理",因为据说"真理是赤裸裸的"。鲍小姐并未一丝不挂,所以他们修正为"局部的真理"。①

> 这一张文凭,仿佛有亚当、夏娃下身那片树叶的功用,可以遮羞包丑;小小一方纸能把一个人的空疏、寡陋、愚笨都掩盖起来。自己没有文凭,好像精神上赤条条的,没有包裹。②

"撩骚"不一样,作者知白常常借助于对话传达出暧昧的、只可意会不可言传的内容,如当下流行的"基情""开车",或者只是一些冷笑话:

> 秋实道人坐好了之后问:"国公为什么会突然到观里来?是有什么要紧事么?"
> 沈冷笑了笑道:"想你。"
> 二本:"呕……"
> 秋实道人哈哈大笑:"我要是年轻七十岁就信你了,那时候对男人应该喜欢女人还是应该喜欢男人还有些懵懂。"
> 二本道人:"我凑,师爷你三十几岁的时候还懵懂呢啊。"
> 秋实道人皱眉:"我多大了?"
> 二本道人:"你今年刚过一百岁。"
> "放屁。"
> 秋实道人道:"我明明才八十岁。"
> 二本道人道:"那师爷你情窦初开够早的啊,十来岁的时候懵懂正常,但懵懂是该喜欢男人还是女人就过分了,那确实是三十几岁的男人才会怀疑人生的事。"
> 秋实道人:"我拐杖呢。"
> 沈冷一脚把二本道人踹开:"已经揍了。"

---

① 钱锺书:《围城》,北京:人民文学出版社,2012 年版,第 5 页。
② 钱锺书:《围城》,北京:人民文学出版社,2012 年版,第 9 页。

幽默与"撩骚"都能使人发笑,但这两者的发笑机制是不同的。在钱锺书笔下,制造幽默的是叙事者,幽默经常借助于比喻等修辞手法实现,品质上是趋"雅"的;在作者笔下,"撩骚"的主体是小说里的人物,具有鲜明的人物言语风格,"俗化"程度更高。所以,幽默是理性的产物,"撩骚"来自写作者霎那间的感性。"撩骚"为什么会成为一种叙事方式呢?一方面与时代气息联系紧密,"屌丝文化"消解了传统高雅文化的深度,小说的思想主体、人物形象"形而下"的倾向非常明显。另一方面,相较于传统通俗小说,网络小说在"与世俗沟通""浅显易懂""娱乐消遣"的道路上走得更为深远,是"粉丝经济"文学实践的具体体现。"撩骚"的叙事功能是显而易见的,除了能够撩拨读者的内心,还能在紧张的权力斗争、军事战争之余释放写作者的压力,同时缓解阅读者的紧张心情,使得小说达到动静结合、张弛有度的平衡。这种平衡策略并不少见,例如在革命历史小说《红日》里,作者吴强除了展现激烈的战斗,还用了一定的笔墨描写主人公沈振新的家庭、婚姻、爱情生活,以此调整叙事节奏。《长宁帝军》的"撩骚叙事",某种程度上也是表现人物性格的重要手段,它甚至在无意间揭示了一条规律:网络小说的爽感除了依靠"金手指""无限升级"的情节设定,简单的人物对话也能起到同样的作用。

《长宁帝军》的"撩骚"与幽默不同,但并非凭空而生的陌生物,中国文学史上存在着一种"油滑"的语言风格,这与"撩骚"有着更为相似的联系。洪治纲曾对油滑与幽默间的关系做过明显的辨析,"从表面上看,油滑的叙事常常充满了各种嘲讽与戏谑,确实在某种程度上体现出幽默的情趣,但是如果仔细玩味,仍能看到叙事的背后隐含了作家对笔下人物的傲慢与不恭,难见深切的同情与体恤",而幽默"其背后应该站着一个严肃的创作主体,让我们能够从笑中发现作家内心的泪滴,在戏谑中看到作家深切的同情。换言之,真正的幽默,是作家倾尽自己的情感与心志所做出的审美表达,饱含着创作主体的审美洞察与思考,也承载了创作主体的生命体验与独特感悟。否则,就属于低级趣味上的油滑"[①]。中国现代文学的先驱鲁迅在《故事新编》的序言里就对这种风格

[①] 洪治纲:《小说叙事中的"油滑"》,《文艺争鸣》2020 年第 4 期。

表达了自己的警惕,"这就是从认真陷入了油滑的开端。油滑是创作的天敌,我对于自己很不满"①,"《故事新编》真是'塞责'的东西,除《铸剑》外,都不免油滑"②。而在当代作家王朔和王小波的笔下,关于幽默和油滑的争论从未停止,语言风格一定程度上影响了作家的文学史地位。

《长宁帝军》的"撩骚"叙事从本质上体现了网络小说写作的游戏心理,小说里敌我双方的斗争、同一阵营里的亲密关系都以轻松的言语快感表现出来。在这种游戏逻辑下,"虽然'以弱胜强''普通人创造奇迹'等虚拟快感原型均产自大众文化工业,但网民通过评论、打赏等方式沟通作者,进而影响情节走向,使作品成为互动的产物"③。诚然,"撩骚叙事"拉近了作者与读者的距离,但这种写作方式的负面效果也要引起我们的警觉。就如同幽默不能流于"油滑","撩骚"也绝不能沦落为"色情擦边球",写作者必须掌握好"度",学会节制。毕竟,芥末只是一种调味品,不应该把它当成主食。

三、风格:"偏执美学"

《长宁帝军》虽然有很大的篇幅表现民族战争、国家治理,但这些只是手段,其根本目的仍旧是讲述主人公的英雄故事,这种可被称作"伪宏大叙事"的现象在当下很多网络历史小说中十分常见。我们还从这部小说里看到一个有趣的现象:在男主人公沈冷、孟长安几十年的参军过程中,因为赫赫战功而加官晋爵,由籍籍无名的小人物变成了一品大员、国家柱石。与这种外在的变化相比,他们内在的世界观、人生观、价值观却鲜有改变,人物成长是精神失位的、有些跛脚的"浅成长"。在这种"浅成长"的基础上,小说呈现出一种非常独特的美学风格,笔者将这种风格称作"偏执美学"。所谓"偏执",是指情感的绝对、纯粹和炽热,爱憎分明取代了传统小说情感表达的含混、复杂甚至虚伪。这种偏执,打破了中国传统文化里讲究和谐的中庸之道:在小说内部,偏执表

---

① 鲁迅:《故事新编·序言》,《鲁迅全集》第2卷,北京:人民文学出版社,2005年版,第353页。
② 鲁迅:《致黎烈文》,《鲁迅全集》第14卷,北京:人民文学出版社,2005年版,第17页。
③ 许苗苗:《游戏逻辑:网络文学的认同规则与抵抗策略》,《文学评论》2018年第1期。

现在个体与个体、个体与国家的情感关系上;在小说世界之外,则是写作者对阅读者深度的情感偏向。

首先,《长宁帝军》里的君臣、夫妻、师徒、兄弟、敌友的感情表现为绝对的爱或者绝对的恨。例如,宁国皇帝与主人公沈泠之间已经打破了原有历史逻辑的君臣之道,彼此间绝对的信任、关怀和爱取代了皇帝的威严、对臣子的提防,臣子对皇权的恐惧、仆从也几乎消失不见;沈泠与沈茶颜由青梅竹马到婚恋生子,从来都是一心一意,爱情里容不下任何第三者,这与我们在赛博空间里常见的"种马文"何其不同;青松道人与沈泠、沈茶颜间的传统师道伦理已经荡然无存,老师可以没大没小、"无理取闹",学生可以捉弄、调侃老师,师生间的严肃氛围演变为轻松的游戏性存在;兄弟和敌友之间的关系是两对截然相反的情感呈现,孟长安和沈泠这两个"基友"平日里言语间总是相互拆台、"互怼",战场上却能够两肋插刀、舍命相救。但面对敌人时,沈孟二人从不心慈手软,他们诛杀沐筱风、裴啸等人的时候都是斩草除根、毫不留情。在个体与国家的关系上,无论是皇帝、大臣,还是士兵、普通人,都有着强烈的民族情怀,有能力的将领如沈、孟,把维护国家统一视为己任,普通人民也对国家充满了认同感、荣誉感,他们都对祖国爱得深沉。《长宁帝军》既对中华传统文化中的"仁义礼智信"进行了时代阐释,又把当下中华民族复兴的豪情融入人物对话、情节冲突中去,形成了一种偏执的又带有情感的表达方式。

沈泠和孟长安、沈泠与沈茶颜两组人物间的情感偏向具有鲜明的网络性特征,我们常常将其命名为"CP"。CP不能简单地理解成"Couple"(配偶),可以指情侣关系、恋爱关系,"有时候也指一种暧昧的、界限不清晰的羁绊和情谊(即基情)可能包含友情或爱情"①。一方面,男性间的人物组合在通俗小说史上并不少见,《三侠五义》里的"御猫"展昭和"锦毛鼠"白玉堂,《绝代双骄》里的小鱼儿和花无缺,以及《福尔摩斯探案集》里的福尔摩斯和华生,都是具有互补性的形象设定。但网络空间里的"CP"关系,是一种"耽美"化了的人物配对。这种女性向的男性友情超越了传统意义上兄弟间的"义气",显得细腻甚至缠

---

① 邵燕君主编:《破壁书》,北京:生活·读书·新知三联书店,2018年版,第194页。

绵。另一方面,二沈之间的情爱配对也符合网络耽美小说的"纯爱"走向,他们是青梅竹马的少年伴侣,彼此将身体与情感的"第一次"给予对方,同样符合耽美文学的"双洁"设定。作者知白在表现二沈之间的亲密情感接触时,既能够为读者提供性爱的想象空间,又总是点到为止,网络小说对情爱的诱导和对身体的驱离巧妙地结合在了一起。

其次,从文本世界之外来看,作家创作的主体性进一步偏向阅读者的"客体性"。《长宁帝军》共有 1600 章,作者时常在章节结尾处的小结诉说自己的生活日常、创作计划,读者则会在每一章的书评区发表见解、与作者讨论情节设定等。例如在第 893 章的小结里,作者知白这样写道:"之前一章中描写火药包中放了大量铁钉,这不符合实际,欠缺考虑,已经修改,在这个环境设定下,铁钉的大量制作并不容易,所以改为碎石子和少量碎铁片以及箭头。"为什么会改呢?因为阅读者对最初的设定提出了怀疑,像这样读者影响甚至改变作家创作走向的例子非常多。可以说,小说世界的情感浓度是以小说世界外作者对读者粉丝强烈的情感投射为基础的。

网络小说与传统通俗小说最大的一个不同就在于阅读接受上,有网络作家曾以调侃的又不失客观的语气说道:"读者不仅是上帝,还是三皇五帝。"而随着上架感言、段评、本章说、弹评等伴随文本的大量涌现,尤其是声音、图像甚至视频不断出现在网络小说的文字间隙,创作者与读者间动态的交互关系彻底改变了传统文学的生成方式和传播路径。有的研究者将这种沟通方式称为连接性,内部的文学性和外部的连接性催生了新的文学样态。也有的研究者将主客双方的交互命名为"主体间性",欧阳友权认为:"互联网的平等交互和自由共享使文学的主体性向主体间性延伸,网络写作是间性主体在赛博空间里的互文性释放,这是对传统主体性观念的媒介补救。在网络写作中,散点辐射与焦点互动并存构成了主体间性的技术基础,作者分延与主体悬置的共生形成间性主体的出场契机,而视窗递归的延异文本则成就了主体间性的文学表达。"[①]在某种程度上,这种间性写作已经不再是简单的作家和读者的共同

---

① 欧阳友权:《网络写作的主体间性》,《文艺理论研究》2006 年第 4 期。

写作,还朝着文本间性和媒体间性纵向拓展。例如,在《无限恐怖》中,作者开启了"无限流",将古今中外的恐怖叙事"有机"地融入同一个文本中,实现了跨文本的跳跃。管平潮在创作《血歌行》的时候,就已经充分考虑到后续的影视开发和游戏改编,"我做过网络游戏的主策划,所以这次做大纲时,也写了很多的excel,法器兵器一张,怪物、动植物、法术还有世系法术各有一张表……这也是为了以后改编游戏做准备的"①。

《长宁帝军》的"偏执美学"风格逐渐成为网络写作的普遍现象,客观冷静的深度模式已被消解,这也对我们的理论研究提出了挑战:传统的阐释理论是否还能跟得上今天的创作实践?20世纪中叶以来,相较于文本中心论,姚斯、伊瑟尔等德国学者提出了"以读者为中心"的接受美学理论,其"期待视野""召唤结构"的概念极大丰富了文学研究的理论资源。但对于今天的网络文学而言,传统的接受理论面临着阐释实效的考量,如何完善、建设、发展包括接受美学在内的网络文学理论批评体系,就成了我们网文研究者不得不去思考的重大课题。

四、余论:"爽感"与"逃逸"

在《长宁帝军》里,作家通过"类型聚合""撩骚叙事""情感偏执"三种方式实现了"爽感"制造。追求快感和爽感是人类生命运行的基本需求,同时也是人类主体创造精神的内驱力。王祥将这种网络文学创作的快乐原则概括为"情感体验与快感补偿功能",他认为:"它是建立在情感体验与快感补偿功能基础上的,网络文学的文学性、独创性,经常就是一些快感模式的审美指代,是欲望叙事的审美化效果。"②与之相近,邵燕君借鉴马尔库塞《爱欲与文明》中的"爱欲解放论",提出中国网络文学的发展动因是以媒介变革为契机的"爱欲生

---

① 周志雄、管平潮:《网络文学需要降速、减量、提质——管平潮访谈录(上)》,《雨花》2017年第1期。
② 王祥:《网络文学创作原理》,北京:中国人民大学出版社,2015年版,第14页。

产力"的解放。① 网络历史小说与玄幻、仙侠等幻想类小说不同,制造爽感往往意味着对历史真实原则的违背。此前,《康熙大帝》《雍正皇帝》《乾隆皇帝》(二月河)这样的历史通俗小说都会遵守基本的历史真实,秉持历史正剧的严肃性,尽量做到叙事的客观、严谨。而在《长宁帝军》里,君臣之道、师徒之情、兄弟之义和夫妇之爱完全是脱离历史真实的,主人公与读者大众构成想象的共同体,生活在虚假却又甜蜜的乌托邦里。

  网络历史小说的读者的快乐源自白日梦吗?当然不是,他们中的大部分人借助于"虚假"的文字逃逸现实空间,实现对庸俗的日常生活的超越。在网络历史小说中,这种空间的移置是纵向的,历史架空比真实的再造来得更加容易,所以《长宁帝军》虚构了一个并不存在的宁国。而在幻想类小说里,"打怪、升级、换地图"更为常见,其中的"换地图"就是空间的横向开拓,例如,《斗罗大陆》里的唐三穿越到异时空的天斗帝国和星罗帝国,《斗破苍穹》里的萧炎则生活在斗气大陆上。空间位置的频繁移动呈现了生活的偶然性,打破了现实的稳定性结构,这与网络游戏里游戏玩家自由地建造房屋、村落、城市有着内在的一致性。

  因此,网络历史小说注重的并非线性的历史时间,而是立体化的空间。大部分读者幻想着逃出日益内卷化的、疲惫不堪的现实生活,在一个陌生化的环境里实现开疆拓土、实现抱负。在这个意义上,《长宁帝军》把读者拉出紧张、忙碌的学习和工作,为他们提供了一块舒服的栖息地,让他们愉快地"躺平"在虚构的历史空间里。

---

① 具体可参见邵燕君:《以媒介变革为契机的"爱欲生产力"的解放——对中国网络文学发展动因的再认识》,《文艺研究》2020 年第 10 期。

玄幻小说的新变:宅猪《临渊行》评析

聂庆璞　袁昊森[*]

〔摘　要〕　宅猪的新玄幻小说《临渊行》在保持玄幻小说幻想性的同时出现了一些新的变化。首先表现于语言上汲取了中国传统文化与武侠小说中的一些雅致词汇,又采用了相当多的当今网络用语,文采与幽默在作品中都有显现。其次,用玄幻映照现实,作品有一定的时代感。再次,作品中有意义的追问和思考深化了玄幻作品的意蕴。

〔关键词〕　玄幻小说;临渊行;新变

《临渊行》作为宅猪的第八部网络文学长篇,从2019年末开始连载至2021年5月完成。此时距离"玄幻小说年"2005年已经过去了15年[①],玄幻小说发展至今,在东方玄幻这一分类下有着异常丰富的成果,同时也面临着价值取向混乱、精神主题萎靡等问题[②],而宅猪的《临渊行》正是在这些问题之下的一种新尝试。

《临渊行》作为宅猪"首开新路"[③]的《牧神记》后的作品,自然有许多《牧神记》的影子,然而,《临渊行》能够有所突破,必然有其独特的继承与发展之处,本文将在语言风格、叙事构架、人物塑造、思想内核方面进行评价。

---

[*]　作者简介:聂庆璞,中南大学文学院教授。
① 思无邪:《〈飘邈之旅〉:开创网络小说"修真"派》,《中国图书商务报》2006年5月16日。
② 游杰:《试论玄幻小说及其审美价值》,南京师范大学2011年硕士学位论文。
③ 谢逸超:《〈牧神记〉:网络玄幻小说的转型之作》,《青年文学家》2020年第8期。

一

《临渊行》在语言的选择上,既有宅猪固有的"原教旨"式通俗小说话语的继承,也有新的突破。所谓"原教旨"式通俗小说话语,是指金庸式的、带有传统白话色彩的通俗小说语言,既带着东方玄幻气息的古风之美,也增加了阅读中的陌生化效果,同时仍保有一定的诙谐色彩。这一点在《临渊行》中主要体现在功法的描述与战斗场面的刻画上,例如洪炉嬗变心法的口诀"且夫天地为炉兮,造化为工;阴阳为炭兮,万物为铜",苏云领悟的蛟龙功法更是明显的有着降龙十八掌的影子;战斗场面中有苏云击杀羊角人、江山图中争雄等等,颇有武侠小说式的细致与美感,此外,将《西游记》当中的"不当衩子"等古典小说的俗词激活使用,更是陌生化与趣味化的体现。作为典型的东方玄幻,各式命名也汲取了传统文化当中的养分,水镜、丹青之人名,广寒、长垣等境界,应龙、洞庭等神魔,都显示作者有相当的传统文化功底,背后承载的审美体验与接受时的共鸣体验更是宅猪小说成熟后的独特风格。

而在《牧神记》之后,《临渊行》中语言风格有所变化,一是幽默化的语言增加;二是对于网络流行语的迎合,三是电影剧本化语言的使用。幽默化的语言比重增加,突出在书怪莹莹这一重要角色上,莹莹作为事实上充当小说女主角的角色,其语言特点为心直口快而天真烂漫,使其语言多有"士子是二婚没人要"等插科打诨,并且时常自称"莹莹大老爷"而屡屡遭到打击,从而在语言上形成幽默的反讽效果,同时,例如"骊珠有四种练法""额头冒出青筋,嘴里翻来覆去便是……"等明显的鲁迅式语言更添趣味。对于网络流行语的迎合主要从全书的四分之一过后开始出现并逐渐增加,明显的有貔貅称呼的"崽种直视我的眼睛"、神殿里的"大威天龙神"、海中的马宝打出"闪电五连鞭"等等,背后都是当时的网络热门话题。这些对《牧神记》等宅猪自己语言风格的突破,对于读者接受是明显的双刃剑,一方面,这破坏了整体的语言审美体验,一些语句的使用甚至是刻意的,例如对苏云的"渣男"声讨,使读者产生割裂感,元朔国的封建统治套用传统中国允许一夫一妻多妾,然而颇具现代色彩的"渣男"

一词多次出现便与背景有出入,读者的代入感被破坏;另一方面,这样的好处几乎也是立竿见影的,大多数读者仍是乐于看见小说与现实热点产生的联动,直观体现为出现流行语的章节在起点网上的单章热评与实时阅读发帖较多①,即使有读者产生不满,也能转化为评论数量与热度激增,小说因此获得更多的流量与推荐。最后,电影剧本化语言集中体现在某些特定场景的刻画中。以第一百六十二章最具代表性,苏云在灵界中分析领队学哥案时,几乎是舍近求远地塑造了"纸人模拟"推理画面,将原本用文字即可表述的内容转化为更复杂的画面立体式表达。可以说,剔除这些纸人活动对推理完全没有影响,而作者有意识地用电影分镜头般的语言构建一个悬疑推理电影中常见的"思维宫殿"或"脑内投影"②的推理场景,这既可以理解为对跨媒介表达形式的有意识回应,也可以是主动的适应可能到来的影视改编。

从文学性的维度考虑,这些尝试对原有的语言风格有利有弊,然而从媒介性与商业性的维度衡量,这样的跨媒介传播与迎合语言流行化的转型无疑是成功的。

二

《临渊行》中的人物塑造一定程度上回应了"精神主题萎靡"这一问题,有一定的现实指向。可以肯定的是,主人公苏云的塑造是较为成功的,"守护"与"反抗"这对看似矛盾的特征成为其贯穿始终的标签,从反抗门阀对贫民的压迫到反抗异国对本国的压迫再到反抗上界对下界的压迫,是一个明显的打破阶层固化的革命者。而看似离经叛道的行为下有着"守护"作为合理的精神内核驱动,反抗门阀是为了守护幼时同伴,反抗异国是为了守护学宫、元朔国,反抗上界压榨是为了守护星球、整个第七仙界的芸芸众生,最后守护整个大道而寻求"鸿蒙"的奥秘,守护者与"革命者"的形象愈加丰满。从天门镇的小瞎子

---

① 参见起点中文网"临渊行"条目,https://book.qidian.com/info/1017125042,浏览时间为2021年6月30日。
② 代表性的影视作品有《神探夏洛克》《唐人街探案》等。

到日后的圣皇,苏云的形象逐渐立体,这也是书名"临渊行"的由来,苏云一直处在万劫不复的危机中。同时,作者在回应"精神主题萎靡"上,有两点值得注意。其一是有限度地增加现实关照,有学者认为玄幻小说常有的"金手指"与依靠机缘巧合推进修为存在着错误导向等问题[①],而《临渊行》的人物成长虽然不可避免有着机缘的成分,但是作者主动为主人公安排了"华盖气运"的劫运,而主人公主要的成长手段是"格物",即研究、学习与实地考察,只有不断地学习进取才能有所进步,日夜学习揣摩儒道各家学说,方可略显神通。这潜移默化地强调了学习与自我奋斗的重要性,虽然背景上仍无法完全摆脱玄幻小说的常见套路,但是在人物的塑造中已经有意识地凸显现实指向。其二是作者刻意淡化了苏云的个人情感,两次情感经历都是"发乎情,止乎礼"的平淡情感,虽然中间也偶有与红罗同游这样的浪漫情节,但总体上仍然是极小部分,在审美层次上模糊了情欲的因素,而是罕见的将需求降低到生存层面,所有的人物在大道将毁的背景下仅求一线生机,在生存面前,情爱只能成为配角,这无疑是对传统玄幻的突破。

与对主人公的塑造相比,《临渊行》在群像式叙事模式当中塑造的众多次要人物则存在争议。网络小说由于长篇幅和连载的要求,往往采用群像式的人物塑造模式,如《斗罗大陆》的主角团"史莱克七怪"。宅猪也不例外,从《牧神记》里秦牧身边的残老村村民、十天尊,到《临渊行》当中苏云身边的人魔梧桐、手下的通天阁众乃至仙界众神,其驾驭人物的笔力也逐渐增强。《临渊行》当中刻画精彩的次要人物如帝绝,对帝绝的矛盾刻画甚至连作者都自认为成功[②],一个活过八境仙界,有保全人族、开创仙世之功劳,又有镇压下界抑制发展等过错的复杂统治者,身死之后一分为三,完成了魔性、人性与神性的蜕变,在此甚至可以看到弗洛伊德"本我""自我""超我"的心理结构,最终形成了自我的救赎。有学者认为,群像的描写"环视人心,用意于社会心态群像的集中

---

① 禹建湘:《从玄幻想象到现实观照:网络文学的审美转向》,《中州学刊》2019年第7期。
② 《临渊行》完本感言,起点中文网:https://vipreader.qidian.com/chapter/1017125042/652080016。

展览"①,以帝绝为代表的仙人被刻画描绘成一个高高在上又挣扎求生的矛盾社会,以此为画卷展开阶级与轮回的讨论就在情理之中。然而,不少读者也认为群像式叙事让部分人物显得单薄、扁平②,当然,这也与网络小说的换地图特点有关,不同地图之间发生场景跃迁后,人物随即发生改变。然而,不少人物仍然缺乏与之体量相当的刻画,例如主人公苏云儿时守护的狐族三人,与苏云一同学艺,然而其中出现次数最多的花狐在第一、二卷出现近 800 次,人物本身的性格刻画却寥寥无几,除了刻苦读书之外便无更多刻画,甚至在大结局之前完全消失,塑造得可谓有些浪费,似乎只是为了展现主人公需要守护他人的特点而设置出的角色,完成这一使命之后就可以弃之不用。还有角色存在着工具化、程式化问题,例如女性角色罗绮衣、水紫回,都经历与主人公为敌、化敌为友,再产生复杂情愫的过程,最终为主人公所用。诚然,作者也有意识地在改变这一问题,对于第三、四卷当中的新角色,大多采用标签化塑造,用最短的笔触直接简明地将人物性格确立下来,并在之后人物出场时反复强化这一标签,例如温峤的朴实、帝儵的最强智力等。

综上,《临渊行》当中的角色塑造整体上是立体而丰满的,对于人物群像的驾驭能力也较熟练,继承了《牧神记》的优势,但也存在一定的问题。

三

接下来重点讨论《临渊行》前期的"狼人杀"式叙事模式与后期的"轮回"叙事模式。从第三卷《天外有天》开始为后期的"轮回"叙事模式。

"狼人杀"是一种流行桌游形式的统称,主要规则即为狼人隐藏于村民之中杀害村民,而村民需要投票以查杀狼人,与推理小说的"暴风雪山庄杀人模式"有着异曲同工之妙。作用于《临渊行》当中即为前两卷的核心:"领队学哥案"与"人魔余烬案"。小说中对"人魔"这一生物的设定是可以随意附身并改

---

① 陈文忠、丁胜如:《人像展览:短篇小说的第三种结构》,《文艺研究》1990 年第 6 期。
② 知乎:https://www.zhihu.com/question/67513722。

变形态,因而狼人杀的模式才能实现。因此,前两卷的叙事模式都可以用"苏云找人魔"来概括,将悬疑引入玄幻之中,一方面将"生存"的压力最大化,将人魔带来的压力作为主人公成长的合理外因,既引出"守护"这一内因,也提供了与寻常玄幻小说不一样的"爽感",一种深潜于水下而偶然得到呼吸的求生快感更甚于修为提升带来的满足感;另一方面,这样的叙事需要大量的伏笔铺垫,同时带有众多的高潮与反转,例如薛青府"一门三圣"居然是同一人的三个面具、惨遭杀害的"野狐先生"竟然只是阴谋家的一具分身等,不同于浅显易懂的小白文。这一模式下的多线叙事与前后照应需要读者充分调动大脑,甚至主动参与推理当中,更具有跌宕起伏的叙事魅力,而真相揭开时读者获得的快感更是有别于传统爽文,这也是《临渊行》前期受欢迎之处。

然而狼人杀模式也并非没有缺点。其一,这一模式在宅猪小说中逐渐显现,从《人道》猜测起源为何,到《牧神记》的十天尊篇,再到《临渊行》的第一、二卷两个"找人魔"的故事,虽然对这一模式的运用逐渐成熟,但是也容易陷入套路化,使读者产生审美疲劳;其二,这一套路的延展性不足,导致前后期的分割明显,有陷入玄幻小说常有的"换场重来"套路之嫌。

后期的"轮回"叙事则是基于书中混沌大帝八百万年大道的设定,其神通所化轮回环横跨过去八百万年未来八百万年共一千六百万年无敌,在历史中不断轮回,这次轮回已经准备结束。建立在这一时间观念上的轮回叙事模式,继承了《牧神记》当中对因果轮回、宇宙熵增的思考,然而也做出了让步,没有将前作中"不存在时间"这一设定照搬,还将轮回世界减少为八个,主要的时间线上仍然使用线性时间叙事。只是在轮回环当中采用了因果轮回的逻辑闭环,即苏云的穿越导致了帝绝的崛起和前六个世界的轮回,而帝绝的崛起和第六仙界对第七仙界的入侵才导致苏云追寻大道而穿越,最终苏云也借助于轮回而感化帝绝,跳出轮回。

这样打乱叙述时间的模式使得读者难以通过文本的纵向结构理解故事,一定程度上为小说的审美接受提出了考验,然而倘若从全局着眼,重新审视轮回叙事模式,会发现叙事时间仍然是线性推进的,虽然后期有苏云不断回溯但仍被杀死,最终躲藏于轮回中击败轮回圣王这样的情节,实际上并不能很好地调动叙事的悬念性，难以达到本身叙事结构可以起到的故事承载作用，甚至由于作者的个人原因，这部分的展开可以说是平淡乏味的。

综上所述，《临渊行》的叙事构架主要延续自《牧神记》，但是在设计运用上吸取了《牧神记》当中的教训，进行了一定程度的转型，从读者接受程度而言是成功的。然而，由于某些文本之外的因素，叙事构架的搭建并不十分齐备，仍然存在问题。

四

《临渊行》的成功离不开具有自觉现实关怀与正确价值导向的思想内核，这也是宅猪对自身作品内核的继承与对整体玄幻小说转型的根本标志。

《临渊行》的思想内核可以分为三层。第一层是对目前现实生活的反映与关照，《临渊行》连载的时间段与新冠肺炎疫情的大流行基本重合，在小说中，西土流行的劫灰病成为新冠肺炎的影射，而第三百三十一章神帝借助于元朔人传播劫灰病而煽动种族矛盾，非常明显地指责了美国将新冠肺炎疫情爆发归咎于中国的荒谬行为；而朔方城底层街道里居住的妖族，从天市垣无人区进城务工，从事着朝九晚五的工作，遭受着不公平的待遇，然而却依然朴实、善良，这正是对于进城务工者的写照，也是对于当下环境中普通劳动者的人文关怀；甚至在进入仙界之后，第七仙界的仙人再努力都无法飞升，既可以理解为世界资源的分配问题，也可以理解为阶层固化带来的社会流动性减弱问题，可以说《临渊行》在无形中探讨了教育、阶级跨越、打工等社会关切问题。

第二层是对于民族精神的展现与反思，属于历史意蕴层面的表现。这一层次在宅猪的旧作当中也有体现，例如《人道》讲拼搏、民族复兴、与时俱进，到《牧神记》讲人民至上、为人民服务，只是《临渊行》更加明显地将这一矛盾置于台前。自诩为文明正宗的元朔国因为统治者的故步自封而衰微，西土各国经历盘羊之乱后纷纷崛起，新式科学与功法通过教育系统广泛传播。在救亡图存时期，有裘水镜、左松岩这样的接触新学而开化，以救国救民为己任的改革者，亦有温关山这样的卖国盗名之徒，这几乎是对我国近代史的复现。而作者的处理也颇有马克思主义历史观的理论色彩,软弱的改革行不通,只有在苏云等众学子补全新的境界并将新功法传递回国后,革命才得以成功,这生动地说明,生产力(境界)的进步推动生产关系(功法)的进步,进而推动上层建筑的进步。可以说,《临渊行》展现出的个人与整体文明命运的紧密联系使其成为披着玄幻外衣的现实主义作品。

第三层则是作者试图将小说的问题探讨上升到一种近乎哲学的价值思考,是哲理意蕴层的表现。作者借苏云之口提出"如果文明终将毁灭,那么守护是否有价值"的问题,在时间的轮回当中探讨人类意义的终极问题。当然,由于本质上仍然是玄幻小说,在文明的命运与浩瀚无穷的宇宙对比的终极之问下,仍然有着主观能动性的解决办法,并未进行过于深入的探讨。

欧阳友权教授早年在总结网络文学特征时提到,网络文学的新民间文学精神与后现代文化逻辑带有抵制崇高与历史理性颠覆特点[1],而宅猪小说的核心思想表现出的正是对于网络文学所摒弃的"宏大叙述"的归复,主角的个人成长背后有着历史的驱动,坚信文明的进步与对"大道"的探索研究可以使自己与文明不断发展。这样正向的逻辑与价值是玄幻小说中所罕见的,也是《临渊行》与宅猪小说的独特魅力。

诚然,合理的价值观在文学维度上无可挑剔,但作为网络小说,连续在两部小说当中采用这样的价值驱动,尤其是更为明显的现实趋向,是否意味着支撑玄幻小说的想象力正在衰减?或许,这也是一次正式确立东方玄幻基调的尝试。

对于这一转向可以从两个方面理解。其一,意大利葛兰西的"现代君主论"中重要的一环便是"文化领导权":统治阶级的文化要占据"文化领导权",前提是能在不同程度上容纳对抗阶级的文化和价值,为其提供空间。此后,布尔迪厄的"文学场"理论指出,政治力量、经济力量、文学力量各自为了取得自身的合法性,在这个"场域"中相互斗争。[2] 在三者的博弈下,整个网络文学界

---

[1] 欧阳友权:《网络文学概论》,北京:北京大学出版社,2007年版。
[2] 胡友峰:《新世纪文学场的新变与互渗》,《浙江工商大学学报》2016年第5期。

自从2014年因政治力量介入后便悄然发生变化,"正能量"开始成为网络文学的"常态"[①],这是玄幻小说转型的被动趋向,即意识形态的强化事实上"入侵"了网络小说,作用于作家的民族意识,从而表现为前文中第一、二层的思想内核。其二,这也是网络文学主动归复现实文学的标志,作家在个人写作风格成熟之后,主动回归与自身接受的文学教育接近的史诗性宏大叙事,同时,网络作家已经意识到通过构建网络文学的"第二世界"获得逃离现实的"伪快感"是无法解决现实问题的,从而开始追求具有现实观照倾向的文学创作。[②]

总而言之,宅猪在《临渊行》当中表现出的思想内核,本质上是内外力共同作用下产生审美转向的表现,丰富了玄幻小说的思想内涵,尤其扩展了东方玄幻小说在传统文化与现实向度上的继承发展,在文学维度上形成价值的审美统一,同时在商业维度上实现了读者接受的过渡,在两个维度上都取得了成功,可以说,《临渊行》的成功在某种意义上是国家文化自信的表现。

《临渊行》作为宅猪风格的成熟之作与玄幻小说的转型之作,尽管存在一些问题,但是仍凭借着独一无二的现实关切与中国文化表达而有所突破,成为瑕不掩瑜的佳作,同时也为网络玄幻小说的经典化与精品化开辟了一条新路,在文学维度与商业维度之间找到属于玄幻小说现实关切的新方向,更是难能可贵。

[①] 邵燕君:《网络时代的文学引渡》,桂林:广西师范大学出版社,2015年版。
[②] 禹建湘:《从玄幻想象到现实观照:网络文学的审美转向》,《中州学刊》2019年第7期。

论《人皇纪》的快感叙事

杨志君*

〔摘　要〕《人皇纪》以玄幻为底色,融入了历史穿越小说、游戏小说、武侠小说等元素,可以满足更多读者的情感需求,一定程度上可以为读者带来更多的阅读快感。它设置了主人公王冲的两世重生,王冲此世的行动,处处与上一世的经历形成对照,由此形成一种双线对照叙事,别具一番风味。它的"外挂"主要有两种:命运之石与历史外挂,其"YY"是家国情怀,这些皆能给读者带来巨大的快感。

〔关键词〕　人皇纪;快感;类型;外挂

湖南是网络文学的重镇,活跃在国内主要网站的湘籍网络作家和写手有2万余人,其中的血红、妖夜、蝴蝶蓝等网络作家在国内外产生了广泛影响,他们的多部作品被改编成影视剧、动漫、游戏等,创造产值超过10亿元。在近些年发布的"中国网络文学作家榜"中,基本上每年湖南都有两名作家进入前十位。如果所有的网络文学人才回归本籍,那湖南在全国的网络文学领域可以算是数一数二的。①

在湖南网络文学作家群中,皇甫奇是一个重要的存在。皇甫奇原名夏云,湖南攸县人,原起点中文网白金作家,曾被评为起点年度作家,在第二届网文之王的评选中位列百强大神。2007年9月,《飞升之后》首发于起点中文网,总点击量过亿,位列百度小说排行榜前十位。2010年11月,《大周皇族》首发于

---

* 作者简介:杨志君,湖南郴州人,博士,长沙学院影视艺术与文化传播学院讲师,主要研究方向为明清章回小说。

① 参见欧阳友权、余蓉:《湖南网络文学"异军突起"》,《湖南日报》2015年5月7日。

起点中文网,点击量过千万,位列百度小说排行榜前十位。① 2016 年,皇甫奇签约中文在线旗下 17K 小说网。同年 7 月 4 日,《人皇纪》开始在 17K 小说网连载,至 2020 年 4 月 8 日完结,共 2427 章,约计 779 万字。此小说有 21.6 亿人次的读者量,获得 73 万推荐票,粉丝值达 2 亿,登上了百度小说排行榜 PC 端总榜第四十位,分榜第十五位,百度小说排行榜手机端搜索第十三位的好成绩,达成了百盟成就。目前已经开发了手游,天听网上也有了该书的有声版。

然而,不管是对皇甫奇,还是对《人皇纪》这部皇皇巨著,学术界都缺乏应有的关注,迄今为止,尚无一篇相关的论文。本文拟从快感这一网络文学批评的基础性标准②,对《人皇纪》加以论述,以期抛砖引玉。

一、多种类型的融合

类型化是网络文学的一个重要特征,"它是为满足读者某种既有阅读预期(如题材、情节模式、情感关系、语言风格,等等)的文学生产,因而被认为是通俗文学的基本存在方式"③。

在传统的文学批评中,类型化是一个带有贬义的词语,尤其是用来评价小说,通常是指模式化、套路化。但是在网络小说中,类型化具有重要的价值,正如有学者所论:"作家们在不同愿望实现与情感反应领域中创造快感补偿效果,就造就了常见的小说类型,其主要功能在于能够方便、突出地创造出某些情感体验,有效满足读者快感补偿需求。"④可见小说类型的形成根源于人们的欲望,网络作家为满足人们不同类型的欲望进行创作,便形成了一套独特的快感机制和审美方式。⑤

---

① 郭宁宁:《皇甫奇:有梦想的人生更精彩》,见欧阳友权主编:《湖南网络作家群》,北京:海豚出版社,2019 年版,第 89~90 页。
② 康桥:《网络文学批评标准刍议》,见中国作家协会创作研究部编:《网络文学评价体系虚实谈:全国网络文学理论研讨会论文集》,北京:作家出版社,2014 年版,第 159 页。
③ 邵燕君主编:《网络文学经典解读》,北京:北京大学出版社,2016 年版,第 11 页。
④ 康桥:《网络文学的快感和美感》,《文学报》2014 年 6 月 5 日。
⑤ 参见邵燕君主编:《网络文学经典解读》,北京:北京大学出版社,2016 年版,第 11~12 页。

在 17K 小说网上，此书的作品类别是"东方玄幻"，也就是说，作者是把《人皇纪》定位为玄幻小说的。学术界通常把玄幻小说分为广义与狭义两种："广义的玄幻小说是指以网络为主要载体，追求强烈的阅读快感和代入感，以游戏和娱乐为直接目的迎合读者的通俗文学。……狭义的玄幻小说指的是包含于广义的玄幻小说下，以'异世时空'为背景和超自然能力为主要内容的小说类别。"①《人皇纪》叙述的是主人公王冲在公元 2022 年走在大街上时被一颗从天而降的流星砸中，然后进入中国封建社会的鼎盛时期——唐朝，并通过自己的努力改变家族乃至整个中土神州的命运。根据前面的定义，《人皇纪》无疑属于狭义的玄幻小说。

《人皇纪》的异世时空是中土大唐，而其中的超自然能力也是精彩纷呈。处于比较低等级的，如许轩的香象功，可以令其具有一头巨大野象的攻击力；层次高一点的，如王冲的万卒之敌光环、万将之敌光环、乌骓光环，前二者可以大大削弱数十万敌人军队整体实力，后者可以使数千乌骓铁骑的速度、力量、敏捷大幅度提升，实力暴涨一截；层次更高一点的，如苏正臣的苍生鬼神破灭术，邪帝老人的大阴阳天地造化功，皆是末世时代所有人公认的五大奇功之一，可以轻易击杀大量的异域入侵者，而王冲后来练就的万千气海术、阴阳之道、无上佛国，更是三大旷世绝学；最高等级的，自然是王冲最大的敌人——达到了神武境的天所拥有的操控时光的能力，它可以任意扭曲所有的攻击，甚至令时光倒流，让一个年轻人迅速变成一个老人，也可以反过来，令对方的攻击轰入自己丹田，他甚至可以从无尽的时光长河中提取出不同的自己，作为自己的分身。这些种类繁多的超自然能力，为《人皇纪》构建了一个具有东方色彩的幻想世界。加上伴随主人公王冲超自然能力的不断提升，由最初元气三阶的灌血境界，通过各种机缘巧遇，修炼到了圣武境、入微境、半步洞天境、洞天境，再到最高的神武境，最终打败天及异域入侵者。《人皇纪》正如其他玄幻小说一样，"依托个人成长历险的传奇叙事，将人类的想象力发挥到极致，满足了

---

① 程屹:《新世纪网络玄幻小说研究》，辽宁师范大学 2018 年硕士学位论文，第 9 页。

大众娱乐的需求,也满足了大众的心理需求和'自我实现需要'的代偿"①,自然能给读者带来阅读的快感。

玄幻是《人皇纪》的底色,与此同时,《人皇纪》还融入了历史穿越小说、游戏小说、武侠小说等元素。穿越小说,"指某人物因为某原因,经过某过程,或无原因无过程,从所在时空(A时空)穿越到另一时空(B时空)的故事"②。历史穿越小说,便是"一位现代社会的主人公(多为男性)穿越到某个真实存在的历史时空,并在那里有一些影响历史走向的行动"③。处于2022年的地球人王冲,由于被一颗流星砸中,穿越到了大唐玄宗一朝,通过其个人的奋斗力挽狂澜,拯救了王氏家族与大唐王朝走向衰亡的命运。正如网友鲢鱼哥在一则长评中所分析的,此书不是传统意义上的玄幻,其背景有部分历史掺杂其中,虽是玄幻,却又和历史有千丝万缕的关系。比如皇甫奇利用唐朝历史上节度使政策的推行,牵引出主人公最大的敌人康轧荦山(安禄山)——如果不推行节度使政策,朝廷就不会重用胡人,而康轧荦山就是一个归顺朝廷的胡人;没有这个政策,康轧荦山一辈子都没有机会成为封疆大吏,不会成为节度使,拥兵自重。再如皇甫奇利用史书中唐玄宗对杨贵妃的宠幸,牵扯出另一个十分重要的角色——杨钊,就是小说中最初以要饭的无赖形象出场,拦住主人公的车马讨银两去赌博的国舅爷,也就是历史上的杨国忠,此人是太真妃(即杨玉环)的远房表哥。如果圣皇没有娶太真妃,那么,杨国忠也就不会成为国舅爷,以后更不可能凭借自己和太真妃的亲戚关系,入朝为官,更不可能成为宰相。而且杨钊这个角色,在《人皇纪》后期还有一个比较大的作用,那就是杨钊和康轧荦山的矛盾,最终导致了"安史之乱"的爆发。皇甫奇把历史融合进玄幻与穿越,对唐史进行重新加工,让我们看到一个不一样的玄幻,不一样的历史!

《人皇纪》还融入了游戏小说的元素。小说第四十二章《命运之石》中所写王冲身上的逆天神器——命运之石,当王冲主动在父母面前认错,大闹广鹤楼,劝说父亲在边陲后退五十里后,王冲便听到了命运之石发出的机械声音:

---

① 周志雄主编:《网络文学教程》,北京:高等教育出版社,2020年版,第45页。
② 欧阳友权主编:《网络文学词典》,广州:世界图书出版广东有限公司,2012年版,第215页。
③ 邵燕君主编:《网络文学经典解读》,北京:北京大学出版社,2016年版,第138页。

"宿主觉醒！成功改变家人的命运,并获得家族成员认同,成功获得称号'命运的挣扎者'。命运的挣扎者:在命运编织的蛛网上,每个人都是一只渺小的蝼蚁,越挣扎,越深陷！称号:命运的挣扎者,奖励命运能量五十点！"在第四十三章《五种奖励》中,王冲再次听到那个机械的声音：

>自助者天助之,唯有掌握自身命运的人才会受到命运的青睐。在正常的世界中,宿主已经死亡,命运之石也只能帮助宿主获得一年的寿命,唯有收集足够多的命运能量,才能帮助宿主延长寿命,同时对抗世界的束缚,完成自身的使命！
>
>警告:第一次世界的束缚会在宿主觉醒第一个月到来,剩余天数,九天。
>
>警告:世界的束缚会严重伤害宿主的身体和灵魂,并大幅削减宿主的寿命,直至宿主死亡为止。而如果宿主成功抵抗来自世界的束缚,则每成功抵抗一次,宿主的身体便会强化一分！同时寿命小幅延长！
>
>警告:第一次抵御世界的束缚需要消耗二十点命运能量。当前宿主拥有的命运能量五十点！

这一情节设置,游戏味道十足。这正如网友不定期上Q在一则加精的长评中指出:"在最新的几章里,我们知道了:王冲身上的这种逆天神器叫做命运之石,命运之石可以提供各种道具,而从命运之石获得各种道具和特殊能力则需要命运能量！联系到游戏,我们很容易想到,所谓的命运之石就是商城,所谓的命运能量就是游戏币,而主角王冲可以用获得的游戏币命运能量,在商城殒命之石里买到各种道具。"此则长评精辟地指出了命运之石的设定与游戏之间的紧密联系。

如果熟悉金庸、古龙的小说,还会从中读出武侠小说的意味。如第八章《大闹广鹤楼》写王冲带着妹妹王小瑶大战姚府高手,就大有武侠之风。对此,有不少细心的网友在评论中加以揭示,如侠义永恒在读到第二百零六章《突厥人的神箭手！》时指出:"武侠自从金、古、温、梁之后其实已逐渐凋零,虽然后来出了个黄易,其实已是走玄幻路线了；凤歌的《山海经》,个人认为虽然已经达到金庸的水平但是仍然不温不火,就是因为这已经不是追逐武侠的时代了！

实际上著名小白大神番茄唯一让我觉得烂尾的书,就是《九鼎记》也是他的书里成绩最差的口碑最差的,究其原因就是太武侠!《人皇纪》这本书目前为止都是写武为主,这是个危险的征兆。"又如不定期上Q评道:"王冲身上的挂则具有游戏功能。理由如下:王冲死亡回到15岁这符合了游戏中死亡回归的特点,文中'机械''称号'等字眼也与游戏特征相关,这至少说明王冲的挂具有游戏功能。"可见,读者的眼光是雪亮的。

网络小说的每一种类型都可以满足读者的某一类心理的需求,"类型小说对人类的情感需求做出分门别类的回应与安置。读者缺少某种情感体验,就会去欣赏能提供某种情感体验的'类型小说'或'类型电影',在幻想中代入、融合故事主人公的情感体验,特别是高峰体验,以达到心理的补偿与平衡,产生愉悦感,恢复积极的心态"[①]。如果能很好地将多种类型融汇于一部网络小说中,无疑可以满足更多读者的情感需求,一定程度上也可以为读者带来更多的阅读快感。

二、双线对照叙事的魅力

皇甫奇在《〈人皇纪〉收官,完结感言,谢谢大家》一文中说:"从第一本《飞升》之后开始,我一直在换题材,换故事,甚至写法都换了……这本,开书之前,我这么想,我想写一本不一样的小说,和以往不一样的,多一点故事性的,而且,我想写唐朝,——之前我可没碰过。"这说明作者一直在求新求变,《人皇纪》也确实有不少有价值的新尝试,如网友老鹰皇族指出的在叙事构思上有了重点和略写,有了主题主线架构,避免了平铺直叙、平均用力、主线不显的毛病,以及文戏,运用舌战群儒的方式,以语言表达作为情节高潮。《人皇纪》在人物塑造上也有突破,塑造了类似国舅(即杨钊)这样的善妒、虚伪、睚眦必报、知恩图报,又有小混混之喜感的圆形人物,为此书增添了不少喜剧效果。不过,在笔者看来,《人皇纪》最大的创新之处,除了多种类型的融合之外,就是设

---

① 康桥:《网络小说的类型化与独创性》,《人民日报》2013年8月13日。

置了王冲的两世重生。

《人皇纪》在某种程度上也可被视为一部重生小说。它叙述大学生王冲穿越到大唐之后,成为一名十五岁的将门之子。刚刚到达异世空间的王冲,感觉和这里的一切格格不入,认为一切都和他没有关系。然而一场滔天浩劫席卷天下,那些爱他和他爱的人一一死去,王冲才猛然醒悟,产生奋进之心,只可惜王冲最终还是失败了,被康轧荦山以及异域铁骑刺死。四十五岁的王冲,在临死之际无比眷恋自己的家族,眷恋大唐这片土地,带着无限的遗憾,离开了这个世界。然而,正是因为王冲这股对家人、爱人以及国土强烈的守护意念,激发了命运之石的力量,使得王冲重生。王冲再次回到大唐王朝,再次成为十五岁的将门之子。凭借上一世三十年的经历,王冲提前知道大唐王朝此后会发生的事情,并通过他的切实行动,逐渐改变家族与唐朝的命运。利用这一便利,王冲可以在一些关键性的事件上施加影响,以改变"历史"的走向。如第四章《王家的危机》叙述王冲主动向父母认错,在饭桌上自动跟父亲说去参军的打算,赢得父亲的信任之后,再劝说父亲王严不要去见姚广异大人:"姚大人一向和父亲不和,而且没有往来。这次却会主动约父亲见面,孩儿觉得他居心不良,恐怕别有用心。"接着,便马上叙述上一世已经发生过的事:

> 前一世的时候,那位姚大人姚广异就是以公务的名义,邀请一向没什么交情的父亲去赴会交谈。
>
> 父亲其实也并不是没有提防,如果姚广异在会上说出什么话,大力拉拢也就罢了。父亲一定会严辞拒绝。偏偏这个姚广异狡猾之极,席上什么都没说,就是拉着父亲喝酒,尽聊些无关痛痒的东西。
>
> 之后,姚广异又故意主动把这件事捅给了宋王知道。
>
> 宋王是皇室宗亲,参议兵部,是宗室里面少有掌握实权,能在兵部说上话的人。因为爷爷的关系,宋王对父亲宠信有加。
>
> 父亲王严年纪轻轻就能达到现在这个地方,成为地方的实权统兵大将,宋王功不可没。
>
> 父亲"瞒着"宋王和敌对的、效忠齐王的姚广异私下密会,宋王如何能不生气?
>
> 由此可知,上一世父亲接受了姚广异的邀约,无形之中遭到了姚广异的算

计,导致宋王怀疑王严与效忠齐王的姚广异秘密勾结,最后导致宋王对王家彻底失望,这是王严生平最大的错误,是王家衰落的关键点,所以这一世王冲一定要阻止。当王冲不能阻止固执的父亲去见姚广异时,他只能想别的办法,包括让父亲去见姚广异之前提前通知宋王,王冲带着小妹大闹广鹤楼,以及提醒父亲返回边陲驻地后,如果发现胡人越境,先后撤五十里。在做了这几件事后,王冲改变了父亲乃至王家的处境,宋王不但不怀疑王严背叛了他,反而坚定了对王严的信任。

在叙述某些重要的人物时,作者也往往会利用主人公上一世的记忆,插入关于此人上一世的相关信息,如第六十八章《拓跋归元!》叙述王冲听到跪在自己面前、让他收为徒弟的男子说自己是"拓跋归元"后,便"追述"前世对这个人的了解:"上辈子,他是中土神州最后崛起的,最出名的大铸剑师。他没有加入任何的势力,连张、鲁、程、黄几大铸剑世家的招揽都被他拒绝了,惹怒几大世家联手对他封杀。但是这个人却凭借自己的实力,在京城里闯出了一片天地。他炼制出来的刀剑,只要挂上了'归元'两个名号,就能卖出比几大铸剑世家还要高得多的价格。在大动乱来临之前,他是公认的大唐第一大铸剑师!当乌兹钢武器名闻天下的时候,他最大的成就就是炼出了连乌兹钢武器都不能轻易一剑斩断的'归元剑',而且使用的还是很普通的材料。"正因为这样,王冲毫不犹豫就答应了拓跋归元的请求。又如同章王冲去找三朝元老且开创了"苍生鬼神破灭术"的苏正臣时,在鬼槐区的槐树底下问棋盘旁边的小孩叫什么名字,那小孩告知是"戴坚坚"时,又同样从王冲的视角进行"追述":"他听过这个名字!当初苏府的老仆人在跟他讲叙那些旧事的时候,曾经提到过这个名字。苏正臣一生轻易不收徒,能入得了他的法眼的,少之又少。但在他的一生中,还是有那么几个勉强被他看上,差点成为徒弟的。虽然最终这些人还是没有能够被苏正臣看上,但是苏正臣都曾经指点过他们武功,这些人也一一有过不俗的成就。这个'戴坚坚'就是其中之一。……这个戴坚坚虽然因为资质原因,没有被苏老先生看中,列入门墙。但却是苏老先生唯一一个看中,并且留在身边的,并且指点过一些武学的。……苏正臣虽然一生没有收徒,但却在后来,无意中挑中了一个小孩,收做了门僮。这个小孩,在苏正臣的晚年给他带来了不少的乐趣。苏正臣非常喜欢他。只可惜,后来和苏正臣一起死在那场大动乱中。"王冲知道苏正臣上一世人生充满了悲剧,他每天给戴坚坚一锭银子,让戴坚坚每天都逗苏正臣笑,从而改变苏正臣与戴坚坚的命运。

正因为有上一世三十年的经历,所以王冲此世的行动便处处与之形成对照。即便没有"追述"前世相关之事件或人物的经历,也可从此世所写的内容大致推测出上一世对应的情形。王冲上一世的记忆就好比一座潜藏于海水中的冰山,露出海面的只是其记忆很小的一部分。但根据露出的一部分,以及此世王冲所经历的传奇,我们能还原出海底冰山的轮廓图。

在主人公穿越到大唐,经历了漫长的三十年异世生活后,又以一次重生让主人公再次回到原点,就好比在现实中一个失败的人死后,却赋予他一次重生的机会,看他能否成功地改变上一世失败的命运,这本身就是一个很大的悬念。这样叙述的前提,是作者事先已经设想好了主人公前世的所有经历,这才能从容不迫地叙述出此世的行动。而他此世的行动,必然会处处与上一世的经历形成对照,由此形成一种双线对照叙事,别具一番风味。

三、"外挂"与"YY"

"外挂"(又称"金手指"),本来是电子游戏的作弊程序,后来被读者借来描述网络小说中给主人公带来帮助的法宝,可以是器物,也可以是主人公的独特经历。[①]《人皇纪》中的"外挂"主要有两种,一是命运之石,一是历史外挂。

在《人皇纪》第四十三章《五种奖励》中,作者已经交代命运之石的五种奖励,分别是心、体、气、术、势,这是武学中的五大要素。心代表信念,体代表炼体之术,气代表天地间无处不在的元气,术代表攻击的招式,势代表运势。在此章中,王冲用二十五点命运能量兑换了一重豹骨,一股温暖的能量便仿佛潮水一般自上而下涌入他体内。拥有了豹骨,可以大大节省王冲在龙骨术上的修炼时间,也让王冲在境界上拔高了一层,达到四阶半的水平。

---

① 邵燕君主编:《网络文学经典解读》,北京:北京大学出版社,2016年版,第342页。

又如第四百二十五章《全新的奖励!》中,叙述王冲花四十五点命运能量兑换"罡气穿透",这种能力可以提升罡气的洞穿性质,使得武者的内力有一定概率无视对方的防御,穿透罡气护壁,轰入对手体内,最大可无视对手等级三级。到了第二千一百六十章《命运执政之力!》,王冲击败古太白,覆灭大食,命运之石给予王冲命运执政官的称号,和之前命运掌控者相比,命运执政官最大的改变就是有了执政之躯,可以彻底豁免世界束缚的攻击,而削减命运之石能力的消耗,对抗世界意志,对王冲提出的疑难问题给出答案,都只是执政之躯的其中一项能力。当然,命运之石最大的功能是在第二千四百二十章《金色种子萌发!》中让被"天"刺死的王冲得以复活,以及在第二千四百二十三章《关键时刻!》中轩辕、秦始皇、汉武帝、圣皇等九个帝王将九块命运之石以及自身的龙气灌注到王冲体内,让王冲冲破了禁制,进入了武学的最高境界——神武境,王冲才有机会打败同样处于神武境的劲敌"天",才能最终挽救天下苍生及大唐的命运。

如果说命运之石赋予王冲在武学方面的能力,那么,历史外挂赋予王冲的则是"文"学方面的现代意识。前面已经说过,《人皇纪》在某种程度也可被视为一部历史穿越小说。在历史穿越小说中,主人公拥有"历史外挂",即"穿越者从现代社会带过去的现代意识和经验,包括对历史走势的'提前判断'等等,这些意识和经验能够让穿越者在'历史时空'中呼风唤雨"[1]。穿越者的现代知识与经验带来的优势,可以让读者获得一种碾压古代人的快感。如第十五章《发财的机会》叙述王冲实施其第二步计划,要建立自己的班底,但做到这一点需要拥有富可敌国的财力。王冲利用现代知识,找到了乌兹钢这一发财利器。乌兹钢炼制的武器是最锋利的,而王冲用现代淬火技术打造出的第一柄乌兹钢武器,凭借它在青凤楼一场刀剑赌斗就赢了三万八千四百两黄金。第七十七章《发达了!》中王冲又针对三十多个禁军首领出售乌兹钢剑的拍卖会与会资格,每人须预付二万两黄金,一次就赚了六十多万两黄金。又如第九十章《关税!》叙述名公贵族聚集于四方馆为九公庆祝七十大寿,在大堂上大家谈起

---

[1] 邵燕君主编:《网络文学经典解读》,北京:北京大学出版社,2016年版,第144页。

了时势,说起北部草原东西突厥汗国越来越强盛,据说两部的可汗正在商谈合流。东西突厥擅长骑马射箭,受益于通商,从大唐购买精铁、玄铁,使得他们战力大涨,成为大唐边境巨大的威胁。针对此问题,九公麾下的马老建议朝廷禁止盐铁贸易,特别禁止精铁,以免养虎为患,但是大唐需要东西突厥的马匹,如果禁了盐铁,大唐便得不到突厥的马匹。王冲的堂兄王离提出将安北都护府和单于都护府联合起来,狠狠教训突厥一顿,但是这个想法不具备操作性。在此问题处于胶着之际,九公询问王冲的看法,王冲则充分利用现代经济学知识提出设关税以减少东西突厥获得铁器。设关税不会影响到内部的盐铁价格,还可以为大唐带来一笔庞大的财政收入,此举为王冲赢得了爷爷九公及其部下老将的认可。再如第一千二百三十五章《发难!》至第一千二百三十九章《王冲和宋王!》,王冲第一次以异域王身份参加朝会,齐王一党的监察大夫林常信就给王冲出了一道难题:

> 去年蓟县发生水灾,淹没者十之六七,后来朝廷派人去处理,结果发现蓟县十户九贫,有九成以上的百姓,连一日三餐都无法保证,家中的财务不过一张桌子,一个床榻和一个衣箱,家中存钱不过十几文,属于极度赤贫,朝廷撤去了当地的地方官,又前后派出了六七名以往有过功绩,善于治理,年轻有为的官员,结果蓟县没有丝毫的变化,依然极度贫困,后来朝廷痛下决心,由户部拨款,向蓟县输送金钱银两,结果不久之前,朝廷派出御史去查看,蓟县不但没有富起来,反而比之以前更加贫困了。听说平章参事王大人极富才智,不知道对此有何看法?

蓟县的贫困一直是吏部和户部头痛的问题,不管用什么办法都解决不了。这在当时就是一个死结,根本没有办法解决,林常信拿这个问题发难,就是要给王冲难堪。但王冲又凭借现代地理知识,提出蓟县不适合发展农业、种植业,应该靠铁矿、铜矿、银矿来脱贫。这是一场十分精彩的文戏,王冲凭借历史外挂,不仅轻易化解了敌对势力的刁难,而且让王冲在朝堂上大放异彩,让朝臣对其刮目相看。《人皇纪》相比作者之前的小说,有一个很大的突破就是增加了不少精彩的文戏,而这些文戏之精彩,大半源自主人公的历史外挂。历史外挂无疑能给读者带来巨大的快感,正如有学者说:"'历史外挂'是'历史穿越小说'的核心爽点,它将当代主流历史叙事所建构的'后见之明'(作为'教训'的历史知识)转换成了历史情境里的'先见之明'……从快感机制来说,'历史外挂'能够有效地组织 YY 叙事,使读者获得一种类似于游戏作弊的快感。"①引文中的"爽感",与笔者所说的"快感"是一个意思。

"YY"是"意淫"的汉语拼音首字母缩写。在网络语境中,"'YY'并非特指与性有关的幻想,而是泛指人们(多数是底层青年)超越现实的幻想,即白日梦"②。网络小说大多借助于 YY 来表达在现实生活中无法实现的欲望,而读者凭借代入感获得实现白日梦的快感。如猫腻《将夜》的 YY 是自由和爱情③,唐家三少《斗罗大陆》的 YY 是团结与爱情。《人皇纪》也写了王冲与许绮琴的爱情,但窃以为,其最大的 YY 不是爱情,而是家国情怀。

第一章《诸夏之亡》写诸夏遭到异域铁骑的入侵,在诸夏将亡之际,王冲内心十分悲痛:"悲伤、痛苦和绝望涌上心头,却不是为自己,而是为了自己身边的兄弟,还有这片和自己血脉相连的神州大地的最终命运!"王冲死亡前夕,脑海中浮现的是爷爷、三叔公、父母、大哥、二哥和堂姐他们,悔恨的是穿越到大唐之后没有及时醒悟,用自己的兵法天赋保护这个家族,保卫这片土地。这体现了在大唐生活了三十年后的王冲,在思想上具有了浓厚的家国观念。而正是他的这份强烈的家国观念,激活了命运之石的力量,使两次本已死亡的王冲重生了。

重生后的王冲,其最大的使命便是拯救王家,拯救大唐,乃至拯救世界。前一世的王冲,刚穿越到此世界时,觉得这个世界与自己无关,因而游手好闲,不思进取,整天与一群狐朋狗友鬼混,连抢良家妇女的丑闻都闹出来了,让父母与整个家族的人对其彻底失望。然而此一世的王冲幡然悔悟,意识到亲人的重要性,故而做出一系列令父母改变对自己看法的好事来,包括主动向父母

---

① 邵燕君主编:《网络文学经典解读》,北京:北京大学出版社,2016 年版,第 146 页。
② 邵燕君主编:《网络文学经典解读》,北京:北京大学出版社,2016 年版,第 347~348 页。
③ 猫腻曾在接受邵燕君访谈时指出《将夜》的"硬菜"是自由和爱情。猫腻所说的"硬菜",大概是指小说的核心思想,笔者在此将"硬菜"替换成"YY",意思大概相差不远。见猫腻、邵燕君:《以"爽文"写"情怀"——专访著名网络文学作家猫腻》,《南方文坛》2015 年第 5 期。

认错,主动提出去参军训练,以及提醒父亲提防姚广异等事情。

皇甫奇善于写亲情,在《大周皇族》中就夹带了不少作者个人情感的东西,这种东西就是亲情。皇甫奇甚至认为:"相比于爱情,世界上真正永恒不变的是亲情。亲情可以超越道德、大义,超越一切。"①(此观点显然不当。)所以《大周皇族》最后写主人公方云功成名就时,没有留恋官场以及富贵,而是回归家庭的平静生活。

《人皇纪》中的亲情描写很动人,如第二章《再世为人》写王冲主动为"强抢民女"之事向父母认错,并且承诺以后会和马周等人一刀两断,作者这样描写王冲的母亲赵淑华:"这孩子,居然会主动认错了?赵淑华几乎不敢相信自己的耳朵。为了这些事,她已经说过他多少遍了,但是他却完全听不进去,关禁闭,杖打也完全不在乎。有时候,赵淑华都觉得自己这个母亲当得极其失败,这让她私底下感觉非常的沮丧,只是在子女面前从不表现而已。但是这一次,他居然会主动道歉认错了。难道这孩子真的变了?这一刹那,赵淑华心中有些失态了。她希望自己的孩子是真的变了,但又怕这是自己的一厢情愿。"短短几句话,就写出了赵淑华对儿子的爱之深,哪怕儿子再没出息,也始终对儿子报有一份希望。丈夫王严说:"你这个逆子!你还知道错了吗?"这时,赵淑华便站出来维护儿子:"你这是什么话,难道冲儿就不能浪子回头吗?你不是也听到他认错了吗?"可谓护犊情深。类似亲情的描写还有很多,限于篇幅不再列举。我相信在这些亲情的描写中,一定融入了作者现实中的切身体验。

在《人皇纪》中,家与国是联系在一起的,王家的命运与大唐的命运息息相关。正因为如此,王冲要挽救中土神州的衰亡,首先做的是挽救王家的命运。王冲利用历史外挂,在一些关键事件上事先提醒父亲应该注意的事项,使父亲得以避免姚广异对他的陷害,进而使宋王与王家成为一个坚不可摧的同盟。在巩固了王家在朝廷中的地位后,王冲进而去改变大唐的命运,包括他后来去组建乌伤铁骑,组建陌刀队,搜索海外陨铁,打造乌兹钢武器,招募雇佣兵,击败古太白,覆灭大食,以及击溃天兵军团,杀死最大的反派人物——"天",从而

---

① 欧阳友权主编:《湖南网络作家群》,北京:海豚出版社,2019年版,第92页。

成功地拯救了大唐，拯救了天下苍生。而王冲由此也达到了武学的巅峰，并登上了人间最高权力的位置——皇位，成为"人皇"。

家国情怀是皇甫奇小说的一个鲜明特色，《人皇纪》表现得最突出。正如网友念初894156816所评："我看过皇甫大神的《飞升之后》《大周皇族》，大神的书里总是将个人命运与家国命运联系在一起，这在玄幻网文之中是极少存在的。这本《人皇纪》更是将此种现象发挥到了极致，家国天下，民族情怀表现得淋漓尽致。西南之战，怛罗斯之战，西征大食，以及最后降伏周围几国联盟之战，均写得动人心弦，大气磅礴。"信哉斯言！

《人皇纪》的语言简洁明快，故事情节一环扣一环，悬念不断，高潮迭起，能给人带来诸多阅读的快感。不过，毋庸讳言，此小说也存在不少问题，诸如整体篇幅太长了点；后半部分情节有些拖沓；王小瑶、王朱颜等形象比较扁平；儒门的设定不太合理，有抹黑儒家之嫌；修炼等级比较模糊；不少细节有待进一步斟酌；"轰！""轰隆！"出现太频繁了点；等等。尽管如此，该小说仍是近些年来湖南网络小说中不可多得的佳作。如果作者能有精力将此作再细细打磨，还是可以跻身一流网络小说的。

名作细读

"九州世界"与精英奇幻写作的尾声
——网络文学名作《九州缥缈录》细评*

单小曦　盛龄娴　朱臻晖　周越妮　高艺丹　黎杨全**

〔摘　要〕《九州缥缈录》是中国网络文学发展史上第一部东方幻想类小说。作者以中西方幻想元素的融合创立了九州世界，是网络玄幻文学"中国经验"的成功范本。通过对叙述主角的不断切换以及对"三角"人物模式的解构、重建，作品较为成功地塑造出了"九州人物群像"。作者将严肃的历史书写和平凡的日常生活话语相融合，通过对"悲剧性"总基调下人物命运的观照与书写，展现出了一种"西西弗"式的崇高美学。引用蒙太奇、闪回、闪前"电影"手法使人物悲剧在时间折叠与画面拼贴中缓缓展开的叙事艺术，也值得其他网络小说借鉴。

〔关键词〕　九州缥缈录；九州世界；"三角"人物模式；崇高美学

《九州缥缈录》是江南创作的玄幻小说代表作。作品分为6卷，共116万字。该作最初于2001年在清韵论坛上构建成型，2005年首次出版，刊于《九州幻想》杂志，同时于该杂志网络论坛连载。《九州缥缈录》诞生于中国网络小说起步的初期，是中国网络小说历史上第一本东方幻想类型小说，对后续的网络玄幻小说的发展有着极为深刻的影响。作品以虚构的九州大陆为背景，以王朝更替、主角的成长和宏大历史进程作为主线，以电影镜头般的叙事手法，体现出小说史书般的厚重感和其中蕴涵的人性崇高美。其气势之磅礴、架构之宏大、想象之丰富，堪称中国版的《冰与火之歌》。

---

* 本文系杭州师范大学单小曦教授主持的"新媒介文艺批评"研讨课的系列成果之一。
** 作者简介：单小曦，杭州师范大学人文学院教授；盛龄娴，杭州师范大学人文学院本科生；朱臻晖，杭州师范大学数学学院本科生；周越妮，杭州师范大学人文学院本科生；高艺丹，杭州师范大学人文学院本科生；黎杨全，华中师范大学文学院教授。

一、"九州世界"：奇幻小说与中国经验

《九州缥缈录》作为中国第一部东方幻想类型的网络小说，对于中国网络小说的发展有着重要的意义。"九州世界"的构架吸收了许多中国古代玄幻元素，同时加入了很多东方玄幻式设定，构成了一个丰富多彩的世界。

(一)"九州"的前世今生

"九州，是一个梦想，是天空的第一滴水，我们希望它能变成海洋。"(《九州创作缘起》)

《九州缥缈录》世界之宏大在中国的网络小说中名列前茅，《九州缥缈录》也因此被称为中国版的《冰与火之歌》，如此宏大的世界并非江南一人之功，而是众人合力的结果，其原由可以追溯到《九州缥缈录》的前身——《九州幻想》。

2001年是中国网络文学蓬勃发展的一年，在此期间，一部分网络作家开始尝试创造一个属于自己的世界。当时，被誉为"九州七天神"的水泡、潘海天、今何在、斩鞍、遥控、多事、江南，在深受西方幻想世界启发的同时，也发现了网络小说中东方幻想世界的缺失，由此萌生了创造一个属于东方自己的幻想世界的想法。七人在参考大量中国古籍的基础上，共同创造了一个充满奇幻色彩的东方式世界，并将其命名为"九州"。这便是中国网络玄幻小说的起源，也是"九州"的起源。

"九州"名称的由来有其历史依据。相传大禹治水后，分中国为九州：冀、兖、青、徐、荆、阳、豫、梁、雍；《淮南子·地形训》又载，古代中国设置为九个州：神州、次州、戎州、弇州、冀州、台州、济州、薄州、阳州；后来，九州就泛指中国。历史上的九州给这七人带来了创作的源泉，以此为鉴创造了他们的"九州世界"，构成人物生存与成长的版图。

在2001—2005年这段时间中，"九州"创作队伍迅速扩大，国内众多网络作家都争先投入"九州世界"的创建之中，试图进一步完善这个玄幻之地的架构。

然而"九州世界"的创建也并非一帆风顺。2007年，《九州幻想》的创始团

队产生了严重分歧,四分五裂,"九州"自此分为南北两派,许多优秀的"九州"系列作品也因此变故而被埋没,始终不为他人所知,甚至最初名极一时的《九州幻想》也逐渐淡出人们的视野。此后,不少人只知《九州缥缈录》而不知《九州幻想》,更不知当时《九州缥缈录》也只是《九州幻想》的一部分。

2015年起,随着各类"九州"IP 文化的创造输出,如电视剧《九州缥缈录》《九州天空城》《海上牧云记》等,"九州"文化再度崛起,并成功获得大众的关注。

(二)"九州世界"的艺术设定

《九州缥缈录》的世界架构最重要的可包括三大块,即九州设定、王朝历史与种族。

首先是九州设定。在世界开启之初,天灾爆发,地震、海啸、陆沉与火山,海水把大陆分为三大块,并分别形成九州,即东陆的中州、澜州、宛州、越州,北陆的殇州、瀚州、宁州与西陆的云州、雷州。

中州。这是皇帝居住的大地中央,是人类从混沌蒙昧中走向繁盛之地,也是人族的权力中心,中州的天启城是帝王居所,历代人族皇帝皆定都于此,被星相学家认为是大地的正中,故此得名为"中州"。天启城的争夺是权力争夺的核心,野心者总试图带兵进入天启城,此谓"上京",不过天启城易守难攻,胤朝开国皇帝白胤又在天启城险要位置布设关隘和军队,层层守护,合称"帝都七锁",以断绝野心家们"上京"的念头。在这"七锁"中,唐兀关、殇阳关都是非常险要的重镇,要想夺取权力,就得冲破这些天下雄关,其中攻关与守关,将士与鲜血,成为中州故事不断开启的历史循环。

澜州。在中州东面有一座山,名"锁河山",锁河山以北,穿过崎岖的山路,就是一片平原,此即澜州。这里因受海风影响,且多大雪,是为苦寒之地,这也让此地的人民对生活、生命与死亡有独特认知,他们从不畏惧死亡,认为死亡是生命的轮回,与其平庸地苟活于世,不如壮丽激情地战斗而死。澜州武士讲究真刀对决,刀法凄绝美艳,成为一大特色。在澜州东北住着东夷人,他们骨骼轻盈、相貌俊美,住在树林里,他们敬重动植物,擅长射箭,与环境融为一体。

宛州。"宛"有蜿蜒曲折之意,在初始,这里只是一片野兽出没的蛮荒之地,在贲朝后,人们陆续到达这里,经过上百年的治理,日渐兴旺繁华,城市间以水道相通,络绎不绝。到了胤朝,更是日渐奢华,锦衣玉食、名肴美酒、歌姬舞女,让人流连忘返,以致有"少不入宛"的说法。如果说中州是权力、战乱、朝堂与政治,宛州则因独特的地理优势而远离战祸,强调的是商业文化,它是天下粮仓,也是丝绸、渔业和航运的中心。

越州。东陆东南有一块蛮荒之地,这里神秘莫测,人们要想到达这里,需先翻越崎岖诡谲的北邙山。其间野兽出没,穿行其中稍有不慎则失去性命,如果有幸登顶,则会在北邙山顶看见高山湖泊,这里每年都会有迁徙的大雁在此处落脚,故称"雁返湖"。在雁返湖东南的土地,因需翻越崇山峻岭才能抵达,故名"越州"。越州生活着名为"洛族"的原住民,他们住在地缝中,头部偏大,只有人类一半左右的身高,手持弩弓,洛族虽然警惕与排斥人类,却也不完全禁止和人类的往来与交易。

瀚州。穿过宽阔的天拓海峡,是一望无际的草原与戈壁,这里是蛮族的地界,也是小说中人物吕归尘的故乡。蛮族以放牧为生,在荒原环境的磨砺下,他们的性格野蛮、坚忍与凶暴。在瀚州的北方有称为"彤云"的大山,山下的山丘被称"石鼓山",布满神奇的铭文,这些铭文记载远古历史,号称《石鼓卷》,在光线折射下,看完全部的铭文需要整整一年。每年都会被称为"合萨"的人们过来歌唱铭文,对蛮族人来说,他们是"天师",也是"歌唱天意的人"。后来,阿堪提统一了整个草原,他与辰月教宗古伦俄、羽族大司祭古风尘焚烧了石鼓山,共同摧毁了它。在废墟上,他们建造了北陆第一座城市"北都"。

殇州。向西翻过巨大的雪山,是所谓"殇州",此州是冰原,生存环境极其恶劣,夸父族世代居住在这里,他们体型巨大,比最强壮的蛮族还要高大几倍。在殇州西部,火山与冰川在山峦中共存,形成"冰炎地海"的奇景,夸父的圣城"禹渊城"坐落于雪峰之巅,可以俯瞰这片冰火共生的海洋。夸父们认为太阳每天都会顺着禹渊城下落,随后进入积满万年冰雪的深渊,而他们随着太阳向西奔跑就可以到达禹渊城。殇州盛产黄金,夸父们常与远道而来的华族商人交易黄金。

宁州。在瀚州彤云山的东边,有被称为"宁州"的地方,长满了遮天蔽日的树木,处处是鸟语花香。此处是羽族人的聚集地。羽族是生活在云端的种族,族人成年之后可以幻化出翅膀,翱翔于九天之中。羽族人在高山崖顶建立宫殿,山崖下云雾缭绕,营造出天空之城的感觉。

雷州。从宛州的南端西眺,隔海相望的大陆就是西陆的雷州,这里经常打雷,故称"雷州",人们隔着海峡也能看见紫电和轰雷砸落在雷州土地上。这是一片瘴气和沼泽的死域,直到胤朝后期风炎皇帝时代,才由海商李景荣的船队揭开了这片土地的面纱。这里的原住民在人种上和东陆华族没什么区别,他们笃信巫蛊之术,崇拜蛇虫。

云州。雷州之北的地域被称为"云州",这里终年笼罩于迷云之中。据史书记载,云州景象特异,西北端有"大海之角",是世上最辽远的海角,到此如临天涯尽头。

其次是王朝历史。"九州世界"拥有一套完整的历史体系。历时八个王朝,每个朝代都有属于自己的传说。小说中作者运用史书式的记录方式,记载了"九州"大陆上的八大王朝以及这些王朝的开始、兴盛以及衰败。

晁朝。晁是第一个在形式上实现九州大一统的人族集权王朝。高帝元年五月,举行星瀚大典,均分天下各州,九州之称由此而来。晁末年的地震和水灾将九州分为东陆、北陆和西陆。

贲朝。晁末洪水滔天,火山蔽日,风蛇噬人,生民流离失所,分散为八千个部落。部落中有名为"贲"的,其领袖名为"元"。贲部落统一了整个中州,"元"成为皇帝,国号为"贲"。贲王朝控制东陆中州一带。与此同时,北方大陆瀚州的人族部落发展出不同于东陆的独立文化,统称为"蛮"。人族的文化正式分为东陆华族和北陆蛮族两支。

胤朝。天驱与皇帝立约,将守护贲朝而不夺取王权。贲朝尊天驱为国教。数百年后,天驱宗主们开始蜕变,战乱兴起,这时一位名为白胤的人从战火中崛起,他联合天驱的力量,建立了新的王朝"胤"。胤的政治制度是中央集权,实行三公九卿,采用分封制。胤时期是东陆的黄金时代,可分为蔷薇、葵花、风炎与北辰四大时期。蔷薇时代是胤朝的第一个王朝,一代天骄蔷薇皇帝白胤推翻"贲"朝的统治,开启胤朝七百年国祚。葵花时代是辰月最辉煌的时代,胤朝建立后二百年,辰月教的大教宗古伦俄扶持了蛮族的逊王,此后又将辰月教的教旨带到东陆,间接挑起了蛮族和华族之间的战争,刺客集团与义党联手展开了长达数年的血腥暗战,最终以大教宗的死而告终。葵花时代的四百年后,东陆华族与北陆蛮族斗争日渐激烈,这是"风炎皇帝"白清羽主政的时代,他两度征伐北陆,形成了九州历史上最混杂、最强大的军事集团。北辰时代则是在胤末燮初,东陆与北陆的少男少女们,经历了战争洗礼后,在乱世中逐渐成长为足以开创新时代的帝王与名将。

在胤朝之后,则是燮朝、晟朝、端朝等。燮朝的开国皇帝为燮太祖——羽烈王姬野,姬野死后王位禅让与其弟敬德帝姬昌夜,此后燮王位一直由姬昌夜一脉继承。晟朝的开国皇帝为晟姬云烈。燮朝末年,皇帝昏庸,民不聊生。姬野的后人姬云烈推翻燮的残暴统治,建立晟王朝。端朝的开国皇帝为端太祖牧云雄疆。晟朝末年,瀚州蛮族牧云部和穆如部在雪炽原决战后结盟,约定先入帝都天启城者为天下主,后牧云部率先进入天启,穆如天彤表示遵守盟约,无条件交出兵权,端室江山最后由牧云、穆如两家共享。

最后是种族。

人族。人族包括华族和蛮族。

华族是九州大地上人数最多的种族,集中分布在整个东陆,包括中州、宛州和澜州大部、越州北部,在政治上,采用君主分封的中央集权政体,发展农耕经济与贸易通商,精通天文历法,在文化上达到了一个九州各族无可企及的高度。在九州的历史上,只有华族几度统一,成为强大帝国,但也常让九州大地陷入分裂的乱世。

蛮族也是人族的一支,在血统上和中州的华族没有差异。他们生活在北陆瀚州的原野上,逐水草而居,恶劣的生存环境造就了他们彪悍善战的性格。蛮族精通马术和箭术,作战时凶猛无比,在草原上是无敌的猎手。因环境恶劣,物资匮乏,蛮族始终觊觎着东陆的广袤大地。

羽族。羽族是九州最为古老的种族之一,因其发色黑中带青,在东陆的古文献中,曾被记载为"黛色长发的有翼之族"。羽族热爱自然,是擅长秘术与感应的族群,他们敬畏星辰,有自己的价值观和道德体系。他们的独特之处在于他们骨骼中空,身躯轻盈,能够飞翔。羽族的俗世政权采用城邦制,城邦的共主称为"羽皇",同时精通天象的大司祭掌控着羽族的宗教权力。

夸父族。夸父族居住在殇州的雪山之中,居所多为依山而凿的巨大冰窖。他们野蛮而朴实,有着原始的道德观,身高大约是人族两至三倍,身体强健,但不擅长学习外族的知识和语言。夸父族集体猎杀着游荡在冰原上巨兽,他们将巨兽的皮和骨制成甲胄、武器及饰品。夸父族崇拜星辰,他们的智者被称为"萨满"。

洛族。洛族有着与人类相似的外貌特征,身高大约相当于人族的三分之二,主要聚居在宛州东南部和越州的丘陵山区,他们是古老而智慧的种族,崇拜创造神,拥有远高于其他种族的冶炼、锻造、建筑等方面的工艺和技术。他们性格虔诚、天真、和顺而不具侵略性。

鲛族。鲛族生活在海中,面容及骨骼与人类相似,但耳后有鳃裂,在水下也可以睁开眼睛,他们的下半身是形似水族的鱼尾,因此又被称为"鲛人"。与人族相比,鲛人肤色稍显苍白,身材略瘦而高,男性看起来凶恶而女性柔美。

魅族。魅族由精神游丝凝聚而成。九州大地上的生物所拥有的精神力会随思考、梦境或法术等精神活动产生并发散到自然中,大量的精神游丝会聚产生了虚魅,虚魅为精神体,不具五官,多数虚魅会以其他五个智慧种族为模板凝聚出一个物质身体,成为"形魅"。在所有的种族中,魅族的精神力是最强的,可以更轻易地感应星辰之力施放秘术。

龙族。龙是最神秘的种族。龙被称作"神裔",因为其智慧远超其他种族,被认为具备神性或者遗传了神血,和天地的创造有关,而诸族也一直崇拜龙族。

(三)"九州世界"设定与中国经验

相较于一些看似宏大实则空洞、内部架构缥缈如云的玄幻小说,"九州世界"的建构每一处都十分精细,逻辑也十分严密。能够设定出如此宏大且多维的世界,创造出这样一部繁复且厚重的历史,不单单是因为诸多创建者对其的反复琢磨,同时也是"中国经验"的成功借鉴。虽说创作团队是受到西方幻想小说的启发,但作为一本中国本土创作的奇幻小说,始终扎根于中华民族自身的历史、地理、文化。

这种中国经验首先表现在九州、历史与种族的设定打上了中国文化的深刻印痕。比如关于九州的东南西北的地理方位，大致与古代中国重合，关于种族中的羽族、夸父族、鲛族、龙族等都是直接来自中国神话传说。同时，小说还表现了中国封建时期诸侯之间的明争暗斗、中原地区和边疆游牧民族之间年复一年的激烈矛盾。中华民族的史书，正是以甲骨的卜兆和佶屈聱牙的《尚书》为开始，逐步展开中原大一统、民族战争的局面。君权神授的皇权政治、父母之命的封建婚姻制度完全贴合了历史。《九州缥缈录》甚至还杜撰出了《四州长战录》和《燹书·河汉书》这样"规规矩矩"的史书。江南按照这样一种历史叙事的规格创造了九州大陆的历史。虽然不是对中华民族历史的翻版，但读者定能品味出其中隐藏着的中华民族历史的影子。

这种中国经验也表现在小说融入了中国独特的江湖文化与民间秘闻。江南在第一卷中就展现了古老的卜辞和神秘的星辰推衍之术。在严肃的历史之外，还有浓墨重彩的关于天驱、辰月的斗争以及四大名将的纠葛。读者读到这类关于自发自立的民间组织、重情重义的江湖人士的书写，就像是在读中国古代小说《水浒传》。这种江湖气，明显区别于王朝正史的四平八稳，而呈现出生动活泼的民间叙事风格。除此之外，类似于小舟公主的身世、长公主的秘事、羽烈王的情史的描写如同皇家秘闻野史一般。可以说，这样的构建架空世界的方法是十分符合中国读者的阅读经验的。

这种中国经验还表现在人物形象的塑造上，小说借鉴了许多历史英雄、名将的故事，成为中国经典历史人物的写照，其中许多主线人物更是以历史人物为原型进行创作。如此创作，与江南内心的情结有着密切关联，他曾在采访中谈及："我经常读罢枕卷，去想钱镠、想李世民、想赵匡胤，还有扪虱而谈的王猛、淝水惜败的苻坚，我想他们到底是些什么样的人，到底是为了什么使得他们不愿苟活在艰难的时代，而是要奋身而起，想他们是否也有过彷徨和失落，却只能在惨烈的斗争中越来越顽强，最后心化为铁石一般的坚硬。"(《〈九州缥缈录〉导读》)他笔下的人物也确实有这些历史英雄人物一般的风采。他们从不向命运低头，会奋不顾身地冲向混乱战场，纵然偶有低落郁闷之时，也仍然一往无前,逐渐从肆意飞扬的少年成长为成熟淡然的名将。"名将"和"成长"的主题并不陌生,对于"英雄"也有普遍的审美倾向——人们最常津津乐道于"英雄"的爱恨情仇、生老病死。因此,植根于"中国经验"土壤的《九州缥缈录》,同样也十分符合中国读者的审美趣味。

在大量借鉴"中国经验"的基础上,《九州缥缈录》也合理吸取西方幻想小说中的"新鲜"设定。宝剑锋是中国玄幻文学协会的创立者之一,他把主流网络文学分为三类:以日本为主的奇幻流派、以美国为主的骑士与龙的魔幻流派和以中国玄学思想为主的玄幻门派。但《九州缥缈录》难以被简单归类,而是呈现出中西碰撞融合的面貌,它的世界设定一方面受当时很火的《魔戒》系列中西幻元素的影响,一方面又汲取了中国的玄幻元素。

中西方幻想元素的融合,在种族设定上体现得较为明显。《九州缥缈录》中洛族的原型就是西幻中的矮人族,同时,作者又借鉴了东方的河洛文化,最终形成了小说中的洛族。类似的还有鲛族的设定。晋张华的《博物志》云:"南海水有鲛人,水居如鱼,不废织绩,其眼能泣珠。"而西方也一直有美人鱼的传说,如古希腊神话将河神女儿塞壬塑造成人面鱼身的海妖。羽族最早出现于《山海经》,书中称其为"羽民"。王充也有言"身生羽翼,变化飞行,失人之体,更受(爱)异形"。同时,它也融入了西幻中居于森林的精灵族元素。又如夸父族生活在雪原之中、智力低下、身材魁梧等特征,都与西幻中的巨魔族有关,又兼有东方神话故事"夸父逐日"的元素。东西方种族元素的融合使得"九州世界"的种族设定真实鲜活,也让读者感受到"九州世界"的宏大与广阔。当然,这种设定也有一些遗憾,作者的笔墨过多运用在对人族的描写上,对于其他种族的展示却寥寥可数,小说的奇幻性和丰富性也因此有所减弱。

总体看来,"九州"可以说是将中国传统文化引入网络文学中的先锋,在网络文学发展史上写下了浓墨重彩的一笔。

二、人物群像:主角团的切换与"三角"模式

和大多数以单一主角升级打怪作为主线的传统玄幻小说相比,《九州缥缈

录》采用的是多主角、多线并进的人物建构模式。这一模式不单单体现在由吕归尘、姬野、羽然在内的三人少年主角团上,还体现在主角团的选择和切换上。此外,在特定的社会环境下,少年主角团之间的"三角"模式也并不是传统的"铁三角"关系,江南对其进行解构,使人物关系的发展逐渐超出读者预期,形成独有的审美张力。

(一)主角团的切换与双重身份

《九州缥缈录》的主角线是清晰的,吕归尘、姬野和羽然三人小团体显然是江南叙述的中心。但在叙述"九州"胤朝末世局势的过程中,江南有意切换了叙述的对象,做出了从"少年主角团"向"名将主角团"的视角调整。

1. 少年主角团

在六部书中,第一部的主要内容为吕归尘幼年时从真颜部重回青阳部后的往事;第六部的主要内容为吕归尘成年之后从东陆重回北陆后的战事;第二部是以姬野为主要视角,先后结识羽然、吕归尘,从孤独到有人陪伴的南淮旧事;第五部是以吕归尘和姬野一生之盟为中心,展开对少年热血、重情重义的描写。以南淮为地点,少年主角团相遇并成长。在这过程中,他们的家乡——北陆青阳部、东陆下唐国、宁州羽族的局势正在发生变化,战争的种子正在萌芽,多条故事线并行。在《九州缥缈录》的结尾中,十九岁的吕归尘回到北陆,力战白狼团,姬野漂泊各国,羽然回到宁州。少年主角团至终也还是青涩的少年,无法在胤末乱世中独当一面。但在书中偶尔穿插的历史纪事将"少年终成帝王"的结局摆在了读者面前。《九州缥缈录》通过对少年主角团的描写,详叙了这些未来的帝王们少年时期的经历与情感纠葛,以少年的视角来描绘胤末乱世,感受武士的热血。

吕归尘·阿苏勒是少年主角团的核心,尽管他在三人中并不是战斗力最强的,也不是最具有领导能力的,但他是最善良的。他是北陆蛮族青阳部吕氏帕苏尔家的小儿子,继承了帕苏尔家族的"青铜之血",可以化身为"狂战士"。与蛮族其他族人的粗犷相比,吕归尘长得十分秀气而且瘦弱,不比他们骁勇豪迈。大多数人并不看好他继承草原大君的位置,只有阿爸郭勒尔偏爱他。他作为作者笔下的第一个出场的主角,并不是读者想象中的理想化的完美主角。

即便是拥有"以一杀千"的血脉能力,却害怕杀戮,害怕战争,柔弱乃至怯懦。他作为质子南下,在下唐南淮结识了一生挚友:姬野和羽然。吕归尘师承息衍,跟随息衍参与了殇阳关勤王。在阿爸郭勒尔逝去,长兄比莫干继承大君之位,并与淳国结盟之后,吕归尘被下唐国国主下令斩首。姬野劫法场,儿时好友苏玛嫁给比莫干以求铁浮屠护吕归尘安全回草原。青阳部和朔北部开战,吕归尘率军出征,两次皆以失败告终。哥哥比莫干、旭达罕、贵木相继死去,帕苏尔家只剩下吕归尘。吕归尘再次举起刀剑,但是面对有羽人、辰月支持的朔北部,他还是没能战胜狼主。吕归尘一生都为了"守护青阳和所爱的人们"而活着,他守护着苏玛,守护着阿爸留下的青阳部,守护着姬野和羽然,他是乱世中伟大的"仁"者。

姬野是少年主角团最张扬、刚勇的角色。他是下唐国南淮姬氏长子,母亲位卑早逝,不受父亲姬谦正的待见,弟弟姬昌夜也一直与他交恶。在与蛮族比武中以一挑七,成为第一后也没有得到重视,很快就被遗忘。受到武殿总指挥使息衍的重视,入职青缨卫,进入禁军,成为少年军官。继承了祖父姬扬的天驱宗主戒指,并佩有"天武者"翼天瞻传授的"极烈之枪"。年少颠沛流离、饱受排挤的经历让姬野学会反抗、不断变强。姬野一腔热血,与其他欺软怕硬的贵族少年军官相比,他渴望上战场,有一颗武士的心。殇阳关之战前,劫下嬴无翳女儿阿玉儿,被围困之际,挡下霸主嬴无翳的全力一刀,身受重伤。年少时的姬野对朋友十分仗义,在南淮结识了作为质子的吕归尘和羽族出逃公主羽然。在下唐国与蛮族盟约作废之后,吕归尘作为质子应当斩首示众,姬野只身劫法场,去救吕归尘,此后一路逃亡。

羽然是少年团里唯一的女孩子,真实身份是宁州羽族皇室的公主。年仅六岁的羽然为了避开针对羽皇的刺杀,被羽族的"天武者"翼天瞻从刺客手中救下,远走他乡。居住在南淮期间,先后结识了姬野、吕归尘,结下了深厚的友谊,并随着年龄的增长,各自产生了别样的感情。她是金发红眸的美人,个性活泼,流露出一份爱打闹的男孩子气。她有时机灵有时却不留心眼,仅仅是靠说话就能让觊觎她的姬昌夜和雷云正柯下不了台,十分要强,有仇必报。这位公主在南淮过得无忧无虑,大大咧咧的她也不总是牢记他人的叮嘱,以至于在爷爷翼天瞻离开南淮前往殇阳关的时候,轻易地把自己的羽族名字流露给陌生小贩。但是羽然的快乐并不是真正的快乐,她把心藏得太深了,没有人可以看透。翼天瞻认为有时候连他都不知道她心里想着些什么,"她的心,真是太深了"。这样一位少女在族人大难之际,收起玩性,没有告别地毅然决然地离开南淮,回到她一生注定要回去的宁州,去完成她的使命。

2. 名将主角团

在第三部和第四部中,少年主角团成了故事中的"影子",而将东陆四大名将、雄狮嬴无翳以及藏在背后的辰月教搬上了胤末燮初真正的战场。主角团的成员从少年转变为以白毅、息衍、嬴无翳为中心的将军和霸主,名将主角团成为新的主角团,替代少年主角团继续掌控东陆局势。姬野因战前扛下嬴无翳一刀身受重伤,在殇阳关一战中,几乎都躺在病床上休养。吕归尘作为世子,只是以学习、观摩的心态跟随息衍来到战场,大多数时候和姬野在一处,偶尔拔刀作战。

殇阳关勤王起于离国嬴无翳驻军帝都,挟天子以令诸侯。离开帝都时,楚卫、下唐、晋北、淳、休、陈六国联军试图将离国主力围歼于殇阳关内,并救回被离军掳走的楚卫国小舟公主。天下名将在此时共同聚集在殇阳关这一弹丸之地。战前白毅与嬴无翳相约七日内决战。其间,白毅在流入殇阳关的水源里投毒。七日之约的最后一日,白毅借助于风势用浓烟猛攻殇阳关,逼嬴无翳出城应战。嬴无翳损失得力干将苏元朗,最终率领离国主力成功突围。滞留殇阳关内的六国联军伤员无数,却得不到帝都的支持。在粮食、药物紧缺的情况下,南边谢玄军团虎视眈眈,辰月教长雷碧城利用尸蛊制造尸乱,给原本就损失惨重的联军雪上加霜。曾经是天驱的白毅不得不和城中其他六名天驱联手,发动君临之阵,联手打败尸武士。

白毅为大胤朝"御殿月将军",是东陆四大名将之一的"龙将",位列首位,有"军王"之誉。他作为楚卫国的栋梁,深得国主白瞬信任。作者称其"摧锋于正锐,挽澜于极危"。他是殇阳关勤王联军的总指挥。在殇阳关之战中,面对嬴无翳的铁骑,白毅深知敌我优势,利用北风向殇阳关投掷火球,用烟雾逼嬴无翳出城,他是个军事奇才。他和息衍是二十多年的挚友。传承了天驱的魂印武器"长薪箭",但放弃继承天驱指环。在殇阳关血战中为了杀退丧尸,与息衍及其他天驱合作,发动"君临之阵"。遇事冷静,胸有成竹,与嬴无翳的七日攻城之约即将到期,战前没有参与联军战术会议,反而在莳花弄草。"欲速则不达,阵前静不下来是领兵的大忌。你可知道下唐的十里霜红?"(《九州缥缈录Ⅲ:天下名将》第三章)性格孤寒淡漠,悲悯苍生,因不愿看到改朝换代的战争给人民带来的痛苦,决定主动去守护摇摇欲坠的腐朽王朝。

息衍为大胤朝"御殿羽将军",是东陆四大名将之一的"狐将",人称"东陆三十年内步战第一人"。他是吕归尘和姬野的老师,息辕的叔父。参与了殇阳关勤王,回国之后,青阳新大君上位,下唐派往青阳的使节被鬼弓射杀,息衍因此被人指认勾结蛮族,祸国乱政,囚禁于有风塘。后又因为学生劫法场、天驱宗主身份暴露,入狱后遭到长公主和下唐国国主百里景洪的诛杀令。外则笑意对人,儒雅旷达,宛若文士,内则潇洒疏狂,傲骨铮然。他不是拘谨之人,幽默风趣,自诩做过山贼,在狱中因双陆与隔壁老囚犯结识,越狱的时候顺便给了老囚犯逃生的机会,十分不羁。他善待下属,深得军心,在谢圭的帮助下越狱,原本受帝都钦差严令来堵截息衍的鬼蝠营却带来了息衍的佩剑"静都"。首领雷云伯烈以死为昔日的将军息衍送行,创造逃生机会。全军上上下下皆知将军爱好莳花,"将军的花我们照管得很好,我们还会继续照管下去"(《九州缥缈录Ⅲ:天下名将》第三章)成了令人动容的共识。

与联军处于敌对阵营的是离国"乱世之狮"嬴无翳,白毅称:"如果那头狮子没有生于世上的话,大胤国祚还该再续百年吧。"(《九州缥缈录Ⅲ:天下名将》第三章)他骑射精湛,弑兄继父位。他善用人,身边有离国三铁驹的谢玄、张博和苏元朗;善带兵,一支雷骑赤旅让各国军队都闻风丧胆;善作战,霸刀一绝,"嬴无翳的霸刀,真有雷霆开山的力量"。他被世人称为"威武王",尝挟天子以令诸侯,朝野敢怒不敢言。他有谋略而无狡诈之气,有威严而不高高在上。自嘲为"乡下诸侯",懂得音律,下棋喜欢下快棋。而"雄狮"不仅霸道威严,也是有血有肉的性情中人。部下谢玄在棋艺上力压嬴无翳,口无遮拦、一吐为快地调侃嬴无翳"我以前让王爷,现在不让了而已,并非我棋力长进",他也不生气。"嬴无翳无暇理睬他的狂言,急忙护住被他推动的棋盘,生怕落下的棋子挪动,再也不能复盘。他直愣愣地瞪着残局冥思苦想,而那边谢玄悠然笑笑,满脸轻松。"(《九州缥缈录Ⅲ:天下名将》第三章)

令朝臣谈之色变的一代"雄狮"也有护棋、悔棋这等哭笑不得的举动,嬴无翳的形象顿时丰满了起来。江南说嬴无翳的原型是武田信玄和织田信长,特别是后者,"一个不羁浪子和野心家的合体"。他是想要征服天下的乱世枭雄,却也急着要赶夫人的生辰回九原。他虽未称帝,但霸主之名传世。

3. 双重视角与双重身份

名将主角团和少年主角团有着密不可分的关系。通过名将看少年的未来,通过少年看名将的往昔,二者有一定的继承关系。少年们最后也成了万军首领,更进一步建立了自己的王朝政权。息衍不仅是吕归尘和姬野的老师,也是守护两个新天驱武士的天驱宗主。嬴无翳在《九州缥缈录》的衍生作品里将离国国主位置让给了姬野,名将古月衣在殇阳关之战中临危受命成为天驱,后也追随了姬野。名将们在胤末乱世之中,他们或生不逢时,或殒身战场,或追随少年,名将们终究不能改变乱世的局面,他们的时代已经过去。殇阳关之战让读者看到了名将们"最后"的风华绝代,而新的战场将迎来新主人——成为了名将、武士的少年们。《九州缥缈录》的叙事主体从少年团更改为名将团,再切换回少年团,也意味着少年对名将的传承,暗示了少年们的命运走向。殇阳关之战后,辰月和天驱的战争只是刚刚开始。名将们在国家的内忧外患中,将余下的对抗辰月的任务交给了少年团。在对名将的传承中,还有一份对天驱的传承。少年们成了新的天驱武士,继承了指环,继承了"铁甲依然在",以"守护"的名义阻止辰月祸乱"九州"。殇阳关一战是天驱和辰月在小说中的第一次正面冲突,随后吕归尘回到北陆,与辰月教唆的白狼团对抗,羽然回到宁州,和"天武者"翼天瞻一同前去推翻辰月支持的翼氏政权。在战争中,天驱少年武士成长为天驱名将宗主。

两个主角团的年龄、阅历、思想截然不同,对战争的看法、王朝的更迭持模糊或重视的态度。江南用两类人不同的视角来看"九州"的历史,少年们看到了战争的残酷,看到了帝王将相的残忍;名将们看到了历史的无情,个人的渺小。双重视角下的历史发展呈现出不同的色彩,也反映出个人在成长过程中对现实的接受度在不断上升,同时对残酷的历史逐渐麻木的过程。少年的视角带着对战争的厌恶,对死亡的恐惧,对权力的无感,而在名将的视角下,战争是家常事,死亡是麻木的,权力是令人争得头破血流的。在叙述战争的时候,江南有意地切换到名将视角,一方面是因为这样可以将名将的阅历和历史上的经典战役呈现给读者;另一方面,像殇阳关之战这样的大型战役,如果用少年视角来叙述是无法叙述全面的,视角的切换正是对少年视角叙述空白的补足。首先,殇阳关涉及各个诸侯国的利益纷争,参战的名将代表了各自国主的意志。而随军的吕归尘和姬野不过是下唐国的两个学生,无法看透战争背后掩藏的政治阴谋。其次,战争是名将之间的军事才能之争,也是天驱和辰月之争,战争的主体并不是少年,因此若是以少年的视角来叙述,无法实现全面的考量,对战争的方方面面都缺少观察。

　　少年成为名将的过程,也是一个逐渐认同自身社会身份的过程。首先,虽然说通过少年可以看到名将年轻时候的心气和都曾稚嫩的念头,但是这一群少年有着不一样的社会身份。与出身平民的名将们比起来,世界加之于少年的是更复杂的身份和更艰巨的任务。吕归尘的社会身份是北陆青阳部的世子,将来需要继承大君的位置,成为北陆的主人。羽然的社会身份是宁州羽族公主,承担起姬武神的职责。姬野的社会身份是与吕归尘交换指环后得来的天驱领袖,在《九州缥缈录》之外的故事里挑起抵抗辰月的大梁,最终一统东陆。其次,在初期,少年们并不是完全接受自己的社会身份,他们纯粹地想要依照自己内心的身份。吕归尘不想当世子,他只想要身边的人都安康幸福,他的内心身份是一个可以守护自己亲人的普通孩子。姬野学习极烈之枪,也不是为了继承爷爷的衣钵,成为一个优秀的天驱,而是想要获得亲人的关注和尊重,他只想做他内心身份的姬家长子,并且渴望父亲的爱。羽然身份的双重性是最为突出的,在南淮,她隐藏自己的羽族身份,用人族的身份交友、生活。若是不回宁州,她就可以永远是一个人族的小姑娘。羽族的身份对于羽然来说过于沉重,而戴上人族身份的面具时,羽然可以毫无顾虑、自由自在。同样,在南淮,其他两位少年都是依照自我的内心身份来生活的,他们都将自己不认同甚至有些许不能接受的社会身份搁置。社会身份对他们来说还比较遥远,且要完全吻合社会身份,他们势必要成为自己所厌恶的掌权者。最后,在世界不断前进的环境中,少年们的双重身份——社会身份和内心身份交替、统一。并且在悲剧的历史叙事中,少年们最终不得不向现实低头,与社会身份的面具相融合,将真实的内心掩埋心底。吕归尘最终依照社会身份对他的要求,以质子的身份答应与下唐国公主和亲。在回北陆后率领青阳部大战朔北部,他成了帕苏尔家最后一个男人,也因此必须承担起青阳世子的全部责任。而羽然也到了该回宁州的时候,平日里像小鸟一样不羁的爱笑女孩戴上了姬武神的面具,表现得端庄大方、冷漠清高。姬野也不再留恋姬家,日后一手接管了天驱,成为东陆的掌权者。少年们一边与社会身份相融合,一边掩藏内心身份,一边被推上战场成为名将,一边成了历史的推动者。

(二)"三角"模式的解构与变形

由吕归尘、姬野、羽然组成的南淮少年团,很容易被认定为"南淮铁三角"。但它并不是严格的"铁三角"模式。传统的"铁三角"模式是如《三国演义》中的"刘关张",包括后世文学《盗墓笔记》以吴邪、王胖子、张起灵三人为小说核心人物,组成的盗墓"铁三角"。《九州缥缈录》本身就不是一部符合读者阅读期待的爽文,因此其"三角"模式有别于"铁三角",作者通过多种方法去解构与再建其他意义上的"三角"模式。

首先,作者设计的"三角"关系中的中心人物吕归尘,并不是一个令读者愉悦的主角。对比有严格"铁三角"模式的《盗墓笔记》,其主角吴邪是"一个时刻找事做的主角,会令读者愉快地跟从主角到处冒险"[①]。因此,在这样的"铁三角"模式中,吴邪是中心的中心、是故事线发展的主要动力,王胖子和张起灵都是跟着吴邪的故事线走。而南淮少年团相对来说缺少了这种主动型主角。南淮少年团中的中心自然是吕归尘,《九州缥缈录》对吕归尘的描写篇幅也是最多的。但如果将他和吴邪相比,就会发现,吕归尘的故事线主要是靠其他配角所推动的,并不是一个"外向型性格,天生就爱'惹事',积极主动与各类人物构成复杂关系"的主角。简而言之,吕归尘不会主动去开启"副本",他的行动线

---

① 王祥:《网络文学创作原理》,北京:中国人民大学出版社,2015年版,第139页。

完全是被人推着往前走的。吕嵩的征战让吕归尘改变了幼年时期的生活环境,黑衣武士的暗算让他学到了大辟之刀,拓跋山月的来访让他使出斩狼一刀,并且被选中作为质子……如果没有这些配角,以吕归尘静若处子、息事宁人的性格,断不会离开北都城半步,更不用说离开北陆了。姬野和羽然的性格显然更符合主角的人设,外向、爱惹事。但他们在南淮相识、相处,每日在做的事情无非就是喝酒、看热闹、打架,生活平淡且重复,依然不具备"到处冒险"的能力。姬野在家被厌恶,他就去了军营,在军营里被排挤,他就在市肆中与羽然玩乐。而羽然跟着爷爷来,又跟着爷爷去。吴邪和吕归尘是两种截然不同的中心人物,因此他们所处的三角模式也存在一定的错位。吴邪所处的三角模式显然是冒险型的,具有前进性,王胖子也是主动型的角色,而张起灵身上的故事也总是在关键时刻推动剧情发展。但是南淮少年团里的三个人都不是主动型的角色,这与他们还是"少年",阅历不多有一定关系。但无论读者将谁看作中心的中心,或者说主角中的主角,都必须承认其被动性。

这样的被动性也导致了南淮主角团涉世未深,经历甚少,不如《盗墓笔记》中的"铁三角"那般"铁"。在《盗墓笔记》中,"铁三角"一起探险,即使有时因为一些困难而失散,但在关键时刻总会聚在一起,齐心协力面对困难。其中,以吴邪为故事线主要推动者,王胖子和张起灵既依附于吴邪的故事线又独立于整体事件之外。而前文也提到,南淮三角的活动范围只局限于南淮,更准确一些,可以归纳为以军营、烫沽亭、凤凰池为主的几个地点。活动事件以及团队精神只体现在喝酒、看热闹、打架之中。他们之间缺少某些可以加深彼此羁绊的突出事件,唯一称得上记忆深刻的也只有幽长吉夺苍云古齿剑事件,但是该事件的起因也是因为幽长吉的挑衅,这才导致吕归尘在困境中唤醒苍云古齿剑,最后的逃脱也是受了息衍、苏瞬卿的帮助,因此事件的本质还是属于被动式的。甚至在殇阳关战役中,只有吕归尘和姬野参与其中,羽然一直缺席,使"三角"模式直接在南淮一别后渐渐淡化。所以南淮三角的关系仅仅停留在孩童之间玩闹的友谊,兄弟之间的仗义,并不能达到"铁三角"那样一荣俱荣、一损俱损的命运共同体式的默契。

除此之外,一女二男的三角恋模式加持在原本的三角模式上,使本就不够团结的三角关系出现裂隙。吕归尘和姬野都心系羽然,在文中提及时总是以少年"懵懂的感情"一笔带过,但是通过多年后帝王们的回忆,证实了少女在两位少年心中重要的地位。羽然清楚吕归尘对她的感情,而她只喜欢姬野。羽然出于安慰拥抱丧父的吕归尘的场景始终让姬野觉得内心不舒服。少年之间出现了隔阂。虽然吕归尘和姬野的最后一次见面,在法场上,少年们充分诠释了仗义和热血,但看似牢固、令人动容的兄弟情谊早已被先前的隔阂撕开了一条裂缝,这也为后来两位帝王反目成仇、情谊破裂奠定了基础。

在《九州缥缈录》中,江南并没有彻底消解三角模式。"铁三角"中的王胖子和张起灵既依附于吴邪又独立于吴邪。他们始终跟着吴邪的探索方向前进,但是他们也有自己的秘密、自己的生活,只是吴邪需要的时候,他们便会出现。在南淮少年团中,没有谁依附于谁,他们仅仅是彼此的玩伴。在后期,三个人被迫分开,分别在北陆、东陆、宁州成就事业,江南将三角模式异化成了三线平行模式,他们各自的故事线由各自展开,丝毫不受彼此的影响。但是三角模式并没有彻底消失。从地理上来看,北陆、东陆、宁州刚好能构成一个三角形,它们代表了三个少年的称帝地点,也暗示了少年称帝后彼此制约的局势。进一步来说,无论是后期他们再相遇,还是中晚年时期再回到各自的王域,始终是处于"三角"模式的。这样的三角并不是"铁"的,而是三人时而相互扶持,时而互相抗衡,时而各行其是,变异成并行三线。不断变化的"三角"模式使人物的关系不断发生改变,主角团内部情感不断变化,故事走向逐渐超出读者的预期。而像"铁三角"这样固定的人物关系模式中,读者预先知道他们会一直在一起,因此不会对人物关系的变化有过多期待。从组合到拆解,到重新组合、再度拆解,即使最为稳定的"三角"关系也被解构得可以自由变化,这是江南对传统"铁三角"模式的解构。

三、历史的背面与日常生活的书写

《九州缥缈录》对历史的书写颇有特点。小说中的"九州世界"因其广阔宏大的背景设定,营造出一种厚重的历史感;同时,小说并不追逐历史洪流的大势,而是立足民间话语、日常生活和个人生命,呈现被通史忽略或剔除的历史碎片。《九州缥缈录》独具特色的历史叙事使得"九州世界"更本真,更富有生命力。

(一)大写的历史与历史的背面

从中国古代历史的书写来看,官方的历史话语可被视为宏大叙事的表现,官方历史话语是合法的、权威的,并在很长一段时间内占据了中国历史文化书写的重要地位。

绵延千年的史官制度和正史编纂可以说构成了有别于世界其他类型史学的独特中国文化。在史官文化发达、史官服从于政治权威的中国古代史上,除编纂者自身在历史纪事时或渗入个人观点,或运用文学手法,使得客观历史主观化之外,史官修史还须仰人鼻息,遵循帝王旨意,为维护统治者的利益,往往隐瞒或歪曲某些不利于其统治的历史真相,将事实留在历史的阴影处。《九州缥缈录》中也不乏这样的史书设定:史书典籍、史官语录和"历史"专栏。以《燮河汉书》《青阳纪事》《羽烈帝起居注》为主的史书典籍,用简洁庄重的话语对黩武征战、英雄辈出的"九州"大历史进行官方书写;小说章节末尾独具特色的划分"历史"专栏,在文本形式上完成了历史叙事的别样呈现。作者试图通过以上细节的填充,增添历史叙事的真实感与可信度。无论是真实历史或是虚拟的架空历史,官方话语下的正史记载由于代表一定的主流意识,体现一定群体的历史意志,在政治话语的加工和整理后,历史的本相被涂改、被删减,以至于后世人们对历史的追溯只能从虚实相间的民间轶事和吉光片羽的历史碎片中摸索。为呈现那些正史背面的真实图景,《九州缥缈录》在叙事上突破了单一的宏大叙事,在小说创作中运用民间叙事,引入各式各样的民间元素来填补官方历史的空缺。如小说中频繁出现的说书场景、逸闻野史、乡土语言,对民间习俗的细致描写,以及对女性身份的关注,都有别于一般的历史叙事,于宏大世界中见细腻情怀,细腻之中见悲情,将潜藏在历史背面的人与事、人与世界的复杂关系真实呈现在读者面前。

民间叙事主要体现在语言方面。小说吸收了大量民族话语,塑造了一个又一个豪放悲情的种族。例如《九州缥缈录Ⅰ:蛮荒》中写到的蛮族歌谣"狮子搏狼,狼食麋鹿,麋鹿就草,草也无辜","伴当"一词在蛮语里的意思是"朋友",

蛮族姓名的特殊含义("阿苏勒"意思是"长生"),北都城被羽族人称为"悖都",意为"错误的城市"……诸如此类的民族话语构建出立体真实的北陆游牧民族和草原上每一位纵横驰骋的勇士形象。然而在胤皇朝官方历史的记载中,蛮族在与朔北部的白狼团交战后,以战败投降的悲剧结局退出历史。充满民族气息的民间叙事话语与统治着整片东陆的胤皇朝官方话语对立,在无形之中,"九州世界"各民族间的复杂关系暴露在读者眼前,苍凉与悲情溢于言表。

在叙述中注入民间元素毫无疑问是全面、客观、真实地反映民间生活的重要方法。小说中细致书写了不少民间风俗场景,帮助展现民间生活的全貌和本相,与政治生活和精英生活拉开了距离,具有独特的审美价值。如:"周围尽是喧闹的人声,每个夜市的摊子都挂着宫样的灯笼,红纱里裹着一团温暖奢华的光。有的摊子上叫卖着豆馅儿的小包子,有的摊子上则是仿制紫梁宫里的瓷器,有的摊子上是精美的纹铁匕首,带着鲨鱼皮的鞘,买一把配在腰带上,作为装饰也是一流的。"(《九州缥缈录Ⅳ:辰月之征》第五章)文中有不少与此类似的民间元素描写,大到对特色风俗的介绍,小至摊贩的叫卖场景的描写,甚至在惨烈的殇阳关大战中作者仍不忘介绍楚卫国充满特色的风味小菜,行文中民间元素丰富,拉近了历史与生活、个人之间的距离。

对女性人物的命运书写是对官方话语的另一种反抗。在传统历史观中,女性人物一直处于边缘化的状态,官方话语中女性人物的出场少之又少。作者正是意识到女性话语对真实历史构建有不可替代的作用,在《九州缥缈录》中塑造了一系列拥有庇护男性、能力突出的女性群像,如女主人公羽然、蔷薇公主、苏玛、阿苏勒的奶妈柯伦帖。而在小说虚构的史料《燮河汉书·项空月传》中,羽族公主和蔷薇公主这类具有较高地位的女性都仅有寥寥数笔的记载。女性书写往往只能在男性大写的历史的记载中留下一些蛛丝马迹,然而在诸如画本、说书、野史笔记等民间话语中,女性话语却流传甚多,尽管很多故事历经多年早已被编改得荒诞不经,但丰富琐碎的民间话语承载了人物的众多面相,表现了女性命运的沉浮与坚忍顽强的反抗。

(二)战争叙述与日常生活的书写

"小说家的创作不是要复制历史,那是历史学家的任务。小说家要写战争——人类历史进程中这一愚昧现象,他所要表现的是战争对人对灵魂扭曲或者人性在战争中的变异。从这个意义上讲,即便没有经历过战争的人也可以写战争。"在莫言看来,战争叙述对复杂人性的展现具有特定的作用,因为"战争无非是作家写作时借用的一个环境,利用这个环境来表现人在特定历史条件下感情所发生的变化"①。在战争的描写中,高明的作家会注重挖掘复杂人性,展示战争之余的日常生活。

相对于宏大叙事下的"正史"的展现方法,江南在《九州缥缈录》中将个体生命从集体精神中解放出来,拆解正统意识,每一个人物形象都是自我独立的个体存在,甚至包括以往正史中无意立足的"小人物""反叛者"。战争在史书上可能只是浅淡的一笔,但背后是无数的有血有肉的将士和无辜的百姓。在《九州缥缈录》中,可以说战争中的任一阵营都无所谓正义或非正义之说,他们都代表着各自的利益,守护着各自身后的领土和子民。小说中战争对复杂人性、对个体生命的呈现集中在《九州缥缈录Ⅲ:天下名将》中,尽管江南在其中继承了以往"乱世出英雄"的经典"套路",然而每一位名将都并非理想化、扁平化的存在,他们身上或多或少存在着过去英雄人物不会具备的"缺陷",人性的伟大与渺小、英勇和怯懦同时存在。

以"乡下诸侯"自嘲的嬴无翳,在正史中不过是扁平单一的人物符号:

> 在东陆中州,赤潮般的骑军开进了胤朝帝都天启城的城门。东陆的雄狮,来自"南蛮"离国的诸侯嬴无翳骑马直趋太清宫,在阶下昂首不跪。七百年来第一次,皇帝在刀剑下屈服,成了臣子掌中的傀儡。(《九州缥缈录Ⅰ:蛮荒》第一章)

在百姓眼中他是朝廷叛贼,曾经挟天子以令诸侯,手段狠戾,烧杀抢掠。他横扫中原,与雷碧城合作引发尸毒发动殇阳关之战,有违正义,价值扭曲,但他对待手下将士能知人善用,甚至其他天下名将也无不敬佩他的威严之气。另外,他行为坦荡,从不乘人之危:当息衍、白毅等人深陷险境时,他爱惜人才,保其性命。如此矛盾驳杂的思想和行为令人无法将其完全划分为"反派",反

---

① 杨扬编:《莫言研究资料》,天津:天津人民出版社,2005年版,第32~44页。

倒会为他身死沙场而惋惜。直至多年后,街头巷尾仍流传着这一代雄狮的事迹:

> 大燮初年,茶坊酒肆里最流行的几段说书之一就有《涩梅谷霸王奋刀》一章。说到这里,先生们无不眉飞色舞唾沫飞溅,仿佛挥袖之间五千雷骑冲锋陷阵,帝王们刀剑纵横。孩子们也喜欢听,喜欢听霸主和皇帝旗鼓相当,惺惺相惜,他们相约于若干年后决胜东陆,而其中一人真的成了东陆的主宰。(《九州缥缈录Ⅲ:天下名将》第二章)

茶坊酒肆中的一代霸主不再只是历史年表中的一个简单符号,他们是有血有肉的人,每一个人身上复杂的人性都未被历史洪流湮灭,个体在战争中表现出栩栩如生的面目。

"历史是由一个个具体的偶在个体的生活事件构成的"①,失去个体的依托的历史如浮萍飘忽不定,如破镜残缺不全。尽管"九州"战场上战争的风雨和生离死别不曾间断,生存和守卫成了时下最浓烈的信仰,但也正因为战争的悲壮和崇高,使得这背后的一切政治利益都暂时隐退,战争中的每一个人物形象都愈发鲜活和立体。小说中诸多战争场面的描写,无不渗透着历史车轮下坚韧不屈的抗争精神和沉重宿命碾压下每一个体的生命张力。

细腻的人性书写也是江南较其他同期网络小说家更出色的地方,他能"细腻而精准"地抓住人物之于作品最重要的特点,赋予大写历史背后的人性关怀。这在其《此间少年》《龙族》等作品中也有所呈现。与之相比,"今何在"笔下同样具有宏大框架的《九州海上牧云记》,则在民间叙事上表现不足,缺乏细节真实的填充。当然,过分沉溺于细腻情怀的书写,也让《九州缥缈录》在用力上不够均衡,这也是小说一直为读者所诟病的地方。作者原本试图构建一个宏大的世界与庞大的人物群像,但囿于驾驭能力,小说从第三部开始就陷入男女情爱、家族内部的小叙事之中,几乎失去了对整体结构的把握,最终表现出"一坑未平一坑又起"的散漫结构与虎头蛇尾的局面。

---

① 刘小枫:《沉重的肉身》,北京:华夏出版社,2014年版,第7页。

四、极限境遇与崇高美学的生成

在世界与人物的相互作用中,个人意志突破命运成为小说的思想集成所在,悲剧的演绎是《九州缥缈录》英雄世界的基调,人物群像与"九州世界"相互作用,汇聚成历史长河之波澜。历史故事既虚无缥缈如沧海一粟,又刻骨铭心如水滴石穿;既是血腥的残酷杀伐,也是闪光的英雄史诗。

(一)极限境遇

《九州缥缈录》故事发展定调为悲剧,牺牲、离别、杀戮、失败、无奈、宿命……小说通过各种极限境遇的描写呈现了悲剧性。

1. 分离与牺牲的必然性

全书悲剧色彩的突出点离不开人物的分离与牺牲,分离与牺牲不仅是网络小说的惯用手段,也是悲剧文学的常见形式。

小说不断描写分离。"我要走了"这句话出现在主角三人团分别的时刻,在吕归尘的最后一战前也浮现在他的脑海里。曾经要好的"三角"经过了世事变迁已然不能回到从前的时光,各自奔赴使命也只能留下回忆。

小说也不断描写死亡。帕苏尔家的男人们相继死去,不管是可爱、恪纯的贵木,还是父亲郭勒尔、大哥比莫干、爷爷钦达翰王,这些强烈而密集的牺牲,对旭达汗、吕归尘的冲击无疑是巨大的。

如若此般的分离与死亡,给小说笼罩了浓郁的悲剧氛围,读者在代入阅读时不免失落伤感。

2. 主角奋斗的失败

由于正反派力量悬殊,正面力量的反抗总是不断失败。从拥有"青铜之血"又学会了"大辟之刀"的吕归尘,到甚至不会用刀的阿摩勒,都在"铁甲依然在"的信念中不断升腾起上阵杀敌的英雄之心,但最终的结局皆是失败,坚定奋起而又忽然失败,有如大厦骤倾。

同时,战斗的意义始终被怀疑:战争究竟是为了生存还是争夺,为了守护还是复仇?两者仅一纸之隔,守护臣民的正派一方不经意间就成了争夺者、复仇者,在战争中丧失了守护的本意,落得"屠龙少年终成龙"的悲凉结局。而当正派之间陷入无意义的战争时,不免被反派收取渔人之利,主角的失败变成必然。

3. 集体无意识与"历史的无奈"

在漫长的历史演化过程中,世代累积的人类祖先的经验就是集体无意识,它的内容能在一切人的心中找到,具有普遍性。它的原型是人心理经验的先在的决定因素,促使个体按照祖先遗传的方式去行动。[①]

青阳在北陆中实力强盛,吕归尘幼时便在青阳统治的耳濡目染中成长,所见征战杀伐不在少数,更有洞穴内被关押的爷爷为他讲述帕苏尔家的历史,使他明白草原英雄本该人人皆武士。"去懦弱"的集体无意识在草原给予原本体弱的吕归尘上阵杀敌的勇气,自殇阳关之战起,吕归尘便不断在战争中披荆斩棘,成为守护一方的少年武士,但也成为他幼年时期痛恨的杀伐者。

放眼历史长河,自古英雄远庙堂,正是因为身处庙堂的人被"历史的无奈"牢牢锁住。吕归尘眼看亲人逝去是无奈,姬野历经天驱的波折是无奈,羽然离开朋友是无奈,小舟公主嫁给百里煜也是无奈……为了守护身后的人,即使有诸多的无可奈何,少年们也别无选择,而选择又造成了更多的无奈。

(二)人的反抗与崇高的生成

小说虽然表现了历史与命运对个体的种种打击,但在命运的打击中表现了人性的伟大,人物在命运下的坚守与不屈精神,为小说增加了崇高内涵。

1. 崇高美学生成的两个阶段

崇高美学的生成要经过由痛感到快感的两个阶段。在第一阶段,个人面对令人望而生畏的强大世界时,深感自身的渺小与无能为力,外在形式压倒了人,个人充满了压抑与挫败之情。[②] 在吕归尘身上,表现了世界对个体的压抑,在小说一开始,他处处碰壁。在多数打怪升级的玄幻小说中,无论反派如何强大,正派的"金手指"总能为他开挂,反败为胜。而在《九州缥缈录》中,吕归尘

---

① 赵毅衡:《论重复:意义世界的符号构成方式》,《河南大学学报(哲学社会科学版)》2015年第1期。
② 李慧青:《现实中的超越——论崇高》,吉林大学2009年博士学位论文,第29~30页。

的"青铜之血"并不能起到这种作用,以吕归尘与白狼团一战来说,他的"青铜之血"形同虚设。他直面白狼团,高喊着"铁甲依然在"带领军队出城,但是面对有辰月教长山碧空坐镇的白狼团,他还是没能够扭转局势、反败为胜,北都城最终还是被攻下了。吕归尘的"金手指"并没有为他创造奇迹,前后两次领军进攻白狼团皆以失败告终,正派在苦战中突破后歼灭反派的传统套路在吕归尘和白狼团的激战中完全被改写。吕归尘不断下行的命运可以说体现了世界对个体的不断打击。

在第二阶段,个体面对必然失败的结局、面对不可逆转的命运时,却又不断奋起,在个人内心奔腾着战胜一切的激情、信心和勇气,转而激发个体的潜能,产生一种去征服邪恶、力争胜利的决心与心理上的自豪感。在吕归尘身上,即使面对必然失败的命运,我们仍能感受到主人公叛逆反抗的个人意志。吕归尘的爷爷、草原上让人闻风丧胆的钦达翰王也有这种性格,年少时的他是仁慈、正直的,但是没有逃脱命运的诅咒,性格越来越暴虐,杀死了自己的妻女,最终被囚禁在暗无天日的地牢里,他在地牢中坚持不懈地寻找压制狂血爆发的方法。他用这种悲壮的斗争告诉诸神,命运可以带走自己的幸福,却不能剥夺自己的精神,命运让自己妻离子散,却不能让自己低头。

2. 个体对理想的坚守

崇高是人的崇高,它必须表现个体在挫折、困难打击下对理想的坚守。这在整个故事中体现在三个不同的方面:道德理想的追寻、英雄理想的重建及信仰理想的坚守。

道德理想的追寻十分典型地表现在吕归尘的身上。从青阳部的幼年时期开始,他便与草原上你争我夺的打杀有了距离,由于亲近之人被凌辱残杀的场面血淋淋地展现在眼前,他对和平的向往远远胜于他人,可以说,他年轻生命的信条就是"守护青阳和他爱的人们"。可是事与愿违,亲近之人离去,北都也有无辜的人不断死去,羽然的结局也不尽如人意。吕归尘守护和平的道德理想仿佛难以实现,但在见证了无数的残酷与亲人好友的逝去后,他终于拥有了直面一切困难的勇气,并把这种勇气如同火把一般传递给跟随他的人,此时的他才是真正的北陆的大君,懦弱的少年终于成长为一只草原上的雄狮。

英雄理想的重建体现在姬野身上。生来异样的外貌与性格使他的一生都与众不同,他永不言败、永不屈服的墨黑色瞳孔燃烧着可以席卷这整片大陆的火。指环戴在手上的时刻、得到刀法传承后奔赴比武会的时刻、一次次默念"铁甲依然在"的时刻,都有英雄理想的迸发。姬野的父亲担负不起天驱的精神,姬野却重建了这种精神,他征战天下,闯过重重关卡,为守护而拼命厮杀,这正是英雄主义的最好表现。

信仰理想的坚守在书中当属天驱武士。为数不多的天驱武士为和平而奋起,为天下而征战,这是信仰的力量。而从未有过真实载体和物质体现的天驱,不得不让我们怀疑,天驱是否真的存在,天驱武士的战斗是否都是正义的、人道的,信仰是不是最有力量? 然而,天驱武士很快给出了答案,不管是与丧尸斗争中的死里逃生,还是为了和平而战的慷慨豪情,少年们与武士们都用勇敢无畏诠释了"铁甲依然在"的精神,信仰从不湮灭。

3. 天驱与辰月的隐喻:人与命运的冲突

崇高美学还有更深层的表现形式,以隐喻的方式呈现出来。

"九州"大陆上除了有各州、各诸侯之间的纷争,还有散布在各州的两大组织——天驱和辰月之间的纷争。主角所在的天驱武士团和不断挑起战争的辰月之间的正反派之争,从一开始就面临着实力的悬殊差异。在这场看起来不可能胜利的战斗中,天驱以西西弗般的精神,对掌握命运的辰月进行反抗,体现了人与命运之间的激烈冲突。

在希腊神话中,西西弗绑架死神,强闯冥府,触怒众神。众神判处西西弗将一块巨大的石头推上山顶,而石头一遍又一遍地滚下山去。西西弗就这样无休止、毫无意义地重复这一动作。《九州缥缈录》中的天驱也在"九州"大地上重复着看不见终点的斗争。他们的宗旨天生与辰月对立,辰月要战争,天驱要安宁;辰月要破坏,天驱要守护。无论辰月如何强大,天驱以不屈的意志进行反抗,"铁甲依然在"不仅是一句口号,也代表了天驱武士"不信命"的自由意志。

天驱和辰月的斗争暗含了人与命运的激烈冲突。在"九州"大陆上,辰月历来能得到各方的支持,在胤朝末世,白氏皇族、翼氏羽族、朔北部白狼团皆以辰月为军师。辰月之徒自诩为神之使徒,遵循神的旨意,降战火于人间。他们以神的姿态漠视世间的一切,为了教义狂热地献身。他们是白毅口中的"疯子",公然挑起战争以此剔除诸族中的弱小的个体,对天驱赶尽杀绝。辰月拥有神的手段以及决定命运的力量,和希腊神话中的诸神一样无所不能。雷碧城初次登场在殇阳关外,以秘术制造出诡秘的气氛,使联军的马匹全部受惊,关内关外尽是阻碍视线的迷雾。后又制造"丧尸"使滞留殇阳关内的联军陷入苦战。他曾在太清阁向长公主展示控制"春夏秋冬"的神秘力量,并让时光在长公主身上倒流,使她回到年轻时候的状态。他身边的从者一个是尸武士,一个拥有枭瞳。辰月教长山碧空在吕归尘幼年时到访青阳部,以幻境迷惑大合萨历长川后,牺牲了一位从者的性命,复活了吕归尘。他带着学生——夸父族的桑都鲁哈音和白氏皇族的后代白子禅北上寻找三十年前战败的朔北部大君蒙勒火儿,以秘术"神之舞"抵挡雪崩。在吕归尘第一次领军对抗朔北部时,以秘术"焚风"助战朔北,力挫青阳飞虎帐。反观天驱,他们仅仅是一群身手还不错的武者。关于武器,也就天驱宗主们世代传承着一些魂印武器。而这些根本不足以和辰月抗衡。跟神通广大的辰月相比,天驱是微不足道的凡人。辰月对天驱的不断镇压即命运对个人意志的不断打击,天驱在湮灭中再次复兴,体现了个人意志为了冲破命运所体现出的不屈精神。

阿尔贝·加缪认为西西弗之所以能够征服命运,是因为他"有意识"地思考"自己所处的悲惨境地",在休息的时候进行了深入的思考,对其报以"蔑视"的态度。[①] 这里的生存条件分为内部条件和外部条件,前者指西西弗的内心,是西西弗"藐视神明,仇恨死亡,对生活充满激情"使得他"受到难以尽述的非人折磨"[②];后者指的是时代环境,生于诸神掌握命运、肆意处罚凡胎肉体、人神不平等的时代,一旦触怒诸神,西西弗必然遭受苦不堪言的惩罚。双重痛苦的生存条件并不能压垮西西弗,他以极强的洞察力判断生存条件并且接受它、反抗他。因此,注定的命运反过来为西西弗所征服、所掌握。天驱在漫长的历史

---

① 加缪:《西西弗神话》,北京:人民文学出版社,2011年版,第149页。
② 加缪:《西西弗神话》,北京:人民文学出版社,2011年版,第148页。

中,有过湮灭,有过复兴,有过消亡,有过辉煌。天驱不死不灭的精神里,蕴含着西西弗般对命运"蔑视"的态度。他们清晰地认识到自身的"生存条件",绝不向命运作出妥协,反抗虽是无用但是崇高。

与辰月生存环境良好、教义清晰相比,天驱既丢失了理论,又遭到各国当权者的镇压。天驱武士团在极盛的时期可以组织起超过万人的军队,在衰微的时候完全没有声息。天驱武士们只知道他们要守护这个世界,他们一腔热血,高喊"铁甲依然在",做着循环往复无止无尽的斗争。这是天驱生存的内部条件,虽然理论被遗忘,但是热血仍在。"九州"漫长的历史中,天驱也经历了多次的湮灭和变迁。一心为了和平的天驱,为君主们所不容,身份无法暴露,既要对抗辰月又要防止遭到当权者的屠杀。在小说中,息衍的天驱身份被雷碧城透露之后,天启皇族白氏和下唐国国主百里景洪毫不犹豫地对其下诛杀令。辰月和君主们的双重打压是天驱生存的外部条件,与西西弗相比,天驱不仅要受到神的打压,还要受到同为人类的君主们的排挤,生存环境更加恶劣。可以说,辰月的时代就是希腊诸神统治的时代,天驱就在这样的时代里与辰月做斗争,试图摧毁神之计划,扭转命运,同时还要抵抗被神的意志所驱使的同胞。希腊英雄的伟大与九州天驱的壮烈遥相呼应。天驱是和西西弗一样的荒诞英雄,他们同样有激情,同样遭受困苦,同样"有意识"。天驱的"有意识"令绝境中的他们同样善于思考,在思考中拨开迷雾看清神的手段,看清命运的脉络。这就是为什么天驱既可以不死,又可以"在被镇压和迫害的时代,他们身上也具有殉道者一般的神圣光环","神圣光环"就是天驱们反抗所谓至高无上的命运,将命运掌握在自己手里的精神力量。

西西弗作为人间的一个国王,以凡人之躯对诸神进行反抗。他反抗死亡的命运,于是绑架了死神,让人间没有了死亡。他反抗推石的命运,由此悟出了荒诞中的幸福。他"坚信一切人的东西都源于人道主义",于是他"就像盲人渴望看见而又知道黑夜是无穷尽的一样",永远在前进。① 这与《九州缥缈录》中的天驱的精神不谋而合。神能够决定西西弗无用又无望的余生,但不能左

---

① 加缪:《西西弗神话》,北京:人民文学出版社,2011年版,第151页。

右西西弗对待命运的态度。辰月能以秘术预言、制造人物的命运结局,但有一种精神是它无法改变的,就是由人心所生出的不屈的、反抗的精神。西西弗确信的"人的根源"指的就是人的精神,或者说是人的内心。就像雷碧城所说过的:"神的力量,无法改变人的心。"这句话,将威严的神像打破,请离人间,把神定下的命运变成了属于人自己的事,在人世间通过人们自己解决,从而获得人心的自由。加缪认为西西弗是幸福的,因为"他的命运是属于他的。他的岩石是他的事情"①。同样,天驱在面对实力强大的敌人的时候,其心情也必然是积极的,因为命运一物并不能预测、改变个体的态度,如此,命运在某一程度上可以被认为是反过来掌握在了个体的手里。人与命运的冲突在古今中外都能够以人的胜利圆满告终,个体内部所蕴含自由意志、反抗意志的力量成为人可以抵挡神和命运的最终武器。

(三)崇高美学的文学史意义

1. 网络文学中的"异类"

命运的无法挣脱性让"九州"众多人物感受到了人生的悲剧性,但生活在这片大陆上的人们的不停抗争,让人认识到人生最重要的在于自我书写的过程,而不是它的结局。作者江南在导读中说:"谨以这篇故事,诉说我对冷兵器时代英雄们的向往,我尊敬那些人的勇气和意志,要在乱石崩云的残酷时代,以刀剑和血泪去开创属于自己的一片天空。尽管我也深深地明白,在乱世激流中,人们挣扎着抗衡时代的力量是多么的渺小甚至可怜。"(《〈九州缥缈录〉导读》)人们希望能够超越命运所代表的世界的无限性,而在这种永恒的超越中,人性一次又一次得以升华。

读者在体会书中个人命运的桎梏与自由意志的冲突时,会因人物命运的悲剧性产生恐惧、痛感,也会因悲剧的崇高实现而获得快感。少年主角团下唐国的美好静谧逐渐变成跟随息衍战斗的紧张刺激,少年与名将们被命运推着走,历经亲人逝去、族人战乱、王朝更迭,悲剧命运不断触发读者的痛感机制,而当故事聚焦在个人的崇高反抗上,读者体验由恐惧变成愉悦,低落化为振

---

① 加缪:《西西弗神话》,北京:人民文学出版社,2011年版,第150页。

奋,自卑转化为超越,痛感转化为快感。两种不同的故事走向在《九州缥缈录》中不断整合,读者在悲喜交加的拉锯战中获得激动而又矛盾的审美体验。

但将这部作品置于网络文学历史中时,它似乎显得不合时宜。

首先,网络文学普遍奉行个人成功模式,主角不断升级,而《九州缥缈录》却是"无人成功,依然守护"的结局,这与网络小说常见的受众期待有所冲突。

其次,主角的成长过程从总体上看体现的是"失去""失败"的命运。表面看来,主角最终处于权力的顶端,可是吕归尘逝去了亲人,姬野拱手让位,羽然回到宁州……对社会秩序的趋同,让他们戴上了沉重的枷锁,一方面是意气风发、顽强抗争,另一方面也在不断付出代价,即使故事的结局在一定程度上是开放的,但悲剧大框架依然让沉重与严肃的基调占了上风。

这种独特的风格,让《九州缥缈录》成为网文中的一个"异类"。

2. 精英奇幻网络文学的尾声

江南《九州缥缈录》的阅读群体呈现出两极化的特点,这与该小说的精英化写作不无关系。2002—2004年是网络文学的关键转折时段,国内最大的网络文学原生评论论坛"龙的天空"发生了三次论战。此后网络文学的主流开始从瞄准实体市场的严肃幻想小说转为在线付费的玄幻小白爽文,核心受众从"精英"(阅读量大、学历或收入较高、重视文学严肃性的老读者)转为"小白"(阅读量小、爱看爽文的新读者)。[①]《九州缥缈录》依然坚持精英化的写作模式,不再像从前一样有数量庞大的读者,甚至时隔多年后才被改编为影视剧。

在爽文盛行的新世纪网络文学写作中,《九州缥缈录》在某种意义上可以说是精英化奇幻小说的尾声。

五、时间的折叠与蒙太奇的拼贴

作家在小说叙事中通常按照一定的时空顺序和逻辑关系,编织一个完整

---

① 谭天:《网络文学发展早期的"精英"与"小白"之争——"龙的天空"论坛三次论战综述》,《中国当代文学研究》2020年第6期。

的故事情节。然而,《九州缥缈录》在叙事上超越了一般小说的线性叙事传统,通过闪前和闪回实现叙事时间的灵活多变,同时采用了蒙太奇的组合。人物的悲剧在时间的折叠与画面的拼贴中缓缓展开。

(一)叙事时间的折叠

"时间是小说的一个主要组成部分。我认为时间同故事和人物具有同等重要的价值。凡是我所能想到的真正懂得或者本能地懂得小说技巧的作家,很少有人不对时间因素加以戏剧性利用的。"[①]出色的小说家无不发现时间的奥妙和魅力,并将其驾驭、运用在小说创作之中。法国学者热奈特在他的《叙事话语·新叙事话语》中将小说的时间分为两种:故事时间和叙事(伪)时间,两者不一定保持同步[②]。托多罗夫在《文学作品分析》中也将小说的时间分为被描写世界的时间和描写这个世界的语言的时间。尽管时间的分类名称不尽相同,但二者都强调了时间的双重性,这使得原本遵循物理时间的线性时序可能被打破、重组。也就是说,作家在创作过程中,可以自由拆解线性的故事时间,通过灵活调用故事素材,重构新的时序,从而增强小说的审美效果。《九州缥缈录》在总体上仍遵循自然时序,但多处采用闪回和闪前的手法,在错位的时间运动轨迹中重建一个丰富完整的故事。

闪前,也称"预叙"。作家通过闪前,预先说出将来要发生的事、预见人物或事件的结局,可以表明一种宿命或命定的意识[③],托多洛夫称之为"宿命情节"。《九州缥缈录》往往是通过一段史书文字的记载,将小说"现在"故事时间之后即"未来"会发生的事情,以预先告知的方式呈现,让读者站在先知者的角度观察人物的命运轨迹。闪前技巧的运用,使叙事中读者的疑惑性由结局转向情节的进展过程,读者的关注点也由常规的"如何结束"转变为"怎么发生"或"为什么发生"诸如此类的问题。在这一过程中,预示的力量让原本对故事结局期待的紧张感逐渐削弱,从而加深人物宿命的沉重感。主人公命运的不

---

① 伊丽莎白·鲍温:《小说家的技巧》,《世界文学》1979年第1期。
② 热拉尔·热奈特:《叙事话语、新叙事话语》,北京:中国社会科学出版社,1990年版,第12页。
③ 米克·巴尔:《叙述学:叙事理论导论》,谭军强译,北京:北京师范大学出版社,2015年版,第88页。

可逆转与小说中一再呈现的反抗精神,构成了"知其不可为而为之"的崇高美和悲壮感。如在《九州缥缈录Ⅰ:蛮荒》中,在遭遇真颜部灭族,以及父亲龙格真煌和姐姐龙格沁接连殒命的多重冲击下,年幼孤苦的哑女龙格凝·苏玛深感无助和悲痛,崩溃痛哭,而同样稚嫩且笨拙的吕归尘却选择张开双臂,用自己瘦弱的身躯守护跟自己一起长大的伙伴,并立下守护一生的誓言。这段久远却沉痛的记忆在吕归尘心里烙下了永久的痕迹,直至临死前也不忘诺言:

> 临死的昭武公等待着家主和学士们商议他的谥号。他握着大合萨颜静龙的手说:"我曾经立誓要守护青阳和我所爱的人们,可是我错了。我太自大了啊!其实我的能力,只能守护那么区区的几个人而已。可惜他们,都一个一个地离开我了。"
> 然后他昏了过去,等到家主们把议定的"昭武"谥号传进金帐,他才又一次睁开眼睛,说了一句历史上无人能解的话。
> 再然后他就死了。
> 颜静龙平生第一次觉得手中的手掌松开了,垂垂老矣的大合萨忽然忍不住放声大哭,想到许多年前炽烈的阳光下的那个孩子。
> "我会保护你的。"其实他的一生只是为了这句话而活着。(《九州缥缈录Ⅰ:蛮荒》第二章)

历史已经告诉读者,"现在"挺身在苏玛面前瘦弱却坚强的青阳世子、"未来"会成长为流传千古的青阳大君昭武公吕归尘·阿苏勒,最终死在他金色的帐篷中。吕归尘终其一生都在为守护和平和所爱之人与时代抗争,然而命运却让他几番经历失去亲人的痛楚,并一再将他推向杀戮的战场,以刀剑和血泪在乱世崩裂的时代中生存与成长、最终走向悲剧结局。这样一种命运的沉重与无奈感贯穿小说始终。

同时,多少年的岁月在预叙中浓缩成只言片语,时空和画面的冲突让人物的身份、性格、心理都发生了巨大的变化,读者的阅读体验也超出了文字本身,情绪上仿佛也由急促转向突然的平静。吕归尘的结局已然知晓,强烈的宿命感油然而生。他的一番遗言也引起了读者对这场与荒诞命运抗争的思索,构成了一种既悲怆又崇高的格调。

闪回又称"倒叙",即"回头叙述先前发生的事情,它包括各种追叙和回忆"①。这种在顺序叙事中插入过去事件的创作方式,一般用来表现人物的情感起伏。闪回手法在《九州缥缈录》中多以人物回忆的方式呈现。如在《九州缥缈录Ⅰ:蛮荒》第三章中,台戈尔大汗王骄横的小儿子丹胡私下欺侮吕归尘和苏玛,并企图轻薄苏玛,尽管在巴鲁、巴扎两位伴当的帮助下,两人顺利脱困,但吕归尘仍因自己无法保护苏玛而愧疚不已。此后,苏玛在宽慰他的同时,回忆起在真颜部尚存时他们无忧无虑的时光:

> 苏玛轻轻抚摩着他的背,心里有一种淡淡的悲伤和一丝一丝的清甜一起涌上来。这个主子忽然间又变成了初到真颜部时候那个六岁的孩子,他在草地上跑着跑着,摔倒了,大哭起来,苏玛把他的头抱在怀里,喂他一粒酥糖,亲着他的脸,叫他不要哭。那时候的风好像又在身边柔和地吹过,那时候父亲骑在高大的红马上,姐姐的歌声嘹亮。(《九州缥缈录Ⅰ:蛮荒》第三章)

在小说叙述上,故事随苏玛悲伤的情绪出现一个时间跨度较大的闪回——叙说吕归尘六岁时与苏玛一家的无忧生活。草原上无情的部落之争将这些美好统统撕碎。在这一叙事流程中,闪回的运用不仅仅是苏玛对美好往昔的追忆,词句间也隐含着人物复杂心境的描写,历史的不可逆转与人物的复杂情感交叠在一起,呈现出岁月的无情与苍凉。

(二)蒙太奇的拼贴

爱森斯坦在《蒙太奇论》中提出,两个不同性质的蒙太奇片段结合成一个整体,不是简单的二者之和,而更像是二者之积,通常情况下组接后的新整体会作为"某个第三种东西"出现,即产生出"1+1>2"的效果。② 在《九州缥缈录》中,有较多的平行蒙太奇和心理蒙太奇的组合运用。

1."平行蒙太奇"策略

"平行蒙太奇,是指两条以上的情节线并行表现、分别叙述,最后统一于一

---

① 胡亚敏:《叙事学》,武汉:华中师范大学出版社,2004年版,第65页。
② 爱森斯坦:《蒙太奇论》,北京:中国电影出版社,2003年版,第277~281页。

个完整的情节结构。这多条的情节线,可同时同地,亦可同时异地,还可在不同时空里分别进行。这种蒙太奇手法应用最为广泛,原因是用它处理剧情,可以删节过程有利于概括集中,同时还能扩大影片的信息量,并加强影片的节奏;另外,几条线索平行并列表现,互相烘托,形成对比,也易于产生强烈的艺术感染效果。"①

"平行蒙太奇"通过镜头的剪辑和组合,将不同时空分散的镜头排列组合,使得读者在不同时空景物与画面的对立中,获得情感和思想上的超越性体验。在《九州缥缈录Ⅵ:豹魂》中,"九州"大陆陷入一片混乱,战火蔓延到各个地方,作者通过对"平行蒙太奇"的使用,呈现出同一时间不同空间的混战局面。胤成帝六年,北陆大地上,朔北部蒙勒火儿为了完成对青阳部的复仇,联合辰月教主之一山碧空、夸父族、羽族共同进攻北都城,吕归尘被一步步推向战场,在成为青阳大君后更是主动肩负起守护青阳部子民的责任:

> 久候的城外的朔北部大军也向着北都进发了,就要兵不血刃地拿下这座象征草原霸主的巍峨大城了。
>
> 在北都城陷落的最后一刻,一个扛着夔鼓的少年带着仅剩的年轻人和各家的奴隶们走出了城门,他们穿着各式各样的铠甲,有的武器精良,有的仅仅手持猎弓,他们带着酒气和被酒气熏红的脸,高举的旗帜上是青阳的豹子图腾。
>
> 吕氏帕苏尔家最后的儿子,吕归尘·阿苏勒·帕苏尔,从这一天开始被称为北陆的大君。(《九州缥缈录Ⅵ:豹魂》第四章)

此时的宁州青都,翼氏斯达克家族的子孙翼霖·维塔斯·斯达克投入四万大军发动围城战,杀光了忠于羽氏的守卫军,杀尽了所有违逆他的人,即将踏着鲜血和碎裂的白羽登上王座。回到宁州的翼天瞻和羽然不可避免地要卷入这场战争中,直面敌人的进攻:

> 就在他们的正上方,云层之上,翼天瞻低声说:"铁甲,依然在!"

---

① 孙晶:《跨越文字与影像的疆界——中国现代小说的"电影化想象"》,吉林大学2011年博士学位论文,第101页。

> 他猛地收拢了双翼，笔直地坠落，古枪枫花带起一道笔直如线的银光。
>
> "上方！"鹤雪首领大喝，"发箭！"
>
> 鹤雪的箭雨逆空而起。
>
> 相隔着十几里，策马疾驰的华碧海拉紧了缰绳。他身后追着战马奔驰的黑衣从者们骤然停步，"老师？"
>
> "那里，"华碧海指着黑衣从者们看不见的天空尽头，"我像是看见了……一颗银色的流星。"（《九州缥缈录Ⅵ：豹魂》第四章）

而在"九州"的中心——东陆，长公主派宁卿将定罪文书送到南淮城，十日之内处死息衍。雷碧城立即派遣教徒，想要赶在文书到达之前将息衍诛杀在牢里，但息衍最终在天驱谢圭和鬼蝠营的帮助下顺利逃脱，不久寻找到辰月教主雷碧城。至此天驱武士团与辰月教的战争彻底公开：

> "天驱武士团，万垒宗主，息衍。"为首者踏上一步，古剑静都上初日的光芒忽地跳跃起来。
>
> "期待已久。辰月教，阳，雷碧城。"
>
> 雷碧城击掌，受伤的黑衣从者们从地上爬起，默默地和雷碧城组成了三角的阵形。双方都看着对方的眼睛，看到的都不是杀气或者怒气，而是决心。从这一刻起，沉寂了数百年的两大秘密团体，他们的战争将彻底公开，将把所有人都卷入乱世的洪流中。（《九州缥缈录Ⅵ：豹魂》第四章）

乱世洪流，所有人都被卷入其中。同一时间，地图上的每一处都因为天驱和辰月两大团体，或主动或被动地加入战争。一方面，平行蒙太奇的使用让叙事者在时空的自如转换中，描绘出混战的"九州"版图。在一个接一个激烈的战争画面中，小说呈现出丰富厚重的画面感。然而阴沉、血腥和苦难此刻也弥漫在"九州"大地的上空，挥之不去。另一方面，自南淮一别后，主角团的众多英雄在各自身份的驱使下，走向了不同的战场。如吕归尘所在的北陆战场、姬野所在的东陆战场和羽然所处的宁州战场，在镜头的拼贴下紧密联系在一起，平行却不孤立。曾经在南淮城里一起"窃花跳板打枣子"的稚嫩少年们，再次以独特的方式"重聚"于读者眼前时，已然在战争和历史的车轮推动下走向了未知命运。

2."心理蒙太奇"策略

"心理蒙太奇,属于表现蒙太奇类型,是电影中心理描写的重要手段,也是人物心理的造型表现。心理蒙太奇手法在现代电影中被广泛采用,它通过镜头的组接或音画有机结合,直观生动地展现了人物的回忆、梦境、闪念、幻觉、遐想、想象甚至潜意识的活动。心理蒙太奇的特点是形象(画面或声音)的片断性、叙述的不连续性、节奏的跳跃性。多用对列、交叉、穿插的手法表现,带有人物强烈的主观色彩。"①江南将心理蒙太奇运用到小说叙事当中,通过叙事时空的错位凸显人物在时间之流中的复杂情感。

小说中作家通过视觉化的镜头语言,将环境、人物和情节描写得生动细致,加之对绘画般色彩和光线的充分运用,让黑白的文字更具有强烈的画面冲击力,塑造出具有鲜明造型感和立体感的人物形象。如《九州缥缈录V:一生之盟》第三章中,身处异乡的吕归尘在得知阿爸去世的消息后,陷入浓郁的悲哀之中,他希望向羽然倾诉自己内心的苦痛。"夕阳里那个蹦蹦跳跳的身影忽然凝滞在那里了。"(《九州缥缈录V:一生之盟》第三章)一向活蹦乱跳的羽然,在听闻吕归尘阿爸去世消息时表现出不同以往的静默,"蹦蹦跳跳"与"凝滞"一动一静的对比,将羽然内心的愕然在单个镜头下瞬间放大。此时的烫沽亭也在这二人的心境变化中渲染上一层别样的光和色:

> 两个人面对面站了一会儿,吕归尘觉得有些尴尬,他想转身离开。这时候他看见羽然向他跑过去,风吹起她白色的衣带和金色的头发,夕阳里她的脸儿仿佛透明。(《九州缥缈录V:一生之盟》第三章)

在作家笔下,光和色不只是单一的色彩符号,也具有特殊的情感内涵和价值意义。暖色的夕阳和沉郁灰暗形成的强烈对比,凸显了二人不同的情感:既表现吕归尘诉说心事后急转直下的愁郁,也突出羽然内心的悲哀。

心理蒙太奇的运用还体现在叙事者在时间和空间的变幻中增强画面镜头

---

① 孙晶:《跨越文字与影像的疆界——中国现代小说的"电影化想象"》,吉林大学2011年博士学位论文,第105页。

的对比和张力。比如：

> 羽然跑到他身边，眼对眼看了他一会儿，忽地踮起脚尖，把他轻轻抱住。那个瞬间，吕归尘觉得自己的心跳停止了。时间在此刻变得无比漫长，很多年以后吕归尘回忆起那个瞬间，无数人在他们的身边穿梭有如无物。在昏黄的夕阳里、穿梭的人流里，他抱着羽然，像是流水中万古不移的礁石。那也是青阳昭武公的一生中，唯一一次拥抱这个他等待一生的女人。那时候他觉得莫大的悲伤和莫大的幸福一起到来，却不知道这也是他最后一次机会……（《九州缥缈录Ⅴ：一生之盟》第三章）

前文提到，小说通过预叙使得叙事时空突然由故事发生的"现在"转向"未来"，叙事话语"很多年以后"凸显了时间在历史中的流淌和逝去，吕归尘和羽然之间唯一的拥抱也在此刻定格、延长，积淀着人物复杂深厚的情感。同时，叙事时间跨度如此之久，无形中也暗示了历史涌动中两位主人公的无奈和哀愁。叙事者清醒且痛苦地交代了在历史中的个体毕生无法跨越的差距。

名家访谈

网络小说的文化传承
——阿菩访谈录

时间：2020年10月23日
对话人：
阿菩：著名网络作家、广东省作协副主席
周志雄：安徽大学教授
汪晶晶、杨春燕、赵艳等安徽大学文学院2020级研究生、博士生20余人
访谈方式：在线（腾讯会议）

一、"网络小说价值观、创作方法、创作心态的传承"

周志雄：今天我们非常荣幸请到阿菩老师在线和我们交流，阿菩老师是历史学硕士、文艺学博士，是网络作家中的学者作家，是真正的科班出身。阿菩老师经历很丰富，他做过记者、做过编辑、做过执行策划，也当过大学老师。现在是广东省作协副主席、中国作协第九届全国委员会委员、广东省政协委员。他的作品主要有《边戎》《东海屠》《陆海巨宦》《唐骑》《山海经密码》《大清首富》等，去年获得了第二届"茅盾文学新人奖·网络文学新人奖"，《大清首富》入选中国网络小说排行榜。在我的阅读印象当中，阿菩老师是网络作家中非常有文化底蕴的，今天晚上先请阿菩老师给我们讲《网络小说的文化传承》。

阿菩：网络小说的文化传承，我分三个方面来讲，第一讲价值观的传承，第二讲创作方法的传承，第三讲创作心态的传承。

第一个，网络小说价值观的传承。首先第一点，网络小说的价值观不是凭空而来的，它是有一定传承性的，就是对前人小说的传承。如果我们把网络小

说跟现代小说、当代小说做比较的话，我们会发现网络小说里的价值观有一个比较显著的特点，是什么呢？它没有那种嫁接式的传承。为什么这么说呢？现代小说，也就是西方文化进来之后、现代的文学，还有当代文学特别是80年代以后文学中的一些价值观，是存在一种直接嫁接的，就是什么呢？有一些价值观在当时的社会环境下，在没有任何土壤的情况下，由比较早接触到西方思想的一帮学者或者作家，直接把这套东西移过来了。这种价值观现在我们看上去没有什么，因为我们现在这个社会群体的价值观其实是经过改造的，已经很多年了，但是在当时来讲它就显得很突兀。这两个阶段，第一个阶段现代文学，就是鲁迅、胡适那帮人刚刚来的时候他们的文学有这样的问题，然后另外一个阶段——当代文学，特别是改革开放后第一批文学，在价值观的传承上，就存在着"天降神兵"这样嫁接式的问题。但网络文学一开始它的价值观就不是这样的，它的价值观有一条非常明显的传承线，这个是我们第三点要讲的。

  第二点是什么？网络小说体现出来的这种价值观又不是完全复古的。它不一种腐朽的，比如说一种封建的、恢复到以前忠君爱民那种封建时代的价值观；也不是复古到五六十年代的那种社会氛围的价值观；也不是当时那种西方变异式的嫁接：总之，它不是完全复古的。它是什么？它是有一条传承变化线的，这条线是什么？比如，我们现当代文学的书里面，"孝顺"，就是对父母的孝的东西已经较少体现了，不能说没有，但是我们看很多比较主流的或者说影响比较大的文学（特别是现代的文学），要么打倒孔家店的时候把孝文化放在一个被批判的位置，比如说《家》《春》《秋》里面，是要把愚孝作为一个批判性的东西；或者说到了当代文学，通常来讲也不见得会在这一块比较浓墨重彩地去描写。但是到了网络小说里面，"孝顺"就是一个不能够抵触的东西了。至今为止，我没有看到一部大火的网络小说的主人公是不孝的。通常来讲，现在的阅文、起点的作品中除非主人公父母都死了，只要父母还在，无论他是修真或者成仙，他一定会想着对父母怎么好，拿到仙茶就想这个茶要跟父母分享，成仙的时候也要拉父母一把，他都会顾及父母。或者说都市小说中主人公一年过完赚到钱了，一定要想办法把钱打给父母，供养父母。这样的情节在很多小说里都会有，大家看了之后如果你没有刻意去想，你会觉得没有什么问题，这是很正常的社会大众都会有的反应,你如果处在那个环境里,当然也会这样,这就是对孝文化的一部分传承。甚至对于"忠",当然不是忠君了,"忠"是忠于祖国,对国家的忠诚。对于义气、信誉,网络小说都有体现,这些都是对中国传统文化的继承。在这一点上当代文学通常来讲没有很明显的书写,但是我们可以看到网络小说在这一块是比较有传承的。

但是传承又不是完全没有变化的,它是有一条传承线的。比如说有一些明朝或清朝习以为常的价值观,比如说当时那种"愚忠"的东西,现在就没有了,它这条传承线是经过改造的。近现代史上,1949年以前的民国时期改了一波,到了建国之后在港台金庸、古龙那边又改造了一遍,比如以前的公案小说如《三侠五义》中的侠义精神到了金庸的《射雕英雄传》《神雕侠侣》里面"侠之大者,为国为民"的侠义精神是有所变化的,然后金庸之后到古龙、温瑞安这里又有一个现代化的转变。网络小说对金庸所坚持和体现的传统价值观既有传承也有改变,也就是它有一条传承线,这条线通常也有一定的变化。

这就是我们网络小说的价值观传承,它是有条线的。我们可以用一句老话来说:它既是传统的,又是现当代的;它既是民族的,也是国际的。因为我们有些价值观其实已经非常国际化了,很多网络小说的读者和作者都是留过洋的,很多人都喝过洋墨水,所以我们的很多价值观不是局限在中国范围之内的,我们这一代人无论是作者还是读者都是开眼看世界的,包括我们在座的各位朋友基本上都是这样。

同时,还有一点就是网络小说的价值观基本上是与大众共鸣的。网络小说的价值观不会离普罗大众、离读者很远,不会的,通常是非常接地气的。这是我们网络小说价值观在传承上的一个特点。

接下来我要讲的第二个方面是网络小说创作方法上的传承。它也有三个特点。第一个特点是网络小说诞生以后暂时没有那种纯粹的先锋主义、先锋实验,比如说像欧美的一套文学理论,先锋实验文学觉得那套东西很好,直接就移植过来,但是这套东西不一定有大众的基础。这种脱离群众的完全实验性的小说可能有,但是我暂时没有见到产生了比较大的影响的这种网络小说。我们的网络小说不是建立在跳跃性的直接就有一个先锋实验的创作方法上,我们的创作方法是什么？这是我讲的第二点：网络小说创作方法的传承，它是一个集大成的传承。

集大成，我是有信心这样说的，就是网络小说从中国文学史到现在为止在创作方法上有一种集大成的模式。这种特点现在已经很明显了，只不过有一些网络文学的研究者或者是网络文学的阅读者自己会有一些偏重，有时候看不到一些东西。比如说男作者他可能不喜欢女频的小说，或者女作者她不一定看男频小说，还有一些比较喜欢大众类型的，他可能对一些小众类型的小说不是很关注，所以都没有注意到。但是基本上来说，自古以来的很多创作方法在网络小说里几乎是包罗万象了，当然要扣除掉那些我们觉得对我们的书写不利的，当然不是说我们不会，是不用。像这种创作方法的几大程序的很多特点是非常明显的，比如说我们从里面可以找到唐朝变文的特征，就是和尚讲经时候的变文。我在看变文的时候，看到网络小说里面有这样的影子。此外，有一部分小说说书的特征也非常明显，说书人的创作方法被传承下来了。对明清章回体小说的传承就更明显了，网络小说到现在为止，其实在框架上是有一种明显的章回体小说的创作方法。另外还有直接或者间接对西方小说的传承，西方小说尤其是西方的类型小说，比如说对侦探小说、悬疑小说的传承也很明显。有一些小说做得非常好，像《默读》这样的，你一看就知道，除了西方现实主义文学的文本之外，它还有对西方推理悬疑的借鉴。此外对于西方现代小说，我们有些也继承了下来。

第三点是这种继承是一种有脉络的传承，这就呼应到了刚才讲的第一点，它不是那种跳跃性的、实验性的传承。我们很难在网络小说里看到这样一种现象，就是突然之间出现一种以前听都没听过的写作方法，让大家觉得很突兀，通常来讲它是渐变式的。有一段时间大家突然顶住了某种写法，比如说一些言情小说或者古代的小说会故意去模仿《红楼梦》的腔调，而最典型的就是《琅琊榜》或者《甄嬛传》里面的人物说话的腔调，我们会很明显地看到对《红楼梦》的一些模仿。此外，我们可以看到一些悬疑推理小说对日本小说创作方法或者美剧中讲故事的方式的借鉴，这些是对古今中外包括外国的创作方法的一种变革传承，而且这种变革每过几年都会有。并不是说我们恪守章回小说中那种现在看来很腐朽的东西,网络作者是把他们好的、能够吸引读者的那一部分方法拿来用了。同时我们也不拒绝现代化的各种各样的写法。这种变革是一种有脉络的变革。

如果持续关注和阅读网络小说,大家就会发现一个问题,网络小说隔个几年,或者不用隔几年,这两年还放缓了,几乎每一年都会有好几个流派,比如说盗墓流、洪荒流等各种各样的流,当然这些流派跟我们以前的文学流派不大一样,但是为什么会形成这些流呢?是因为它已经形成了模式:或者是聚焦某种平台,或者是聚焦某种写法。比如说我们最近所说的打脸流、赘婿流,不管好不好,它们都会形成某种题材或者是写法上的集聚与传承。然而这个东西跟现当代小说作者的流派不太一样,每次这样的一小步变革之后,网络小说都要看一下对读者的影响是怎么样的,读者反响是怎么样的?通常来讲它必须是反响好的,才能够慢慢地影响开来,就是影响到别人也来这样写。比如说很明显的修真派小说,从消遣慢慢把修真的练气、注气、金丹、缘因等道教的那套系统引入之后,逐渐就形成了大家的共识,虽然是一个想象的东西,但它慢慢达成了共识。每一个作者对它的定义不一定完全一样,但是基本上这几个步骤一定会有,它慢慢就形成了这样一套有脉络的传承,在写法上也有传承,在传承中又产生变化。

我们网络小说的更新换代是非常快的,比如说像当年的流潋紫,她第一个用《红楼梦》的那种腔调来写我们现代的穿越言情小说,把几种元素揉起来,读者会觉得非常新鲜,当时造成了一个很大的反响,但是慢慢地大家看得多了,对这个东西就不再感兴趣。赢取兴趣的力量薄弱之后,作者就不得不去对自己的作品进行变更。所以到现在为止,古今中外各种能够传承的技法,无论是日本动漫、美剧、好莱坞电影或者是韩剧,还是我们以前的变文、说书、章回体小说甚至相声的所有技法,能用到的我们基本上都用了,然后在用的时候把这些东西融合起来,之后再进行变通。但是因为这两年用流浪的军刀的说法就是能用的基本上用得差不多了,所以这两年推陈出新的流派的出现会变得缓慢一点。

以前能看网络小说的人,通常来讲经济条件在全国都是比较好的,因为要看网络小说至少要有网络、有电脑。90年代末的时候,也就是98、99年,有电脑的人有多少?去网吧还看网络小说的那批人也不多,所以那个时候这一阶层相对来讲知识水平、收入水平或者是受教育水平有可能比现在的平均水平要高。现在市场下沉到二三线城市、三四线城市、十八线城市,下沉之后它的创作方法也变了。最近的创作方法,如果光是从文学性来讲,它不一定是好事。如果有同学经常看抖音的话,最近会看到龙王赘婿,就是有一个本身很厉害的人做了赘婿,女方并不知道他是个很厉害的人,但是他最后就会翻盘打脸。这种写作流其实有点庸俗了,但作为一个网络文学现象,我们还是要去关注它。这个是读者下沉之后,一部分作者去顺应这一部分下沉读者而进行的创作方法上的改变,这是我们要注意的。我们看看以后能不能在这一块做出一些改变,因为完全这样是特别庸俗的,但是它又能够产生大的影响,说明它是有吸引力的,我们能不能把它变得不是很庸俗,但是又能够造成类似的影响,这是包括我在内的很多网络作者都在想的事情。这是我们在网络小说创作方法上的传承。

再回顾一下刚才的三点,第一点就是网络小说的创作方法不是跳跃性的、先锋实验的、完全脱离群众的一种创作方法;第二点是网络小说的传承是一种集大成的传承;第三点是网络小说在传承中会进行有脉络的变革。就是你去看这些传承,看这些变革,会发现网络小说的每一次变革,都可以非常明显地分析出他的写作方法是从哪里继承过来的,我们是可以看到它的一个个变化和传承的。它从哪里传承?它产生了哪些变化?我们是可以看到它的步骤性的变革的,这是网络小说在创作方法上的传承。

第三个方面我要讲的是网络小说的创作心态的传承。网络小说创作心态上的传承,更多是传承了我们的传统方面。首先是传承了我们这种谦下的写作态度。我就打个比方,我们现在都说网络小说这十几年卖得最火的、可能赚的钱最多的作者是唐家三少,他在网文圈算是大咖中的大咖了,但是在小说的后续或者章推里面,他有自称的时候或者他要跟读者交流的时候,他是怎么自称的?他永远都自称"小唐",把自己放在一个很低的位置上。

好,大家听起来这个好像没什么,但是我们来做一个比较。现代文学它不是这样的，现代文学或者是殿堂文学（就是古代的殿堂文学），那些官员们写文章的那种态度不是这样的，甚至延续到当代文学（我讲纯文学），他们的写作态度也不是这样的。他们写作的基本态度是什么？是启蒙，启蒙主义，文化启蒙。启蒙意味着什么呢？启蒙意味着我是比你高的，如果我是比你低的，怎么启你的蒙？什么叫启蒙？你是蒙昧的，我来启发你，这个叫启蒙。这是创作态度的不同。

这两种创作态度，第二种是说我是你的老师，我能够当你的老师，我来告诉你一些东西，我说的又是对的，你要按照我说的来，这个就叫启蒙。网络小说不存在启蒙这种东西，如果任何一个人以启蒙的心态来写网络小说的话，他就只能扑街。我刚才讲谦下的时候，大家可能觉得一直以来我们整个民族、整个文化、整个教育都会讲谦虚，我们会觉得这是一个很正常的事情。但是如果我们把现代文学的特点拉进来，我们就会发现不对。现代文学、当代文学的主流，我们不是说他们没有谦虚的态度，这不是说作家的人品怎么样（就算是作家在面对面交流的时候他仍显得很谦虚），而是他的作品不是谦虚的，他的作品永远带有一种启蒙的心态、揭发的心态、批判的心态。批判可能是批判社会、批判政府、批判人性，通常他不是批判自己，他是批判别人的哲学，他就是要带着一种启蒙的心态，认为老百姓的智力是低下的，人民群众是蒙昧的，或者说受到某些蒙骗的，这个时候他们要把真相给揭发出来，这就是批判，然后他们要启迪人民的智慧，这就叫启蒙。他不一定在书里这么说，但是他小说的姿态就是这样的。

但是我们看到现在的网络小说没有这种姿态，网络小说的姿态是怎么样的？这是我要讲的创作心态的第二点，它是平等式的创作心态。写小说就是讲故事，讲故事就是我跟谁讲故事，就是作者跟读者讲故事。这其实是用小说的形式进行对话，网络作者与读者对话的姿态是平等的，就是我跟你都是一样的人，甚至是什么呢？低的。低的也不是说低下，就是我站在一个比较低的位置上对你说话，所以这传承的是我们中国古代的对话姿态。比如你会看到中国古代书中跟读者说话的时候，有时候会讲"各位看官"是吧？"各位看官"这种说法就是他在对话的时候是一种比较低的、比较谦下的或者说是比较平等的态度。不要小看这一点,这一点是很重要的,就是什么?作者承认读者是站在跟他一样的位置上的,作者认为读者是不需要他去启蒙的,读者是不比他差的。这就是历史的经济社会整个变化之后产生的一个大潮流,为什么呢?因为我们中国在建国后到现在,首先第一个扫盲了,第二个到现在来讲,我们的文化、我们的基础教育基本普及了,还有很重要的网络时代到来之后,我们对知识的获取廉价了,或者说我们对知识的获取平等了。过去可能有很多的知识需要像周志雄老师这样的大学教授才能获得,现在我们打开百度,打开Google一搜,基本上你要什么资料都能找到。所以我们的知识不再被垄断了,我们不再存在像民国时期那样几乎垄断了知识权利的一个阶层。同时我们所有的读者,只要是读过九年义务教育,懂得上网,学了怎么上网之后,他基本上就能够搜索到他所需要的大部分知识。所以知识普及和教育这一块在学校那里已经完成了,不需要我们小说再来给你启蒙,或者说也不再需要他们把他们的价值观塞给我们。通常来讲网络小说进不了中小学,他们的基础价值观已经形成了。

我们网络作者其实刚好是顺应了这个时代,我们进行平等对话的创作心态,就是我们的创作心态,我们在写作的时候是平等对话,那么有没有不平等对话呢?在一开始进行网络写作的时候,是有各种各样的创作心态的,也有人是进行启蒙的。只是说历史的选择,或者整个潮流的选择,或者说读者的选择,或者再用一句比较政治化的表述叫人民群众的选择,使得那些还带着启蒙心态写作的人的文章没人看了,而现在越来越多人看,而且产生更大影响力的是什么人?是带着这种谦下的写作心态或者是平等的写作心态的一群人。他的创作心态是平等的,他才能够得到读者,而且能走到现在。基本上我所看到的是这样的。

那么创作心态传承的第三点是永远面向大众和面向读者的创作心态。文学一直以来是要分成几个点的,它有风雅颂。文学最高端的是殿堂文学,它是对国家说话或者是代替国家说话,或者是对神说话,或者是对祖宗说话。祖宗和神在文化意义上其实是一样的。对祖宗说话或者对神仙说话的文学是一个忌讳。风雅颂里面的"颂"是对先王说话,或者是代替先王说话,这个"颂"的地位是最高的,就相当于你能够替皇上拟稿子或者是什么,你作为一个大学士写的稿子是"颂"的领域。此外还有一种是什么?极少数的精英阶层内部的文化,内部语系的交流。在教育普及之前,这种对精英说话的一派文学是主流,而且成就也是最高的。这个没办法,哪怕延续到现在,从文学成就来讲,风雅颂偏"雅"的这一派,它的文学成就还是非常高的。

那么接下来就是我们所说的通俗文学,我们这里都是学文学的,都知道通俗文学在文学史上的地位是最低的,除了已经被推上殿堂的《诗三百》的"风"之外,我们近五百年的通俗文学,我不说近五百年,近一百五十年的通俗文学的地位是最低的。当然,近五百年的话,我们的四大名著已经上去了,《三国演义》《水浒传》《西游记》《金瓶梅》,《金瓶梅》不说,前面三部通俗文学的地位已经上去了。这一派是继承了"风"的,四大名著的前三部比较复杂,我们网络小说跟它们有直接的继承关系,我们的创作心态也是一样的。同时前三部有一个特点,跟我刚才讲的创作心态的第三点是一致的,是什么呢?就是网络小说是永远面向大众、面向读者的,它不是写给一小撮人看的,它不是写给特定的,比如说大学教授看的,它不一定。当然因为市场的细分,它有可能适合某一类人群,但是它不以社会地位划分,也不以知识的高效划分,它只是说每个人感兴趣的地方不同,但是基本上我们写作的时候,我们的口吻、我们的心态是面向大众的、面向读者的,所有能够产生影响力的网络小说基本上都是这样的。所以如果不是这样的网络小说,说实在的作者会写不下去,在网络上写不下去,此外它看起来就不像网络小说,所以网络小说基本上就是这样,它是永远面向大众、面向读者的。如果不这样的话,网络小说就很难存活下去,更不要说发展下去成为大神。这三点就是我对网络小说创作心态传承的解读。

回顾一下我刚才讲的网络小说价值观的传承,网络小说创作方法的传承,网络小说创作心态的传承,这三点基本上就构成了网络小说对我们中华文化,甚至是对整个世界文化的传承,基本上就构成了这样的一个文化传承的东西。所以,可以说我们网络小说的传统性还是蛮厚重的,它有很多很多现在的学者还没有完全深入研究的东西,还没有完全覆盖到,因为体量非常大。像周老师您一年也看不了几亿个文字,像我的话一年应该要看上亿的,因为我自己喜欢,但是就算是这样,我们也漏掉了很多东西,每一年新增的网络小说,我也不可能全部都读(我喜欢的那几个领域我一定都会读),但是其他的我就按照一个必需性去读它。我们在进行总结之后,就发现网络小说的文化传承性还是做得非常好的。大概就是这样,下面看看有时间再跟大家交流一下,谢谢。

二、"钱当然重要"

周志雄:阿菩老师讲得非常好!今天时间非常有限,我们今天来参加活动的这些同学都读了您的作品,他们准备了好多问题。我们请汪晶晶同学来主持下面的提问。

汪晶晶:阿菩老师您好,您是文学专业出身的,您当初为什么不尝试去写一写纯文学作品,而是走上了网络小说的创作道路呢?

阿菩:我从来没想过要写小说,或者说是写纯文学小说,通俗的,我也没有想写,当时是一个误入。其实我当时是想做研究,刚好我的导师傅教授说最近(也就17年前的事情了)网络小说方兴未艾,以后是个趋势。傅教授真的很有眼光啊,17年前他就觉得网络小说将来会很火爆,当时网络小说在中国大陆并没有现在这么大的影响力,而我去关注了,之后一不小心看着自己就写了。在当时来讲,我是有点像今天我们在论坛上灌水一样,我一开始的写作心态就是这样,没有一种很高大上的东西。其实我在跟很多网络作者沟通的时候,发现大家都是有类似的这种经验的。我们一开始写的时候有可能是什么情况呢?比如有些小伙伴当时看了黄易的《大唐双龙传》,但是那边更新特别慢,受不了就自己写;有一些小伙伴是看了一些外国的小说,然后突然就觉得要自己写。我也是类似的吧,我是因为看了当时的一些网文,看了之后就自己懂一些。其实是很偶然的一件事情,只不过写着写着你很喜欢,这么多年就坚持下来了,大概是这样。

汪晶晶:好的,您刚刚说到网络小说创作方法的传承,就是对传统小说、西方小说写法的传承,可以结合您的作品具体谈一谈吗?

阿菩:早期的话我受影响最大的人是金庸,金庸是最直接的影响,因为当时我们那个年代的少年读得最多的就是金庸的小说,跟现在的小孩子读得最多是网络小说是一个道理,所以受他的最直接影响。然后金庸的小说还有古龙的小说,它本身就有西方的侦探小说、悬疑小说的影响,所以我也受了这方面的间接影响,这个里面会有一些推理的东西。此外就是人物塑造方面,这方面可能会受到《史记》的一些影响,我特别喜欢看司马迁的《史记》。还有受到日本动漫的很多影响,比如人物的一些对话等。此外还有结构的影响,我受到比较多的是《水浒传》的影响。我自己会梳理自己的脉络。有些作者他会写,他不一定会说,他理不清楚,但是我们还是可以从他的某本小说里看到一些传承性或其他的东西。但是像这种说起来就比较枯燥,而且比较细腻,如果有时间交流的话,最好是面对面拿出一本小说来,翻几页,大概看到哪里再说这是受哪里的影响,这就可以更清楚地看出来。

杨春燕:阿菩老师您好,您刚才提到您看了几亿的文字,我想问一下您主要看了哪些网络作家的作品?您认为现在写得比较好的网络小说有哪些?您可以给我们推荐一下吗?

阿菩:每年好的都不一样,从早期、中期到近期,每一个时间段都不一样,有一些作者是二进宫,第二次火起来,因为作者的创作也是有生命期的,他有可能前一段时间写得很好,后来作品就变得固化了。关于近期的作品,你们女生的话我会推荐《默读》,男性向的话,香蕉的文写得挺好的,如果你们不计较他开后宫的话,愤怒的香蕉写的《赘婿》还挺好的。此外像乌贼的小说,也都还不错。

汪晶晶:关于《山海经密码》的结局,网上有人说是烂尾,也有人说是升华,褒贬不一。我想听您从作家的角度来为我们解读一下《山海经密码》的结局,可以吗?

阿菩:还好,我觉得不算烂尾。因为我这个人是不喜欢BE的,所有的故事我都不想悲剧,但是当时那个故事推演到那里又不得不悲剧,怎么办?只能够用那种时空的方法,使得最后结局有点玄。如果以现在的网络小说的阅读习惯去看,可能会不大习惯那种表述的方法,但是当时来讲还可以,我自己也觉得还OK。我倒是觉得《山海经密码》是我作品里面完成度最高的小说了,放在现在来看,网络读者可能会觉得太短了。因为就几十万字的小说,要把那么复杂的事情讲清楚,现在大家习惯了几百万字的小说,所以他会觉得有些仓促了,会有一部分读者认为是烂尾,我也觉得这种评价是正常的。现在的小说不能够像以前那样很快地把一个事情讲清楚,而是要铺开来讲,把它讲明白了,讲仔细了,把读者伺候好了。这个在结尾是比较难的,网络小说没有几部是不烂尾的。

张心如:相对于网络文学的传播方式、传播途径,以及用一个通俗的词就是阅读量或者说流量,现当代文学是很低的。那么它们有没有一种类似于谋求生路的途径,而不是说逐渐消减在大众生活里,一直以一种小众的形式存在,有没有这个方法?

阿菩:其实是这样的,我刚才讲网络小说是一个集大成者,我不是说现代文学、当代文学没有集大成,或者说没有传承,它们也是有传承的。传统文学不是没有传承,它是站在这个位置上(高),网络文学它是站在这个位置上(低),人对传承的那种吸收是从上面往下面这样去吸收的。所以现代文学以来,它吸收时眼界比较高,它往上面望的时候,会把在它之下的一些东西给漏掉。比如说像现代文学,它会把说书人说书的传统、变文的传统,甚至是章回体小说的一些传统丢掉。

至于说现在纯文学或者是传统文学,它们发表的渠道这个问题太复杂了,但是说到现在它的式微,就是说它失去读者,这也是一个非常复杂的问题。能不能解决呢?首先分成两部分,其实现在还是有一部分的传统文学,解决了这个问题,它的销量还是不错的,比如说像去年葛亮的《北鸢》卖得比我的好多了。然后有一些纯文学有它特定的销量,余华的书一直是卖得非常好的,销量有可能比大部分的类型小说、网络小说的出版量都要大。这是一个方面。此外,其实纯文学有在自救的,他们的自救是什么呢?至少他们画一个圈子,把原本不是我这个圈子的人,吸收过来,所以他扩大这个圈子之后,就相当于我承认你,那么你的读者就变成我的读者了,它是有这样一个套路的。所以可能过几年,我们就不怎么讲传统文学和网络文学了,我们就讲文学。就是说如果有一天它把网络文学的这一块吸纳进来,那么它这块自然而然就通了。

至于说小说卖得不好,这又分为两个问题了。第一是老作者,比如说像余华、贾平凹这些大神,这些古早的大神,贾平凹的书不知道,但余华的书一直卖得很好。然后近一点的像麦家,其实应该算是类型文学的作者,现在被拉到那个圈子里去,麦家的书卖得很好,他的书没有这个问题。这个是以前的,那么有没有新的作者写纯文学的,我们讲纯文学作者的书可能真的卖不出去了呢?那卖不出去,就卖不出去了呗。既然没人看,如果它是真的没有价值,那么就让它慢慢地消亡在历史的长河了;它有价值的话,它还是一定会冒头的。其实我们的心态是放得很宽的,我们并没有门户之见,说你这个东西是纯文学,我们就排斥你什么的。不是的,只要那个东西写得好,我们就喜欢。我们的心态是这样,只要那个东西写得好,我们就愿意去读。甚至有一部分网络作者以前是有纯文学情结的,比如说像孑与 2,写《唐砖》的孑与 2 一直是往纯文学这边靠;像月关写了大火的《回到明朝当王爷》,然后第二本你们都不知道叫《一路彩虹》,那就是纯文学的,文青得一塌糊涂,然后就枯竭了,被毒打了一顿之后,就是被生活、被社会、被网络读者抛弃,人家没看他的书,他就老老实实继续写他的历史穿越。大概就是这样的一个情况,所以我们的心态是放得很宽的,而且文学还是会继续走下去。

张心如:谢谢老师,我刚才觉得您回答真的很精彩。您前面提到您的写作态度,当写出了一部作品之后,读者的评价与你无关了,那么您是从一开始就有这种态度,还是说有了一些比较坎坷的经历,或者说一些不太一样的经历之后,才慢慢磨炼出来的这种心态呢?

阿菩:这个是磨出来的。因为到了我这个"写龄"的作者基本上在网上都收了一车又一车的砖头,收的砖头我在老家可以盖几栋房子了。大家砸砖头,该砸就砸呗,被骂是应该的,一开始会紧张的。刚开始写作的时候,被人评价两句肯定会去想,人家夸两句我就很高兴,人家骂两句我就很生气,大概是这样。在生活中,我们被别人说两句不好听的话,我们都会生气嘛,何况是你自己辛辛苦苦写的东西。一开始会这样,但后来慢慢就坦然了,这里是有一个过程的,只要你不是当面指着我鼻子骂,给我留点面子就行了。此外,作品出来之后,它跟作者就不一定有关系。这是我一直以来的观点,不是说我针对我自己的作品是这样想,针对别人的作品我也是这么想的,比如说我一直是拒绝去看金庸的新修版的,因为我觉得三联版已经OK了,三联版有很多瑕疵,但我觉得新修版更差,所以我不觉得在金庸的作品上,金庸就是权威。他的作品跟他是有联系的,但不是绝对的关系。几个版本里面作者认为最好的版本也不一定是最好的。最后慢慢经过大众或者历史选择出来的那个最好的版本,才是最好的。这是我一直以来的一个观点,就是真正优秀的作品成型之后,其实有自己相对独立的生命力,不是受到作者完全的主宰。我觉得能够当得起这句话的作者,他们都应该很高兴,因为他们能够写出有生命的作品。就大概这样,谢谢。

张心如:谢谢,还有一个问题。在我很肤浅的了解下,网络文学是可以带来很大的经济利益的,那么您会怎么去平衡经济与初心之间的关系?当面对一些经济诱惑的时候,会不会因为那些外在的因素,来改变自己写作的初心呢?

阿菩:会。钱当然重要。我们一开始的时候什么叫初心?一开始写作的时候可能有各种各样的动机,然后写到中前期吧,赚钱不是我们唯一的追求,但它是一个非常重要的追求,它在现阶段是一个必要的追求。我们这么累,我们这个年龄还有老婆孩子,上有老下有小是吧?每天花这么大的精力是吧?我们要有一个经济利益的追求,除非他很有钱了,他实现了财务自由,否则把自己说得那么高尚的话,大家都要怀疑一下。首先第一个,经济需求对大部分作者来讲,是必要的。此外它也非常重要,不管你有多少钱,如果写网络小说不能够带来经济利益,或者是其他利益,我写它来干什么,完全是一种初心吗?所以经济利益是非常重要的。然后,你刚才讲到一个词叫"平衡",我写这个东西,其实对于文学、文化,我不愿意去想得那么高尚,但是我希望能够构建出好的故事,写出好的故事,这个是我很喜欢的一件事情。那我很喜欢的事情跟赚钱之间有一个平衡,这个平衡对于每个人来说是不同的。对我来讲,第一个它要能保障我的生活,第二个它最好能让我的生活过得好一点,但是差不多就可以了,能不能发财随缘吧。在这个基础上,我希望把自己的作品写得好一点,大概是这样的。

除了赚钱之外,咱们说句实在话,唐诗是怎么兴旺起来的?因为当时唐朝考试的时候,科举还不是非常完善,所以学子要通过那些达官贵人的引荐,而写诗是其中的一个敲门砖。此外写诗是一种社会交流,当时大家交流的时候,写诗对一个人的仕途是很有帮助的,所以它会引起一个风潮。然后到了中唐,因为用诗歌去做敲门砖的人多了,所以那些达官贵人看着看着就不想看了,就像我们今天看盗墓小说,你还想看吗?我看了那么多盗墓小说后,轮到《盗墓笔记》就不想看了,看得太多了,我就不想看了,他们读诗读得也烦了。所以这个时候有人改了一个东西,就是写唐传奇,就是唐朝的传奇,就是小说,古代的小说。达官贵人看这个东西好啊,就开始接见他们了,所以中唐以后唐传奇就兴盛起来,这是一个外在的原因。同样的,像我们现代文学,鲁迅的书里直接就说,我为什么要写这个东西,我为什么要把它印出来?因为能卖钱。鲁迅就说因为能卖钱,所以比较诚实的作家会承认这一点。

八九十年代的作家利益牵扯更多,那个时候跟现在不一样,那个时候出路不多,但是一个人如果能够写出一部好的作品,如果能够登上好的刊物,他有可能就一飞冲天了,如果他是一个农民或者工作在一个很偏僻的地方,他就可以调动单位。没有工作的人可以领公粮,工作偏僻的人可以升职,或者调到一个比较好的单位,解决户口问题,解决很多的问题。那个时候有很多的文学青年,难道真的是完全爱好文学吗?当然文学也是要的,他们也是真的爱好文学,但是同时里面也有一些现实利益的东西,所以现实利益一直以来是在文学写作的动机里面的。我相信它是古往今来的大多数作家不能回避的一个创作动机的问题,然后比较诚实的作家像鲁迅,他会直接告诉你,我印这个东西我能卖钱,卖钱我开心。大概就这样,基本上我们网络作者也不讳言这一块,不会说我写这个是为了文学,网络作者都不这么讲,我们会比较诚实地去面对这个问题。

但你要说我们网络作者完全是为了钱吗?那也不见得。特别是早期的网络作者,我们当年是没钱的,我们当年没钱到什么程度呢,03 年的时候,第一个网络作者 VIP 订阅第一个月拿了 1000 块钱,全网欢呼,我们拿到 1000 块钱,我们就高兴得不得了。那么在 03 年以前,从 1997 年到 2003 年,我数学不大好,大概七八年的时间,也就是说在此之前是没有一个作家通过网络的订阅拿到过 1000 块钱以上的稿费的。那么我们这段时间为什么还在写呢?你说为什么?我们喜欢这个东西啊。所以我们网络作者不讳言自己是要赚钱的,但是实际上在我们能赚钱之前,我们就已经在写了。这个东西一方面能赚钱,我们当然很高兴,另一方面其实我们是真的很喜欢写,写完之后大家很喜欢这种感觉,所以我们写。大概就这样,谢谢。

杨春燕:老师您好,我想问一个关于《大清首富》的问题,有网友就评论说《大清首富》主角塑造得不是很好,他说纨绔其实不纨绔,说潇洒其实不潇洒,说穿越其实又不像穿越,说土著又加了设定,就有点四不像。这个主角在小说前面都没有说他是穿越者,但是我在看的过程中就一直觉得他像个穿越者,您在小说结尾通过他与和珅的对话,又暗示了他是一个穿越者,我想问一下为什么要这样安排?还有您对刚才评论有什么看法?

阿菩:我觉得这个评论挺对的。我们有一部分 2017－2018 年的网络作者写的小说受到了一些限制,就是说你小说的出路是什么?有一部分小说是奔着影视去的,所以它奔这事去的话要按照影视的需求来,所以有一些东西就不好太明显。

实际上历史穿越的小说,对历史的考据要远远超过以前的历史演义小说,历史演义小说有很多是胡说八道的,历史穿越小说虽然讲的故事是假的,但考证的那些历史细节要丰富翔实得多。但是这个规定会扭曲很多人的作品和他写作的方式,所以会导致一些作品上的问题。这些问题有一些是外在的原因,其实内在的有一些是阶段性的原因,什么叫阶段性?我在从这一块转到那一块的时候,在转的过程当中出现了一些不自然的问题,所以读者就会觉得别扭。为什么说我们要去面对读者,因为实际上你的很多问题,读者是可以发现的。哪怕他说不出来,但他读着别扭,出现这样的情况就说明你的作品出问题了,你要继续调整,你要把它写得更好。非常感谢那位读者。

赵艳:老师你好。我非常喜欢您的作品《唐骑》,这是一部很有力量的小说,它也带给我很多精神力量。我发现这部小说对女性形象的刻画比较少,但是从您对郭汾、杨青等女子的刻画中可以看出,您是比较欣赏这种英姿飒爽的女性的。我有个设想,是不是可以设置几位女将?然后想问一下,您对这种大唐女子的看法。

阿菩:非常感谢,实际上《唐骑》这部作品因为特别长,所以很多东西我写得忘了,《唐骑》写了380万字,我从没写过这么长的小说,然后中间有很多的情节,其实我现在不去翻的话,有时候我会记不住。我很诧异您是一位女读者,居然会喜欢《唐骑》。当时写《唐骑》的时候我是带着一点情绪的,因为当时新疆发生了一点事情,所以我是带着一种情绪在写作的,那本小说是有点发泄性的。我写的时候是要发泄那种闷气,要把这个东西喷出来。所以我当时确实是很爽,好像有一部分读者也挺喜欢,实际上纯网络读者会比较喜欢我的《唐骑》,谢谢。

至于你说的问题,第一个,其实我对女性的刻画会比较差一点,我这一块写得可能不是非常好。然后第二个,我个人相对来讲是比较合理党的,什么叫合理党,就是有些我觉得不合理的东西我写不下手,大唐女将你可以英姿飒爽,像郭汾那样其实已经有一点了,但你不能让她上阵,叫她上阵的话,女性的外貌就没法看了。为什么呢?因为古代的战将一旦要上阵,他首先是膀大腰圆,就是说女性她的肩膀、她的手臂要比我这个还要大。此外还要有个大肚子,你看古代的武将一定要有个大肚子,叫作"将军肚",没有将军肚的话,他力量不够,所以他的腿最好粗短一点。然后你想想膀大腰圆、腿又粗短的一个女性,当年如果真有花木兰这个人的话,可能就是这个样子,就失去了那种想象,所以我尽量不让这样的语境出现。我觉得还是好看一点的女性会好一点,男女分工,像打仗这种事情让男人去做好了,女性可以处理一些后勤上的问题,政治上的问题,当然她也可以做辅助。但是想想那种上阵挥大刀的女性,除非我要完全抛弃合理党的需求,否则的话没办法写。正常的像你们全班的女性,我相信没有一个是舞得起大刀的。人的力量不是说训练就行,训练完之后体型会变,正常身形的女性都是挥不起大刀的。最后会变成一个武侠小说,就是金庸、古龙的武侠小说,女性像王重阳的老婆黄蓉就可以打得赢男人,正常情况下这是不现实的。大概是这样。

赵艳:好的,谢谢阿菩老师。我感觉您的小说逻辑结构都是比较严谨的,当然这也是我们女读者的一个幻想。还有一个问题就是有知乎网友评论说，《唐骑》将大量的笔墨运用在了知识介绍，夹带私货和军事大略上，这些方面甚至有些琢磨过多了，人物塑造和其他许许多多的方面则太浅了。你怎么看待这种评论？

阿菩：有这方面的原因吧。《唐骑》里面会涉及西北边疆，所以它里面会有介绍，我觉得情节推进还好。我倒是觉得里面有很多战争的描写，有一些类似的战争我觉得重复了，但是对于这些读者反而认为没什么问题。从我个人来讲，如果读者没有去过那个地方，又不进行一些介绍的话，我觉得读者读起来可能会不大理解，当然这个应该也是我笔力不到的问题。至于说人物刻画得深刻不深刻，这个仁者见仁、智者见智了。我觉得一本小说能够刻画出几个人，立得住就很OK了。然后说到笔墨的集中，当时写这本小说还是想把一股气发作出来，有些东西就没有。这本小说比较粗，没那么精细，所以他说的问题可能有，但我不计较，我当时就是想把一口气发作出来。

三、"我没有那么崇高，没有那么复杂"

许潇菲：我在阅读您的小说时发现，您的小说经常架构在一些真实的历史背景以及历史人物身上，比如说十三行的主角吴承鉴，其实他的原型就是真正的大清首富伍秉鉴。他们两个人的经历也非常相似，所以这部小说整体上是一种现实主义写作风格。但是除此之外，您其实还在里面加入了一种带有个人色彩的文学性改造，比如吴承鉴的身世之谜，他在处理危机时的那种勇气和智慧，包括他最后拒绝鸦片贸易时的一种果断的经验等等，显示出一种跌宕起伏的故事性和戏剧性。所以我想问一下，您是怎样处理史实和文学写作之间的关系，最后达到一种兼具现实主义与理想色彩的精彩效果？

阿菩：我觉得罗贯中的七分实三分虚已经算是历史演绎小说里面一个非常好的比例了。我们的历史穿越小说是对半分，就是一半真一半假，人物故事都是虚构的，然而历史环境尽量考证真实，这是我们基本上要做到的一点。所以我当初写这部小说的时候，一开始就考虑到要不要按照伍秉鉴的生平来写，但是后来想着这样就写成人物传记了,我觉得我没有必要去为伍秉鉴这个人立传。因为说实在的,我不是非常喜欢他这个人,所以我还是按照他的外在特征而不是内在精神为原型,塑造了另外一个我认为是属于广东人性格的人物,然后让他在里面活动。我并不是完全地再现一个清朝的十三行商人,在这个人身上会有一些我们对于一个现代中国有影响力的商人,或者说我们对中国首富的期许的精神特征存在。这大概就是形成了现在的吴承鉴这样的一个人物形象的来源。

许潇菲:好的,按照您刚刚所说,穿越文现在是处于一种很无奈的夹缝之中,请问您觉得在这种夹缝里穿越文是否有走向精品化的可能?

阿菩:这个很难说。这是大家都在努力的一件事情。穿越文走向精品化不需要一堆人,最后可能一两个人就够了。一两个人最后如果能出来的话,那就成了。一个时代会有几位、几十位,甚至是上百位优秀的作者,最后立于最巅峰的可能就那么一两个,所谓经典化的书大家能读到多少?一个时代能留下十几本就挺不错了,网文再过十年、二十年,最后能够留下个十几本登上巅峰就不错了。然后这几本里面有没有一本是历史穿越的呢?就到时候看吧,现在还不到盖棺定论的时候。至于说有没有这个可能,这个文学的东西,有时候是有很多的偶然性的。那个经典作家什么时候出来,他是怎么做的?在他出现之前我们都是无法预估的,因为如果我能预估的话,我就去做了。其实我在做了,但我并不能够肯定我现在走的这条路一定是对的,因为这要看最后出来的成品的效果,所以这个是未来的事情。现在我觉得没必要讲这些东西,我们先写着就行了。

许潇菲:好,其实我在读您的小说的过程中有一种感觉,就是小说里面包含着很浓烈的家国情怀,比如《唐骑》中的张迈是有着踏平西域的豪情的,《十三行》里的吴承鉴在广州虎门与英军摆阵对战,《陆海巨宦》里的李尤溪东征倭寇西降蛮夷,还有《东海屠》中的大明海商。我在读的过程中油然升起一种民族的自豪感,在小说里这种民族自豪感可以说是一种比较强大的责任意识,还有使命担当。这种非常强大的信念,您是将它寄托在小人物或者是这种杜撰架空的人物身上,所以我想问,这样的选择是不是融合了您个人的历史观?因为您刚刚说不是很想做人物传记,那您是不是努力想要凸显小人物在历史风云里的身影?

阿菩:其实不是凸显小人物,不是凸显我林俊敏,突显的是读者。这是一个代入感的问题,不是小人物的问题了。韦小宝那种是把一个小人物放到一个大时代,那叫突显小人物。网络穿越小说让"我"回到历史中,去改变那段历史,并弥补那段历史的遗憾,这是最大的穿越。"我"是一个作者,也是一个读者,读者读的时候是带入性地进入那个时代。所以早期的穿越通常是穿越在末世乱世,那个时代开始走下坡路了,比如说唐朝灭亡之后,我们要去唐朝实现华夏复兴,或者宋朝走到了下坡路的时候,要通过变法让宋朝给重新振奋起来。早期的穿越小说通常是这样。我们读历史的话,会有各种各样的遗憾,比如说当年要是那一仗我们打赢了多好,比如说满清入关的时候,李自成要打赢了多好,但是李自成又不行,他治国不行,他就算能够打败满清,又不能够把中华民族带到一个更高的高度,这个时候怎么办?我要是穿越到那个时代就好了,我可以做得比李自成好,就是会造成这样的心理。姚雪垠写《李自成》,用的是写实的写法,这是传统文学的一个东西;高阳写《胡雪岩》也用的是这种传统的写法,就把那个人物是怎么发财的、怎么堕落的写出来了。但网络小说不是这样的,网络小说是什么样子的呢?如果在近代,我们可以避免甲午战争、八国联军的出现,我们就可以早100年实现民族的伟大复兴,我们当时觉得那个时候历史有几条路,如果那个时候中国不那么样,中国不走那条歪路,走到一条正路,那我们不就好了吗?从历史学来讲,历史是没有假设的,探讨历史的假设问题没有意义,但是文学不是这样。所以历史穿越小说就建立在一个假如历史可以重来的基础上。假如历史可以重来,那个时候我又在那里,那么我怎么去改变那段历史。

所以早期的历史穿越小说都是这样的,包括我的小说,我的小说是一直延续着这样一个写作套路的。但是到了中晚期的时候,历史穿越小说有了一个很大的变化,因为之前的那种套路大家看得多了,有疲倦感了,于是他的主人公穿越过去,不一定是要去弥补历史的遗憾了。有时候他会穿越到盛世,穿越到唐朝,然后去实现他的人生价值,或者是去享福,去享受一些在现代生活中他享不到的服务,顺带把这个时代带到更高峰,大概是这样。所以子与2的《唐砖》,主人公就穿越到李世民那个时代,其实在早期,我们觉得李世民的那个时代是不需要穿越的,因为你不穿越,他也把突厥打得满地走,在李世民之后,唐高宗就完成了截至当时中华民族史上最大的历史版图。在早期的历史穿越小说中,我们觉得没有必要穿越到那段历史,因为唐朝那个时候就很强了,你去穿越了也不见得能够缔造出一个比它更辉煌的时代。所以我们这帮人早期的穿越小说,都有这样一条线索,但是现在就不完全是这样。因为网络小说各方面发展到现在已经不一样了,小说有可能是要拍成电视剧,或者是奔着版权去的,现在的读者喜欢的是什么?作者要看着读者的口味办。作者会有一部分的妥协,妥协之后会形成他的作品的线网。

许潇菲:谢谢阿菩老师。我还有最后一个问题,在阅读您的小说时,可以感觉到您在某些方面对传统文学会有意地靠拢。我在读《十三行》的时候,就感觉里面的人物设定有《红楼梦》的缩影,《唐骑》的行文里也是可以看出您有那种比较老练的军武谋略,笔触更是延展到中亚文化圈。《山海经密码》虽然题材是玄幻的,但是还是能感受到比较悠远的历史文化底蕴。您在另外一个访谈里说过自己是"反穿袜子"式的写作,不仅要"悦人"更要"悦己",我想问一下您在日后的写作道路上,会不会加入更多的这种传统文学的色彩?或者说您目前有没有向传统文学转型的意向?

阿菩:没有。我知道的网络作者,有一两个自觉地要向传统文学转型,我从来没有这个想法,都是该怎么写就怎么写。能够解决经济问题之后,我可能会按照自己的想法来写,在那之前可能要照顾到一些市场上的需求。我没有那么崇高,没有那么复杂。还有一点,你并不知道怎么写会有市场,你即使知道,也未必就能写出来。我除了写作之外,还是一个研究者,所以我知道我们以前叫小白文的那种套路很好卖,我不是说我端着不想去写,我写过的。我试着写出来之后,我自己觉得不好看,我没有吃这碗饭的能力,所以算了,我还是写自己能写的东西。自己喜欢写的,刚好能写的,然后能卖点钱的,差不多这三者的交叉点就是我的写作路数了。所以将来能走多远,看老天爷的呗,因为写作第一个讲究天赋,第二个讲究气运。同样的人,比如苏东坡,如果他30岁就死了,他没有后半生的际遇和运势,有一些作品就出不来。有一些很好的作品怎么出来的呢?他要写一个东西的时候,刚好当时他的精神状态很适合,他的阅历到那里了,然后又刚好有一些反馈也很合适,又有恰当的传播机制,很多东西恰好凑在了一起,他那个作品就出来了。所以写作也是讲运气的,包括主观方面的运气,就是你的脑子刚好活动到那个位置上,刚好能够蹦出一些非常好的东西。比如金庸他写一辈子纯文学,也不见得能有多高的高度,但当时那个时候香港出了一个事件,大家对武侠小说有一种追捧感,他刚好在那个时候切入进去,他有天赋,又有机遇,他就把那些东西写出来了。所以,写作从某个角度来讲是非常偶然的,要看老天爷,可能说到最后就有点玄学了。

四、"网络历史写作的艺术自律者"

江秀廷:阿菩老师,您很谦虚,您的水平很高。我读小说读得挺多,有点挑剔。网络历史小说我比较喜欢两个作家,一个是您,一个是贼道三痴。本来我对您不是很了解,前期周老师给我推荐了一本书,就是《十三行》,看完之后感觉写得很好,很有触动,然后我写了一个500字左右的评论。写完评论之后,我想扩展一下,想写一篇七八千字的论文,本来是想投给《网络文学评论》的,但是这个刊物没有了。然后因为开学的原因,我这篇论文没有写完。

阿菩:《网络文学评论》现在改成《大湾区文学评论》了,您还可以继续投稿。

江秀廷:您刚才回答这么多问题,我感觉您应该有点累了,稍微听我读一下我对《十三行》的评价。我抽出了一小部分,然后对着自己的偶像读一读,感觉挺好。我这边差不多1000字,题目叫《网络历史写作的艺术自律者——论阿菩》:在中国几千年文明的历史长河中,史书是记录历史事件、保存政治制度、文化传统等意识形态的最重要载体。从《史记》到《清史稿》,中华文明的博大精深、兴衰荣辱都被镌刻在一片片竹简、一页页稿纸上。除了官方修史,一些流传民间的稗官野史,通过口述或文字的形式流传至今。明清以降,小说作为一种艺术题材,展现出蓬勃的活力。史书里的帝王将相、世家列传成为绝好的叙事资源。《三国演义》《水浒传》等历史小说以其特有的曲折精彩吸引大众,无意间完成了一次次民族国家的历史启蒙。历史小说不同于武侠、侦探等通俗小说类型,它极其考验写作者的知识素养和思维格局。每一个宫廷政变军事冲突的细节,都不能是简单的凭空想象,所以我们很难把姚雪垠的《李自成》和唐浩明的《曾国藩》简单地归结为通俗故事。网络文学的兴起为历史叙事提供了一种新的可能,它为严肃的历史记忆增添了一抹活泼自由、清新娱乐的亮色。历史既可以被重塑,也可以被解构,甚至在一些网络作家笔下,历史成为一个任人打扮的小姑娘。文史专业出身的阿菩,就掌握着历史真实与文学想象两者之间微妙的文字配方,这帮助他在久远的时空里,纵横捭阖,开疆拓土。从夏末商初的《桐宫之囚》,到盛世唐朝的《唐骑》,阿菩这次将他奇妙的触角伸向了清朝中期和珅倒台前后的广州十三行,《大清首富》以从容不迫的文字自信跨越商场、官场、家族、江湖,绵延粤海内外,围绕着赈灾事件、红货事件、倒和事件,讲述了十三行中的宜和行如何冲破危机实现辉煌。故事跌宕起伏,斗争波谲云诡,设局、入局、破局大开大合。作者塑造了上至嘉庆和珅、下至娼妓奴仆等一系列饱满丰富、个性鲜明的人物群像,而小说的主人公吴承鉴尤为出彩,他身上有着纨绔流痞油滑的一面,但又讲情义重道义,他有着翻云覆雨的手段,却又时常感到妥协的无奈。《大清首富》不满足单纯的历史叙事,更具有独特的文化品格和认知理念。一方面,小说营造了浓厚的粤汕文化氛围,如妈祖崇拜的信仰追求、富贵险中求的冒险精神、尚武中立的世俗人情,极大丰富了小说的人文精神和气度神韵。另一方面,《大清首富》重视忠孝的伦理剖析,提出了商人不仅应该坚守买卖公平的商道,还需胸怀天下以立德业,从而成为修齐治平的儒家圣贤。这种立足故事品质探求思想意蕴的主体选择,在网络小说写作中显得难能可贵。

阿菩:写得太好了,还是希望您能发表出去,我太高兴了。

周志雄:这篇文章肯定会发的!

阿菩:是这样,有些东西他确实写到我心坎里了。怎么在历史和虚构之中取得平衡,这一点是我一直在做的事情。其实这还只是文学的一块,它还有更麻烦的现实的一块,我们要兼顾一个市场。因为它发表在网络,所以如果网络上没有一个比较好的正面反响的话,我们的写作者很难坚持下去。写作是一个持续的过程,这本小说大概一百万字左右,对我来讲差不多要写一年半,所以这一年半的话,如果老是被人骂,个个都说你写得不好或者没人看,你就写不下去。所以开篇就很麻烦,就是说你怎么样让一部分人来看。我刚才也讲过了,你只要不是穿越,人家就不来看,所以这里面就产生一个很为难的问题。但是这本小说的出路,你如果是完全去耍,比如说我最容易的写法也是最起点流的一个写法,就是那个人穿越直接变成了十三行的少东,然后他就开辟现代化的制度,在家族里面建立一个新的商行,最后用金融控制了整个大清帝国,之后又控制了东印度公司,控制了全世界的金融,然后在18世纪就完成了称霸。这个是网络小说的写法,我很理解,我知道读者喜欢什么,我那样写的话,这本小说我放到起点,我都能够收到一万个订阅。但是我不想这样写,因为这样写不是我想要的东西,这本小说最后我不想去重复这些东西了。所以从好一点说我是有一点文学追求的,从不好听来讲,我觉得这个叫文青,网络作者把我这种想法叫文学青年。所以你怎么样让网络上的读者能够读下去,以及最后出来的这本书是你想要的,中间的平衡就非常麻烦,所以我最难的点倒不是在书里,不是在写作的这一块,而是在书外。我到现在都很难把握好这一点,像踩钢丝一样非常痛苦、非常难,有时候都会搞得我不大想写了,觉得太难了。我应该谢谢你,写得特别好!一定要发出去!

江秀廷:我觉得您是网络历史写作的艺术自律者,您是有自律在里边的,包括这个长度。我还有一点比较感动,就是您刚才说您写女性写得不好,其实我觉得您是过谦了。我这篇论文框架中有一个部分叫作"三个时代女性",刚才师妹也提到了,这本小说受到红楼故事的影响,包括主人公,包括主人公身边的那些女性。不一样的是,您塑造了三个女性。一个是嫂子巧珠,蔡巧珠是传统的女性,她的能力有点像王熙凤,但又不完全一样,她的性格里是有温厚的,有担当的。然后是吴承鉴的妻子叶有鱼,她是完全的现代女性。现代女性为了追求自己想要的东西,为了让母亲过个好生活,为了追求爱情可以放弃一切去奋斗,这是一种现代女性。最让我吃惊的是您塑造的第三个女性暨三娘,三娘的身份是那种花魁式的人物,她叫三娘,但我们从她身上可以看出杜十娘,杜十娘最后是怒沉百宝箱。三娘跟她不一样,三娘是一个未来的女性,很多的行为让人很瞠目结舌,让人很感动、很吃惊。你比如说她做慈善,她为未来可能没有出路的年老色衰的一些人做一些慈善事业,为了她们以后的生活考虑,所以说您这部小说让我很感动。对于这三个时代女性的塑造,前段时间也在讨论网络女权或者说女权主义,咱们不去讨论这个东西,但是我觉得您这部小说其实给了我们一点启示:什么是女权主义,女权不是简单的男性超越,而是生命的自主。女权不是单一的曾经的铁姑娘和当下的女尊,而是一种多元主义的丰富。玛丽苏白莲花的圣母光环和"霸道总裁爱上我"不是女权,她们可能是数字化生存时代里的意识形态符号,倔强但幼稚,生硬而虚伪,但嫂子巧珠、妻子有鱼、知己三娘的自我坚守,才带有女性温暖的体温。所以我觉得你写女性还是写得不错的。

阿菩:谢谢你!这样一说,我觉得也写得不错。

江秀廷:我想提一个问题,你写这三个女性的时候是怎么考量的?

阿菩:其实我个人一直是比较喜欢独立的那种女性,包括我太太也是一个比较现代的、独立的女性,甚至是在内涵上面比较强的女性,我是比较喜欢这种女性的。包括我的第一本书《桐宫之囚》,就是《山海经密码》里面的女性,都是有很高的独立性的,她不是依附男人存在的女性,这就导致我在男性向的小说里面并不讨好。因为男性向小说里很多比较畅销的作者,他的女性形象通常是依附型的,虽然他们可能写得很精彩,就是女性的类型写得很精彩,但是很多是依附型的,我个人不是非常喜欢。我心目中的比较喜欢的女性,她在历史范围内都是比较独立的,所以疍三娘这样的一个形象是独立的。她其实是一个很卑贱的人,是一个妓女,虽然是花魁,但再怎么厉害这种歧视到现在都是存在的。另外,她是疍家人,疍家人在广州这一带是被歧视的,陆地上的人跟水上人家就是疍家人是不能通婚的,她是被歧视的存在,所以她有三层卑微,第一个是她的职业,第二个她是穷人,第三个她受到的可以说是族系压迫,就是最底层、最卑贱的存在。由于这样一个最卑贱的存在,她心里包含了自卑,因为她面对吴承鉴的时候,她不想去影响他的前程,这是她自卑的一种体现,是她的经历、她的人生的一种印记。但同时她又极其自尊,最后她没有依附吴承鉴,包括吴承鉴给她钱的时候,她其实是不大想要。她做慈善就是要去救她姐妹们的时候,是希望通过自己的力量来救助。因为她认为我靠你来钱,这个钱来得快,它去得也快,我依附你的太多了,你吴家将来倒了,这个庄园也倒了,我的慈善机构也跟着倒。但是如果我能够通过自己造血,虽然很辛苦,但是一分一厘都是可持续的东西。所以一个女性会强大到这种程度,这种女性我是极其欣赏的。而且我觉得一定是要有这样的一些女性的存在,女性的地位才能真正提高,这是我自己的一个想法,当时这个人的塑造大概是这样的。叶有鱼是另外一个形象了,相比疍三娘来讲,叶有鱼算是比较简单的了。另外两个都比较简单,一个就是反叛,一个就是温和一点,大概这样,疍三娘还是最复杂的。

江秀廷:好的,谢谢老师,我就这个问题。

周志雄:刚才贺予飞老师留言说要提一个问题,我把这问题念一下:网络小说在人物形象塑造机制上有何传承与创新?比如说近年来流行的赘婿流等为何会流行起来,他们的文化根源如何追踪?就这个问题。

阿菩:最近一年多才流行的赘婿流。它的起点是愤怒的香蕉写的一本网络小说叫《赘婿》,但是现在所流行的小说跟香蕉的小说已经完全不一样了。相较于《赘婿》,只是说刚好那个人的身份是一个赘婿,这个赘婿他在家族里出现之后,虽然在外界是被人看不起的,但是他能够保住他的尊严,他在网络小说里是一个偏雅的存在。我们现在虽然把香蕉的这本《赘婿》当成一个鼻祖,但是我觉得这两年流行的赘婿流跟《赘婿》这本小说关系不是很大,因为它的基本套路不是这样的,它的基本套路叫龙王赘婿。龙王赘婿的套路是什么?就是一个实际上强大的人因为某种理由隐藏了自己的强大,去做别人的赘婿,别人还百般羞辱他,而且要羞辱好几次。羞辱完之后,在别人遇到困难的时候,才突然发现赘婿好厉害,就很打脸。其实这种赘婿就是一个扮猪吃老虎打脸流,是市场下沉导致的一个东西,跟近两年抖音所流行的那种"阿姨我不想努力了"的段子相似。青年人经过一段时间的奋斗,奋斗到某个临界点之后,他发现自己上不去。在这种失望甚至绝望的情况下,他需要某种抚慰。这种所谓"阿姨我不想努力了",其实就是赘婿。现实生活中那些再落魄的人,他也不一定真的去做赘婿,但是有时候他心里会有这种机遇的共鸣。网络小说或者说网络文艺,你不能只是把悲惨的共鸣那一块写出来,你还要把悲惨之后爽的那一点写出来,所以它基本上是把爽的那一点给写出来了,就是打脸。它是一个自然形成的东西,但是说实在的这个东西有点不登大雅之堂,我们很难把它拿到台面上来说,它只会变成一种现象。但是这种创作的笔触,它能够大面积引起人家的共鸣,这种东西究竟是完全下三路的,还是说它里面有没有什么可以提取出来,然后变成一个雅俗共赏的东西,这是我们下一步要努力的方向。它有可能是提取不出来的,万一可以提取出来,它可能会催生不是一本是一批比较好看的又能上台面的作品。大概就是这样,谢谢。

吴长青:网文目前遇到一个新的境况。周老师现在带领的这样一个团队,有这么多人在里面,阵容还是强大的,这一支队伍怎么带?你在人才培养这一块有什么好的建议,给大家稍微提示提示。今天的这么多问题提出来了,你也可以反过来对这些问题做一个评估,对吧?

阿菩:建议不敢当,我们交流一下。其实周老师做的工作对我们网络作者来讲是一个福音,我们太高兴了。因为我自己的学力不够,所以我是由衷地希望周老师还有周老师的团队未来能够建立一个新的评论体系。为什么呢?因为现在旧的这种评论体系不大适应。有一些老师年龄比较大,他的根底特别深厚,人到了一定年纪之后,是否还能够推陈出新是另外一回事。所以我很希望周老师和周老师的团队未来能够建构起一个新的批评体系,什么样的网文才是好的,然后对网络文学有一个比较中肯的评价。现在网络评论跟我们的网络作者有点脱节,实际上我们的网络评论出来之后,对读者是没有影响的,就是在网文大神的小圈子里,甚至文学评论的圈子里都不一定有多大的影响,只在网络评论的小圈子里会有一些影响。我觉得影响力就太小了,有没有可能扩大?要扩大的话,最重要的是我们要建立一套新的文学标准,这是一个挺难的事情。但是我觉得周老师是有机会的,将来我们这个团队能够做出一个体系式的东西,这是我们最期望的,谢谢。

吴长青:感谢阿菩。

周志雄：长青这个问题问得非常好。今天到现在也两个多小时了，阿菩老师也很辛苦，这一次活动我们同学都做了很认真的准备，都读了阿菩老师的小说。

我本人也读了您的小说，我今天又重新读了一遍《十三行》。我原来也看过，我读到第一部分，读到吴家吴承鉴翻盘的时候，我读着读着不知道怎么的，我就有种热泪盈眶的感觉，特别地感动，我感觉到我积压了一种情绪。前面我看吴家一直是那么艰难，线索是一点一点地铺垫，一直到最后的翻盘。这个给我一个感受，这本小说写得非常耐心、非常细腻，这就跟读明清世情小说的感觉特别相似，甚至比明清世情小说里人情世故的深层把握还要细一些，因为这里面有很多的现代思想。今天我们同学提问的时候，其实涉及了这个问题，关于历史题材的小说精品化创作的问题，还有同学问你对历史创作有没有更高的追求的问题。今天秀廷写的那些我也特别的认同。

今天晚上我觉得收获是非常大的，其实以前我在山东的时候就开始做网络作家交流活动，我现在起码跟几十个作家做过这种活动。以前我们的形式是多样的，有的时候带一两个学生去访谈作家，像今天这种集体性的以前也做过，对您今天来参加我们这个活动，我是充满期待的。请您来跟同学们交流，我相信同学们也会有很大的收获。有很多作家他写得很好，但是不一定能讲出来，您是既写得很好，又能够把它总结得很好，能够讲出来的人。这个得益于您的学术背景，您是做学术论文的，做文学论文的。其实您讲的题目，我觉得您这部小说里面确实是有历史文化，然后我就想到网络小说的文化传播。

阿菩：其实我们有内在的共鸣了。

周志雄：对。其实你讲的不单是文化传承，更多的是文学传承，而这种文学传承是很多作家讲不出来的。你今天给我们勾勒的框架，里面其实有很多可供探讨的细小的东西，这是需要去总结的。我记得几年前我看过一个台湾人写的中国古代小说的理论书，我看到那本书之后，就推荐给了我的一个硕士生，看了之后他就用这本书的理论写了一篇论文，然后答辩的时候获得了很高的评价。他把中国古典小说里面的那些手法，总结了大概几十条，叫什么草蛇灰线、隔山打牛、曲折再三，主要就是这种传统的手法在网络小说中的运用，他做了一些功课。我觉得现在我们对网络小说的评价,确确实实需要你今天的讲座,它既有中国古典小说的,它也有西方现代类型小说的,它其实还受中国当代纯文学的这种影响,也包括国外大众文化的影响。在这样的一个文学体系当中,需要大量的阅读,大量的涉猎,你才能够把这个东西做好。欧阳老师在中南大学,他原来是带着老师做,邵老师在北大是带着学生做,这也是网络文学的一个特点,因为作品太多了,一个人读一部作品他有一个印象,我们很多人同时读一个作家的作品,我们在一块讨论交流,那么对于作家的认知肯定在不断地叠加,然后把作家的内涵挖出来。我们现在采取的就是这样方式,这个作品量很多,我们分工阅读,大家尽可能地有一些交叉。在这样一个过程当中,我们大家都把自己读出来的东西拿出来交流,然后再合在一起,每个人也会写一些小文章,然后合在一起写一些大文章,目前还是一个基础性的工作。对于您小说里的这种特色的内涵,其实同学提这个问题,就说明他对您小说里面有的可供阐释的点已经感受到了,已经抓住了。我做这个活动的一个很重要的理由,就是作家当时是怎么想的,作家在写作的时候,是不是有这样的艺术匠心在里面?我觉得你今天给我们的分享,其实更明确了同学们对作品的感受和理解。通过今天的交流,我觉得应该会促进同学们进一步完善深化他们所写的东西。

你也讲到在写的过程中,有些事情确实很难,你也分享了一些思考,一些处理的方式,这些真的非常好。他实际上让我们更深刻地理解了作家在创作的时候遇到的、考虑到的一些实际问题。很多时候读者站在纯文学的研究立场上,说作家写这个东西可不可以写得更细一点?结局可不可以不要大团圆?批判的力度是不是可以有一点呢?这都是站着说话不腰疼,你讲这些话,其实并没有深刻地去理解网络小说,你用纯文学理念来套这个东西,对网络作家是不公平的。有一篇鲁迅文学奖的获奖论文,这个作家是安徽籍的一个很年轻的、有影响的批评家。他说要保卫历史,就是这样的一篇论文在《文艺报》上发,获得了鲁迅文学奖理论奖。去年在一次会上我碰到他,我说你这个论文观点是偏颇的,起码你写的那些内容对网络作家是非常不公平的。他是官方地很正统地认为穿越对历史好像带有恶搞性质,觉得是这帮作家用游戏的态度把历史给毁了,然后让年轻人觉得这就是历史。我觉得这是很荒唐的,其实他没有理解网络小说的这种轻松愉悦,他没有看到网络小说对历史细节的考证和这种小说本身所具有的历史价值,他看到的只是用这种荒诞的方式、搞笑的方式来写历史,怎么可以穿越,怎么可以现代人去古代,他觉得这样把历史毁坏了。文学本来就没有禁区,没有边界。我觉得国家对穿越影视剧的禁止也就是一个历史阶段的事情,特别在我们历史的长河当中来说。从文学写法来说,它应该是无限丰富的、延展的、打开的,读者喜欢这个东西,它就有存在的合理性。

阿菩:谢谢,我今天也获益良多。

周志雄:谢谢你,谢谢大家,今天我们这个活动就到此结束。

新作评介

打开网络文学现实面的一种方式
——评黎杨全的《中国网络文学与虚拟生存体验》

王小英[*]

党的十九大报告明确强调"要加强现实题材"的文艺创作,时代呼唤网络文学回归现实主义传统。但什么是现实主义?如何进行现实主义创作?学界也引发了一系列的争论,"现实品格""现实精神""现实题材""及物的现实主义"等关于网络文学现实主义的争辩、认识和理解进行得如火如荼。在这样的背景下,我认为黎杨全的《中国网络文学与虚拟生存体验》一书可谓理解网络文学现实主义的一种方式,或者说是打开网络文学现实面的正确方式,意义重大。

关于现实主义创作原则,应该回到马克思、恩格斯,回到历史唯物主义传统中去重新理解。在这一传统中,最为大家所知的即恩格斯所说的"细节的真实""典型环境中的典型人物",然而容易忽视的是"典型论"有一个根本性的前提和基础,即历史唯物主义。也就是说,典型是基于对人是社会关系总和的理解的,典型正是人类变化的、具体的历史和生活中具有现实性的典型。人是被其所在的历史潮流冲出来的。网络文学的想象力丰富,但并不代表着"浮游化",从今天变化了的、到处充斥着媒介的当下生活着眼,我们可以看到无论怎么虚幻的网络文学,都有其比较明显的现实面。而这一现实面之所以经常看起来如此隔膜,正是因为21世纪的现实与19世纪和20世纪的现实已经有了巨大的差别。直言之,我们遭遇的现实带给我们的是分化了的、代际化了的、传统生存和虚拟生存同在的体验。如黎杨全所言,"数字时代带来了不同于传

---

[*] 作者简介:王小英,暨南大学文学院教授,博士生导师,主要研究领域为网络文学符号学、文化符号学。

统社会的新现实——数码化现实"(19页),虚拟生存体验是数码化现实中的生存体验。

网络文学,特别是"随身"小说、重生小说、穿越小说的现实面体现在观照数码化现实上,表达的主要是一种虚拟生存体验。"所谓虚拟生存体验,就是数字媒介影响、渗透与改造日常生活后人类生成与内化了的相应心理结构、情绪体验、感知与想象方式。"(29页)虚拟生存体验的一个重要来源就是游戏或者说网络游戏体验。黎杨全敏锐而深刻地注意到,架空写作对世界看似无边的想象,投射的是网络游戏中玩家的操控主义,是信息论世界观带来的对世界的可塑性理解。"随身老爷爷"隐喻的是网络搜索/问答,折射的是共享文化和网络智能带来的社会转型。重生小说被激发的因素是网络虚拟交换带来的人生重置体验,在弥补遗憾的同时也造成了对"重生"的拆解。穿越小说和虚拟交往具有同构性,其中所普遍蕴含的孤独感也正是在网络联结加强后,人们更深刻的孤独的呈现方式。遍布网络小说的升级结构是对游戏升级的借鉴,遵从的是"伪恶化""真改善"的叙述逻辑,形成了中国网络小说的逆天精神。尽管令人吊诡的是这一逆天能力常常来自"金手指"的帮助,但不可否认的是"升级"正是充满数码浪漫主义的网络青年奋斗精神的真实写照。

网络文学的现实主义,我认为有两种向度:一是让网络文学对更为广泛的现实生活进行观照,涉猎不同年龄群体、不同阶层群体的现实;二是通过拓展对现实的理解向度来加强对网络文学的理解,譬如花大量的时间刷网、玩游戏也是年轻人的一种生活现实。两种向度缺一不可,特别是后一种向度,因为更具活力,尤其应该引起重视。在目前的网络文学中,幻想类文学数量庞大,看似天马行空、胡思乱想,其实立足于杂糅了多种文化的数码现实。尽管现实是多面而复杂的,作为整体的网络文学随时都可能冒出新的内容和形式,也并不全都与虚拟生存体验相关。但黎杨全建立在对"随身"、重生、穿越、升级四种类型小说重点阅览基础上的分析,目光如炬,切中肯綮。他对中国网络文学与虚拟生存体验的内在关联的条分缕析,具体而深刻,是对网络文学现实主义问题的一个扎实而有力的回答。

征稿启事

"文变染乎世情,兴废系乎时序。"改革开放带来的盛世推动了社会文化繁荣发展,中国网络文学在 20 多年的时间里成长为社会主义文艺的一支重要力量。在文学、媒介、资本、读者、意识形态等多重历史合力形成的文化场域中,网络文学摆脱了"垃圾说""厕所文学"的偏见和污名,成为中国当代文坛上一道亮丽的风景线,是国家文化产业战略的重要组成部分。在"百年未有之大变局"的历史节点上,网络文学也进入了换挡转型的关键时期,在创作和传播的链条上正发生着深刻的变化:发展理念从增数量到提质量,创作题材由偏幻想到重现实,商业模式从付费到免费,传播影响覆盖面由国内到海外,中国网络文学已然成为世界级的文学现象。

"洪钟万钧,夔旷所定。良书盈箧,妙鉴乃订。"批评之于文学,乃鸟之两翼、车之双轮,中国网络文学正从"弱冠"走向"而立",其良性发展离不开批评家、研究者的深度参与。中国网络文学评价体系和批评标准需要重新建构,网络文学史料亟须"抢救",优秀网络作家和作品应该得到批评家的更多关注,网络文学发展机制与内在规律值得深入探讨。纵览当下学术刊物建设现状,几无专事网络文学批评、研究的期刊,这与我国网络文学创作的繁荣现状不相匹配。

《网络文学研究》由安徽大学网络文学研究中心编。"穿越"到并不遥远的 2015 年,《网络文学研究》在千佛山下面世,2021 年《网络文学研究》在大湖名城合肥"重生"。经山历海,初心不移,《网络文学研究》愿为网络文学交流提供阵地,为网络文学青年后备批评人才的成长提供空间。本书将设"理论前沿""学者立场""宏观视野""技术研究""名家论坛""名家访谈""雏凤清声""文坛观相""作品解读""新作评介"等栏目,抵近网络文学发生现场,倡导网络文学批评新风,助推中国网络文学良性发展。凡网络文学论者,英才不问出身,著文不拘陈规,但求真知灼见,欢迎参与交流。

稿件格式

来稿系原创首发,以Word文档(电子文档)格式投稿,字数一般以8000～15000字为宜。具体格式如下:

1.按照标题、作者、摘要、关键词、正文(注释)、基金项目和作者简介的顺序成文。

2.标题。字数不宜过多,可设副标题。

3.作者。如有多位作者,中间用空格分开。

4.摘要和关键词。中文摘要限制在300字以内;关键词3～5个,中间用分号隔开。

5.正文。宋体小4号;一级标题独立成行,加粗并居中;如引用其他文献单独成段的,用楷体5号。

6.注释。采用页下注,序号为带圈阿拉伯数字,宋体小5号,格式如下:
①期刊。作者:《论文名》,(××译),《期刊名》××年××卷(期)。
②书籍。作者:《书名》,(××译),出版地:××出版社,××年版,第××页。
③文集。作者:《论文名》,见××编:《文集名》,出版地:××出版社,××年版,第××页。
④报纸。作者:《题名》,《报纸名》出版日期。
⑤电子文献。作者:《题名》,引自"文献网址或出处"。

7.基金项目、作者简介。置于文末。基金项目:本文系××××项目(项目编号:××××)的××××成果。作者简介:姓名,学位,职称,职务,研究方向。附联系电话,详细通讯地址。

8.唯一投稿邮箱为1006718882@qq.com。审稿期3个月,3个月后若无回复,作者可自行处理稿件。投稿需注明栏目名称(如:【理论前沿】+张三+题目)。